『黒いトランク』初刊本(講談社1956年7月刊)

鮎川哲也は『黒いトランク』初稿を一九五〇年から翌年にかけて、約八百枚書いていた。数年後、講談社の懸賞のために五百二十五枚に書き直されたのち、初稿は焼かれたというが、偶然、書き損じが数枚残っていた（裏面は他作品の下書きに使用）。詳しくは、山前譲「解説」を参照されたい。

左は、ペンネームの由来がわかる一枚である。

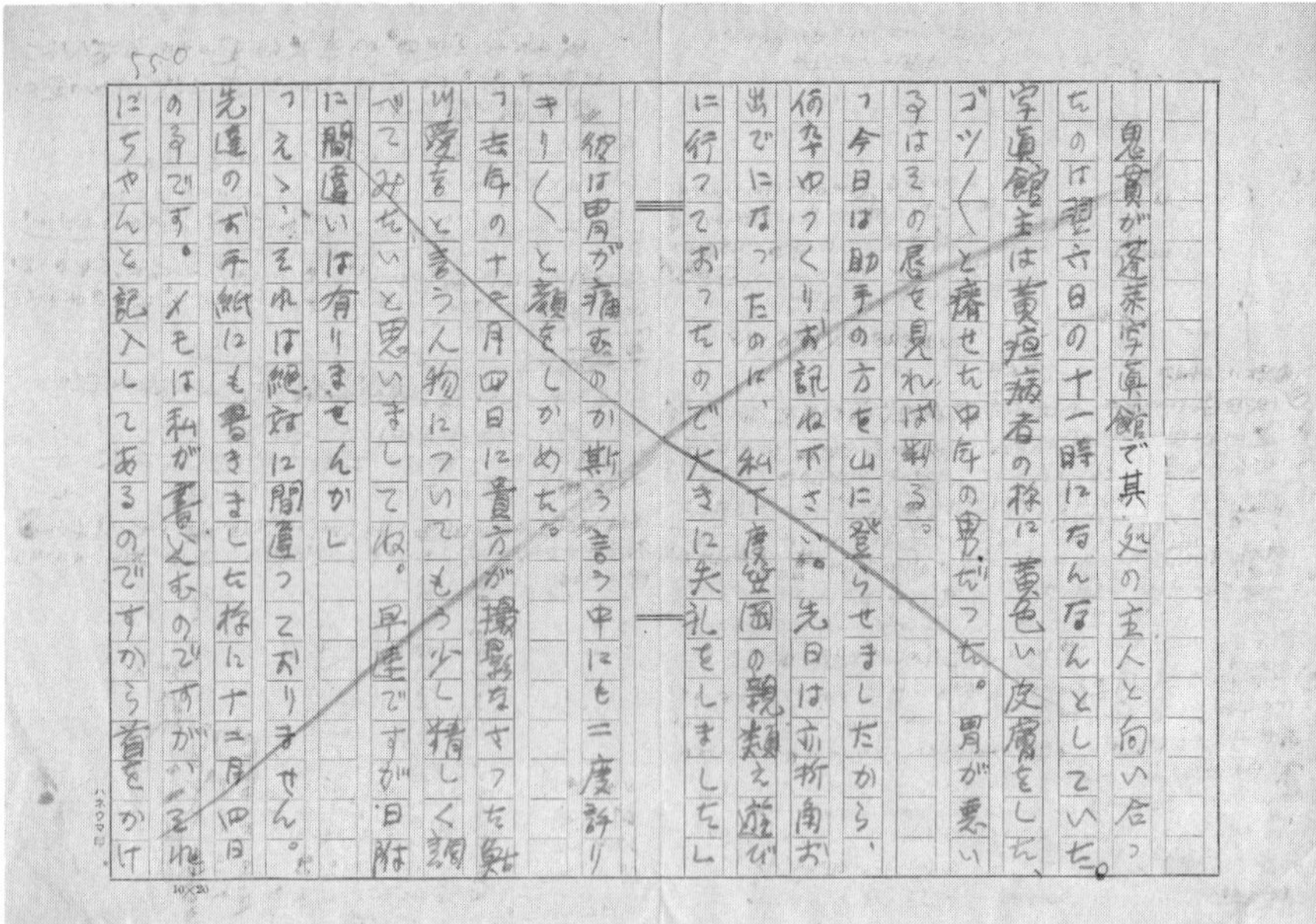
550
鬼貫が蓬莱字眞館で其処の主人と向い合っ
たのは翌六日の十一時になんなんとしていた。
字眞館主は黄疸病者の様に黄色い皮膚をした、
ゴツゴツと痩せた中年の男だった。胃が悪い
ことはその唇を見れば判る。
「今日は助手の方を山に登らせましたから、
何卒ゆっくりお訊ね下さい。先日は亦折角お
出でになったのに、私丁度笠岡の親類え遊び
に行っておったので大きに失礼をしました」
彼は胃が痛むのか斯う言う中にも二度許り
キリキリと顔をしかめた。
「去年の十二月四日に貴方が撮影なすった鮎
川愛吉と言う人物についてもう少し精しく調
べてみたいと思いましてね。早速ですが日附
に間違いは有りませんかしら」
「えゝ、それは絶対に間違っておりません。
先達のお手紙にも書きました様に十二月四日
の事です。メモは私が書込むのですが、それ
にちゃんと記入してあるのですから首をかけ
ハネウマ印　10×20

（ミステリー文学資料館・蔵）

光文社文庫

鮎川哲也コレクション／長編本格推理

黒いトランク

鬼貫（おにつら）警部事件簿

鮎川哲也

KOBUNSHA

光　文　社

『黒いトランク』——目次

黒いトランク

一　幕あき

一

　この事件の発端となった千九百四十九年十二月十日は、朝からどんよりとうす曇ってひどくうっとうしい日であった。だが後から考えてみると、この重くるしい天気こそ、事件の性格を端的に象徴していたように思われるのである。まことにこの事件は、地味で退屈な上にテンポがおそく、しかもその全貌が明かとなるにつれ、首尾をつらぬく論理のきびしさがやりきれぬほどの重圧をともなって、関係者をひとかたならず悩ませたのであった。

　思うに犯人は、この犯罪をたくらむに一世一代の智恵をしぼったことであろう。犯人のその努力に対して、読者もまたこの記録を克明によむ努力を惜しまないならば、事件が合理的な解決をみるまでの経過を興味ぶかく理解できようし、また論理そのものを智的な遊戯としてたのしむ人には、論理にはじまり論理におわるこの事件の記録こそ、久しい渇を十二分にいやすものであるといってよいであろう。

さて事件の開幕は、その日の午後一時三分に、汐留駅前交番の電話のベルがけたたましく鳴ることによって告げられた。

おりから立番中の大隅巡査は、すばやく受話器を耳にあてた。先方は汐留駅の若い駅員で、彼の背後から職場のあらあらしい騒音やどなり声が手にとるようにきこえ、それがこの駅員の話をラジオドラマでもきいているかの如く立体的なものとしていた。

受話器をかけおえた大隅巡査は、腰のベルトをぎゅっとしめなおして同僚をかえりみた。

「何うしたんだい？」

「なにね、駅の保管室からかかってきたんだが、妙な荷物がとどいているっていうのさ」

「妙な荷物？　……」

「うん、臭気がするんだってよ、鼻もちのならない臭気が。……ちょっと行ってくるぜ」

彼はそういい残して交番をでた。

ここで汐留駅について簡単にふれておこう。我々にとってなつかしい思い出の歌である鉄道唱歌に、〝汽笛一声新橋を……〟とうたわれている新橋駅が、じつは今の汐留駅なのである。旧新橋駅が開設されたのは明治五年十月、新橋・横浜間に鉄道が敷かれた時のことだから、わが国でもっとも古い駅の一つといえる。この駅の歴史を語ることは、同時に明治文化史の側面を語ることになるほどに、当時の文明の中心的存在であった。錦絵にもえがかれ、版画にもほられた。紅葉（こうよう）や蘆花（ろか）たちの小説にもしばしば舞台となり、日清日露の戦役には、凱旋将軍がとくい気にひげをひねりながら意気揚々としてフォームにおり立った。

だがおごれる者久しからずのたとえは、新橋駅とても例外ではなかったとみえ、やがて東京駅が竣工するとともに、いとも冷淡にその任をとかれることになったのである。大正五年十二月、となりの烏森（からすもり）駅に新橋の名をゆずると同時に、おのれは汐留駅と改称されて、華やかな思い出をいだいたまま、あわれにも貨物専用の駅と成り果ててしまったのである。

だが、成れの果てとはいえ、引込線の延長は十八粁（キロ）余、貨物駅としては日本最大のものである。関西、四国、九州から東海道線を上ってくる貨車は千九百五十六年現在の一日平均が四百十三輛（りよう）、それを汐留駅が一手にひきうけるとともに、一方では連日百七十四輛の貨車がでてゆく。そのかみの新橋ステーションの面影は今やどこをさがしても見出されないけれど、引込線にそって立ちならぶ数々の倉庫や、巨大なクレーンが白い蒸気をはいて間断なく貨物のつみかえをしている姿をみると、虚飾をふるいおとしたあとの健康なうつくしさを感じとることができる。いま構内に足をふみ入れた大隅巡査は、活気にあふれた貨物駅のいとなみに、圧倒されるような気がした。

「あ、ご苦労さまです。どうも様子が訝（おか）しいのですよ、どうぞこちらへ来て下さい」

人待ち顔で立っていた駅員が、如才ない笑いをうかべて、大隅巡査に声をかけた。

「何か臭気がするというお話でしたね？」

「はあ、動物のくさったような臭いです」

「動物のね？」

「はあ、猫の屍骸でも入っていたら飛んだお笑いぐさですが、ことによると人間の屍体じゃあるまいかと思いましてね」

「貨物ですか」

「はあ、小口貨物なんです」

「引取人は？」

「それがですね、誰もこないのですよ」

トラックの間をぬうようにして歩きながら、そうした会話をかわしていくうちに、コンクリートの大きな倉庫についた。これが保管物室である。くもった日の午後なのであたりはうす暗く、貨物置場の天井には数十個の電灯がかがやいていた。

忙し気な駅員が、列車からはき出された貨物をはこび込んだり、整理したり、ノートにチェックしたりするのを、かたわらに立って監督していた年輩の主任が、大隅巡査の姿をみると陽やけのした顔を緊張させて、近づいてきた。

「どうもはっきりしないことでお呼び立てして、あとで笑われたり叱られたりするとこっちも立つ瀬がなくなりますが、あの荷物をあけるのに立合っていただきたいと思いましてね」

指さした床の上に、黒っぽい大きな箱がよこたえられてある。近よってみると、大型の衣裳トランクであることが判った。かなり丈夫な牛皮ではられたものらしく、途中でちょっとやそっと乱暴に取扱われたぐらいでは、こわれるような代物とは思われない。幅のひろい革バンドが二本しめられて、装飾と実用の双方をかねた大きな真鍮の鋲と錠前とが、にぶい光りをはなっている。むき出しのまま輸送されてきたものとみえ、ありふれたマニラ麻の細引がたてに二本よこに四本わたされたきりで、両端にかまぼこ板より少し大きめの白木が一枚ずつくくりつけられ、そこにはぶつけたような文字であて名がしるされてあった。

東京都中央区日本橋蠣殻町五丁目四九
　風雅堂
　毛塚太左衛門様

更にその左側に、こまかい文字でしたためられた差出人の名は、つぎのように読めた。

赤松市外札島鳰生田
　近松千鶴夫

それだけでは別に不審の念がおこるはずはない。だがそのトランクからは、鼻をおしつけるまでもなく、吐気をもよおすような異臭がするのである。

はさみを手にした主任に、大隅巡査は細引のむすび目をきらないように注意をし、主任は心得たと許り大きくうなずいて、なれた手つきで麻紐を切った。ついで二本の革バンドをぐいと力をいれてほどく。

「ああ君、机の上に万能鍵がおいてある。持ってきてくれ」

一人の駅員が命じられたものを持ってくると、主任はそれをそっと鍵穴にさしこんで、慎重な態度でひとねじりした。バタン！　と音をたてて錠がはずれる。つづいてもう一つ。それがすむと、二人の駅員が両端にかがんで、トランクのふたに手をかけた。

「開けたまえ」

主任はのどにつまった声でいい、二人の青年は無言のままそろそろと開けはじめた。大隅巡査も主任も数名の駅員たちも固唾をのみ、二寸三寸とあけられていくトランクを、まばたきもせず見まもっていた。悪臭は、ふたをあけるにしたがって、ますます激しくなる。一人の駅員が仕事にかこつけて場をはずし、主任は耐えかねて麻のハンカチをとりだすと鼻をおさえた。

やがてふたはガックリと開いた。中には藁くずがぎっしり詰められている。二人の駅員はおよび腰になって、その藁をとりのぞいていった。と、その下から黒緑色のゴムシートにくるまれた大きな包みがあらわれたのである。駅員の一人が胃のあたりをおさえて、横とびに表(おも)てへでていく。二人の青年は鼻がもぎれるような異臭をぐっとこらえ、ゴムシートをひろげた。と同時に、人々はいっせいにわッと叫んだのであった。ゴムシートの中からは、羊羹(ようかん)色にさめた羽織袴(はかま)をつけたざんぎり頭のむさくるしい髭(ひげ)を生やした男が、ぶざまな恰好でころがり出たのだ。

死んでから相当の時日がたっているらしく、顔一面がみにくくはれあがって、ごみ溜(ため)にすてられた洋梨(ペア)のように気味わるい色をしている。大隅巡査はさすがに誰より早くおちつきをとりもどし、主任に現場維持を命じると共に、手近かの電話をかりて急を報じたのであった。

二

こうして第一幕がおわった十分のちには、所轄愛宕(しょかつあたご)署から銀原警部を先頭に五人の係官と技師及び警察医がかけつけ、それをきっかけに静的な場面は一転して動的な第二場に突入したのだった。一行のあとから警視庁づめの記者が一団となってのりつける。カメラをすえフラッシュがたかれる。鑑識係りがトランクにアルミ粉をふきつける頃、銀原警部は主任をわきによんで、訊取(ききと)りをはじめていた。彼はまだショックからたちなおれぬらしく、時おりピクピクと頬(ほお)をけいれんさせ、しきりにまばたきをしていた。

「このトランクの受取人はまだ来ないのですね？」

「ええ、今日で三日目になるのに、まだ来ないのですよ。それで今朝電話をかけてみようと思いましてね、電話帳をひろげてみたんですが、名前がのってないのです。そこであちらの警察にたずねてみたところ、四十九番地はおろか町内には風雅堂という店もないし、毛塚太左衛門という人物も住んでいないとの返事なのです。だいいち五丁目がないんですよ」

「ふうむ」

と警部はあごをつまんだ。屍体を器物につめて出鱈目(でたらめ)の宛名で発送するのは、しばしば推理小説の題材にも扱われているように、決してめずらしい事件ではない。昨年のはじめにも上野駅で行李(こうり)づめの女の屍体が発見されたし、その前年には新宿駅でも同様なことがあった。近松千鶴夫というのが発送した人物の本名であるとは思われないが、架空の名前であるとしても、一応はそれを調べてみる必要がある。

「送り出した駅と連絡をとってみたいのですがね、一体どこから積まれてきたのですか」

主任は机上の本立てから黒い表紙の紙ばさみをひきぬいた。

「ちょっと待って下さいよ。ええと……、福岡県の筑豊(ちくほう)本線に札島(ふだじま)という駅がありまして、そこから出されております。受付けたのは今月の四日ですな」

「ふうむ、福岡県か。今月の四日と……、今日は十日だから……」

銀原警部は鉛筆のさきをしきりとなめながら、ぶつぶつと独りごとをいっていた。

「ちょっとその札島駅と通話してみたいのですが、簡単につながりますか」

「ええ、鉄道電話は早いものですよ。四五分ででるでしょう」

「それじゃすみませんが、向うを呼びだしてもらいましょうか」

主任が札島駅の呼出しを依頼して受話器をかけた時、警部は背中をまるめて、壁にはられた鉄道地図をのぞきこんでいた。

「どれですかね、筑豊本線というのは？」

主任は電話のそばをはなれて、壁ぎわに近づいた。

「これが石炭積出しで知られた赤松港です。ここを起点として鹿児島本線の折尾駅とクロスし、さらに筑豊炭田一帯をぶちぬいて、ふたたび鹿児島本線の原田駅で終点となる線ですよ。赤松と折尾の間には藤ノ木と札島の二つの駅があって、札島というのは折尾寄りのほうです」（巻末の地図①参照）

警部は二三度うなずいて、くるりと主任のほうを向いた。

「ああ、そういえば赤松というのは、作家の火野葦平がいたところじゃないですかね。何だか彼の作品によくでてくるように覚えていますが……」

「そうです、私も思い出しました。あの辺の沖仲仕や博徒を主題にした短篇をよんだことがありますよ」

ほんの三十秒ほど、主任は陰惨なトランクの問題をわすれることができたが、銀原警部はただちに彼を現実の世界へひきもどしてしまった。

「では電話がかかってくる間を利用して、少々お答えしていただきましょう。このトランクが到着したのは何日のことですか」

「ちょっと待って下さいよ」

主任はたくましい腕をのばして、ふたたび先刻の紙ばさみをとりあげ、指をなめて小口貨物通知書をくった。

「到着は七日の正午頃でした」

「七日というと一昨昨日(さきおととい)ですね。その時は異状をみとめなかったのですか」

「ええ、一向に気づきませんでしたね。ただ引取人が来ないのと、今朝になって宛名も宛先も出鱈目だということが判ってから、訝(おか)しいぞと感じたのですよ。ところが、先刻迷いこんだのら犬がひどく吠えたてるものですから、鼻をおしつけてみると悪臭がひどい。それでいよいよ尋常ではないということになったわけです」

「札島駅で受付けたのは四日でしたね。内容品は何と記入されてありますか。まさか屍体とは書かれてないでしょう」

「ええ、古美術品としてあります」

「ほほう、古美術品ですか……」

このぶよぶよと半ばくされかかった屍体と古美術品との対比の妙が、銀原警部を思わずうならせた。

「そうです、重量七十一瓩（キロ）、発送人近松千鶴夫ということになってます」

主任がそういった時、電話のベルがなった。主任はすばやく受話器をとり上げてふたことみこと応答し、送話器の口をおさえると上目づかいに警部をみた。

「向うの駅長がでとります。それに、トランクを受付けた駅員もいるそうですが……」

「ああ、代らせて下さい」

受話器をうけとった警部は職名をのべ、あのトランクに不審の点があるからとだけいって、屍体のことにはふれなかった。駅長は、当時自分はタッチしなかったから何も知らぬといい、すぐに若い駅員とかわった。

（あ、もしもし、いま駅長さんの話をきいていたと思いますけど、十二月四日にこちらの汐留駅あてで、黒い牛の革でできた大型トランクが送られたはずなんですがね。そうそう、古美術品が入っているやつです。あのトランクを受付けた当時の話をきかせてくれませんか）

（はあ、よかです。あのトランクはですナ、十二月四日の晩、私が扱ったとです）

（何時（なんじ）でしたかね？）

（時間はですナ、十八時三十分頃です。それで同僚の手をかりて、終発の貨車につんだのですタイ）

（発送したのはどんな人でしたかね？）

（あれはですすナ、鳰生田(におた)の近松さんちゅう人です）

（で、あなたはその近松さんという人をよく知っているのですか）

（あのですナ、電話が遠くてちょっときこえんですが……）

（はあ、べつに親しい人じゃなかバッテ、顔はよく知っとるです）

（近松さんは美術品をあつかう人ですか）

（さあ……）

（職業はなんです？）

（何って……別に……、あの人は引揚者ですタイ）

（それじゃ、無職ですね？）

（そうですナ、まあブローカーか闇屋(やみや)でもやっとるのでしょうな）

銀原警部はも少しさぐりたかったが、近松に警戒心をおこさせてはまずいと考え、あとは札島を管轄する警察にまかせることとした。そこで相手にいまの話を駅長以外の誰にもしゃべらぬよう注意をして、電話をきった。

近松という男がブローカー同志のごたごたで仲間を殺し、その屍体をトランク詰めにして汐留駅に送ってよこした。しごく簡単で判りきった事件である。堂々と本人が送りだしていたことは、意外というよりもむしろ間がぬけていて、いささか拍子ぬけがする。形式的に解剖をすませたらば、一応の報告書を先方へ送って、事件を移牒するだけだ。警部はシガレットケースをとりだすと、主任にすすめて自分も一本くわえた。

一方指紋の検出もその頃は一段落ついて、トランクは警察医の指揮のもとに、警官たちにかかえられて警察自動車にのせられ、信濃町の慶大法医学教室へはこばれていった。そのあとで銀原警部は、新聞記者にむかって事件の内容をかいつまんで発表した。彼等にしても、おりからの記事枯れをうるおすという意味のほかには大して興味もない顔つきで、ただ機械的に筆をうごかしているにすぎなかった。これが後日担当者を疲労困憊させる難事件になろうとは、誰一人として考えるものはなかったのである。

三

一件はただちに福岡県の赤松署へうつされ、問題の衣裳トランクと解剖の詳細な報告も、その日の夜おそく発送された。ちなみに、当夜警察電話で通報された屍体検案の内容はつぎのようなものである。

一、身許不詳男子の屍体検案
氏名年齢共に不詳なるも、四〇歳前後と推定される。身長一五六糎、体重五三瓩。死亡推定時日は略〻一〇日前、即ち一一月二八日から一二月一日にかけての事と思われる。致命傷は頭部の打撲傷。木刀様の鈍器で一撃されたものらしく、左の顱頂骨を中心とした長さ五糎幅三糎の骨折が認められ、言う迄もなく即死である。従って之を過失死若くは他殺と断定する。なお其の他に被検案者をして死に至らしめたと想定されるが如き何等の痕跡をも発見しない。

別に胃中より摂取後略〻三時間を経過せるものと思われる多量の白隠元と米、少量の昆布、牛肉、魚肉、人参、大根、牛蒡、鶏卵、奈良漬、紅生姜等が発見された。更に同人の外耳から微量の石炭殻が見出された事を付言する。

二、其の他
被検案者の所持品は凡て注意深く引抜かれているが、屍体の下から左の二品が発見された。

㈠筑後柳河駅発売、折尾行の使用済三等片道乗車券一枚。発売日附は二四・一一・二八となっている。

㈡鉄縁近眼鏡一個。右眼のレンズがわれ、破片がトランクの底に散らばっている。

但し右が被検案者の物であるか否かは言明の限りではない。

二　逃亡

一

福岡県の赤松警察署では、この事件の通牒をうけて、大しておどろきもしなかった。というのは、近松が麻薬の密売者としてかねてから当局の看視下にあったので、仲間のいざこざがこうした結果になったものと、一応の判断をくだしたからである。

大体が赤松市は石炭積出しの人足と仲仕の多いところだから、これまであった犯罪の大部分は彼等のきったはったの刃傷沙汰で、その動機にしても、女に関する怨恨が酒のちからで爆発するという単純なものだけに、ある意味では底のあさい陽性な事件が犯罪統計のほとんどを占めていた。したがって、相手の屍体をトランク詰めにして送りだしたこの事件は、他の都会では決して珍しくないありふれた出来事かもしれないが、赤松署にとっては外科専門の医者のもとに精神病者がつれこまれたようなものであり、署長もおどろくことこそしなかったけれど、些かとまどいを感じたのは事実である。

それはとも角、ぐずぐずしていると相手を逃亡させるおそれがある。東京から通牒があるやただちに地検に逮捕状を請求し、それがでるのを待たずに参考人の名目で連行させようとして、先ほど二名の刑事をさしむけたところであった。

北京からの引揚者である近松千鶴夫は、赤松市外の札島鳰生田にすんでいる。おもてむきは無職ということになっているが、福岡県人でもない彼がそのような場所に住居をかまえたのは、麻薬の密輸入ならびに密売に関係あるものと、当局はにらんでいた。彼が扱うのはモルヒネと塩酸ヘロインが主で、それらは暗夜にまぎれ、自宅の前を流れる運河をつうじて陸あげされている様子だった。近松のモルヒネは一リットル二十万円でながされるので普通の相場より一割やすく、取引はなかなか活潑におこなわれた模様であった。

ところが一年ほど前から彼のほうでも当局の内偵をさとったらしく、表面上は足をあらったように見せかけ、鳴かずとばずの状態がつづいたため、赤松署の調査もはかばかしくなくて、持久戦に入っていたところであった。

「署長、遠慮のないとこをいいますと、近松はもう逃亡しているのじゃないかと思いますね」

タバコのすいがらを灰皿におしつけながら、梅田警部補がはきはきした口調でいった。ある歌舞伎の若手俳優に似た美男子だから、こうした地方の警察にくすぶっているのは勿体ないような青年である。おりから上官が病気欠勤をしているので、この事件は彼の主任で調査することになっていたが、それは警部補にとって初陣でもあった。

ふとった署長は小さなはさみで手のつめをきっていたが、その顔をあげもせず、何故かね、といった。

「なぜって、屍体をトランクづめにして送っただけでは、そのうちに発覚することは明かじゃないですか。まして荷札に自分の名を記入するなんて、初めからこうなることを計算にいれていたに違いありませんよ。とすると彼が意図したものは、今月の四日に札島駅から発送して、それが発覚するまでの間の時日をかせぐわけじゃないでしょうか。そうとすれば、今日までの貴重な数日間をボヤボヤしているはずもないですよ」

梅田の予想はみごとに当って、その数分のちに帰ってきた刑事たちは、近松がすでに逃亡していることを報告した。

「我々もこまかい点はまだ訊いとらんのですがね、とりあえず妻女を同行してきました。それからこれが近松の写真ですタイ。なかなか男ッぷりがよかです」

刑事の一人がポケットからブロニーの写真をとり出した。

「何がよか男か。こすッたくれごたる面しとる」

署長が吐きすてるようにいって、梅田に手わたした。一見三十七八歳の、いかにも美男子を自覚したような顔つきの男が、長くもないあごをちょいとつまんでポーズをとったところに、映画俳優にでもありそうなきざっぽさが見える。その上、レンズに向けてにんまり笑った瞳が、署長のいうとおり気をゆるせない狡猾(こうかつ)そうな印象を与えるのだった。

梅田は焼増しをたのんで廊下に出た。

二

応接室のドアをあけても、近松の妻女はふりむきもせず、逆光線にプロフィルの輪郭をくっきりと強調して、窓の外をみつめている。グリーンのたきじまのお召しに献上博多のおびをしめ、羽織もおなじお召しの黒い井桁(いげた)がすり。密輸入者の妻とは思えぬ気品があった。

「近松千鶴夫氏の夫人でいらっしゃいますね?」

彼の口調は丁重である。

「はい」

「実はご主人にある容疑がかかりましてね、事をはっきりさせるために、少々おたずねしたいと思います」

「どうぞ」

と相手は口数がすくない。

ととのった目鼻だちの卵がたの顔にうすく化粧をはき、ゆるく波をうった黒髪がえりのあたりで大きくまきかえって、つつましやかな魅惑にあふれている。わかい頃にはスポーツできたえたのだろうか、牝鹿のようにすんなりとした体つきである。三十を越えたか越えぬか、人妻としていまが美しいさかりのはずだ、全く、密輸入者の妻にしておくのはもったいない。幸福な環境において、こぼれるばかりに微笑ませてみたいと思う。

梅田警部補は雑念をふりすてて、咳ばらいをした。

「ご主人がいま何処においでになるか、ご存知ではありませんか」

「いいえ」

「では、ご主人と最後に別れられたのはいつでしょう？」

「今月の四日ですね」

四日というのは、近松が大型トランクを発送したその日である。梅田の神経は一瞬ピンと緊張した。

「質問が重複するかもしれませんが、それ以来、お逢いにならんのですね？」

「はい」

「四日のいつ頃お別れになったのですか」

「夕食後ですから、五時頃だと思います」

札島駅でトランクを発送したのは午後六時半だから、彼は夕食をすませると家をでて駅にたちより、トランクを送り出して失踪したことになる。

「出ていかれた時の服装についてうかがいます。洋服ですか」

「はい」

「背広ですね？」

「はい」

「色や服地について、くわしくおきかせ下さい」

というふうに一つ一つたずねた結果、近松が失踪当日の服装は、うすみどりのギャバジンの上下に茶色ウール地のシングルのオーバー、それに黒緑色のキットの手袋をはめていることが判った。

「マフラーはどうでした？」

「灰がかった弁慶じまで、地はやはりウールです」

「所持品は？」

「白麻のボストンバッグ一つでした」

「それきりですか。他に何も持って出ませんでしたか」

「はい」

「その時、どこへ行くといわれました？」

「何とも申しません」

「だまったまま出られたのですか」

「はい」

「それは少々おかしいですね。ボストンバッグまでさげたら、何処かへ旅行される恰好だと思いますが……」

いままでスラスラと答えてきた相手は、この時になってはじめて渋滞をみせた。夫の行方（ゆくえ）をかくそうとしているのに違いない。

「ご主人に何もおたずねにならなかったのですか」

「ええ」

どちらかといえば無愛想な、木で鼻をくくったようなひびきがある。

「ほう、ご主人が旅行されるというのに、行先もたずねなかったのですか。いさかいでもなさったんですかね？」

そういってしまってから、まずいことを訊いたものだと思ったが、果して彼女はツンととがった鼻の先を天井にむけて、返事がない。

「失敬しました。近松氏が出発される時、ボストンバッグの他に、大きな黒い衣裳トランクを持って出やしませんでしたか」

だしぬけにトランクの話をもちだされて、彼女はさも納得（なっとく）がゆきかねる表情である。

「いいえ」

「大きいからすぐ目につくはずですが」

「いいえとお答えしましたわ」

「なかなか豪勢な品ですけど、あなたの持物でしょうか」

「いいえ、あたくしのは外地において参りましたわ」

「すると引揚げられてからお求めになったのですね？」

梅田はあくまで喰いさがった。

「いいえ、ご質問の意味が判りかねますけど。……とに角あたくし、衣裳トランクはもっておりません」

「ほう、するとあれはあなたのものではなくて、近松氏の所有とみえますな」

「存じません」

「失礼ですが、同じ家にすんでいらっしゃるご夫婦でいて、ご主人のなさることに無関心でおいでになる理由がのみこめませんが……」

「………」

相手は返事をするかわりに、正面きって警部補の顔をきッと見た。

「あたくし、あなたがそのようなことをお訊ねになる権利はないと思いますわ」

「そこですよ奥さん、問題は。私の訊きかたがまずかったかもしれませんが、権利とか義務とかいうことではなしに、犯罪事件の解決をはかるためにご協力をおねがいしたいのです」

「近松のどんな容疑ですの？　それを初めに仰言っていただきたいと存じますわ」

「そういわれると一言もありません。それではお話しますけど、ご主人が今月の四日に、札島駅から今申した大型トランクを、内容が古美術品だと称して送りだしたのです。ところが中をあけてみると、それが古美術品ではなくて、腐敗しかかった男の屍体だったんです」

「まあ、屍体！　では……では近松は殺人容疑ですのね？」

彼女は明かにおどろいたらしく、顔からさっと血の色がひくと、右手の指をそっとまぶたに当てて大きく息をすった。

「そうです、奥さん。おや、どうなさいました？」

失神するかヒステリーでもおこすのではあるまいかと、若い警部補はおもわず腰をうかした。

「もう大丈夫ですわ、……もう大丈夫」

「まだ顔色があおいですね。気分がわるかったらうち切るとして、もう少し訊問させて下さい。そういったわけで、私どもはあの大型トランクに注目しております。ご主人があれをいつ何処で求められたか、ご存知ありませんか」

「本当にわたくし何も存じませんのよ」

彼女はほっとふといい吐息をし、梅田もさそわれたように嘆息した。

「それでは被害者についておききしますけど、年の頃四十歳ぐらいで、あまり風采のぱっとしない五尺一二寸の男をご存じないですか。髪の毛をざんぎりにして、鉄ぶちの近眼鏡をかけています。どちらかというと醜男(ぶおとこ)のようですが……」

警視庁からとどいた報告をそらんじてみせると、相手は無表情のまま首をよこにふった。

「いいえ、存じません」

「ご主人と利害関係にある男じゃないかと考えているのですが……」

「……思いあたりませんわ」

「風雅堂の毛塚太左衛門という人は？」

「全然存じません」

「では質問をかえますがね、ご主人が出発された時の所持品と所持金はどうでしょう？」

「わかりませんわ。お金も身の廻り品も、一切あたくしの手を触れさせませんもの」

梅田は少しいらだってきた。この訊問で得るところは、まだ一つもないのである。

「少しつっこんだ質問になりますよ。近松氏が被害者を自宅で殺した場合、あるいはトランクに屍体をつめた場合ですね、あなたは現場を目撃されないとしても、そこに種々の痕跡がのこるはずですが、気づかれませんでしたか。……血痕だとか藁くずだとか」

「藁くず？　……」

「ええ、屍体がごろごろしないように、藁くずをつめこんであったのですよ」

相手は神経質そうに眉をひそめ、身ぶるいをした。

「いいえ、何も気づきませんでしたわ」

「べつにあなたを疑っているわけではありませんから、お怒りにならないでいただきたいのです。ご主人がああしたトランクを持っていらしたら、あなたのお目にとまらぬはずはないと思うのですがね」

「そのご質問は結局あたくしを疑ぐっていらっしゃるのじゃありません？　見ませんとお答えしたら見ないのですわ。でも、近松があたくしに隠そうとすれば、いくらでも隠すことはできますの」

「それはどういうわけですか」

彼女はその白くほそい指で、テーブルの上に鋭角三角形をえがいた。

「あたくしの家の裏手の通りに、がけがあります。そのがけに戦争中ほった横穴式の防空壕があるんですの。防空壕まで直線距離にしますと五六十メートルぐらいですけど、道路ぞいに行くと百五十メートルほどあります。ちょうど三角形の二辺をいくようなわけになりますの。近松はその防空壕にとびらをつけて物置として使っていましたから、お話のトランクにしてもその中に隠しておけば、あたくしが気づくはずはございません」

防空壕の調査はあとで刑事にやらせることにして、警部補は訊問をうちきった。

「どうも不快な思いをおかけして、すみませんでした。今日はこれでお引取り下さい。ひょっとするとまたおいでを願うかもしれませんから、当分札島をはなれないようにしていただきます」

近松夫人はそれをきいてほっとしたように立上った。

三

「私は札島駅にいってきます。その間に近松が使っていた物置の調査をねがいます。それから各交通機関に連絡をとって、四日夜から五日にかけて近松を見たものはいないか、その点をしらべさせて下さい」

署長にそれだけいい残して、梅田は署のポーチに立った。空をあおぐと雲がひくい。ふるとすれば雪になるだろうか。彼は下宿をでる時にかさを持たなかったことをくやみながら、バスの停留所へ向った。

ひけ時を廻っているせいか、バスの乗客は少かった。ガタガタとはずむ車台が、梅田の空虚な胃袋をようしゃなくゆすぶる。彼は足をふんばりぐっと眼をとじて、この中世紀的な拷問にたえようとした。

札島でございまーすとバスガールにいわれて、あわてて車をおりる。そのまま真直に走りさる赤いテールライトを横目にみて、左に曲ってくらい切通しを百五十メートルほど歩くと、行手が急に大きくひらけて、その広場のどんづまりにあるのが札島駅だった。筑豊本線とはいうものの支線ほどの乗客もなく、日がくれたばかりというのに、まるで深夜の駅のようにひっそりとしていた。

駅員のいない改札口をまたいでフォームにでて、駅長室のドアをたたく。駅長はちょうど帰り仕度をしていたところだったが、梅田警部補をみるとオーバーをぬいで、事務机に請(しょう)じた。すでに東京における事件発生のあらましを知っているためか、梅田の来訪した目的をきくと、すぐに一人の駅員をよんでくれた。大沼君というその駅員は銀ぶちの眼鏡をかけた、ひどく地味な青年である。

「これはまだ発表されていないことですから、そのつもりできいて下さい。じつは近松氏が発送したトランクの中には、男の屍骸が入っていたのです。私どもとしても、ただちに近松氏が犯人だとは考えていませんが、事件の鍵(かぎ)をにぎっていることは間違いない。そこでこのトランクについて近松氏の動きを知りたいと思って、お邪魔したわけなのです。まずあなたがあのトランクを受取った時のことからおききしましょう。あれは何日の何時頃だったでしょうかね、その点からどうぞ」

駅長も駅員もトランクの内容が屍体であったのは想像外だったらしく、虚をつかれた面持でしばらくだまっていたが、やがて大沼君がポツリとこたえた。

「今月四日の、十八時三十分頃ですタイ」

「その時の近松氏の服装だとか態度だとか、そういったことで覚えている点を話して下さい」

「さあ、あまり印象にのこっとらんですナ。洋服にオーバーをきとることは覚えとりますが」

「態度はどうでした？　なにか興奮していたとか、ビクビクしていた様子はなかったですか」

「さあ、そういえば、少々緊張しとったかもしれんですナ。それとも重たかトランクをかかえてきたので、息切れしとったのかもしれんです」

「それでは、あのトランクを受付けて発送するまでの話をきかせてくれませんか」

と警部補は矛先（ほこさき）をかえた。

「はあ、その時近松さんは、『小口貨物で東京の汐留駅まで送りたいのだが』といわれますので、すぐに重量をはかって手続きをとりました。それから通知書をかいてわたしました。それだけですタイ」

「トランクの重量はどのくらいありましたかね？」

梅田は、すべてを自分でたしかめないと気がすまなかった。すると相手は腕をのばして帳簿をとり、指先をなめてページをくった。

「七十一瓩（キロ）ですナ」

「内容は古美術品だといったのですね？」

「そうですタイ」

彼がそうこたえたとき、子供のように頬のあかい青年がバンドをゆるめながら入ってきた。食事をすませたばかりとみえ、まだ口のあたりをもぐもぐさせている。

「これが一時預り所の係りで、貝津君と申します。実はあのトランクのことで、お耳にいれておいたほうがよくはないかと考えたものですからね」

と駅長はなにやら意味あり気なことをいった。

「何ですか」

「はあ、近松さんはあのトランクを、私のところに一時預けしておったのです」

「それがあなた、十二月の一日からなのですよ」

と駅長は説明の要を感じた。

「ほほう、一日から？……」

「ええ、最初から話すと、こぎゃんですタイ。一日の夜の八時頃に、近松さんがあのトランクをリヤカーにのせてはこんできました。『これを一時預けしたいのだが、手伝ってくれないか』というので手をかして降ろしますと、意外に重いのです。駅の規則では三十瓩以上のものは保管できないことになってますから、近松さんにそれを話しました。すると、『何瓩あるのか計ってみよう』というもんですから、台秤（だいばかり）にのせてみると七十瓩をこえています。そこで私が『やけに重たかもンですナ』といいますと、『骨董（こっとう）品さ。二日ばかりしたら小口貨物で送りだしたいのだ』と返事しました。そして、『重量がどうのこうのとしみったれたことといわなくてもいいじゃないか、また家へもって帰るのも大変だしさ』と笑いながらいうのです。私も役目の上から一応はそのようにことわりましたが、杓子定規に規則をふりまわすのもどうかと思いましたし、いなかの駅はその点ルーズですから、こころよく預ったわけです。その時あの人は、『ひょっとすると三日ばかり預けておくかもしれないが、料金はどうなってるのかね?』とききますので、五日目までは一個につき一日五円だと教えてあげたのです」

「ほほう」

「するとそれから三日目の夜、つまり今月の四日の晩ですが、六時半頃やってきて、トランクを出してくれといいました。そこで出してあげると、今度は貨物の窓口へ持っていったわけです」

「あなたはどう思いましたか、その近松氏がトランクを預けに来た夜と受出しに来た夜とに、そわそわするとかビクビクするとか、平生とちがった態度に気づきませんでしたか」

「一日の夜は冗談をいっていたくらいですけん、別に変ったところもなかったですが、四日の晩は少々おかしかったですナ」

「ほう、どういうふうにですか」

「さあ、そうきかるるとちょっと困るですが、私がトランクをわたす時に、妙にせかせかした表情をしとりました。出ていく時に私がさよならと声をかけたのに、返事もしなかったくらいです」

「なる程ね。ところでそのトランクを預っている間、あるいは渡してやった時に、変ったことはなかったですか」

「変ったこと？　……」

「つまりですね、屍体の臭気がするとかいうような……」

「さあ、気づかなかったですナ」

「一日の夜に運んできた時のトランクの荷造りはどうなっていました？」

「そうですナ、むき出しのトランクにマニラ麻の紐がたてに二本よこに四本かかっていて、両端に木の荷札がつけてあったきりです。小口貨物にするには、必らず両端に一枚ずつ札をつけるきまりになっとるのです」

「するとこういうことになるわけですね。近松氏が七十瓩のトランクを十二月一日の午後八時頃にもちこんで、古美術品が入っているといって一時預けした。そして改めて四日の夜六時半頃やってきて、それを受出すと、今度は貨物受付の窓口へもっていって、小口扱いで発送した……」

「そうですタイ」

と二人の青年駅員は同時に肯定した。このトランクに大きな謎がひそんでいようとは、当時の梅田警部補に想像できるはずもなかったのである。

四

寒さしのぎに出されたお茶をのんで、さて立上ろうとした時に電話のベルがなり、受話器を耳にあてていた貝津君が、あなたにですバイといって警部補にさしだした。きき覚えがない声がつたわってきて、福間駅長であると名乗るのである。福間は鹿児島本線を折尾から南下して五つ目の駅で、そこから炭坑町直方(のおがた)をむすぶ省営バスも走っている。

(さき程赤松署から容疑者の逃亡経路について問合せがありましてね、思い当るふしがあるので署へ電話したところが、札島駅のほうへかけるようにいわれたものですから……)

(それはどうも。どうぞお話し下さい)

(早速駅員にたずねてみますとね、二人がそれらしい人物を見かけておるのです。いま本人にかわります……)

ポツンと穴のあいたような沈黙がつづいて、いきなり若々しい声がつたわってきた。

(四日の夜は私が改札の当番でした。警察でさがしとるのは、多分私が見た人物じゃないかと思うのです)

(ほほう、間違っていてもかまいませんから、遠慮なくいって下さい。で、あなたが見たというのは？)

(三十七八の中肉中背の人でした。灰色のソフトに茶のシングルのオーバーを着とったようです。改札する時に黒っぽい革手袋をおとしたので覚えとるわけです)

(携帯品はどうでした？)

(はあ、白いズックのボストンバッグをさげとったと思います)

(時間は？)

(十九時四十五分ごろです)

(それは確かですか)

(はあ、なぜ覚えとるかといいますと、そのちょっと前に直方行のバスにのる人が時間をききにきたので、『あと十分あるから大丈夫』と返事をしました。終バスは十九時五十五分ですから……)

(あなたはどの列車の改札をしていたのですか)

(十九時五十分発門司港行の一一二列車です)

(乗車券がどこ行きだったか、覚えていませんか)

梅田の期待にみちた質問をかるくうけながして、別の駅員とかわった。

（行先なら私が知ってます）

（ど、どこですか）

（神戸ですタイ、三等の片道でした）

（そりゃ確かですか、間違いありませんか）

（大丈夫です。あの人に神戸を売ったことは間違いなかです。兵隊時代あそこの陸軍病院に入っとりましたけん、印象にのこっとるですタイ）

（その男の人相や服装をおぼえていますか）

（そうですなあ、窓口から見ただけですけん、人相はわからんですが、茶のオーバーに黒っぽい手袋をはめとるのは覚えとります。黒緑色の革の手袋ですタイ）


礼をのべて電話をきる。六つの瞳がもの問いた気に警部補をみつめていた。それを無視して駅長から列車の時刻表をかり、鹿児島本線のページをひろげてみると、福間駅を19時50分にでる一一二列車は、鹿児島駅始発の普通列車であることが判った。（巻末時刻表(2)参照＊）

灰色のソフト、シングルの茶のオーバー、黒緑色の革手袋、白いボストンバッグを持っている三十七八の中肉中背の男は、このせまい福間町にも五人や六人はいるであろう。だが十二月四日の夜こうした服装のコンビネーションで身をととのえ福間駅にあらわれた人間が、近松の他に幾人もあるはずはない。この蓋然性(プロバビリティ)はゼロといえぬまでも、ゼロにきわめてちかいものと考えてよさそうだ。とすると、この人物を近松と断定してかかることは大して冒険ではないが、問題は、果して彼が神戸へ向ったかどうか、という点にある。たとえ一一二列車に乗っても、つぎの駅で下車した上で、あらためて下りの列車にのりかえて眼をくらますことも考えられるのだ。厳密にいえば今の情報から得られたものは、近松が問題の夜に福間駅で一一二列車の到着時刻に改札口を通った、というにすぎない。梅田警部補は神戸ばかりでなく九州各地に手配することを考えながら、腰をあげていとまをつげた。

外にでると、雪に一歩手前の氷雨（ひさめ）が、ボタボタと音をたててふっている。梅田はオーバーのえりを立てボタンをはめおわると、つめたく暗い雨のなかへ向って歩きだした。

五

その頃、鳰生田（におた）へおもむいた刑事は二隊にわかれて、一方は近松の防空壕を、他の一隊はその近辺をあらって、何かをつかもうと努力していた。

近松の横穴式防空壕は、札島に多い黄色くてやわらかい泥板岩をえぐったもので、入口には盗難をふせぐために大きな樫（かし）のとびらがつけてあった。

二人の刑事は捜索令状をしめして近松夫人からかぎを借り、開け胡麻（ひらけごま）のアリ・ババよろしくとびらをあけて中に入った。こ腰をかがめて五メートルばかりいくと、黄色い壁につきあたった。北九州の空襲がはげしくなったため、あわてててここまで掘った時に、終戦となったのだそうである。

その岩の壁によせて家庭菜園用のショベルや鍬や化学肥料の袋がおいてあり、かたすみにはビール函やリンゴ函、石油のあき鑵などがつみ重ねてあったりした。四方の岩肌がしっぽりぬれてしめっぽい上に、くもの巣やほこりのないのが物置らしくなく、むしろ隠者のすむ洞窟とでもいったほうがよさそうだ。

刑事たちは用意してきたカーバイトランプに点火し、それでもたりなくて銘々が懐中電灯をつけて、函を床におろして一つ一つ中をしらべ、肥料の袋をかきまぜ、四つんばいになって蚤とりまなこで床の上をさがしまわった。

そうした調査が二時間ちかくつづいた頃、石油鑵とリンゴ函の間から、一人の刑事が何かをそっとつまみ上げると、ランプの下にさしだして奇声を発した。

「おい見ろ、こりゃ何じゃ」

「うン、万年筆のキャップじゃな、え？」

それは角張ったふるい型のキャップで、相当の年月をつかいこんだらしく、ひどく磨滅している。その刑事は早速近松夫人のところへ持っていった。

「どうじゃろ、あんたの主人のじゃないかね」

「いいえ、近松のはパーカーです。そんなの見たこともありません」

彼がもどってくると、今度は別の刑事がてのひらに何物かをのせて、ためつすがめつ見ているところだった。

「おい、何かあったか」

「ウン、これを見ちくれ、何だと思う?」

光線をうけてギラリと光る。手にとってよくみると、小さなガラスの破片で、ふちが円形を帯び、表面がかすかに彎曲(わんきょく)している。

「眼鏡……じゃないか」

「俺もそう思うのじゃ。近眼鏡か老眼鏡かわからんが、レンズにちがいはあるまい」

「東京からの報告のなかで、トランクの底にこわれた近眼鏡が入っておったとゆうとるけん、被害者がここでやられた時、破片がとびちったのじゃないかな?」

「まだそう決めるには早いぞ」

そういいながらも、相棒はハトロン紙の封筒をとりだして、大事そうにおさめるのであった。

別のグループは、近松の交友関係を洗おうとして訊きこみをつづけていたが、このほうはかんばしい成績を期待できなかった。札島近辺に近松の知友はひとりもなく、道であって挨(あい)拶(さつ)をかわす程度のものが駅と隣近所に四五人いたきりで、その方面から手掛りをえようとする試みは、ほとんど無為におわってしまった。

彼等をよろこばせた唯一の収穫は、やはり鳰生田にすむひとりの公務員の申立てであった。色のあさぐろい肥ったこの男は、妙に挑戦的な口調でものをいい、その合間にいかにも人を小馬鹿にしたような笑いかたをする。

「さあ、今もいったとおり暗かったけんの、よくは見なかったタイ。君、タバコ持っとるじゃろ？　何だ、バットかい。マッチは？」

彼は気をもたせるようにゆっくりと火をつけ、刑事は機嫌をそんじまいとひたすら下手(したで)にでながら、心中では、この男が運河に転落してブクブクとおぼれ死んだらさぞかし痛快だろうと、先刻からそのことばかり思っていたのである。

「……近松が運搬(うんぱん)しおったのは、大きな黒か函じゃったな。いや、暗いから黒く見えたのかもしれんの。うん、防空壕のとびらをあけて中に入れおったタイ。近松のカンテラの光りでみたのじゃきい、はっきりは判らんバッテ、大きさは人間一人が入るくらいじゃったの。よか女子(おなご)が入っておったかもしれんぞ。フッフッフ」

「何日頃のことですか」

「うむ、そうタイなあ……。刑事君、タバコもう一本ないか？　どうもタバコすわんと考えがまとまらん、ハッハッハ。あれはじゃな、先月の、つまり十一月の二十九日の夜のことタイ。俺(おい)の知っとるのはこれきりじゃぞ」

こうしたわけで、近松がおのれの妻にも秘密にしてあの大型トランクを取扱ったというのも、ある程度まで事実であるかもしれないとみなされるに至ったのである。

＊作者註　本篇に用いた列車時刻表はすべて昭和二十四年度の実際のものである。

三　目覚めざる人

一

翌十二月十一日の午前中に梅田警部補は近松が潜入したとみられる神戸、更に彼が潜伏していると思われる九州各地の二十一署の捜査課長あてに、殺人容疑者としての手配を終えた。別に、トランクの底からパンチの入った乗車券が見出されたこと及び、屍体の耳から煤煙が発見されたという報告とから、死者が殺される前に列車旅行をしたものとみなして、大牟田警察署を通じて柳河町署に照会することも忘れなかった。

正午近くになってようやく解放された梅田は、つかれた体をどしりとイスにのせた。そして昨夜からの活動をいろいろとふり返っているうちに、ふとした疑問にゆき当っていた。パンチの入った乗車券が被害者のものであるならば、死者は筑後柳河から乗車して折尾までくるつもりだったのだろう。だが、もし彼が近松の防空壕をおとずれる目的であったなら、折尾でなくもう一駅こちらの、つまり札島までの乗車券をもとめるべきではなかったろうか。尤もこの疑問は、彼がこの辺の地理にうとかったために、折尾までの乗車券を買ったのかもしれないと考えれば、氷解する。それにしても、切符を駅員にわたすことなく改札口を出られたのは、いうまでもなく折尾まで来ずに、中途で下車したからなのだ。それならば、なぜ途中下車して札島へ向ったのか。いかなるコースを通り、いかなる乗物によって近松の防空壕までやって来たのか。そこまで考えてきた警部補は、被害者の行動になにかしら割切れぬ感じをいだかぬわけにはいかなかった。

梅田は今朝からタバコ一本すう暇がなかったことに気づいて、ケースからぬき出して一服つけているうちに、このような些細な点にこだわる自分が可笑しく思われてきた。初めて捜査の采配をふるものだから、必要以上に大事をとっているのだ。もう少しふてぶてしくかまえるのが、自分を完成するためにもよいのではないか。彼はそう考えて、自分の頭のなかの疑念を、アンドロメダ星雲のかなたに放りなげてしまった。

昼食をおえて休憩していた人々がふたたび出ていったあと、梅田警部補がガランとした部屋のなかで一人作戦を練っているところに、ハンチングをあみだにかぶった刑事が、くたびれた顔付をして入って来た。昼食にもどらなかったのは彼一人である。

「梅田さん、ちょっとした訊込みがあッたとですタイ」

人のよい刑事は、若い警部補によろこんでもらえるかと思うと、おのずと浮んでくる微笑をおさえるために苦心している様子だった。

「や、腹がへったでしょう、お茶をサーヴィスして上げますよ。それとも、タバコがいいかな？」

「すみません、タバコ下さい。全部きらして目がまわりそうですタイ」

彼は肺細胞の一つ一つで味わうかのように深く吸いこんでから、吐出した煙りの行方をぼんやり見つめていたが、やがて我にかえったように警部補の顔に視線をうつした。

「私は札島局に行って、近松あての郵便物を調べるつもりでした。ところが、ここでの収穫はほとんどなかったのです。近松は変った男とみえ、自分あての通信は全部局留にしてあるんですな。通信といっても麻薬取引の手紙でしょうがね。ですから局のほうでも、近松の通信がふえたか減ったかということは、よく判るんだそうです。事実、我々が監視をはじめて以来、近松あての郵便物はパタリと絶えとります。尤もこの秋頃から時折り局留の手紙がくるようになったといいますので、そろそろ蠢動する気配があったんじゃないかと思いましたがね。それはとも角として、今度近松が失踪して以来、彼あての通信物は一つもきておらんので、その点から何かつかもうとした私の狙いは、美事にはずれたわけですタイ」

彼は言葉をきるとふたたびタバコをふかしはじめ、とうとう一本吸いおわってから、灰皿にぐいとおしつけて火を消した。

「札島局のほうは全然得るところがなかったんですが、自宅のほうに何か配達されているかもしれません。そこで次ぎに鳰生田受持ちの配達人に逢ってみたいと思いました。ところが今日は非番で休みなんです。それで自宅をおそわって尋ねたら、あいにく海岸にワカメをひろいに行ってるというんですな。それでまた一時間ばかりトコトコと歩いて海辺に出まして、やっとつかまえることができました。ところが梅田さん、足を棒にした甲斐があったとですタイ」

「何ですか、一体？」

「近松から留守宅に便りが有ったのですよ」

「え？　近松から？」

「ええ、ハガキだそうですがね。真逆そんなまねはしまいと思っていたのに、堂々と通信しているんだから、呆れるじゃなかですか」

「ふむ、それで何んなことが書いてあったのかな？」

「さあ、配達人はそこまでは知らないといってましたがね。直接近松家に配達することは滅多にないので、めずらしく思ったそうです」

「いつ？」

「九日の朝の便ですから、一昨日のことですタイな」

「ふうむ、昨日彼女は何ともいわなかったが……」

　と梅田はいくぶん不興気につぶやいた。だが彼女にすれば、夫に不利な陳述をみずから進んでするはずもない。とまれ刑事が昼食をすませたあと、問題のハガキをとりにやらせることにして、話を打切った。

二

柳河町署から返事がとどいたのは、それから一時間ほど後のことである。大要は左の如きものであって、被害者の身許はこれで判明したと考えられた。

御照会の件に該当する者は当町居住の馬場蛮太郎（三十八歳）と思われます。即ち、
一、同人は十一月二十八日朝八時前に自宅を出発、以来現在に至るも帰宅しない。
二、同人が同日朝、筑後柳河駅で瀬高町経由折尾迄の片道三等乗車券を一枚求めた事が駅員に依って記憶されている。
三、同人が筑後柳河駅にて八時十六分発下り瀬高町行に乗車した際の目撃者がある。

（下略）

その後に馬場の人相その他種々の特徴が列挙されており、それ等は東京からの報告とほとんど一致していた。梅田はくわしい事情を知るために、その日のうちにも柳河へ向うことに

決めた。被害者の身許の見当がついたことは、彼にとって歯車が音をたてて一刻(ひときざ)みしたように感じられたのである。

警部補が列車時刻表をとりだして柳河行の計画をたてている頃、近松宅へおもむいた先程の刑事がもどってきた。梅田はその労をねぎらうことも忘れて、ハガキを受取って視線を走らせた。

便りの文句は実に簡単なものである。青インクでペンの走り書がわずかに二行。

此処は別府。潮の香りがぷんぷんする。

風邪をひかぬ様、体を大切にし給え。

表をかえせば、〝十二月六日夜、於別府、千鶴夫〟とあり、うすくかすれた消印は、兵庫県 別府町 24.12.7と判読できる。収集時刻が入ってないのは、当時の地方の小局ではまだ戦時中のやりかたを踏襲していたからである。

「おや、兵庫県にも別府という所があるのですか」

「ええ、私も今日はじめて知ったですバイ。ちょっとその旅行案内ば貸して下さい」

刑事は指先をなめてページをくり、兵庫県の鉄道図をひらいた。(巻末の地図②参照)

「ここですタイ。瀬戸内海ぞいの淡路島と向き合ったところ……」

「――なる程、山陽線の土山から出ている、別府軽便鉄道の終点か、ふうむ」

と梅田は口をつぐんで、別府の文字を凝視していた。

「あの婦人も、兵庫県に別府があることは、このハガキで知ったのだそうです。それはとも角としてですな、彼が福間から神戸へ直行せずに、こんな小さな町をふらついているのは、何うしたわけですかなあ」

刑事の疑問は、同時に梅田の疑問でもある。近松があのまま神戸にもぐってしまったなら、身をかくすためとか、或は神戸が麻薬取引のさかんな大阪に隣接している点から、密売買のためであるとかの想像もつくけど、このような町に不時着したのは、まるで自分を捕えてくれといわんばかりの行動ではないか。梅田はただちに別府町署に手配することを考え、卓上のハガキをふたたび取上げた。

「時にこのハガキは、果して近松の文字かな」

「それは大丈夫ですバイ。彼の筆蹟を三点ばかり持って来とります。いまさら鑑定の必要もないくらいに、はっきりしてますタイ」

といって、刑事は内側のポケットから、領収書やふるい手紙を取出して卓上にのせた。

「ふうむ、妙に特徴のある字だから、このハガキも別に偽筆ではないようだ。だがこの文句は何となく常軌を逸しているような気がするな。あなたは何うです？」

「全くですな。だから私もくびをひねったとですタイ。疑ってかかれば、行間に妙なニュアンスがただよっとるでしょう？　密輸入者がその妻に与える暗号指令でもあるのじゃないかとね。そこで訊ねてみたとですよ。『奥さん、ご主人は別府町で何をしていなさるんですか』と。尤も相手がまともな返事をするとは思わんでしたがね。そしたら、『さあ、存じません、何にも』というのですタイ。そこで、この文からうける印象がどうも訝しいといいますとね、先方も、『今まで旅先から便りをよこしたことは一度もなかったのに、どうしてこんなハガキをよこしたのか、あたくしにも判りませんの』という答です。いや、案外本当らしい口ぶりでしたよ。そこで私は矛先を転じて、近松がいつ頃殺人を犯したか探ってみようと考えまして、先月の二十八日から今月の一日にかけての、四日間にわたる動静をのべてもらうことにしました。すると、『この四日間に被害者が殺されたと申すのでございましょう？』と、先方は私の質問の意味をちゃんと見抜いておるのですタイ。『むかしはよく小さな旅行に出ましたけど、この頃はほとんど出歩きません』という返事でした。これからみても、我々の監視がきびしいために、動きがとれなかったことが判ります。『そうしたわけで、お訊ねの四日間もちゃんと家におりました』『でも、朝から晩まで、いや、四六時中自宅にとじこもっていたわけではないでしょう？』『ええ、根がおちつきのないたちですから、全然外出しないとは申せませんわ』『すると殺害するチャンスがなかったとは断言できませんね？』私もはっきり訊きましたタイ。相手があした利巧そうな婦人では、あけすけにぶつかったほうが効果的ですけんな。すると彼女はきわめてあっさりと私の問を肯定して、その後にこうつけ加えました。『でもそんな真似(まね)をしたら、すぐあたくしに判ったはずですわ』『……とおっしゃるのは、殺すチャンスはあったけど、殺しはしなかったという意味ですか』『ええ、近松はどちらかと申すと気が小さいほうですもの、とうてい人殺しなんてできませんし、もし人を殺したならば、あたくしに気づかれないように冷静にふるまえるはずはございませんもの……』とまあこんなふうですから、一応否定はするものの、機会は充分にあったわけですタイな」

三

専門家による筆蹟鑑定の結果も、ハガキの文字が近松のそれであることを認めたので、梅田はすぐさま兵庫県の別府町署にあてて、近松千鶴夫の捜査を依頼した。ところが、鐘をたたいたあとの反響をきくように、その返事は予想外に早くもどってきたのである。

御訊ねの近松千鶴夫に関する報告左の如し。

本月七日の午前十一時頃別府港西方一粁海岸沿(ぞ)いの松並木のもとで、白麻小型ボストンバッグ一個（C・Cの頭文字あり）、茶色ウール地のシングルの外套（内側に近松のネーム刺(し)繡(しゅう)あり）、灰色ソフト等の遺留品発見したるに依り、投身者とみなして隣接各地に通牒せしものなり。現在迄に屍体発見の情報を得ず。

別府町署は、頭から近松が投身したように信じているが、そのように割切ってよいものだろうか。余り賢明なやりかたではないが、偽装自殺であるようにも思える。しかし屍体をトランク詰めにして送るというのは、犯罪の発覚を最初から計算に入れてのことではなかったか。本来なら湮滅するために、トランクごと響灘へでも沈めてしまうのが当然ではないか。近松の家の前の運河は、そのまま響灘へ通じているからである。そうしたことを考えてみると、近松がトランクを発送したのは、自殺するための時をかせぐにあったとも思われる。行間に妙なニュアンスが漂っているといわれた例のハガキの文面も、それが自殺直前にしたためられた遺書であると考えれば、納得がいく。

報告書から顔を上げると、警部補は壁の時計に眼をやった。乗車時刻まであと十分ほどしかないので、ボストンバッグを至急返送してもらうよう別府町署に依頼することを署長に進言して、駅へ向った。

四

赤松から原田行に乗り、改めて折尾で停車中の　　行に乗かえる。あいにく列車通学の中学生や高校生で満員だったが、さいわいに坐ることができたのは何よりであった。

　ホッとした梅田は早速一本とり出して火をつけ、そして昨日からの眼まぐるしいばかりの進展を、あらためて眺めてみるのであった。覗きからくりがパタリパタリと変るように、トランク詰め屍体発見の飛電、近松の逃亡、被害者の身許判明、近松の投身といったできごとが、彼の脳裡にうかんでは消え、消えてはうかんでいった。近松の投身は偽装自殺であり、当局の眼をくらましておいて巧みに生きのびているのかも知れない。しかしどこに逃避しようと、きっと自分の手で捕えずにはおかないと、梅田はひとりで意気込んでみた。

　車窓からながめると、ここ三日間空をおおっていた厚い雲もこの頃からわれ目ができ、その間をもれた数条の陽のひかりが、空間にななめの縞をえがいて、野や丘をまだらに照らしていた。やがて博多を後に鳥栖に到着、ここで長崎行に乗りかえ、ついで佐賀で佐賀線に乗りかえて一時間、ようやく警部補は筑後柳河駅に到着した。

　筑後柳河！　それは若い梅田にとっては、かねてよりあこがれの町だった。いつかは踏んでみたいと思っていた白秋の生れ故郷を、このように殺伐な用件でおとずれようとは、全く思いもかけぬことだったのである。

　駅の改札口を出てみれば、あたりは暗くしずまり返って、水郷の夜風は梅田のほおに冷たかった。駅員に宿を教わると、すべてを明日に托し、油障子にうつるはたご屋の灯を目ざして、火取虫のように道をいそいだ。

翌る朝。梅田警部補は朝食前の一刻を、旅館の廊下の手すりによりかかりながら、南国の水郷の初冬の風物を見おろしていた。空模様はまたくずれそうだ。

少年北原薄愁は、この地の伝習館中学に学んだのだという。廊下をきかかる女中をとらえて薄愁の生家を問うと、二粁ほどはなれた沖の端の酒造家だと答えた。そして、ごはんの仕度ができました、さめないうちにお上り召せという彼女の言葉も、白秋を生んだ土地にふさわしい床しい響きにきこえるのだった。春に来なされればよろしかったに、と女中は梅田を白秋にあこがれる旅人と思ったらしく、菜種の畑が黄色くならんで川端の桃の花が赤くゆれる下を、北京種のアヒルがのんびりと泳いだりします、逆さにうかんだ倉の白い壁がゆらりゆらりと波にゆがんでみえて……、と残念そうな表情をした。

「冬の柳河はつまりません。朝の水はつめとうして、桃の花の代りに、かれ芦とかれ荻だけでございますよ」

いわれて流れに視線をやる。なるほど倉の壁までも陰鬱な灰色の影をおとしていた。

「いや、私は、冬のほうが好きかもしれない」

彼は天邪鬼でなく答えた。このようにくもった初冬の朝にこそ、水郷は常には見せないその退嬰的な朽ちてゆく面を、旅人の前にまざまざと露呈するのではないか。流れのふちの小道にあらわれては、またすぐに横路にかくれてしまうこの町の住人も、燃えつきようとする残り火がいぶるに似て、ただ息をひそめて生きているように思える。白秋がこの廃市を、『水郷柳河はさながら水に浮いた灰色の柩である』といったのも、今にしてよく理解できた気持だった。梅田はそっと首すじをのばして、鍵の手にまがった旅舎のやねを見上げた。『その屋根に薊の咲きほうけた古い旅籠屋などに、ほんの商用向の旅人ぐらいが殆ど泊ったけはいも見せないで立って了う』という一節をおもいおこしたからである。だが、今の季節に薊の生えているはずもなく、やねの横の電線にかかった奴凧が、肩をいからせて力んでいるきりだった。

食事をすませるとゆっくり寛いで、新聞に目を通してから旅館を出る。表通りを真直ぐ歩き、おそわった橋から左におれた。道すじを胸中で反復しつつ、掘割にそい掘割をわたった。細い流れは土手に生えた柳の下をとおり、白い倉の間をぬけ、今はかたく閉ざされた武家屋敷のふるい門口の前にたち寄り、別れては出逢い、出逢ってはまた別れてゆく。梅田の行く細道も行きづまると見えて、小さな橋をわたるとまた別の道へ通じていた。いれかわり立ちかわりに現れてくる草で葺いた屋根。古い蔵の数々。真白い障子とそこに吊されたほし柿のなつかしい色。うつむいて足もとに枯れ葉をうかべて流れる水をみても、あおむいてどんより曇った空と裸の梢をみても、一つとして梅田の詩情にふれないものはない。五十年前に白秋がそれ等を呼吸して育ったことを思えば、なお更である。

駅と正反対の方角に十分ちかく来たとき、ひからびた木の根をぶらさげた薬種屋の看板が目に写って、そのかどを曲った二軒目の、なかばくされかかって傾いた軒が、馬場の家であった。

奥に向って声をかける。しばらくは死んだような静けさばかりで何の反応もなかったが、やがて玄関に人の立つ気配がして格子をあけたのは、三十四五と思われるむさくるしいなりの婦人であった。警部補は、彼女の衣服にしみついた安っぽい線香のかおりをかいだ。

名刺をだすと、柳河町署から一応の話はきいておりますといって、玄関わきの十帖(じょう)の間に通された。たたみは陽にやけて、へりはボロボロにやぶれ、電灯には笠のかわりに不細工にひん曲げた厚紙がはめてある。全体の様子が、話にきく寺小屋式にできていた。

挨拶をおえた婦人は、自分は馬場未亡人の妹にあたる者だと名乗り、梅田が何もいわぬうちから、蛮太郎の死が事実ならば痛快であると、意外なことを語るのだった。

「姉は義兄(あに)がおッ死(ち)んだ精神的な打撃から、ちょっと寝込んでおりますタイ。精神的な打撃とゆうたかて、これは今後どうして喰うていこうかちゅう心配で、あれの死んだことを悲しんどるのではなかです」

さも誤解をしてもらいたくないといいた気な口調で、九州弁と関西弁をまじえて語るのである。

「ほほう、するとあなたにしろ奥さんにしろ、馬場氏を好いてはいなかったように見えますね？」

「そうですタイ」

と彼女は気負い込んで言葉をつづけた。

「誰があンた、あげん気狂いを好きますかいな。わたしは関西で戦災に逢うて主人と子供と家財までなくしたもんで、もうこんな戦争はこりごりだといいますとな、日本はもう一度全世界を相手に戦争をおッ始めて、大御稜威をかがやかせねばならんと、真っ赤になって怒るのですタイ。あれが一人でやることなら、世界を征服しようとかめへんですが、そのためにこちまでお相伴させられるなんて、直ッ平ごめんでッせ。弟子たちにソロバン教えとるうちに興がのってきますとな、窓をあけさせて突撃ィだの突込めェなどと号令をかけて、いい気持になっとります。いつだったか姉が、ややが目をさますからといいますとな、いきなりとびかかって撲ったりけったり、鬼夜叉みたいに折檻しましたとですタイ」

彼女は当時を思い出してか、にぎりこぶしを震わせた。

「どうしてああいう性格なのか知らへんけど、朝おきた時と夜ねる時には宮城を遥拝するのやいいましてな、子供をずらりとならべて、その子供があなた、生めよふやせよで、いざという時の人的資源にそなえるのだといいおって、姉が可哀想なほど毎年生れますのやが、その一族郎党をそろえて遥拝するのがみものですわ。わてはもうアホらしくて、ようお辞儀もしまへんが、あれが気狂いのようになって怒るさかいに、心はよそに飛ばせて、デクの棒みたいにやっとります」

話が一段落して、警部補は先刻から手にしていたタバコにようやく火をつけた。未亡人に逢いたいというと、彼女は腰を上げて奥に入っていったが、間もなく乳呑児（ちのみご）を胸にだいた女が、びんのほつれ毛を気にしながら出てきた。妹によく似たおもざしの、みすぼらしく所帯やつれをした三十六七の年輩である。彼女の背後から蒼白（あおじろ）くゆがんだ顔の幼児が二人、客のほうをおずおずと盗み見ては、襖（ふすま）のかげにかくれた。

梅田は眼の前に坐っている未亡人に対して哀れみの感情をおさえることができなかった。全く彼女は、すり切れた雑巾（ぞうきん）のような印象を与えるのである。胸の児も栄養がたりぬらしく、顔の静脈（じょうみゃく）が青くすいてみえ、泣く声も出せない様子だった。しかし彼女もまた妹と同様に蛮太郎の死をよろこんでいる風なのを見てとってからは、話を進めるのに気が楽であった。

「……そうしたわけで、馬場氏をあやめた犯人を明かにしようと努力をしているのですから、どうかご協力をねがいたいと思います。早速ですが、馬場氏が他人から恨みをいだかれるような心当りはありませんか」

未亡人は光りのない眸（ひとみ）で膝（ひざ）の幼児の顔を見つめていたが、やがて梅田をかえりみると、抑揚のない声で答えるのだった。

「はい、それはああした喧嘩（けんか）っぽい人間でしたけん、人様とはよくいざこざを起しました。バッテン、殺さるるほどの恨みをうくることは、なかじゃろうと思います」

「では、近松千鶴夫という人について、ご存知ありませんか」

「いいや、聞いたこともなかです」

「馬場氏の交友関係はどうでした？」

「あげん性格ですけん、近所の人もつきあってくれまッせん。友人もほとんどなかです」

「今度旅に出た目的は何でした？」

「それは知らんバッテン、どこからか手紙がきて、それを読んで急に出掛くるようになったのじゃなかろうかと思うとります」

ようやく反応があったので、警部補は思わず体をのりだした。

「その手紙を見せていただけませんか」

「さあ、主人は手紙を自分ひとりで読んで、わたしには見せないたちですけん……」

有ればいいがという表情で妹をよび、探してくるように命じた。

「どこへ行くといって出たのですか」

「さあ、何もいわんとですタイ」

「だれに逢うためだったか、判りませんか」

「はい、訊いてもみまッせん。何をたずねても満足に話をしてくるる主人じゃなかですし、女子供はだまッとれと叱らるるのは判っとりますで」

「その手紙を見た時の様子はどうでした？　うれしそうだったとか、不快そうだったとか……」

「馬場は年中怒ったような顔をしとりますけん、心の中までは判りまッせんですが、自分でさっさと仕度をして出ていきましたから、案外よか便りじゃなかったろうかと思うとりました」

「出発した日は？」

「先月の二十八日の朝ですタイ。八時前で……」

「服装や所持品はどうでした？」

「さあ、服装ちゅうても貧乏ぐらしですけん、十年も前から着とります一帳羅の紋つきの羽織袴に、ちびた下駄をはいて出ました。所持品も手拭いと石鹸ぐらいをバスケットに入れて……」

「所持金は？」

「そんなに持てるはずもなかですが……、ひょっとするとその手紙の中に旅費が入っていたのではなかろうかと、妹と話をしたですタイ。そうでなければ、なかなか簡単に旅立ちすることはできんですもンなあ」

そういっているところに、奥からもどってきた妹は、どこを探しても手紙は見つからないと報告した。もしそれが犯人からの死の招待状であったならば、予じめ馬場に命じて、他人の目にふれる前に破棄させてしまうことは当然である。

ついで封筒について訊いてみたが、安物のハトロン紙であったというほかは何も覚えていない。差出人の名前にしてもおそらくは偽名にちがいなかろうから、封筒がのこっているならとも角、名を記憶していたとしても大して役に立つまい。

「赤松の近辺に札島という所がありましてね、ご主人はそこで殺されたのです。先刻申した近松という人間は、麻薬の密売をやっている形跡があるのですけど、馬場氏にそのほうのかかり合いはありませんかね？　これは馬場氏を侮辱するのではなくて、ご主人を殺害した犯人をはっきりさせるためにうかがうのですから、是非お答えねがいたいと思います」

警部補の問をうけて、二人の女は無表情の顔を見合せた。

「一向にそぎゃんことは気づきませんでした。主人は家をあけたこともなかですし、手紙も滅多にくることはなかですけん、麻薬の取引をしとったとは思えまッせん」

「そうですタイ、あれは怒鳴るほかには何の能もなかですけん、闇商売でもうけることなど、でけるもンですか」

と妹はあくまで蛮太郎を軽蔑する。

「以前に赤松方面にでかけることはなかったですか？」

「いいえ、戦前も戦後も、旅に出ることはほとんどなかです」

「それではですね……」

と梅田は札島の防空壕の中で発見された万年筆のキャップをさし出した。

「これに見覚えありませんか」

「あるどころじゃなかです、これは主人の万年筆ですタイ。これがどうして……」

「いま申した札島で発見されたのですがね。それではもう一つうかがいましょう。馬場氏の近眼鏡はどんな型だったでしょう？　例えばふちがセルロイドであったとか……」

「いいえあなた、そんなしゃれたものではなかです。鉄ぶちの、十五年も前から使っとるもンです」

「なるほど、鉄ぶちのね」

　こうして警部補は、とも角も近松と馬場とをむすびつけることに成功したのである。そこで参考資料として蛮太郎の指紋を採取したのち、いとまを告げた。

　走るようにしてかどの薬種屋をまがりながら、白秋を通じてあこがれつづけてきた柳河の印象が、今はうす汚れた白茶けたものになってしまったことを、つよく意識したのであった。

四　或る終結

一

梅田が帰署してみると、留守中に二三の情報がとどいていた。そこで屍体検案書に添付されてきた被害者の指紋と、柳河から持ちかえった馬場の指紋を早速比較させて、屍体が馬場蛮太郎に相違ないことを確認した。

東京から廻送された衣裳トランクには、屍体をとりのぞいたあとの物が、そっくりそのまま詰めてあった。それについては梅田の帰りを待つまでもなく、すでに刑事が赤松市をはじめ、隣接の折尾、八幡、小倉、門司などの諸市に飛んで、証拠固めのために、屍体を包んだゴムシートの出所を洗っていた。だがこうした品物を製造したり販売したりしている店は限られたはずであるのに、近松がそれをどこから入手したかをはっきりさせることは、ついにできなかったのである。

ゴムシートのほかに警部補の興をひいたのは、鉄ぶちの古ぼけた眼鏡であった。彼は机の上に紙をしいて、われたレンズの破片を慎重に復元していった。そして最後の欠けた個所に、刑事が近松の防空壕で発見した一片をそっとあてがい、ついで満足そうなうなり声をだして、タバコに火をつけた。問題の一片は、欠けたところにピタリと合ったのである。これと万年筆のキャップとを思いあわせる時、馬場の殺害現場があの横穴式防空壕であることは、もはや疑いをいれる余地もない。

もう一つの情報は、つぎの通りだった。昨十一日の午後、梅田が柳河へ向けて出発した一時間ほどのちに、門司駅の車掌区から電話がかかってきた。それは、十日の夜近松の逃亡経路をはっきりさせるため各駅の公安室に対して問合せをした、その反応の一つであった。報告をしてくれたのは山陽本線二〇三二列車の車掌で、乗車勤務をおえて車掌区にもどり、今しがた赤松署の手配を知ったところである、といった。

二〇三二列車は門司駅を22時45分に始発する不定期の東京行準急である。彼はさる十二月四日に門司駅から勤務乗車していたのだが、翌五日未明に、ちょうど三田尻（みたじり）駅を発車した直後（三田尻発は1時40分だから、門司駅を出て三時間ほどたった頃である）、一人の中年紳士が車掌室に来て、カゼをひいたらしく頭痛がする、なにか薬品をもらえまいかと申しでた。この紳士の人相については、無髭で頭髪をきれいにわけていたという程度しか記憶していないが、服装のほうはもう少し印象にのこっていた。帽子は座席においてきたとみえてかぶってなく、茶のシングルのオーバーをきて黒っぽい革手袋をはめ、弁慶じまのしゃれたマフラーをしていた。ボストンバッグを持っていたかどうかは知らないけど、赤松署でさがしている人物に該当するところが多いから通知する、というのであった。

すでに近松が福間駅から乗車して別府町へ向ったことが判明したあとだったため、この報知はさほど署長をよろこばせはしなかったが、捜査に協力してくれた礼をのべて電話をきろうとした時、先方はつぎのようにつけ加えたのである。

(私がですナ、アスピリンの錠剤をわたしてから名刺をいただきたいといいますとナ、はあ、こうした場合は名刺をもらうか、名刺がない時には救急薬品利用者名簿に署名してもらうことになっとるのですが、するとその人は、近松という名刺をおいていったです。は？　名刺は今ここにありませんけど、名前はおぼえとります。千鶴夫、近松千鶴夫という名で……、ええそうです)

署長からこの報告をきかされたあとで、梅田は列車時刻表を手にとり、鹿児島本線と山陽本線のページをひらいてみた。福間駅を19時50分に出る一一二列車は21時37分に門司駅に到着して、一時間と八分の待合せでこの二〇二二列車に連絡するのである。とまれ近松の逃亡経路は、これでいよいよはっきりした。（巻末列車時刻表(2)(3)参照）

「正直に名刺をだした点から考えますと、やはり逃亡する気ではなくて、自殺行だったと思われますな」

と梅田は署長をかえりみた。

「ウンにゃ、そう簡単にゃきまらんバイ。これで屍体があがれば君のいうとおりになるバッテ、わしのカンによると、自殺とみせかけて神戸にひそんどるのじゃないかと思うね。何しろあそこは、大阪ちゅう麻薬取引の中心地を控えとるけんのう」

この辺りでは、バッテンをバッテと発音するのである。

二

別府町署に依頼しておいた近松の遺留物は、翌十三日の夕方の列車便で到着した。手のすいている刑事たちもどやどやと集ってきて、荷をあける梅田の手許を興味ある目で見つめていた。

彼は黙々として木の箱からボストンバッグをとりだし、ほこりをたたいて机の上にのせた。それからおもむろに錠(じょう)をはずして口をひらき、中を一瞥(いちべつ)して茶色のオーバーをひきだし、灰色のソフトをとりだし、弁慶じまのマフラーと汚れたままの一足の靴下と、最後に洗面具をつかみだした。警部補はボストンバッグを逆さにしてとんと叩(たた)いてから、一同の顔をかえりみた。

「これきりだ」

ついで彼は遺書のたぐいでも入っているのではないかと思い、オーバーを机の上にひろげて漁ってみたが、そうしたものは全然なくて、右の外ポケットに黒緑色のキッドの手袋と十二月五日付の英文毎日、内側のかくしからポケット版の列車時刻表がでたのみであった。

この時刻表は赤松駅の弘済会売店でいくらでも売っているもので、近距離旅行者むきに関西、四国、九州方面に重点をおいて編纂した、うすっぺらなパンフレットである。十二月号としてあるのをみると、近松が今度の旅行のために求めたものと思われた。旅行慣れた人がよくやるように、福間駅を19時50分にでる一一二列車と、それに連絡する山陽線の二〇二二列車の欄に色鉛筆で赤線がひいてある。梅田はしばらくその時刻表を見つめていたが、ふといぶかし気な表情をうかべて、署長をかえりみた。

「ご覧なさい、近松がのった二〇二二列車は準急ですから、別府軽便鉄道がでている土山駅にはとまりません。別府港へいくには、一つ手前の加古川駅で下車しなくてはならんのです。その停車時刻は13時6分ですが、いずれにしても近松が真直ぐ行ったならば、五日の夕方までには別府町に到着していたはずです」

「うむ、それで？」

「近松の例のハガキですね、あれは日付が六日夜で消印が七日になっているでしょう？ つまり六日にしたためたが、夜遅く投函したためにその日は収集されないので、翌七日のスタンプがおされたとも考えられますし、また六日に書いて七日に投函したとも推定されるわけです」

「うむ」

「しかし何ずれにしてもです、あのあたりは漁船でにぎわっているために、昼間は投身できない。この赤松港にしたってそうでしょう、漁師や仲仕の目をぬすんで飛びこむことは、絶対に不可能です。すると彼の自殺決行は六日の深更から、七日の払暁にかけてのことであると思われます」

「それは君のいうとおりじゃ、わしも別府町から高砂にかけてあの辺りを歩いたことがあるが、仲々活気のあるところじゃきいな」

「だからです、脱ぎすてられたオーバーやボストンバッグなどが七日の昼の十一時頃に発見されたという点から考えても、七日の夜以降に投身したものとは思われない。すると五日の午後に別府町に到着してから七日の払暁までの間を、どう過したかということが疑問になってくるのですがね」

「訝しいね、じゃからわしは彼の自殺をすなおに納得でけんのタイ」

　若い警部補はこの四十時間未満の時刻のずれがどれほどの意味をもっていたかという点について、全然想像をめぐらすことができなかった。だがのちになってみると、少くともそれに疑義をさしはさんだというだけでも、彼が有能の警察官であることは証明されるのである。

「どうも訝しいですよ、この点が……」

「何も君、そげん深く考える必要はなかタイ。もし近松が自殺したのだとしてもじゃね、決心が途中でにぶったけん、遅疑逡巡するちゅうことも充分考えらるるもンな。それよりも君、近松の妻女をもう一度呼んで、遺品を見せる必要があるタイ」

三

警部補はふたたび彼女と向き合っていた。卓上にはボストンバッグ、オーバーなどがごてごて並べられてあるので、まるで古道具屋の親爺が、女の客と値段の折衝をしているような図である。

「……列車の時刻表や英文毎日は存じませんけど、あとはどれも近松の持物に相違ございませんわ」

彼女は案外に無感動な表情だった。梅田が考えていたように、夫の遺品を前に涙をながすというそぶりは、全然みられない。それは日本婦人に強要されてきた感情をおもてにだすことをはしたなしとするあの封建的な教えのためか、或いはまた馬場の遺族の場合と同じように夫の死を悲しんでいないためか、警部補には見当がつきかねた。だが最も妥当性のあるのは、近松の死が偽装であって、どこかでピンピンして生きていることを、この密輸入者の妻が知っているのだという考え方である。しかしもしそうとするならば、なおのこと彼女は涙をながして、夫の死をかなしむお芝居をしなくてはならないはずだ。

梅田は立上って、別室においてあった例の衣裳トランクをもってきた。彼女はその品が何であるか察したらしく、まゆをよせて気味わるそうな表情である。

「奥さん、ではこのトランクについて如何でしょう？　先日お話ししましたように、馬場という被害者の屍体がつめてあったトランクですけど。それからこのゴムびきのシート、これに見覚えはありませんか」

彼女はおそろしそうに無言のまま否定した。しかしその表情は、決してうそをついているようには見えなかった。

梅田がかさねて何かいおうとした時に、ドアがあわただしくノックされた。立上った彼は廊下の男としばらくひそひそ話をしていたが、やがて扉をしめて席にもどってきたその顔には、固く緊張したうちに深い同情のいろがうかんでいた。

「実はその……」

といいかけて言葉をのみ、カラーのまわりに指をいれて、えり頸をゆるめた。

「何でございましょう？」

と相手の顔つきも真剣になる。

「実はその、興奮なさらずにきいていただきたいのですけど、ただいま岡山県児島市の警察から、ご主人の屍体が発見されたという通知がまいりました」

「まあ、やはり……」

さすがに女は眼をまるくして驚き、ついでがっくりと肩をおとした。

「そうなんです。別府町から下津井の沖まで漂流したわけですね」

といってから、こんなむごい話はすべきでなかったと悔んだ。

「あの、下津井と申しますと……？」

「岡山から四国の高松へわたるところに宇野という港がありますけど、その宇野の西にあたります」（巻末の地図②参照）

「どんな状態で発見されたのでございましょう？」

「奥さん、大丈夫ですか。それではかいつまんでお話しましょう。岡山県の海上保安部から児島市署を通じてきた情報でして、内容はこうなのです。『十二月十二日夕刻本県児島市下津井町沖にて漁撈中の網に中年の男子の屍体がかかりたるにつき、同夜検視の結果、所持の手帳、印鑑其他より、福岡県赤松市外札島鳰生田居住近松千鶴夫なること判明。屍体認知の為至急遺族の来岡を乞う。なお同人の服装は淡緑色ギャバジンの背広の上下、黒短靴着用。死後一週間を経たるものの如し』といったものですがね」

相手はひざの上にきちんと両手をそろえ、まばたきもしないで見つめたままきいていた。

ややあって梅田をふりあおいだ顔はさすがに蒼白んでいたが、語調には少しも乱れたところはない。

「そういたしますと、あたくし向うに参らねばなりませんのね？」

「そうです。足もとから鳥が飛びたつようですが、今夜の急行で私と一緒に下津井まで行っていただきたいと思います。よろしいですか」

四

梅田警部補が近松夫人をともなって岡山県の児島についたのは、十四日の正午をすぎた頃だった。早速構内電話で連絡をとると、すぐ迎えにゆくから駅の入口で待っていてくれという。

二人は指定された場所に立っていた。海のにおいの彼方から、風にのって船の汽笛がきこえてくる。同じく海をひかえている赤松にくらべて、児島市の雰囲気がどことなくおだやかなのは、灘と内海のちがいからくるのではなかろうか。

梅田はそっとかたわらの女をかえりみた。夫の遺品を前にして、全くかなしみのいろを表わさなかった女。屍体発見の通知をうけても、ぐっと感情をころして動じなかった女。そしてここにくる列車のなかを黙々として、まるで仮面をかむったように、かたい表情をくずさなかった女。梅田警部補は彼女の胸中をいろいろと揣摩臆測してみるものの、ついぞ結論を得ることはできなかったのである。

ひょっとするとこの婦人は、今から対面しようとする屍体が夫でないことを、ちゃんと承知しているのかもしれない。だがいずれにしてもその解答は、あと一時間もたたぬうちにだされるのだ。

五分ばかり待った頃、街角から黒ぬりのセダンがあらわれて、かるくカーヴをきると二人の前でとまり、年配のふとった男がきゅうくつそうに体を曲げており立った。

「赤松からおいでになったかたで？」

「そうです。こちらが遺族の近松夫人です」

挨拶がすむと、この児島署の警部は女のように甲高い声で説明をはじめた。

「屍体は一里ばかりはなれた下津井町の病院に安置してあります。さいわいに時節が時節ですから、ほとんど腐爛してないのが何よりでした」

この警部は、ゆうに二十貫を越すと思われる巨軀が示すとおり、粘液質であるにちがいない。さもなければ、遺族の前でそうした言葉を弄するはずもなかろう。梅田は思わず近松夫人の顔をうかがう。だが彼女の表情は相変らずマスクをかぶったように、固く冷たかった。

三人が車にのりこむと、いま来た道をバックして下津井へ向う。無遠慮に白いほこりをたてて二十分ちかく走ると、やがて下津井鉄道の終点下津井の町はずれに入った。ここは児島半島が瀬戸内海につきでた袂の小港で、道路の右手にならぶ家々の間からは、初冬の陽の光りを照りかえした海が、連続写真のようにあらわれては消え、そのはるか沖には十艘あまりの漁船が帆をあげて、点々とうかんでいた。海ぎわの苫家の庭には、長い棒に網がほしてあり、それがいかにも穏やかな漁師まちの趣きを呈している。だがこれからなすべき陰鬱な仕事を考えると、梅田警部補の心は北欧の風景画をみているように重たく沈んでくるのであった。近松夫人にしても思いは同じことだろう、右手ににぎりしめたハンカチにじっと視線をおとしたまま、身じろぎもしない。肥った警部も前方をみつめたきり口もきかず、ただ鼻のあなを大きくひらいてすうすう呼吸する音が、エンジンのうなりの中からよくききわけることができた。

やがてふたまたに別れた道を左にまがると、商家のならんだ町中らしい筋にでて、ほどなくペンキのはげかかった二階建の病院の前で停車した。警部を先頭にうすぐらい玄関に立つ。クレゾールの臭気がはげしく嗅覚をくすぐった。

あらかじめ電話してあったとみえ、出てきた看護婦は万事をのみこんでいるように、三人を奥へみちびいた。梅田は、強いて感情をころしているものの、緊張にほおをひきつらせている女をいたわるようにして、せまい廊下を中に進んだ。壁ぎわの長椅子の上には、いかにも漁師らしい頑丈な体つきの男が三人、もくねんとして診察の順番をまっており、そのうちの一人の腕を吊った繃帯の白さが、黒く陽焼けのした皮膚にひときわうき上ってみえた。

先に立ってスリッパの音をたてて歩いていた看護婦が一室の前でぴたりととまると、すべりのわるい戸が仰々しい音とともにおし開かれ、すると今度はフォルマリンの臭いが鼻粘膜をキュンと刺戟した。

「奥さんはちょっとここに待っていなさるがよろしかろ」

くるりと後ろをむいて肥った警部が、キンキンとひびく声でいった。

「そうなさったほうがいいでしょう。そのソファにこしかけて待ってらっしゃい。先に私たちが屍体を見てきますから」

そういい残した梅田は、びっくり箱をあけるような不安と期待とをもって、中に入った。屍体が近松なら、この事件はこれで終りをつげるのだし、近松でないならば、更に複雑なものとなるであろう。

正面の窓ぎわの台上に白木の棺がおいてあり、ふちなしの近眼鏡をかけチョビひげを生やした五十恰好の医師が、まるで舞台奇術師のような手つきでヒョイと棺のふたをとると、その下から軽く瞼をとじ、鼻の下とあごのあたりに不精ひげの目立った男の顔があらわれた。梅田はそのいくぶんブクブクとした蒼白い死顔をまたたきもせずにじーっとみつめ、おもむろにポケットから近松の写真をとり出した。

「何うですかな?」

そういう警部にだまって写真を手わたすと、彼も双方をしげしげと見くらべてから、深くうなずいて医師に廻した。やがて医師からその写真をうけとった時、梅田ははじめて口をひらいた。

「入歯の金冠もあっているそうですね？」

「ええ、門歯の上に三枚と左下の第二臼歯（きゅうし）に一枚の金冠がありますし、右奥の上の臼歯にサンプラが入っている点は、昨日いただいた電報と一致しています。写真と死顔も似ていますから、同一人と断定しても差支えないでしょう。ただ指先を魚にくわれているので、指紋が役に立たないのが残念です。ところで遺族のかたに入っていただきましょうか？」

梅田警部補は一つうなずいてから、廊下の扉をあけた。彼女はその音に顔をあげて唇をかみしめ、あらためて覚悟をきめた様子だった。

「ほんのちょっとでいいのですから……」

彼がひくい声でポツリというと、相手は無言のままそっと立上った。

彼女が部屋に入るのをみて、棺の前に立っていた医師と看護婦はさっと左右にしりぞいた。梅田がひじをとろうとするのを軽く辞退して前に進み、血の色をうしなったほおを更に蒼白ませて、それでも意外なほど気丈に屍体に見入った。

「……夫に相違ございません。それから、左の手頸にホクロが三つたてに並んでいるはずですわ」

それだけいったとたんに、今までの気丈さがうそのように、クラクラとよろめき崩れて、そのまま梅田の腕に倒れこみ、二人の看護婦がすぐに手をのばして彼女をかかえると、廊下につれ出した。看護婦たちは彼女の失神を予想して、手ぐすねひいて待っていたようにさえ見えた。

あとに残った児島署の警部も、フォルマリンの臭気には辟易していたらしく、ついで死者の前では不謹慎と思われるほど大きなくしゃみをした。それで医師はやっと気づいたらしい。

「では私の部屋にいってお話しましょう」

といった。

五

医師の私室はよくそうじのゆきとどいた気持のいい部屋だが、寝台が場所をとっているので、肥った警部は身動きもできなかった。

やがて医師は近眼鏡をキラリと光らせ、卓上のタバコを二人にすすめて、自分も一本くわえるとライターで火をつけた。

「この窓から見える半島を児島半島といいますが、その沖合で漁師がひいていた網にあの屍体がかかったのです。それは一昨日、つまり十二日の夕方のことでした。つい先日も女の入水屍体が漂着した例があったので、漁師も今度は慣れて、上手に運んでくれたわけです。ご覧になったとおり、顔や手など露出した部分は岩にぶつかったりスクリューにやられたりした痕がありまして、相当波にもまれた様子ですし、ことに、指は魚にくわれたあとがひどいのですが、大体においてさいわいに原型をたもっております。警察医も私も、死後五日から一週間ということに意見が一致しました。しかし外観が水死体らしくないので念のため解剖してみることになったわけです。ところが予期したとおり胃にも肺にも全然水が入っておらんのです。といって暴行をうけた形跡もありません。そこでこれは毒物を嚥下したのではあるまいかという疑いが出て、検査した結果、はたして胃と血液から青化物の反応があらわれたわけです」

語りおわってしきりにタバコをふかす医師に代って、今度は警部が甲高い調子で説明をはじめた。

「所持品は上衣とズボンのポケットに入っていた物だけです。後刻夫人にみていただくとして、あなたには今お目にかけましょう」

警部はさっきから抱えていた鞄を机において、近松の遺品をとり出した。海水がしみこんだ人造皮革の紙入れが一つ、アメリカ製のナイロンの刻みタバコ入れが一つ、パーカーの万年筆と近松と彫られた象牙の印鑑が一つずつ。紙入れには千円紙幣が八枚と百円紙幣が三枚、それに黄色く変色した近松の名刺が十六枚入っている。更に紙入れの外側のポケットには小さくおりたたんだうすい紙片が入っており、つまみ出してひろげてみると、札島駅から汐留駅留で古美術品を発送した小口扱貨物通知書の甲片であった。

「まだ乗車券が入っているはずですがね」

医師にいわれて紙入れをさかさにしてパタパタとはたくと、同じように黄色く海水のしみこんだ一枚の切符が、ひらりと卓上におちた。十二月四日福間駅発売の神戸行三等乗車券で、それがこうして紙入れに残っているのは、神戸まで行かずに中途で別府町へ向うべく、加古川駅に下車したためであろう。梅田はその乗車券をてのひらにのせて、我知らず吐息をホッとついたのであった。

六

近松の屍体はただちに荼毘にふされることになって、梅田たちで野辺の送りがいとなまれた。

一方あたらしく誕生した未亡人はやっと意識をとりもどしたものの、火葬場までついていくことは到底できず、看護婦がつきそって岬の鼻にあるふるい宿屋〝銀波楼〟にいこわせた。海に面した部屋にとおされると、看護婦は女中に床をとらせ、脳貧血だから枕をひくくしているようにと注意を与えて帰っていった。

梅田がもどったのは夜の七時頃であったろうか、すでに未亡人もいくぶん元気を回復していた。彼女がまだ夕食前だと知ると女中に鯛スキを注文して、おなじ部屋で食事を共にすることにした。

「あたくし、何もいただきたくありませんの」

「それがいかんのです。こういう時には、機械的にでもたべておきませんと、あとで参ってしまうものですよ。この家の鯛スキはちょっと有名な料理でしてね、まあ無理にでもたべて下さい」

梅田はいつになく強引にいった。

食膳に向った彼女は、ろうをかんでいるようにまずそうな面持で、はしを動かしている。警部補は何とかして相手の気持をかるくしたいものだと考え、つとめてはずんだ口調で語った。

「この宿屋はなかなか古い家でしてね、先刻のおデブさんの警部の話ですと、むかしは芸者なんかがいたらしいのです。この土地の民謡に、〝銀波楼の芸者衆が招きゃ、沖の舟の灯が消える〟というのがあるんだそうですがね。ふところ具合のいい船頭はこの家の前の石段まで舟をこぎつけて、呑んだり唄ったりしたのだそうですよ」

だが鯛スキの味は、梅田にとっても決してうまいものではなかった。彼はふとはしを休めると、ガラス越しにくらい沖のいさり火をながめ、それでいて心は全く別のことを考えていた。この女性は決して夫の死をかなしんでいるのではない。悲しみと、夫の屍体に対面してうけたショックとは自ずから別のものだ。とすると、彼女は胸中なにを思いなにを考えているのだろうか。

ふと我にかえると、ポンポン蒸気の発動機の音が、黒い海面をわたって単調にひびいてくる。梅田はふたたびはしをとった。

翌十五日のひる前に、夫の骨箱をもった未亡人は、梅田警部補と共に赤松へかえるために下津井鉄道にのった。車内はわりにすいていたが、ガソリン車のために排気ガスが充満して、それが漁師のもちこんだ干物の臭気とまじり合って梅田を閉口させた。未亡人は蒼い顔に憂愁のいろをうかべたまま、相変らずだまりこくっている。

被害者と加害者とがそろって、事件はここに解決したといってもよかった。近松が蛮太郎を殺した動機や、彼が柳河をたって壕内で殺されるに至った足取りは、帰署して裏付捜査をやればよい。意気ごんだわりに龍頭蛇尾の感がせぬでもなく、強いていえば近松の自裁が残念でもあったが、梅田の胸中はからりと晴れた瀬戸内海の青空にも似ていた。ただ未亡人への遠慮から、それを面てにあらわさなかっただけである。

五　古き愛の唄

一

札島駅のフォームは、長さが百メートルばかりもあろうか、小さな浮島といった感じのものである。それでも列車がとまった時に、五六名の客がおりた。全くそれは、ここに駅が開設されてあるから、駅長と運輸省の面子（メンツ）をたてておりてやるのだ、というふうにも思われた。

鬼貫（おにつら）がそれ等の義理がたい人々のあとにつづいてフォームにおり立ったところは、ある小説家の表現をかりれば、コロンブスであった。彼はこれから札島を発見しようとしているのである。ライトグリーンのダブルのオーバーに小さな鞄を一つかかえたきりで、フォームから改札口をとおり、それから近松が屍体を発送したという駅を、大きな眼で如何にも感慨ぶかそうに見まわした。ついでポケットからおもむろに一通の封書をとりだし、便箋（びんせん）にかかれた略図を頭のなかにたたきこんだ。

駅の正面には切通しの一本道がつづき、略図によればその上をどこまでも歩いていけばよいのである。鬼貫はぐっとあごをひいて、肩を一つゆすって前進をはじめた。

黒の短靴がほこりにまみれて黄色く粉をふいた頃に切通しは終って、四つ辻にでた。左手からきたバスが右手へ走り去るのを見送って、ふたたび歩きだす。このあたりが札島の中心地であるとみえ、道路の両側には鯛のペンキ絵の看板をかかげた釣具屋だの、写真屋だの理髪店だの、勘亭流ののぼりを冬空にへんぽんとひるがえしている芝居小屋だのが、まるで店じまいをしたかのようにヒッソリ閑(かん)としてならんでいる。どの店も黄色いほこりをかぶって、飾り窓のなかの色あせた品物は、博物館の陳列箱をのぞいているような錯覚をさえ起させるのであった。

店屋のならびが切れたあとは一面に黄色い畑がひろがり、そのはるか彼方に大きな掘割が見えはじめた。近松が麻薬を陸あげした運河であり、そしてその運河にそって歩けば、近松宅にゆきつくはずである。

運河はちょうど干潮時とみえて水が少く、小蟹(こがに)が足音におどろいて穴に逃げこんだ。その生きものの落着きをかいた敏捷(びんしょう)さが、ゆくりなくも近松の性格の連想を呼んで、彼とともに送ったカレッジライフを、ほろにがい気持で思いだしてみた。ぬけ目ない要領のよさと巧みな弁舌、人見知りもせずに誰彼となく接近してゆく厚かましさ、おちつきなくキョトキョトと動く瞳、それ等が要約した近松の特長であるようだ。性格のつよくない彼が順調なコースをたどっているうちはよいものの、ひと度逆境にたてば忽ちぐれてしまうことは、鬼貫にも容易に想像がつくのであった。

彼は運河に視線をあずけたまま、自分が近松と一人の女性を争って見事に敗れ悄然として満州に去ったことや、近松がほこらし気に彼女をいだいて北京の商社に赴任していったことなどを思い出してみた。そして今、十年前に己れを拒否した女性の苦境を救おうとして、一途に運河のほとりを急ぐ自分をかえりみると、そのお人好し加減に我ながらあいそもつきるのであった。

彼はあわてて顔をあげ、くびをふった。運河の左右には、大きな邸宅と土蔵とが点在してみえる。筑豊本線が敷設されることによって札島がさびれる前の、この運河に荷舟が出入りした頃の名残りなのである。おそらくここ三十年来というもの、それ等の土蔵はガランとしたまま、扉をあけられたことさえもないであろう。そう思って見なおすと、どの邸宅もしずまりかえって、いい合せたように閉じきった門が、まるで死に絶えたような印象を与えるのだった。

なおも行くうちに、運河を中にはさんで三四十軒の人家が立ちならんだところに出た。略図によればそこが鳰生田であり、たずねる家はその中程の、土橋のたもとにあるはずである。

近松と書かれた標札をみて、鬼貫はかすかに胸のときめくのを覚えた。齢い不惑を数年ののちに控えて、かつての意中の女性を訪ねるといってこのように波立つ胸に、彼はかるい自己嫌悪を感じていた。年甲斐もないと吐すてるようにつぶやいてみたところで、その波はしずまりそうにない。横の砂山にあそんでいる子供が、もじもじしている鬼貫を怪訝そうに見上げたので、彼は我になくほおをそめ、思いきってガラス扉を横にはらうと、小暗い奥にむかって声をかけた。それに応じたハイという返事をきいて、鬼貫は思わずたじろいだように一歩しりぞいた。

やがて目の前にたちあらわれた女性をみて、彼は眼をまるめ、息をのんで立ちつづけていた。

「由美子さん」

「まア……」

予期したとおり幾分やつれを見せて、それでも思ったよりも若やいでみえたのは、クリームとグリーンのよこじまの明るいセーターのせいばかりではないようだった。由美子は泣き笑いの表情でたたずみ、鬼貫は手にしたソフトを不器用にくるくるともてあそびながら、いうべき言葉にまよっていた。

二

やがて二階の一室に通されて、とも角線香をたてたのち、あたりさわりのない言葉がしばらく交わされた。

「お子さんは？」

と、鬼貫がいくぶん遠慮がちにきいた。

「ありませんの」

「それはそれは、淋しいでしょう？」

「あなたのお子様は？」

今度は由美子がきく。

「ないです」

「まあ、それではあなたこそお淋しいでしょうに。でも奥様、おやさしくておきれいなかたでしょう？」

「ないです」

「まあ……」

と、彼女は意外な面持ちだった。

「お亡くなりになって？」

「最初からないです」

「ご結婚なさらなかったの？」

鬼貫はだまってうなずいた。彼女は眼を丸くして、何故かしら？……と口のなかでいい、やがてその理由に思いあたったのか、急にほおに血をのぼらせた。鬼貫は相互の会話をらくにすすめようと考えたにもかかわらず、それが反対の方向にゆきつつあることを悟った。

「ひろい家ですね」

と、あらためてあたりを見まわしたので、由美子もほッと救われた表情になった。

「ええ、一人住いにはひろすぎますわ。下が三間に、上はこのお部屋のほかにもう三間ありますの。むかしこのあたりが栄えた時分に、ご隠居さんが義太夫にこったとかで、舞台と客席になっていますのよ」

「そりゃすごいです。その頃はなにか商(あきな)いでもやっていたのでしょう？　どうもこの構えはしもたやではない」

「ええ、呉服屋さんだときいてますわ。前の運河に舟荷がついて、なかなか大したものだったんですって。このあたりの人にはその頃の船頭言葉がのこっているものですから、会話の調子がとても荒っぽいですわ」

「でも、こうした大きな家で近松君の位牌(いはい)をまもっているなんて、よくさびしくありませんね」

鬼貫がこういったのがきっかけとなって、話題が事件のほうに導かれていった。

「あなたが十九日に投函なさったお手紙、二十一日にとどいて拝見しました」

「今日は二十三日でしょ？　すぐにとんで来て下さったわけですのね。わがまま申して、ほんとに相済みません」

「いえいえ、そんなこと構いませんよ。どうせ休暇がたまっているのですし、場合によってはこれが仕事にもなるわけです。で、早速ですが、ことの始まりからきかせて下さい」

由美子は小半時あまりもかかって、赤松署の梅田警部補にのべたのと全くおなじ内容を語り、下津井までの経過を詳細にきかせた。

「こうしたことは、ちょうど医者が患者から病状をうちあけられるように、すっかりお話していただかないと、あとで困る場合ができるかもしれないのです。近松君が四日の夕方お宅をでる際に、あなたがその行先をたずねなかったりした点は、梅田警部補でなくともちょっとうなずけませんね」

「そうですわね。あなたは梅田さんとは違いますもの、なにもかくしだてする必要はありませんわ。これは家の恥になりますけど、あたくしと近松との間は、ずっと前からいけませんの。おなじ家に住んでいる同居人にすぎないのですわ。結婚して十年の余になりますけど、お互いに別々のことを考え別々の道を歩いてきましたの。北京語に〝我不関焉(ウォプカンジエン)〟というのがありますでしょ？　あたくしどものゆきかたは、あの通りでしたのよ。ですから、お互いにどんなグループと交わっても、容喙(ようかい)もしなければ気にもかけないことになっていましたわ。あたくしが抗議を申込んだのは、あの人が密輸の仲間入りをした時だけ。勿論(もちろん)にべもなくことわられました。それが、こちらの警察の監視がきびしくなって手も足もでないくせに、あたくしがやめろといったからやめたんだと恩にきせて、お小遣いに困ってくるとぶったりしますの。そんな仲ですもの、あの人が四日にでかける時だって何もききませんでしたわ。あたくし共の生活では、それが当り前なことになっているんですのよ」

「ほほう」

うなずきながら、十年前に見せつけられた近松と由美子の姿を思いうかべて、鬼貫は感無量だった。

やがて急須(きゅうす)をとろうと手をのばした由美子のうでに、彼はふと二つの黒い痣(あざ)をみつけた。

「おや、その痣は近松君がたたいたあとですか」

「あら」

あわててかくそうとする由美子を、鬼貫はあわれむように見つめていた。

「酷(ひど)いことをしますねえ」

「はあ」

「それにしても、近松君がどこへ行こうとしているのか、大体の見当はついていたのでしょう?」

「ええ、それはつきましたわ。近頃また密輸に手を出すらしいそぶりが見えていましたから、そうした方面へでかけるのだろうと思いました。ハガキがとどいて、はじめて別府町と知りましたわ」

「関西へはしばしばでかけたのですか」

「いちいち何処へ行ってきたとは申しませんけど、大阪と大分にはよく行ったようでしたわ。あそこには取引の仲間がおりましたから」

「話が変りますがね、あなたのお手紙にあった近松君を潔白だと信じる理由は？……」

　由美子はひざの上に組んだ指をくねくねさせて考えをまとめているふうだったが、やがて深くいきを吸うと、鬼貫の顔をふりあおいだ。

「あの人は密輸などをやるくせに臆病でしたから、決して殺人なぞできませんわ。血を見ないですむこととなると、大胆なところもありましたけど。ですから屍体をトランクにつめて一時預けしたり、それを三日後に受出して東京へ送るというようなことは、できるはずがありませんのよ。こちらの警察にも申上げたことですけど、もし近松がそうしたまねをしたとしましたら、きっと挙動にあらわれてあたくしに怪しまれますわ。それに鬼貫さん、近松があの人を殺す動機がありませんのよ。梅田警部補さんも、その点で困っておいでのようですわ」

「ふうむ。すると近松君の失踪とその死について、由美子さんはどう考えておいでですか」

「判りませんわ。でもあたくしがはっきりと感じるのは、千鶴夫が人を手にかけることができないように、自分を殺すこともできない点ですの。あの人がどれほど自殺をおそれたかは、あちらで終戦後によくわかりました。暴民におそわれた時など、ただ自分の命にばかり執着してましたわ。そのためにはどんな卑怯なことでも醜悪なことでも平気でしのびますの。自尊心なんて全然持合せていませんのよ。そうした近松ですもの、なんで投身なぞするものですか。どんな恥しい目にあっても生きていますことよ」

「それで、あなたが仰言りたいことは？　……」

鬼貫は、彼女がこれほどまで近松を憎悪しさげすんでいるのを知って、ひどく意外に思った。由美子は鬼貫の質問を肯定するように、大きくうなずいた。

「そうですの。近松は殺されたのではないか、ということですの」

「近松君も……？」

「ええ、あたくしの第六感ですと、あのトランク詰めにされた被害者とおなじ犯人の手にかかって……」

「そういえばあなたのお手紙に、なにか近松君の自殺を否定するような根拠があるとか……」

「ええ、鬼貫さんはどうお考えになるかしら？　いま持ってきてお目にかけますわ」

由美子はすぐ立上って、となりの部屋からボストンバッグを持ってきた。そして中の品物を卓上にならべおわると、鬼貫の表情をうかがうようにして語った。

「あなたはどうお思いになって？　近松は学校をでて以来、英語は全く勉強しませんでしたの。軍が英語排斥などといいだすと、それをよいことにして怠けてましたわ。それがこうした世の中になったでしょう？　引揚げてきてから急にアメリカを礼讃するようになって、また英語をやりはじめましたのよ。ですから外出するたびに英文毎日をよく買ってきて、読んでいましたわ。それにしても、自殺する目的で家をでた後まで勉強しようというほど熱心家じゃありませんの。いいえ、熱心不熱心じゃなくて、それほど落着けるたちじゃありませんわ。薩摩(さつま)の藩士に、うち首になる直前まで読書したという人の話がありますけど、近松だったらガタガタふるえて夜の目も眠れないはずですのよ。それに英語を学ぶのも、なにかの打算的な動機からなんですの。ですから、いよいよ死場所へ赴こうという場合に英文毎日を買ったことは、何としても不自然でうなずけませんわ」

鬼貫はおりたたまれた英文毎日をひろげて、日付を見た。十二月五日（月曜日）としてある。おそらく神戸へ向う途中の駅で買ったものだろう。

「そうですね。近松君にかぎらず、誰だってこのような場合に英語の勉強などやらんでしょうな。近松君の自殺が突発的なものだったら別ですけど……」

「それに鬼貫さん、お手紙にもお書きしましたように、あの人がのんだ毒薬は青化物ですの。自殺しようとして死場所をさがしている人とか、人を殺そうと目論(もくろん)でいる者でなければ、そうした毒薬をもって歩くはずはないでしょう？　そう考えますと、近松が計画的に自殺を念頭において青化物をもって家をでたことと、途中で英字新聞を買ったということが矛盾(むじゅん)してくるように思えるのですけど」

由美子は熱した口調でつづけた。

「それならば誰かを殺そうとして毒薬を所持していたとも考えられますけど、先程お話ししたように、あの人は臆病者ですから、とうてい人殺しはできませんわ。もしそうした悪企みをもっていたとしたら、別府町からあたくしにハガキをよこすはずはないと思いますの。自分の足取りを知らせることは、まるで自分の頸をしめるようなものですし、そうした悪智恵は人一倍よくはたらくほうですもの」

「なる程、すると近松君が英文毎日を買ったことは計画的な自殺を意味してないし、突発的な自殺だと解釈するには毒薬を所持した点に矛盾をきたす、というわけですね？」

「ええ、そうですの」

鬼貫は由美子の言を正しいと思った。その疑惑は、彼女の手紙を読んだとき既に彼の頭にもうかんだものである。

「あなたが考えていらっしゃることは、よく判りました。僕にもまだほかの点で二三訝しく思えた個所があります。それに僕がこの事件に興味をもったのは、もう一つ別に理由があるのですよ」

「まあ、何でしょう？」

「それはね、近松君と僕ばかりでなく、トランクづめにされた馬場蛮太郎という被害者、これも同じ学校を同期にでているのです」

「まあ……」

「といっても、馬場と僕とは口をきいたこともなかったし、したがって馬場がどんな人物であるのか、ほとんど知ってはいないのですがね。まあとに角僕は全力をあげてやってみます。ところで問題の衣裳トランクを見せていただきたいのですがね、もう警察からかえってきましたか」

「ええ、防空壕の物置にいれてありますわ。気味がわるくて、ここにはおけませんもの」

「それはそうでしょうね。では靴をはいた時に案内していただくとして、あとで土地の警察にちょっと顔をだしておきたいのですが、担当したのは梅田警部補とかいう人でしたね？」

「ええ、お若いけどしっかりなさったかた。事件の調査などするより、詩をよんでいるほうがお好きなんですって」

「なる程、詩人警官ですか」

と、鬼貫は微笑をうかべてうなずいた。

だが、かつての想いびとのために一肌ぬごうとする鬼貫にも、その調査から鬼がでるか蛇がでるか、まったく見当がつかないのであった。

六　新しき展開

一

その日の午後、鬼貫は赤松署をおとずれた。肥って、焼物のたぬきを思わす署長も、美男子の梅田警部補も、遠来の鬼貫とこころよく逢い、その話をこころよくきいてくれた。

「……そうしたわけで、私はあなたがたの捜査と全然べつの面から、個人として事件を検討してゆきたいのです。これは地元の警察と対抗しようというような考えでは決してなく、私の調査から新事実がでてくるという確信もありませんし、またもし新発見があったとしても、それであなたがたの鼻をあかそうなどというはしたない考えは、少しも持っておりません」

「それはいわれるまでもないことです。私どもにしましても、窮極の目的は罪悪の追究と正義の確立にあるのですから、あやまちを指摘されてそれをどうこう思うなんて、とんでもないことです。どうかそうした心配はなさらんで下さい」

梅田の返事に、鬼貫は感じのよい笑みをうかべて大きくうなずいた。

「そういわれますと、大した成算があるわけではないし、いささか面映ゆいのですけど、今も申しましたとおり近松も馬場も私と同期であってみれば、知らぬ顔もできませんしね」

「そうですとも」

「それに事件の経過をしらべてみますと、一つ二つ納得いかぬ点があるのです」

鬼貫は相手の顔を等分にみた。

「ほほう」

「不合理な点があるのですよ。たとえば、近松が自殺するのになぜ神戸へでかけたか、ということです。投身するならば、この辺にいくらでも海があるではありませんか」

「それはこう考えらるるですバイ。わしの知っとる鹿児島の男が、わざわざ北海道まで行って首つりをやったです。首をつるならあンた、自分の家の庭さきに、手頃な柿の木があるですタイ。それというのも、途中までは死ぬ気がなかったからですタイな。で、近松の場合も、初めは神戸の仲間にかくまってもらうつもりじゃったが、途中で思いなおしてとびこんだというふうに解釈することもでけるじゃなかですか」

「では、投身するのになぜ毒をのんだのでしょう？」

「それはあンた、冷たか水にひたるのがいやだから、瞬間的にきく青酸をのんだとですタイ。冬は統計をみても明かなように、投身自殺がへるですもンな。それと反対に熊本県の阿蘇の噴火口は、夏場になると自殺者がへりますタイ。蜑（あま）も蓑（みの）きるしぐれ哉（かな）という心理に似たようなものですバイ」

「それでは、毒をのんだのになぜ投身したのでしょう？　仰言るとおり、あの毒はすぐにききますよ」

「………」

「まだあります。近松が神戸へむかうのに、どうして福間駅から乗車したか、ということです。札島駅から乗ったらよさそうなものではありませんか」

　署長はついに沈黙して、おもむろに頷（うなず）いてみせた。

「近松が屍体入りのトランクをただちに発送せずに、一時預けしたのも疑問です。そこに何か理由があると思いますがね」

「それはですナ、あの夜は発送するだけのまとまった金がなかったのじゃないかな。近松家は経済的に困っておった様子じゃきい」

「それならあなた、一時預けしないで自宅においておくほうが、より経済的ですよ。一日に五円ずつ負担がかかるのですからね」

「それがじゃな、五円や十円の小銭はことかかなかったが、何百円となると持合せがなかったと……」

「屍体を駅員のそばに三日間も預けておけば、発覚の公算も大きいとみなければなりませんがねえ」

「うむ……」

「彼が自殺のための時をかせぐ目的であったなら、なぜトランク詰めというめんどうなことをやったのでしょう。自分の菜園にでも埋めるか、海底にしずめてしまったほうが、楽でもあるし発覚するまでの期間も長いですよ」

「そうなんです、我々も一応はそれを考えたんです。だから近松の遺品が別府町で発見された時、偽装自殺にちがいないと睨んでいたんですよ。それが屍体があがったもんだから、やはり自殺であると思ったんです」と、梅田警部補が興奮したように、早い口調でいった。

「じっはですナ、我々のほうも近松の自殺説には疑念をいだいておったとです。いま梅田君がゆうたように、屍体があがったから自殺でけりがついたと思うて、裏付捜査をしてみるとなかなかうまくゆかん。これは表面からみたような簡単なものではなく、裏面にはもっと複雑な何かがあるんじゃなかろうかと、梅田君と語っておったところですタイ」

署長はタバコに火をつけて一服すると、ふたたび鬼貫をかえりみた。

「そこであなたには、どぎゃんお考えがあるですかな？　ことによっては、わしがいっちょうはんごうしちゃるきい」

「はあ？」

署長のいうことの前半はとも角、あとの意味がとれなかった。

「わしが一つはんごうして上げるから、という意味ですよ」

「はんごうというのは？」

「はんごうするというのは？」

と、梅田警部補がわらいながら通訳してくれた。

「何の考えもありませんな。ただあなたと同様に、事件の底にはもっとたくらまれた謎があるのではないか、もっと深くしらべてみる必要があるのではないかと思うのです。さしあたってただ一つ残された手段というのは、近松が福間駅にあらわれたのは真逆(まさか)あるいていったのではありますまいから、彼をあそこまではこんだ乗物をさがしだすことです。前後の時間からみて、たぶんタクシーではないかと考えていますが、その運転手さえみつけることができれば、得るものがあるのではないか。近松がいかなるコースで福間までいったか、その途中でどんなことがあったか、あるいは何もなかったかもしれませんが、とも角その運転手にあってみたいと思うのです」

「なる程、失礼ですがくもをつかむように頼りなか話ですバッテ、わしも協力しますタイ。あンたはその運転手をどういう方法でさがしますかな？」

「運転手とかぎったものでもないのです。馬車の御者(ぎょしゃ)かもしれないし……」

「ラジオがいいでしょう」

と、梅田警部補がさけぶようにいい、結局そうすることに決ったのである。

二

その日の夕方から福岡放送局（ジェー・オー・エル・ケー）は、定時放送のあとにつぎの一節をくり返すことを忘れなかった。

「……去る十二月四日の午後八時頃に、中年の紳士一人を鹿児島本線福間駅までのせてゆかれたかたは、至急赤松警察署へご連絡下さいませ。なおこの紳士は茶色のオーバーに灰色弁慶じまのマフラー、おなじく灰色のソフトをかぶり、白麻のボストンバッグ一個をさげていました。とくに自動車の運転手、輪タクの車夫、荷馬車の御者のかたがたにおたずねいたします。去る十二月四日の午後八時頃に……」

この放送は北九州の聴取者にすこぶる奇異な感じをいだかせた。しかしそれも翌朝の九時のニュース以後は、パッタリ止んできかれなくなってしまった。

その二十四日の朝八時すぎに、赤松の旅館に滞在していた鬼貫は、梅田警部補から電話の連絡をうけた。放送の効果を心配していたこととて、報告の内容は鬼貫をホッとさせたのである。

名乗りでたのは博多のトラック運転手で、今日の正午に自分のガレージにきてくれると好都合だが、といっているという。鬼貫にしても事件解決のためには地獄へでもでかける覚悟だったから、二つ返事で発つことにした。

三

彦根半六運転手のつとめている金田運送店は、博多駅から西へ向って三丁ほどいったところにあった。戦災をうけて改装したらしいガレージの、赤いペンキで火気厳禁とかかれたとびらの前に立って、のんびりと人待顔で日なたぼっこをしているのが、たずねる人物であった。

いがぐり頭のひたいには戦闘帽のあとが白くのこり、カーキ色のズボンにゲートル姿がその人柄にピタリときて、そうかといってこの準戦時ふうの服装をぬがせたところで、彼にマッチするような服はちょっとありそうに思われなかった。

「今日は少し冷えますけん、ここでお話しましょう」

運転手はガレージのなかからリンゴ函を二つかかえてくると、一つを鬼貫にすすめ、一つに自分も腰をおろした。トラックの運転手に不似合な緩慢な動作のこの男は、やがて鬼貫のまったく予期しないことを語ってきかせ、事件は巨人のすねを以ってひと跨ぎにあたらしい段階に突入してしまったのである。

「……ラジオのいうことは昨日もきいとりましたが、少々ちがっとるところもあるので、自分のことではあるまいと思っておったわけです。今朝になっても出頭者がない様子なもんだから、ことによると自分のことかもしれないと考えて、赤松警察によってみたのです」

鬼貫はポケットから近松の写真をとり出して、相手にわたした。

「そうです、この男にちがいありません」

「服装はどうでした？」

「ラジオでいっていた通りです」

「どこからあなたのトラックに乗ったのですか」

「札島駅の近くの四つ辻です」

「すると、折尾・赤松間のバスがとまる、あの十字路ですね？」

昨日あるいた黄色いほこり道を思いうかべて、鬼貫はそうたずねた。

「はあ」

「何時頃でした？」

「あの日のできごとは、わりによく覚えとります。夜の六時半を少々すぎとりました。まあ六時三十五六分でッしょう」

六時三十五六分といえば、近松が例の大型トランクを札島駅で発送した直後にあたるわけである。

「この男の態度に、そわそわするとか、こそこそするとか、変ったところはなかったですか」

「はあ、変っておったといえば、変っておったです」

「どんなふうに変っていたのですか」

「いや、べつに態度がこそこそしておったわけではなかです」

「ですから、どんなふうに変っていたのですかね」

と、鬼貫は、じれったいのを我慢して、おだやかにたずねた。

「態度はべつにそわそわもこそこそもしてなかったですが、やることが変っておったのです」

「ほほう、やることがね？　一体どんなことをやったのですか」

「はあ、それには最初からお話せんと、わかりまッせん」

「結構ですとも、できるだけくわしくきかせて下さい」

と、鬼貫も腰をおとしてかかることにした。

四

彦根運転手はぼそぼそした低い口調で、つぎのように語った。

「十二月四日の午後、博多から赤松まで畳をはこんだのです。かえる時には夜になってしまいましたが、赤松駅の前をとおりかかると一人の男によびとめられたのです」

「ほう」

「時刻は六時をすこしすぎておったと思いますが、自分に、『札島までやってくれないか』というのです。札島ならばかえる途中ですし、それに少々タバコ銭もほしかったもんですけん、『よかです』と承知したわけです」

「なる程」

「するとこの人は財布から百円札を二枚とりだして、『札島についたらもう二枚やるぜ』といいました。ちょっと走って四百円とはボロいもうけだと思ったのです」

「それで？……」

「やがて札島につきますと、この写真の男が道ばたのくらやみからヒョッコリ出てきたのです」

と、彼は近松の写真を指さした。

「ほほう、近松がね。それで？」

「ふたことみことトラックの上の男と話をしてから、二人は荷物をおろしはじめました」

「え、荷物？」

「はあ、いいわすれましたが、この男が自分を赤松駅前でよびとめた時、菰でつつんだ大きな荷物と小さなトランクを持っていたのです。その時は自分もてつだって、この大きな菰づつみの荷物を、トラックの背中にのせました」

「よほど重かったですか、その荷物は？」

「いや、それほどじゃなかですが、七八十瓩はありました」

「ふむ、それで？」

「それでですナ、札島でストップした時にその青眼鏡の男が――」

「ちょっと待って。青眼鏡の男というのは？」

「赤松駅の前でトラックにのった男ですタイ」

「ははあ、するとその青眼鏡があなたのトラックをよびとめて、菰づつみと小さなトランクをのせ、自分もトラックに乗って札島までやってきた、というわけですね？」

「はあ、そうです」

「どうぞ、つづけて下さい」

「札島につくと、近松という人がとびだして、青眼鏡と二人でトラックの背中から菰づつみをおろしました。すると青眼鏡が運転台のところにやってきて、『その場所から動かないように』といいますので、『よかです』と返事しました。それから二人は菰づつみをかかえると、札島駅のほうへはこんで行ったのです」

「そうしますと、近松はそれを札島駅においてきてから、あなたの車にのったというわけですね？」

「いいえ、ちがいます。自分がみたのは、二人の男がかどをまがって、視界から出ていったというだけです。二人が駅までいったのか、かどを曲ったところで時間をつぶしてもどってきたのか、その点はわからんです」

「ほほう、どうしてですか？」

「自分の停車した位置からは、駅のほうまで見通せないからであります」

「どの辺で停車したのですか」

「四つ辻の五メートルか十メートルばかり手前のところです」

「ははあ、李（すもも）か何かの木がはえてるあたりですね。で、なにか駅まで行かなかったと考えるような根拠でもあるのですか」

「いや、それはなかです。ただ正確にいうと、そうなるわけです」

「正確であればあるほど私には結構なのですよ。すると、つまり正確にいうとですね、二人の男が菰づつみをかかえて札島駅のほうへ曲ってゆき、やがてその荷物をどこかにおいてくると、ふたたびあなたのトラックに乗った、こういうわけですね？」

鬼貫が相手の言葉を要約すると、意外にも彦根運転手はつよくかぶりをふって否定するのだった。

「いいえ、違います」

「え？　違ってますか」

鬼貫は声をたかめて眉をあげ、運転手は無表情のまま一つうなずいてみせた。

「違うといいますと？」

「そうですな、駅のほうへ曲っていってから十五分ばかり待たされた頃に、二人がまたその菰づつみをかかえてもどってきたのです」

「菰づつみをかかえて？」

「ええ。自分はてっきり菰づつみを札島駅から発送するのだろうと思っていたので、意外に思いました」

トラック運転手の口調は、ようやく軽くなってきた。

五

「一体どうしたわけだろうと思って見ていますと、青眼鏡が自分にのこりの二百円をはらいながら、『どうだね、今度は遠賀川(おんががわ)までとばしてくれないか、あと三百円やるぜ』というのです」

「遠賀川というと？　……」

「博多からいくと、折尾駅の一つ手前です。札島から勘定すると、二つ目の駅です」（巻末の

地図①参照）

「で？……」

「とに角はらがへっとりますし、おまけに寒かったので、早くかえりたいと思いました。しかし遠賀川もかえり途にあるもんですから、『よかです。遠賀川きりで堪忍してくだッせえ』と結局おれて、ダメをおして走らせました」

「ふうむ、近松も同乗したのですね？」

「そうです。遠賀川駅へまがるかどでとめますと、青眼鏡が一人でとびおりて、菰づつみをもって駅のほうへ歩いてゆきましたが、今度は手ぶらでもどってきたのです」

「待って下さいよ、近松は何も手伝わなかったのですか」

「はあ、青眼鏡が一人でやりました」

「すると近松はトラックの上にのこっていたのですね？」

「さあ、べつにトラックの背中をふり返ってみたわけではなかですから、近松さんがトラックの上に残っておったか、道路におりて待っておったか、それは知りまッせん。ただ自分が運転台に坐っとると、青眼鏡が一人で菰づつみをはこんでいく姿がみえた、というだけです」

「七八十瓩のものを一人で持っていったのですか」

「そこですタイ、訝しいのは。あれ程に重たかもンを一人で持ってゆけたという点が、どうわかるかもしれない。前後の事情からみて、青眼鏡が駅に行ったことは、ほぼ誤りないからである。鬼貫はこの点にあまり執着しなかった。

「青眼鏡は駅のほうから手ぶらでもどってきたわけでしたね？　それからどうしました？」

「すると青眼鏡は約束の三百円をはらいながら、『どうせ博多へかえるなら、僕を駅前の肥前屋という旅館までつれていってくれないか、あと四百円あげよう』と誘惑したのであります。このガレージにかえるには、その肥前屋の前をとおらなくてはならんのですから、自分も金額につられて承知したわけです。すると青眼鏡は、『それじゃ四百円をいまわたしておこう。それからあの友人を福間駅の四つ辻でおろしてくれたまえ。なに、面倒なことはいわん。駅までのりつける必要はないんだよ。いままでと違って、ちょっとストップしておろせばいいんだ』というのです。そこでふたたび車をスタートさせて、いわれた通り福間駅の四つ辻で一時停車しますと、近松さんは身軽にとびおりて、駅のほうへスタスタと曲っていってしまいました。そのあとはどこにも止らずに、真直に博多へとばして、肥前屋の前で青眼鏡をおろすとそのままガレージにもどったのです」

「どういうふうにして、持っていったのですか」

「こんな具合に、肩にかついでいきました」

と、仕方噺になった。重量については、あとで遠賀川駅に行ってしらべてみれば簡単に
もふしぎなんです」

「ふうむ」

鬼貫はうでをくんで、考えこんでしまった。青眼鏡の登場とその奇怪な行動は、まさに局面を百八十度に廻転しようとしているのである。

「その男が『どうせ博多へかえるなら……』といったのは、どうしたわけでしょう？　つまりですね、あなたが博多へかえるということを、青眼鏡がどうして知っていたのでしょう？」

「それは自分の車の横腹に大きくかいてあるから、すぐ判るのです」

いかにも彼が指さしたトラックの横には、大きなペンキの文字で、〝博多・金田運送店〟と書いてある。

六

「今のお話は、非常に参考になりましたよ。こちらからもう少し質問したいと思いますが、辛抱して答えて下さいな。ところで、青眼鏡があなたを呼びとめたのは、何時頃でしたっけ？」

「六時を二三分すぎとったと思います」

「青眼鏡の服装について、なにか覚えていますか」

「覚えていますとも、忘れろといわれても、そう簡単に忘れることはできんです」

「え?」

意外な返事に、鬼貫は思わず声をたかめた。

「帽子は青のソフトで、眼鏡はいま申したとおり青ですが、オーバーがやはり青のダブルで、マフラーもズボンも青であります」

「ほう、全部青ですね?」

「はあ、ただマスクは黒いのをかけとりました」

「靴はどうです、靴は?」

「さあ、靴ははっきり覚えとりません」

「身長は?」

「ちょうどあなた位ですな。中肉中背でした」

「言葉はどうでした? なまりはなかったですか、九州弁とか関西弁とか……」

「標準語でした。ラジオのアナウンサーのように、歯切れのいい言葉づかいでした」

「声はどうでした? テノールとかバリトンとか……」

「さあ……、まあ普通ですな」

「それでは話をもとにもどしましょう。赤松の駅前というお話でしたけど、正確にいうとどの辺ですか」

「青眼鏡が立っていたのは、駅の入口です。ちょうど靴磨きがならんでいるところの、一番はずれです」

「その時、二つの荷物をもっていたのですね？」

「はあ、菰(こも)づつみをたてて、手で支えておりました。小さなトランクは、足もとにおいてあったと記憶しとります」

「その時の印象はどうでした？」

「印象？　……」

「つまりですね、あなたが青眼鏡の男と荷物を見た途端に、どんなことをピンと感じましたか」

「さあ、むずかしい質問ですな。青眼鏡は菰づつみを赤松駅にもってきて、札島駅とおなじようにことわられたのじゃあるまいかと、後になって考えました」

「なるほどね。便乗の交渉が成立すると、あなたが手伝ってトラックの背にのせたと……。重量は七八十瓩でしたね？　大きさはどうです？」

「トランクのほうは小型の赤いやつですが、菰づつみのほうは相当に大きかったです。青眼鏡の身長より少々高いくらいでした」

「形は？」

「長方形です。まあ五尺六七寸に、一尺六七寸と一尺ぐらいはあったと思いますな」

「ふむ、相当大きなものですね。で、札島へ走る途中は、どこにも止らなかったのですか」

「はあ」

「到着した時刻は？」

「六粁(キロ)半の距離ですけん、六時二十分前後だと思います」

「駅の前までは乗りつけなかったのですね？」

「はあ」

「李の木のところでとめたのは、あなたの意志でやったことですか、それとも青眼鏡のさしずですか」

「はあ、赤松をでる時に、その場所で停車するようにいわれとったのです」

「ふむ、そこに近松がとびだしてきたというわけでしたね？」

「はあ」

両人があらかじめ打合せをしておいたに相違ないということは、鬼貫もすぐに気がついた。しかし彼等の行動が意味することは、全然見当もつかないのである。

七

「二人が菰づつみをかかえて駅のほうからもどってきたのは、六時三十五六分でしたね？」

「そうです」

「そうすると、六時二十分前後に着いて菰づつみをはこんでいき、三十五六分にもどってきたわけですから、その間が十五分程度ということになりますね？」

「ちょうど十五分間ですタイ。時刻の点ははっきり覚えとらんですが、時間が十五分かかったことはよく記憶しとります」

「ほう、なぜですか」

「青眼鏡が菰づつみをかかえていく時に、『何時かね？』ときき、もどってきた時にも時刻をききました。そして、『十五分もかかったのか、悪かったなあ』と謝ったので、よく覚えているわけです。あまり待たされたため、自分も腕時計ばかり気にしてたもんですから、一層よく記憶しているのです」

「なる程ね。そこで遠賀川へ向ったと……。近松はどこに乗ったのですか」

「トラックの背中です」

「青眼鏡は？」

「やはりトラックの背中です」

「きき忘れましたが、赤松から札島までの間、青眼鏡はどこにのったのですか。助手台ですか」

「いや、やはりトラックの背中ですタイ」

「遠賀川に到着した時刻は？」

「そうですな、七時に五分ばかり前だったと思います。あの間はいつも二十分ぐらいで走ってます」

「今度の場合は青眼鏡がひとりで菰づつみをかついでいって、素手でもどってきたのでしたね？　この間はどれくらいかかりました？」

「おやと思うほど早かったです。六七分程度です」

「その時もかどのところで停めたのでしたね？」

「札島の場合と同様に、四つ辻のちょっと手前で停めてくれといわれとったのです」

「すると、遠賀川をでたのは七時を二三分すぎた頃になりますね？」

「はあ」

「福間までは真直いったのですか」

「ええ、途中はどこにも停まらんです」

「福間で停車したのは何時頃です？」

「さあ、それは覚えとりまッせん。トラックのスピードと距離と道路の状態から考えますと、大体七時四十分ぐらいではないかと思います」

「今度も四つ辻でとめたのですか」

「べつにどこに停めろともいわないので、駅に曲るかどのところでとめました」

「近松がおりる時、二人が何かいいませんでしたか」

「そうですな。青眼鏡が、『いそがないと乗り遅れるぞ』というと、近松さんが、『大丈夫だ、まだ十分ある』といった意味の返事をしとりました」

「それだけですか」

「はあ、自分にきこえたのはそれだけです。近松さんはそのまま福間駅のほうへ曲ってゆきました。曲りかどの外灯で、白いボストンバッグをさげとるのが見えました」

運転手は、近松がトラックをおりたのは七時四十分だという。一方福間駅員は、近松がやってきたのは七時四十五分だったといっているから、彼はトラックをおりると、そのまま真直に駅へ歩いていったものと思われる。

「その時は何分ぐらい停車しました？」

「何分というほどのこともなかです。近松さんが道路にとびおりると、青眼鏡が、『さあ肥前屋までやってくれたまえ』と大きな声でいいました。ちょうど近松さんがかどを曲るのと同時にスタートしたわけです。停車時間はせいぜい一分ぐらいのもんでしょうな」

「肥前屋まではとまらずに走ったのですね？」

「はあ、ずいぶん道草をくったので、うんととばしました」

「肥前屋についたのは何時頃ですか」

「さあ、ガレージについたのが九時半ちかかったですから、まあ九時二十三四分というとこでしょうな」

「青眼鏡が肥前屋に入っていくところを見ましたか」

「はあ、とびおりると自分のほうにちょっと手をふって、そのまま小さなトランクをさげて入ってゆきました。五十年輩の番頭のでてくるのがみえたです」

「ふうむ」

鬼貫はふたたびうでを組んで、二人の男が示した奇怪な行動を理解しようと、頭をひねった。おりから一片の雲が太陽をさえぎって、あたりがすーっと昏くかげったので、彦根運転手はあわてて上衣のえりをたて、寒そうに頸をすくめた。そしてポケットに手をいれてタバコの存在に気づき、つぶれたバットのふくろをとりだして鬼貫にすすめた。が、にべもなくことわられ、自分だけが口にくわえて火をつけた。

「ラジオの放送では、『福間駅まで送っていったもの』といっとりました。自分は四つ辻でおろしただけだから、他の運転手のことだろうと思っておったのです。それに放送では客が一人しかいないような口ぶりでしたが、自分がのせたのは二人ですから、ピンとこなかったわけですタイ」

と運転手はいいわけをするでもなく、ひとりごとのように語った。

「そうでしたか。どうも長いことお邪魔してすみませんでしたね。ことによるとまた参るかもしれないのですが、どうか愛想づかしはしないで下さいよ」

鬼貫がいうと、彼はすくわれたようにほッとした顔つきになった。しかしまた来るかもしれぬときいても、べつに迷惑そうな表情はしなかった。

さて、この謎の青い紳士をかりにX氏と呼んでみれば、その動きはつぎの如く要約される。

六時二分　赤松駅前で彦根運転手のトラックに乗車。
六時二十分　札島着。近松と菰づつみを札島駅の方向へはこぶ。
六時三十五分　近松と共に菰づつみをかかえてもどり、乗車する。
六時五十五分　遠賀川着。菰づつみを単独で遠賀川駅の方向へはこぶ。
七時二分　もどってきて乗車する。
七時四十分　福間着。近松のみ下車。
七時四十一分　福間発。
九時二十三分　博多の肥前屋旅館着。下車。

鬼貫はさしあたってX氏の正体と菰につつまれた荷物を追究し、近松とX氏によって示された一聯（いちれん）の奇妙な行動の真意をつきとめなくてはならなかった。

彼は運転手とわかれて駅のほうにむかいながら、手早く今日のスケジュールをたてた。これから先ず駅前の肥前屋にたちよって、X氏が四日夜投宿したかどうかを調べ、それからふたたび赤松へバックして、途中遠賀川、札島の駅員に面会してみることにしよう。

八

肥前屋は、博多駅の前にたつと斜め右手にみえている。このあたりも戦災をうけたとみえて、戦後新築されたうすっぺらな感じの、四流どころの旅館である。

鬼貫はまず部屋を予約して鞄をあずけ、そのあとで職名をあかしてX氏のことをたずねてみた。すると幸いにも、番頭も女中もよく記憶しているのである。青ずくめの服装が人眼をひいたばかりでなく、食事の時には女中をしりぞけてマスクをはずした顔をみせないし、洗面も朝はやくすませて眼鏡をとったところをみせないので、そうした振舞いがいっそう女中の気をひいたようであった。

X氏は一泊したあくる朝、対馬へわたるのだといって、博多港行のバスの停留所をたずね、赤革の小型トランク一個を手にもって出発している。鬼貫は宿帳をひらいて、X氏の記入した事項をみた。

投宿時刻　十二月四日午後九時半
住　所　赤松市三番町八番地
氏　名　佐藤三郎（三十五歳）
職　業　会社員
前夜の宿泊地　自宅
行　先　対馬厳原（いづはら）

文字の金釘流なのは、指をいためているからと称して女中に代筆させたためだという。筆蹟に気をくばったくらいなら、この記入事項は出鱈目（でたらめ）とみて違いはなかろう。

忽然（こつぜん）として赤松駅にあらわれたX氏は、もっぱら青い色の背後にその人相をひめ、指紋や筆蹟にまで注意をはらって、対馬へ渡航した模様なのである。鬼貫はX氏のあとを追って、明朝は対馬へわたる決心をした。

七　トランクの論理

一

駅の食堂で簡単な食事をすませてから、列車でまっすぐ遠賀川へ向った。札島とはちがって空色のペンキで化粧したあかるいフォームにおりると、改札口をでて手小荷物受付の窓口にまわり、そのガラスをかるくたたいた。係りの駅員はつるのようにやせた五十前後のひとだった。

「ごらんのとおり、私の机から前の道路は真正面なものですけん、おたずねの青眼鏡の人がかどをまがって歩いてくる時から見とりました」

「時刻にまちがいはありませんか」

「ええ、何分何秒という点まではわかりませんが、大体あなたのいわれた通りです。ところでその人は肩にかついだ菰づつみをこの窓口の台の上にどすんとおいて、『小荷物で発送したいのだが』といわれました。重量をはかってみると十九・七瓩か十九・八瓩くらいあったので、『これは危いところだ、二十瓩をこえると小荷物扱いはできないですよ』といったことを覚えとります」

彼の話をきいてみても、菰づつみの重量は二十瓩にたりぬ軽さであり、赤松駅で彦根運転手が手伝ってトラックにのせた時の菰づつみの重量とは、五十瓩あまりのちがいがあるのである。鬼貫にとっては、これも謎だった。

「ところが素人のせいか包装がひどくぞんざいで、おまけに口があいて中がみえてるものですけん、『これじゃとても無事にはとどきませんよ。ここで包みなおしてくれなくては、受付けるわけにもいきませんね』とことわりました。するとその紳士は非常に困った顔をして、『急いでいるので、とても包みなおすひまはない。仕方がないからむき出しにして送ろう』といって菰をはいでしまいました。包装せずに発送したのでは、なお更こわれてしまうのではないかと思って見てましたけど、どうしてなかなか丈夫な牛皮で張ってあるので、そうした心配も全然いらないことがわかりました。そこで、それに荷札をつけたままで受付けたのです」

「牛皮で張ってあった？」

「ええ、トランクですよ」

「トランク？　トランクですって？　どんなトランクです？」

いつもに似ず、鬼貫は興奮したように声を大きくした。

「そうですな、この台にのせた時このくらいまでありましたけん、まあ五尺六七寸に二尺に一尺ぐらいのものでしょう。いま申したように牛皮でできていて、四寸幅のバンドが二本ついておりました。どの面にも四隅に直径一寸ぐらいの丸い真鍮の鋲が六つずつ打ってあるガッチリしたやつです。大きな真鍮の錠前が二つついて、なかなか押出しのきく、いまどき珍しい品だと思いましたよ」

「色は何でしたか、色は？」

「黒です」

「黒？」

鬼貫がおどろいたのも無理はない。X氏がかついできた菰づつみの内容は、大きさといい形といい、さらに鋲の数までが、昨日由美子にみせてもらった屍体づめの衣裳トランクにそっくりだったからである。おなじ型のトランクが二つ登場していた！

ややあって、我にかえった鬼貫の頭にピンとひびいたのは、X氏と近松とが札島駅で二つのトランクをすり替えたのではあるまいか、ということであった。勿論、それについてくわしく検討するには、まだまだデータが足りないが、この考えに鬼貫はふかい興味を感じた。

それにしても重量が減っているのは、どうしたことであろうか。

「重さは二十瓩に足りなかったのでしたね？　まちがいありませんか」

「菰をはいだら十九・一瓩になりましたよ。この小荷物切符にもちゃんと記入してあります」

さしだされた丁片をうけとると、指さされたところを喰いつきそうな目で見た。

小荷物切符第一八七号*

品　名　空トランク一個

重　量　十九・一瓩

荷受人　東京新宿駅止、佐藤三郎殿

荷送人　福岡県赤松市三番町八番地

　　　　受取人同人

受　付　十二月四日

ついでX氏の人相服装について質問したが、駅員の言は彦根運転手のそれとほとんど変らなかった。

こうして予期しなかった第二のトランクの出現によって、鬼貫は事件の裏に真犯人がたくらんだ詭計（きけい）のあることを、おぼろ気ながら知ったのである。近松が犠牲者であって犯人ではないと主張する由美子の説は、誤りでないことが証明されつつあるのだが、といって今の段階では、それ以上のことは全然見当もつかない。

そこで彼は駅員に礼をのべて、X氏がトラックからおりた四つ辻まであるき、折りよく通りかかったタクシーをつかまえて札島へ向った。

二

鬼貫の用向きをききおわった札島駅長は、例の二人の青年駅員をよんでくれた。

「これは先日梅田警部補の話のむし返しになると思いますが、もう一度復習の意味できかせて下さい。まず十二月一日の夜に近松という人がきて、トランクを一時預けにしたのでしたね」

「そうですタイ」

「重量が七十一瓩もあったのに、近松氏は規定を無視して預けた……」

「そうですタイ」

貝津君はそう答えたあとに、小さな駅では乗降客のすべてが顔見知りだから、こうした場合は預かるのが習慣になっているのだ、とつけ加えた。

「四日の夜に当人がふたたびやってくると、今度はトランクを受出して、改めて小口貨物扱いとして発送したわけですね？」

「そうですタイ」

「じつは四日夜の近松氏の行動に、重大な意味がふくまれているように思いましてね、それでくわしくお訊ねしているのです。ところで近松氏が預り所からトランクを受出すのに何分ぐらいかかったでしょう？」

「べつに何分という程もかからんです。料金をうけとる、渡してあげる、といった簡単な動作ですけん、せいぜい一分ぐらいのもんです」

「なる程。ついで近松氏が貨物受付の窓口へひとりで運んでいったわけですね？　この間はどのくらいかかったでしょうか」

　それに答えたのは、やはり貝津君である。

「そう大した時間はかかりませんよ。あの日は貨物受付のほうでカーボン紙をきらしておったので、私のを一枚わけてくれとたのまれていたわけです。それを、なにぶんお客さんの数が少いものだから思い出すおりもなくて、ついその時まで忘れておりました。で、近松さんがトランクを受出していった直後に気がつくと、内部(なか)をとおってカーボン紙をとどけたのです。その時、外をまわった近松さんが貨物受付の窓口にきたところでしたから、あの人の所要時間はまあ二分ぐらいのものだと思います」

「二分ね。貨物の受付へいくには、一度外にでなくてはならないのですか」

「そうですタイ。この駅の入口に向って、左手の、ちょっと引込んだところになっとるです。

つまり一時預り所から入口をでて、右に曲ったとこですタイ」

鬼貫は、小口貨物係りの大沼君に質問の矛先を転じた。

「あなたのところで貨物発送の手続をすませるには、どのくらいかかりました？」

「さあ、ほかにお客さんがあればべつですが、ひまなものですから、わりに早かったですよ。そうですなあ、せいぜい四分か五分ちゅうとこですバイ」

そこで鬼貫は、近松がついやした時間を計算してみた。一時預り所で一分、貨物受付の窓口まで二分、発送手続が五分、それらを合わせると八分になる。一方、四つ辻から駅までほぼ百五十メートルの距離を、近松とX氏が七十瓩余の菰づつみを持ってあるいたとすると、片道三分かかったとみるのが妥当だ。往復の六分といま計算した八分とを加えれば、きわめて大ざっぱではあるが十四分という数字がでる。鬼貫はそれが彦根運転手が語った十五分とほぼひとしいことを知って、満足を感じた。

するとその時までだまって問答をきいていた駅長が、横から口をはさんだのである。

「警部さん、これはお役に立つかどうか知りませんけど、あのトランクは先月の末に東京から近松氏あてに送られてきたものでしてね。十日の夜梅田警部補さんが見えられた時は、近松氏がまさか殺人事件に関係しているとは夢にも思わなかったものですから、私もびっくりしてすっかり度忘れしてましたし、また梅田さんもその点にふれられなかったので、思いださなかったわけです。直接扱った駅員は、つい先日雑餉隈(ざっしょのくま)へ転勤してしまったので、いまはおりませんが……」

　この奇妙な名の駅は、博多の二つ先にある。それはとも角として、近松のトランクが東京から送られてきたという話は、きき捨てにはできなかった。

「それに気がついて小荷物切符をしらべてみますと、果して十一月二十八日に到着して、その翌晩に近松氏自身がリヤカーをひいて受取りにきております。おのぞみでしたら、小荷物切符をお見せしましょうか」

　駅長の差出した紙ばさみには、つぎのように記入された乙片がはさまれてあった。

　小荷物切符第五〇四号
品　目　トランク一個
重　量　十九・八瓩
着　駅　筑豊本線札島駅止
荷受人　札島鴫生田、近松千鶴夫
発　駅　東京都原宿駅
荷送人　東京都新宿区百人町三ノ八二三
　　　　膳所善造
受　付　十一月二十五日

遠賀川駅の時とおなじように、又しても鬼貫は大きなおどろきに打たれたのである。ほかでもない、膳所善造(ぜぜぜんぞう)もまた大学を同期にでた男だったからであった。非常に神経質なたちなので、いささか肩のこる学友でもあったが、近松などとは違って仲よくつき合った間がらである。帰京したらば早速彼をたずねることとして、鬼貫は札島駅を辞去した。待たせておいたタクシーにのり、赤松駅へ走らせながら、いままでに得た知識を整理してみる。近松とX氏は、彦根運転手を李の木の下に停車させていたあの十五分間に、何をくわだてたのであろうか。運転手が故意に見通しのきかぬ場所で待たされたことを思えば、彼等が二個のトランクをすり替えたのではないかということがすぐ頭にうかぶ。だが果してそのように簡単なものだろうか。鬼貫の第六感は、これが事件の根底によこたわる大きな謎であり、決して単純なものでないことを、しきりに囁(ささや)いている。事実、犯人が設定した巧妙をきわめた論理的な陥穽(かんせい)は、このトランクのからくりと難攻不落のアリバイとを砦(とりで)として、鬼貫を徹底的にくるしめることになるのだった。

三

赤松駅前でタクシーをすて、ただちに小口貨物の受付窓口を訪問した。商人らしい男がさびた石油鑵を二つ受取るのを待ちながら、鬼貫は大して得るところのないことを予感して、雲間をもれるうす陽のあたたかさをじっくりと味っていた。

「十二月四日の午後六時頃に勤務していた駅員のかたに逢いたいのですが」

身分証明書をみせると、それは自分であるといって、かさかさした皮膚の青年がでてきた。

「いまいった午後の六時頃に、青いオーバーをきて青いソフトをかぶった青眼鏡の男が、菰に包んだ大きな荷物をもってきたと思うのですがね。彼がその荷物をどうするつもりであったか、それを私は知りたいのですよ。なにしろ奇妙な青ずくめの服装ですから、わりに印象に残っているのではないかと考えていますが」

「ええ、覚えています。あれは六時に十分か十五分まえのことですタイ」

彼の声は、その表情と同じようにボッソリとしていた。

「ですが、あの人は荷物をあずけにきたとではなかです。東京から着いたとを受取りに来たのですタイ」

「え？　東京から？　あの菰でつつんだ大きな荷物のことですよ」

この衣裳トランクもまた東京から送られてきたというのか！　鬼貫が意外の面持でおもわず声をたかめると、駅員は手をのばして机上の本立てから紙ばさみをひきぬいて何かをさがしていたが、やがてそれを鬼貫の前にさしだした。

「あなたのいわれるとは、これじゃなかですか」

見るとそこに示された通知書乙片には、左の通り誌されていたのである。

小口扱貨物通知書* 第三七八三号

品　名　新巻
個　数　一個
重　量　七十一瓩
着　駅　筑豊本線赤松駅止
荷受人　赤松市三番町八番地　佐藤三郎殿
発　駅　東京都新宿駅
荷送人　受取人同人
受　付　十一月三十日

「この貨物は三日の朝当駅に到着したのです。あくる四日の夕方、その青眼鏡の人が通知書の甲片を示して荷物をうけとると、赤帽と二人でかかえるように運んでいったのですタイ」

するとこの佐藤三郎氏は赤松駅から菰づつみのトランクを受出して、札島をへてふたたび遠賀川駅から東京の新宿駅へ逆送したという、何とも納得のゆかぬことをしたわけである。札島の十五分間に何をしたかは今のところ目撃者がないので臆測の域をでないのだが、それについては後刻しずかな場所でおちついて考えることにして、鬼貫は最後の質問をした。

「ここから駅の前は見とおしがききますね。荷物をうけとった後で、その男がどうしたか判りませんか」

「はあ、別に注意して見とったわけではなかバッテ、赤帽をよんであそこに並んでいる靴磨きの一番はずれのところへ運んでゆきますと、しばらく靴をみがかせとるようでした。その後のことは知りまッせん。ほれ、いま客から金をもらっとる、あの子供の靴磨きですタイ」

X氏が荷物をうけだしてこれを遠賀川駅から逆送するまでの一連の行動は、できるだけ精密にしらべておかねばならない。札島の十五分間のほかにも、この菰づつみが人目をはなれて存在した場合があったなら、問題はさらに複雑化し、捜査も慎重をきわめねばならないからである。そこで駅員に礼をのべて駅前にでると、まず公衆電話で梅田警部補をよびだし、佐藤三郎が三番町に居住しているかどうかということ、及びX氏が赤松駅に出現する以前の足取りについての調査を依頼してから、ボックスを出てズラリと並んでいる靴磨きのほうへ近づいていった。駅員におしえられた少年の前に靴を出す。目のくりっとした利発そうな子である。

「ひとつ磨いてくれないか」

かじかんだ手で靴墨をぬる少年を見おろしながら、鬼貫はこわれ物をとりあつかうような調子で質問をはじめる。ともすればひねくれ勝ちのこうした子供を相手にするには、十分な注意をはらわなくてはならない。少しでも感情をそこなうとカキのように沈黙してしまうか、あるいはとんでもない嘘をつくかするからである。

「手袋なしで寒くないかい？」

「ヘッちゃらだ」

「えらいなあ、幾つなの？」

「十一」

「よく働くね」

「働かんと喰えンじゃないか」

「うん、こりゃ一本まいった。ところで此の間おじさんの友達の靴をみがいたのも、君じゃなかったかな？」

「おじさんの友達って、どんな人じゃろかな？」

「今月の四日の、さむい夕方だったよ」

「だから、どんな人じゃったかな？」

「青い眼鏡をかけてね……」

するとみなまでいわせずに、横から甲高い声がひびいた。

「知っとるバイ、おれが知っとるバイ」

見ると、ほおに茶色のクリームをつけたとなりの少年が、みそッ歯をむきだしている。

「俺が知っとるバイ、青いオーバーをきたおじさんだろ？」

「うん、そうだ」

「それなら俺だって覚えとるタイ。赤い短靴のおじさんだぞ」

と、鬼貫の靴をみがいていた少年は、むきになって口をとがらせた。

「ありゃ赤じゃなかバイ、チョコレートバイ」

「何をッ、あれはチョコレートじゃなかタイ、赤じゃぞ。磨き屋のくせにクリームの見別けもつかンのか」

二人の少年は、鬼貫にわからぬ赤松言葉でしばらくやり合っていた。

「おじさん、足替えてくれよ」

「うん、よし。それでおじさんの友達は、靴をみがいてしまってからどうしたかね？　そこをおじさんは知りたいのだがな」

「トラックに乗っていっちまったタイ」

と、横からみそッ歯が口をだした。

「貴様はだまッとれよォ」

「ふうむ、トラックにね。その時にだな、何か荷物をもっていなかったかね？」

「もっていたバイ、小さなトランクと――」

「むしろで包んだ大きな荷物タイ」

「運転手と二人でウンウンいってトラックにのせたのタイ。大人のくせに意気地がなかバイ」

「そこでおじさんはもう一つききたいことがあるのだがね。そのむしろで包んだ大きな荷物のことなんだが、おじさんの友達が靴をみがいてもらっている間に、誰かそれをいじったものはなかったかい？」

「…………」

「つまりだね、君がみがいている時に、誰かがその荷物にさわったり、他のむしろで包んだ荷物をもってきてとり替えたりしたことはなかったかね？」

「そんなことなかバイ」

「誰もとり替えたものはおらんタイ」

どうもへたな訊きかただとは思ったが、二人の少年が同時に否定したのをきいて、自分の心配が杞憂(きゆう)におわったことを知った。鬼貫はつづいて二三の質問をこころみ、X氏が彦根運転手の前にもう一台のトラックをよびとめたが、話がまとまらなかったとみえて乗らなかったことをきき出した。

この靴磨きの少年との対話は、一見無意味であったように思えるけれど、後日になってみると、ここにアリバイトリックを破る鍵の一つがひそんでいたことを知らされるのである。

鬼貫は駅の食堂でまずい定食をとってから、ふたたび赤松署の梅田警部補に電話をかけて、先ほど依頼した結果をたずね、はたして三番町に佐藤三郎が居住していない報告をえた。X氏は予期したとおり偽名を用いていたのである。

こうしてメッカ詣(もう)でをすませた巡礼者(ピルグリム)鬼貫は、その途次に得た数々の収穫をむねにいだいて、うすら寒い夕方の列車で博多へともどったのであった。

四

肥前屋の女中はミシミシときしる安普請(ぶしん)の階段を案内して、さむざむとした六畳の間に通すと、いかにも四流どころの旅館らしく、風呂がないからといって瀬戸火鉢に申訳ばかりの炭火をサーヴィスしてくれた。その上に手をかざしてみたところで、陶器のふちのつめたさがジンと体にしみるばかりである。鬼貫は煖(だん)をとることをあきらめて、丹前の上からオーバーをかぶって小さくちぢこまり、紫檀(したん)まがいの安茶卓にひじをついて、今日の活躍のあとをふり返ってみた。

近松が馬場を殺害して自殺したとのみ解釈し、それで解決したとみなされるように仕組まれていた事件の裏面に、青いサングラスで人相を秘めた人物が登場していたばかりでなく、第二のトランクの存在をも発見したことは、一日の収穫として多すぎるとさえ思われるのであった。X氏の正体については対馬の調査をおえてから考えることとして、鬼貫を割切れぬ気持にさせるのは、第二のトランクの奇妙な動きであった。X氏が東京から赤松駅に到着していた貨物をうけ出して、札島経由遠賀川駅からふたたびこれを東京へ逆送しただけならさして問題とするには当らないのだけれど、それが札島駅の近くで十五分間だけ人目からはずれていたという点が、何とも鬼貫の気にくわぬのである。もう少し突込んでいうと、その十五分間と時を同じくして、第一のトランクが札島駅の一時預り所からうけ出され、東京へ発送されている事実がすなおに納得できないのだ。しかも両トランクの外見がきわめて似ていた（というより全く同じ型であったと考えてよいだろう）ことから、そこに企まれた何物かがあるに相違ないと思われてくるのであった。鬼貫はこの疑惑にくいさがろうとして手帳をとり出すと、ほたる火ほどの炭火に左手をあぶりながら、両トランクの動きを検討してみた。

便宜上X氏が赤松駅からうけ出したトランクを**Xトランク**、膳所が近松に送ってよこしたトランクをその頭文字をとって**Zトランク**と呼んでみる。すると両トランクの動きは右のようになるのである。

月日	トランクの移動	備考
11月25日	Zトランク東京原宿駅より発送される。	発送人は膳所善造、重量十九・八瓩（キロ）。

11月28日	Zトランク札島駅に到着。	札島駅止めに指定されていた。
11月29日	Zトランク札島駅から受出される。	近松がリヤカーをひいて受取りにきた。
11月30日	Xトランク東京新宿駅より発送される。	発送人受取人とも佐藤三郎名義。重量は七十一瓩。内容は新巻（あらまき）としてある。
12月1日	Zトランク札島駅に一時預けされる。	近松がリヤカーで運搬してきた。重量は七十一瓩、内容は古美術品と称された。
12月3日	Xトランク赤松駅に到着。	赤松駅止めに指定されていた。
12月4日	Zトランク札島駅一時預り所からうけ出され、改めてただちに同駅より東京汐留駅止めで発送される。	発送人は近松。重量七十一瓩。内容は前記のとおり古美術品で、受取人は日本橋蠣殻町の毛塚太左衛門と記入されていた。

同日	Xトランク赤松駅から受出される。	X氏が佐藤三郎を名乗って受取った。
同日	Xトランク遠賀川駅より発送される。	発送人及び受取人名義は佐藤三郎、発送したのはX氏であった。重量は十九・一瓩。
12月7日	Zトランク汐留駅到着。	同駅止め。受取人は架空の人物であった。
12月10日	Zトランクを開く。	内容は古美術品でなく、馬場の屍体であった。

こうして比べてみると、Zトランクの淡々とした落着きのある動きに対して、Xトランクの動きは妙にあわただしく思えるのである。近松とX氏がXトランクをかかえて示した一連の奇妙な行動には、何かしらわけがなくてはならない。だがそれにもまして鬼貫の気をひいたのは、十一月二十五日に原宿駅から札島駅へ発送されたZトランクと、十二月四日に遠賀川駅から東京の新宿駅へ逆送されたXトランクの重量が同じ十九瓩であり、十一月三十日に

東京の新宿駅から赤松駅へ送られたXトランクと十二月四日に札島駅から汐留駅へ発送されたZトランクの重量が共に七十一瓩ある点であった。すなわち東京都と福岡県という場所を相違することによって、Xトランクの重量がZトランクへ移り、ZトランクのそれがXトランクに移動する訝しな事実である。そこで鬼貫は二つの仮説をたててみた。

(1) どこかで両トランクの内容が入替えられた。
(2) どこかで両トランクがトランクごとすり替えられた。

(2)の場合をさらに突込んでいえば、両トランクがすり替えられたために、爾後はXトランクと思っていたものはZトランクであり、Zトランクと思っていたものがXトランクであったという、関西言葉で表現するとすこぶるややこしいことになるのである。

するとついで疑問となってくるのは、

a　このトリックの行われた場所はどこか。
b　このトリックの行われた時はいつか。
c　このトリックの目的とするのはなにか。

という三項である。

まずc項のこのトリックが目的とするものは何であるか。鬼貫はそれについて更に一つの仮説をたててみた。札島駅から汐留駅へ送られたトランクの内容が、古美術品としるされていながら馬場の屍体であったように、新宿駅から赤松駅に送られてきたトランクの内容も、新巻といつわられた馬場の屍体ではなかったか。つまり馬場は今日まで福岡県内で近松の手によって殺されたものとばかり思われていたけれど、ほんとうは東京で殺された上トランク詰めにされて赤松駅に送られ、それが改めて札島駅から汐留駅へ逆送されたのではなかったかと考えてみるのである。したがってこの仮説によると、c項の『目的』というのは、馬場の殺害された場所を変更することによって生じる真犯人のアリバイ偽造にあるわけだ。

いうまでもないことだけれど、このからくりを構成するものは、馬場の屍体とX及びZの両トランクである。それゆえこのトリックを遂行するには、以上の三つの要素がある一定の時刻に最短距離にあることを要する、と鬼貫は考えた。相互間の距離がゼロに近づくほど成功率は大になるわけである。馬場が殺害された日を仮りに家を出た十一月二十八日であるとしても、その日以後にこれら三つの構成分子が時間と空間の上でクロスしたのは、近松とX氏が彦根運転手のトラックからXトランクを降ろして札島駅のほうへ運んでいった時、すなわち十二月四日の午後六時二十分から三十五分にかけての十五分間のことであると考えられる。その時以外に、屍体入りのXトランクとZトランクが同一地点に存在した場合は絶対にない。それは今作成したトランクの移動表をみれば明かになることである。とすれば、その時こそ唯一無二のチャンスではないか。a項及びb項を満足させる答はこの場所、この時でなくてはならないのだ。

鬼貫は冷静に仮説を推敲(すいこう)して、そこに少しも論理的矛盾のないことを確信した。そしてほっとひと息ついた時、かすかにきこえてくるラジオの〝聖(きよ)しこの夜〟のメロディーを耳にして、彼は初めてクリスマスイヴであることに気がついた。せわしげに廊下をあるく女中の足音もいつかと絶え、どこかの部屋から客のいびきがつたわってくる。鬼貫はぶるッと身をふるわせ丹前のえりを合せると、火鉢をかきまぜて線香ほどになった炭火を見出した。

五

さてこう考えてみれば、彦根運転手が駅の見通しのきかない場所で停車するよう命じられたわけも、一層納得がいくのであった。札島駅は、小荷物や貨物の受付窓口のそばまで自動車をのりつけることができる。おそらくその点は全国どの駅であっても同じことであろう。それをわざわざはるか手前で停車させたわけは、トランクの内容の入替えもしくはトランクのすり替えというからくりを目撃されたくなかったからに他ならないのだ。

ところで、屍体がXトランクにつめられて東京から送られてきたと考える時、その屍体をあらためて札島駅から東京へ逆送するには、先述の(1)及び(2)の二つの手段しかない。鬼貫はついでこの二つを検討することにした。まず両トランクの内容が入替えられたとする(1)の場合はどうであろうか。

近松とX氏は、トラックから運んできたXトランクを、駅前の一隅にそっとおいたのであろう。つぎに近松がかねて一時預けをしておいたZトランクを受出してくる間に、X氏はXトランクの菰をはずしにかかる。この菰もあらかじめ赤松・札島間を走るトラックの上で縄のむすび目をゆるめておいたなら、さして手数もかけずに剝げるはずである。剝ぎおえたところに近松が受出したZトランクを運んでくると、あたりに十分気をくばりながら双方のトランクの内容を入替え、ふたたび麻紐をかけて、今は屍体が詰められているZトランクをそ知らぬ顔で近松が貨物の受付窓口へもっていく。そして発送手続きをする四五分のうちに、X氏はXトランクを菰でつつんでしまうのである。

この場合、前もって札島駅に一時預けしておいたZトランクには、屍体とひとしい重量の何物かが入れられてあったわけだし、Xトランクに移されたそれが、遠賀川駅にいたる間でいかにして消えうせたかの問題もある。だがそれを考える前に、この仮説には一つの大きな欠点があることに気がついた。屍体をべつのトランクに入替えるということは、どれほど急いでも十分はかかるであろう。札島がいくら閑散な駅であるとしても、トランクごとすり替えるならとも角、十分間といえば通りかかる人もあろうし、人目にふれればその計画もたちまち破滅してしまうことは勘定に入れておかねばならぬ。そうした危険な方法を彼等がえらぶであろうか。それよりも何よりも、彦根運転手や札島駅員の言からもわかるように、紐や縄をほどいて内容を入替える時間的余裕が絶対にないのである。あの十五分間という証言からこの十分間（それも最少にみつもったもの）をさし引いてみると、残った五分間では発送手続をすませたりトラックから駅までの間を往復したりすることが不可能になってくる。そこで(1)の入替説をすてると、(2)のすり替説を検討することにした。

X氏が札島駅前のうすぐらい一隅で手早くXトランクの菰を剝ぎおわったところへ、近松が一時預けをしておいたZトランクを持ってくる。そしてZトランクを菰の上において、Zトランクのかわりに菰を剝がれたXトランクをなにくわぬ顔で小口貨物の窓口にかかえてゆけば、この現場を目撃しないかぎり、誰もトランクの入替りに気づくはずはない。二つのトランクが酷似している目的は、そこにあるのではなかろうか。それだからこそ、札島駅員もきわめて簡単に錯覚をおこしてしまったわけである。まして菰の上から一瞥した程度では、彦根運転手が気づくおそれもない。(1)の仮説によると内容の入替えという仕事に最少十分間を要したであろうと思われるのに対して、この場合にかかる時間はほとんどゼロといってよい。列車の発着時をのぞいては極めて閑散な札島駅前のことであるし、殊に夜間は人影が少いから、すり替えるくらいならば人目にふれる率も低い。もしふれたとしても、入替えるのとちがって怪しまれることもないであろう。彼等がこの駅をえらんだのは、それが近松の家に近かったという理由だけでなく、札島駅前の閑散な点も考慮にいれられていたのかも知れない。

馬場が東京で殺害されたとする仮定のもとでは、論理的にいささかの矛盾もふくまぬ(2)の仮説が充分に成立すると鬼貫は考えたのである。したがって札島に於ける疑惑にみちた十五分間の後は、Xトランクと思い込んでいたのはZトランクであり、遠賀川駅から東京の新宿駅へ送られて佐藤三郎をなのるX氏の手にかえったのも、やはりZトランクであったということになる。

いいかえれば、汐留駅で馬場の屍体が発見された衣裳トランクは、膳所が近松に送ってよこしたあのZトランクではなくて、じつはXトランクであったわけだ。事情を知る近松とX氏が黙っているかぎり、誰がその相違に気づこうか。そして近松が死んでしまった今日では、X氏が口をひらかぬ以上、それは永久の秘密となってしまうのである。

鬼貫は、馬場が東京で殺害されたとするこの仮説に、非常な確信をいだいていた。赤松警察署の調査によって近松の防空壕で発見された被害者の所持品は、真犯人が犯行の場所を偽装する目的で故意に投込んでおいたものにちがいあるまいし、そのことよりもX氏がトランクをかかえて示した一連の奇怪な行動には、彼が理性ある人間であるかぎり何等かの理由がなくてはならず、それは馬場が福岡県で殺されたように見せかけるための努力であると解釈して、はじめてうなずけるからであった。

鬼貫は自分の考えかたに至極満足を感じた。由美子の切なるねがいにこたえるには、近松が犯人でないことを明かにすればよいのだし、それには屍体が東京から送られてきたことをはっきりさせればよい。当時近松が自宅をはなれなかったことは判っているから、彼には好個のアリバイができるわけになる。そのためには、いま由美子が保管しているトランクを東京に移して膳所にみてもらい、これがXトランクであることを（Zトランクでないことを）明確にさせればよいのだ。たとい外観がどれほど似ていても、自分のものには何かの目印はあったろうから、それがZトランクであるかないかはすぐ判るにちがいない。

鬼貫は寝巻にきかえると、つめたく冷えた寝床によこたわった。そして黒潮をこえてX氏を追究する明日への期待に胸をふくらませつつ、瞼（まぶた）をとじたのである。

＊作者註　小荷物切符及び小口扱貨物通知書は計四枚発行される。甲片を荷送人に手交し、乙片を着駅あてに送り、丙片をその地方の鉄道局（九州ならば門鉄、関東ならば東鉄）へ送付し、丁片を発駅控として保存しておく。

八　対馬

一

明ければ十二月二十五日。旅のつかれと昨夜の睡眠不足にもかかわらず、鬼貫は六時半に眼をさました。はねおきて早々に食事をすませ、旅館をでると駅前でバスにのって博多港へ向った。

X氏がなぜ対馬（つしま）へわたろうとしたのか、対馬にどんな目論（もくろ）みがあったのか、それが鬼貫のもっとも知りたい点である。X氏が対馬へわたったとすると、それには大阪商船の博多・対馬線か北九州郵船の同線を利用するほかはない。前者は週一回の就航であり後者は毎日の就航だから、X氏も北九州郵船の船便を利用した率が多い。博多港でバスをおりた鬼貫は、まず北九州郵船の乗船券発売所をたずねることにした。

海のにおいがムンムンと鼻をつく港は、おちつきを失った人々が博多弁でがなりたてて喧騒をきわめている。それに和してさまざまの汽笛が、高く低く大きく小さく、ある時はかさなり合って突刺すような不協和音をひびかせた。そうした雑踏のなかをエトランゼのような無関心さであるいて、鬼貫は乗船券発売所の前に立った。灰色のペンキでぬられた下見板は、おりからの朝日にバラ色にそめられて、はじらいがちの乙女のほおを思わせていた。

出帆がせまっているので既にあらかたの客は乗船してしまったらしく、建物のなかは案外に閑散だった。鬼貫の問におうじて若い事務員は船客名簿をとりだすと、十二月五日のページをひろげ、すぐに佐藤三郎の名を見出した。住所氏名のすべてが博多の旅館や赤松駅の場合とおなじように記載されている。その住所がでたらめである如くその名もまた偽名に相違なかろうが、こう堂々とくりかえされると本名であるような錯覚さえおきてくる。彼は対馬までの一等乗船券をもとめているので、鬼貫もまた一等を買った。今朝の船はその日とおなじ八三〇噸（トン）の小泉丸である。

名簿を見た事務員は、この乗客が青い服装をしたX氏であるのをすぐに思い出すことができた。だが彼がのべた事柄も、肥前屋や彦根運転手や、さては赤松、遠賀川両駅の駅員のいったこと以上には一歩も出なかったのである。

こうしてX氏はおのれの影像をすべての人の眼底にやきつけていながら、一方ではその正体を暴露する手がかりを残すまいと、極度の警戒をおこたらないのであった。

久方ぶりの快晴は鬼貫の船旅をきわめて愉快なものにした。三匹の猟犬をつれた同室の客は博多の北魚市場の経営者だと自己紹介をし、壱岐にきじを射ちにいくのだといった。これがなかなか如才ない社交家で、鬼貫を終始あかせなかった。

十一時に壱岐の芦辺に寄港すると、博多港からの三時間をひとりで喋りつづけてきた猟人は、獲物の期待にむねをふくらませて下船していった。

ようやく一人になった鬼貫は、昼食を知らせにきたボーイを船室によびこみ、X氏についていろいろ覚えていることをききただした。乗船した時のチップの効果でボーイはなかなかあいそがよく、佐藤三郎氏が厳原の旅館はどれがよいかと訊ねるので、厳原館がいいだろうと答えておいた、といった。

きくだけのことをきいて食事をすませ、船室にもどるとソファによこたわってぐっすり眠った。舷側をたたく波の音とマストにうなる風の声とが子守唄にきこえるなら、かすかなローリングとピッチングはゆりかごでゆすられる思いである。

甲板にざわめく船客の声に目をさましたのは、午後の一時半をすこしすぎた頃だった。むっくり起きて船窓からうかがうと、船は対馬に近づいていた。紺青の海にうかんだ対馬は全島に紅い花をさして、それを見るとたちまち眠気がとび去ってしまう。鬼貫は上衣をつけスリッパをはいて甲板に出てみた。

「あとひと月はやければ、紅葉がとてもきれいでしたよ」

見知らぬ人が話かけてきた。この空を見、この海を見、そしてこの紅い島を見ていると誰彼に話かけたくなるほどに気分がはずむのである。

「あの紅いのは何ですか」

「寒椿です」

よい時期にきた、と鬼貫はうれしかった。紅葉もきれいだろうが、眼の前にみえる椿の対馬はより美しいにちがいない。反射的に彼は伊豆の大島を思いうかべた。暗い感じの玄海にありながら、対馬は太平洋の島のように明るいものをもっている。そう考えてみると、船首によこたわる厳原港も波浮の港によく似たおもかげがあるのであった。

二

やがて小泉丸はその体にふさわしい可憐な汽笛を一つならして、午後二時きっちりに小さな桟橋によこづけになった。今やうっとうしい要塞のヴェールをかなぐりすてた対馬は、マスクをはずした麗人のようにほおえみながら、晴々とした表情で人々をさしまねいているのだ。

タラップをわたって島の土をふんだ鬼貫のほおを、さわやかな風がなぜてゆく。そのなまあたたかいのは、黒潮の影響であろう。すぐ前を田舎廻りの浪曲師と三味線をかかえた妻君が、いかにも生活につかれぬいた足取りであるいている。さらにその前をめくらじまの風呂敷をしょって、手甲脚絆でかいがいしくよそおった女のむれがいく。彼女等が富山の毒消売りのイミテーションであることは、船の甲板でふと耳にした関西訛りでそれと知れた。このように船客の大半は漁場に蓄積された千円紙幣をねらって黒潮をこえてくる人々なのである。鬼貫は島の醇良な気風が、そうした人々によってそこなわれてゆくことを惜しまずにはいられなかった。

　厳原は宗家の城下町である。さいわいにも今度の戦争で一度も空襲をうけていなかったので、石垣をめぐらし冠木門をかまえた昔ながらのたたずまいは、少しも被害のあとがなかった。それ等の武家屋敷の庭には築山や泉水がつくられてあり、いまにもかみしも姿の登城のさむらいが出てくるような錯覚さえ生じるのであった。

　侍屋敷の一劃をぬけると、坂の上にある厳原館にゆきついた。徳川時代から三百年の営業をつづけていると称するこの宿屋は、すすけた柱の色にも長い歴史をしみこませていた。おかみも女中も博多のそれとちがって、どことなくおっとりとしているようだ。

　とおされた部屋は、港を見はるかすよい位置だった。紺青の水面には今しがた下船した小泉丸が、ちんまりと浮かんでいる。鬼貫は窓を前にして机に向うと宿帳に署名し、ついでに五日のページをあけてみた。そこにはX氏が例の住所氏名で一泊している。その文字が女手であるのは、肥前屋の場合と同様に、おかみか女中にかかせたからに違いない。

やがて久しぶりでひと風呂あびて夕食の膳に向った時、近くの海でとれる新鮮なさしみの盛合せをあじわいながら、給仕の女中相手にX氏のことをたずねてみた。はにかみやで口数の少い彼女はそれだけ人ずれがしてなく、いきおい鬼貫が多弁にはたらきかけねばならない。

「僕がこの島にきたのは友人の佐藤にすすめられたからなんだけどね。さっき宿帳でみたら五日の船でついている。……うむ、このイカはおいしいね。でも東京じゃ新しいものをたべつけてないせいか、僕にはも少し古いほうがテロリとしていいな。……佐藤をおぼえている?」

と、そろそろ誘導していく。

「あの青眼鏡のお客さまでしょうか」

「そうそう、よく記憶しているね」

「だって、とても変っておいでてしたもの」

「ハハハハ、全くあれは変りものだからね。これはマグロだね? うん、おいしい。通人は何というか知らないが、しろうとにはマグロがいちばんだね。……で、彼のどんなところが変ってみえたの?」

女中はだまったまま、警戒するようにニコニコしている。

「いいよ、何もいいつけやしないからさ」

「あの……、お部屋にお入りになっても、マスクや手袋をおとりになりません」

X氏は例によって例のごとく、人相と指紋をかくしていたとみえる。

「ハハハ、誰でもあれにはおどろかされるのだよ。あの男のくせでね。いや、くせというより性格だね。性格もああなると多少病的だな。世の中に結核菌がウジャウジャしているような気がして、マスクをとることができないんだ。困ったものさ、ほんとにね。……ええと、これはタイだね？　シャッキリしてなかなかいい味だ。ところで佐藤は一泊しただけなの？」

「ええ」

「へへえ、たった一晩きり？　奴さんせめてひと月は滞在したいといってたけど。おちつきのない男だから、始終ちょこちょこ出歩いてたでしょう？」

「いいえ、二時すぎにお着きになったきり、一度も外出なさいません。夜もはやくおやすみになりました」

「ほう、それは珍しいことだ」

あいづちを打ったものの、X氏が何の目的でやってきたのか気になってくる。

「そのかわり朝がお早くて、朝食をめしあがるとすぐお立ちになりました」

「ほほう、あの寝坊な男がね？」

「はい。お靴をみがこうとしたら、あいにく靴墨をきらしていたものですから、買いにいっているうちにお発ちになったくらい。……悪いことしましたわ」

「かまわないよ。根がせかせかした奴だから、いつもああなのさ」

「でも……、それにこりて、こちらさんのお靴ももうみがいてありますわ」

「ほう、それはどうも早手廻しだな」

「はい、あのお客さまのために買った靴墨で、こちらさんの靴をおみがきするのは——」

「ふしぎなご縁かな？　ハハハ」

「はい、いいえ、ほんとにすまないと気にかけていたものですから……」

と、この女中はいくらかほっとしたようにいった。

「いいさ、いいさ。今度あったら、わすれずに君のことをいっておくよ」

鬼貫はそう答えながら、あらためて純情そのものの島の女性をじっと見つめた。朝鮮の血がまじっているのだろうか、ひとえまぶたの、すきとおるように色白の美人である。

「さてと、佐藤が泊っている間、誰かたずねてこなかった？」

「いいえ、どなたも……」

「ほう、それにしても君は幸福だね。こんなしずかな島で暮せて、毎日おさしみがたべられて……」

「あたし、おさしみ嫌いです」

「おや、おさしみ嫌いなの？　やれやれ……」

かるい口調でいいながら、心は決してかるくはない。X氏は何を目的として対馬にわたってきたのか、さっぱり判らないのである。とも角X氏がのこしていった印象は、ただ青かったという一語につきるのだった。

食事をおえると服をきて、厳原館をでたあとのX氏の足取りをひろうために、島の警察署をたずねた。三人の刑事が鬼貫の意をくんできき込みをしてくれたが、宿を出てからのちのX氏を見たものは誰もいないのである。ひょっとすると折返しの船で帰ったのかもしれないと思って、船会社の事務員の家をたずねてみた。事務員はわざわざ乗船券発売所へでかけて名簿をくってくれたけれど、佐藤三郎は乗船していない。

すると残された考えは、彼が更に偽名を用いて乗船したか、朝鮮へ密出国したか、ということになる。対馬の朝は霧がこい。厳原館を出てちょっと山道に入れば、人通りはほとんどないから、青い服をぬぎすてて赤いトランクに準備しておいた別の服にきかえれば、X氏はコバルト色の大空に昇天して、脱皮をおえたばかりの蝶のように全く別個の人物が生れるわけである。青ずくめの氏が人目にたったのと正反対に、服をきかえグラスをはずしマスクをとった新X氏は、ほとんど人目をひくことはなかったろう。そうしておいて折返し小泉丸に乗船する。それも一等をさけて二三等にのれば、往路のボーイと顔を合せることもない。そう考えてみると、朝早く厳原館をでた理由も納得いくのである。

あるいはまた、朝鮮へ脱出したのかもしれぬ。対馬の最北端に立つと、九州よりも朝鮮へわたるほうが近い。麻薬の密輸入者は多くこのルートを経るのだし、また島のかぎられた警察力ではこれを取締ることは困難でもあろう。麻薬の密売にたずさわっていた近松の、その知人であるX氏ならば、朝鮮へ脱出する手段も道筋もよくのみこんでいたに違いない。そして司直の手のとどかぬ彼(か)の国で、鬼貫のかんの鈍い行動をにやにやわらいながら、高観(たかみ)の見物としゃれているのかもしれないのだ。

三

その翌二十六日の朝、鬼貫はなに一つ得るところのないまま再び小泉丸に乗船して、博多へもどることにした。甲板の手すりにひじをもたらせて冬の海をながめると、水蒸気があたり一面にたてこもり、そのもやをとおして岬の起伏が影絵のようにうすくぼやけて見える。微(かす)かなエンジンの振動を身に感じながら、対馬旅行が失敗におわったことを思って、苦虫をかみつぶした表情で小さくなっていく島影を見つめていた。些細なことではあるが謎を解くにたる収穫のあったのを、その時の彼は少しも気づかなかったのである。

博多駅で東京行の急行列車を待合せながら、鬼貫は由美子に手紙をしたため、調査の大要を知らせてやった。そしてその末尾に、トランク自体をしらべてみたいから、自分あてに送ってくれるように、と書添えたのだった。

九　旧友二人

一

二十七日の夜おそく帰京した鬼貫は、何日ぶりかで自宅のベッドのスプリングのきしみをなつかしむと、旅のつかれがいえる間もなく、二十八日の午前中に膳所善造の家をたずねた。省線を大久保駅でおりて、鉄道ぞいの路を少し中野寄りにバックしたところに、彼の家がある。ベルをおすと膳所自身がひょっこり首を出した。繊細なセンスをもつ芸術家だけあって、線のほそい鋭角的な顔の持主である。その顔に瞬間けげんな表情を泛べたが、すぐに鬼貫から学生時代の面影をさがしだしたとみえ、目じりをさげてにッと笑った。

「よう、鬼貫じゃないか。ちっとも変っとらんな。まあ入れよ」

学生の頃から、喜怒哀楽の情をまるで嬰児のように何のてらいもなく顔にだす男だったけれど、今もってその性格は変っていないとみえる。とびつくようにして鬼貫の肩をあたたかくだき、ホールのわきの創作室に通した。そこは二十畳ほどの洋室で、片隅に接客用のテーブルとバンブーチェアがおかれ、あとは制作道具や作品が雑然としてちらばっている。壁にかけられた五点のパステル画にはいずれもＺＺＺの署名がいれられてあり、その中の一枚は鬼貫も展覧会場でみたおぼえがある。膳所善造はパステル専門の風景画家なのだ。

「ここは俺の客間兼仕事部屋なんだ。相変らずごたごたしてるだろう？　きちんと整頓してあると、息ぐるしくなって窒息しちゃうんだよ、ハハハ。ちょっと待ってくれ、お茶をいれるから」

そそくさと立上る恰好をみて、やはり学生時代と変らないと思った。鬼貫は彼がたびたび試験の答案に自分の番号をかかずに提出したことを思いだし、そのような粗忽者がよくもカンヴァスとにらみ合って長時間腰をおろしていられるものだと、あらためて感心した。

膳所はブルーマウンテンだといって珈琲をいれた。珈琲にはほとんど興味のない鬼貫はすぐにも本題にとびこみたいのだが、膳所がなかなかその隙をあたえないので、しばらくは懐旧談にバツを合せていなければならなかった。

「なあ膳所、君は僕と十年ぶりの対面かもしれないが、僕はそう無沙汰をしているわけじゃないぜ。君の作品は展覧会でよくみてるんだ。あの壁にかざってあるのは〝能登の入り日〟じゃなかったかい？　至誠堂のギャラリで拝見したが大した評判だったな。じつは然るべき専門の学校をでないで、大学の中途からコースをかえていった君に、僕は一抹の不安をもっていたんだ。芸術家の社会にはいろいろ面倒な問題やしきたりがあるそうだし、いくらいい技倆があっても運がわるければ容易にみとめられんという話だからな。君の孤軍奮闘ぶりには陰ながら拍手していたのだよ」

「済まん」

彼は一言で感謝の意をあらわすと、右手でしきりに頸すじをこすった。それは膳所が感激した時にやるゼスチュアで、鬼貫はそこにも学生時代と少しも変らぬ彼のすがたを見た。

「ちょっと早いが、おひるの仕度をしようか」

膳所は手編みのはでなセータのポケットから、旧型の懐中時計をひきだした。

「何だ、君はまだその時計をつかっているのか、感心だなあ」

「そうそう、君と一緒の頃もこれを持っていたっけね。最近は英国のスミス製のめずらしいやつを使っていたんだ。これよりもずっと時代がかったしろもので、時間がくると鳴るんだよ」

「そりゃ珍品だな。話にはきいていたが、あちらでも滅多にないそうじゃないか」

「そうなんだ。それを今度の旅行ですられちまってね」

「そいつは残念だな。どこでやられたの？」

「高松駅のフォームで時刻を合せたあとなんだ。いなか者にしてやられるなんて、俺もやきがまわったと思ったがね。そんなわけでこいつは忠臣二度目の清書ってとこさ。名刺入れまでやられちまって、とんだ災難だったよ」

「ほう、そりゃ惜しいことをしたね。何しに高松くんだりまで出かけたのかい？」

「スケッチ旅行の途中さ。先月の二十六日に東京をでて、主に宇和島の海を写生して今月の十二日に帰ってきた。出歩くのが商売だからね」

そうした会話がやりとりされたあとで、鬼貫は珈琲皿がのせられている美しい塗りの盆に視線をおとした。

「なかなか逸品じゃないか」

と彼がほめたのは、役所でつかっている自分の禿げちょろの盆を思い出したからであった。

「うむ、今度の旅行のみやげさ。行く先々でなにか買うのがたのしみでね、帰ってくる時はいつも荷物が大変なんだ。この宇和島塗りってあまりいいものじゃないんだけど、気に入ったならもう一つあるから、あとで進呈しよう」

「そうかい、それは済まないな。ところで君、今日だしぬけにうかがったのは、ちょっときたいことがあるからなんだが、君の家に黒い大型のトランクがありはしなかったかね？牛皮ではった立派なやつだ」

鬼貫は相手の返事を十分の注意をこめて待ちうけた。

「おや、よく知ってるね。まるで千里眼みたいじゃないか。何だかうす気味わるいね」

画家ははぐらかすような表情で、かすかに笑った。

「そこは餅屋さ、商売だからね。ところでそのトランクを近松に送ったいきさつを話してもらえないかね」

するとと意外なことに、膳所はひどくおどろいたように眉を上げ目をまるくしたのである。

「何だって、近松に？　君のいうのは俺たちと同期の近松千鶴夫のことかね？」

「そうさ、自分で送っておきながら忘れてしまったのかい？」

「へへえ、近松がね。あいつが欲しがっていたのか」

膳所は鬼貫の質問を黙殺して、ひとりで合点がいったようにうなずいていた。

「あのトランクが何うかしたのかい？」

「うむ、それはあとで話してきかせるが、今日はちょっと都合がわるくてね」

「事件かい？」

「うむ、まあね」

「そうだろうよ」

何もきかぬうちから、膳所はにがにがしそうな表情になった。

「近松って男はむかしから碌でなしだったからな。虫の好かん野郎だったよ」

「すると何かい？　君はトランクが近松の手にわたったことを知らなかったのかい？」

「うむ」

「誰かが仲介したとでもいうのかね？」

「うむ」

「誰？」

「蟻川だ」

「蟻川って、僕等と同期の蟻川愛吉のことかね？」

今度は鬼貫が眉をうごかして、意外な面持である。

「そうさ」

「ほう、蟻川が……」

蟻川愛吉とも卒業以来ずっと無沙汰をつづけているけれど、いままで登場した同期生の誰よりもふかく交り、たがいに心底をうちあけ合った唯一の親友で、同時になにをするにも好敵手だった男なのだ。

「じゃあ蟻川が近松へトランクを送ったわけだね。すると君は一体どんないきさつで蟻川にトランクをわたしたのかい？」

膳所は相手が突込むのをみて、職掌がら何か理由があるものと悟ったためか、嚙んでふくめるように説明した。

「はじめから話すとね、こんな塩梅なんだ。さっきもいったように、俺は出歩くのが商売だろう？　それであのトランクを買ったんだが、でかすぎてもて余しちゃったのだ。だもんだから、あとでもう一つ小型のを求めて、あれは全然つかわずに押入れにぶちこんでいたんだよ。そのことをいつだったか蟻川に喋ったとみえるね。彼とは年に二三回は逢うチャンスがあるんだ。時々俺の絵も買ってくれるし、買い手を紹介してもくれる。ところで彼はそのことを覚えていたとみえて、この秋に逢った時、ことによると譲ってもらうようになるかもしれないといって下見をしたが、先月の二十四日にいきなり電話をかけてよこして、『友人があの衣裳トランクを君の言い値でほしがっているんだが、売ってくれるか』というのさ。そこで、『二十六日にスケッチ旅行に出るから、それまでに取りに来いよ』というとね、『それじゃ明日人をよこすから』ってことになったんだ。そして約束どおり二十五日に運送屋がやってきたので、渡してやったわけなんだよ」

「ふうむ、すると蟻川は君に対して近松の名をもちださなかったとみえるね？」

「ああ、そうと判ってみると蟻川らしくもない水臭いやりかただと思うな。もっとも近松みたいな奴に譲ると知ったら、俺も承知しなかったがね、ハハハ」

と、膳所はとってつけたような笑いかたをした。

「それじゃ君、足労をかけて済まないけれど、ちかいうちに警視庁にきてもらうようになるかもしれないよ」

「どんな用だい？」

「二三日中に地方から衣裳トランクが到着するので、それが果して君のトランクであるかどうか鑑別してもらいたいのだよ」

「地方ってのは、近松のところのことかい？」

「ああ」

「どこにいるんだい、あの野郎？」

「福岡県さ」

「ふむ」

自分できいておきながら、膳所はききたくないような不快な顔つきである。

やがて二人の間にはふたたび学生時代の思い出話がはずみ、辞去する時に膳所は盆をくれるのを忘れなかった。

二

その日の午後、鬼貫は江東区福住町にある蟻川愛吉の鉄工場をたずねた。鬼貫とおなじ法科をでていながら、彼もまた膳所のようにまるで方角のちがった世界へとびこんだのは、生来の紅緑色盲がわざわいして一度は工学志望をひるがえしたものの、やはり機械いじりを断念することができなかったからである。そして卒業と同時に、この下町に小さな鉄工場を経営したのであった。鬼貫も、彼が工場を株式組織にあらため、手腕と運とが両々相俟(あいま)って、業者間でも相当名を知られてきたことは、在満時代にきいていた。

永代橋をわたったところでバスをおり、横道にまがると、このあたりは隅田川からひいた運河がたてよこに通り、それに沿って倉庫会社の壁が、灰色の谷の如くに連っている。眠ったようにしずかな倉庫街をぬけて、とあるかどを折れたとき、運河ごしに活気ある騒音とモーターのうなりがきこえてき、それが蟻川鉄工場であることは直ちに判った。

油でよごれた若者をよびとめ案内をこうと、蟻川がすぐに出て来た。五尺三寸の小柄ながら、学生時代にサッカーできたえただけあって動作がきびきびしている。ゆるく波をうった髪は生れつきのもので、時代映画の俳優にもありそうな苦み走った浅黒い顔と、鼻にかかった甘ったるい声とが、そのむかし女性にさわがれたものである。

「やあ、よく来てくれた」

「おや、歓迎してくれるのかい？　人によっちゃ疫病神みたいに扱われるんだがね」

「そんなことあるもんか。十年ぶりじゃないか、早いものだなあ。もっとも君の噂は人づてにちょくちょくきいとったがね」

「社会にでるとよほどの用事でもないかぎり、めったに顔を合せるおりはなくなるもんだね」

「すると今日は特別のご用向きがあるわけかい？」

「まあね」

「ここじゃ立話もできん。十年ぶりの友を歓待するには少々きたないところだけど、事務所へいこう」

彼はその男性的な顔にちらっと皮肉な笑みをうかべ、工場の中をぬけて奥庭にある事務室へ請じいれた。

「どうも長い間ごぶさたした」

「それはこちらこそだよ。お互いに元気で、まあ結構というべきだな。だけど何だね、君はこんなやかましい騒音の中にいて、よく気が変にならないものだな。それにこの鉄をけずった酸っぱい臭いね、これが骨の髄にしみとおるような気がして、うずうずするよ」

「ハハハ、なあに飯のタネだと思えば絶妙な音楽にきこえるよ。まったく現金なものさ。医者がクレゾールの臭いをかいで生きているのと同じことだよ。俺をしていわしむれば、人相のけわしい男ばかりがそろっている警視庁のほうが、はるかに息がつまりそうだがね」

「や、こいつは一本やられたな」

「要するに人間てやつは、環境にアダプトするようにできているんだ」

事務所の中もせまくごたごたとしていて、設計図や青写真なのだろうかクルクルとまるめた紙の筒が、ゴムバンドでとめられて無造作に天井からつるされていた。

小女のはこんできた茶には手をつけないで、蟻川はミアシャムパイプに火をつけた。

「丸ビルの八階に出張所があってね、秘書をおいてあるんだ。俺も二日おきに向うにいくことにしているのさ」

「お盛んで結構だ。いそがしいようだから早速本題に入るけど、午前中に膳所に逢ってきたんだ。じつはちょっとした事件で、彼が手ばなしたトランクについて調査しているんだがね。ところが膳所はそのトランクを君にゆずったというのだけど……」

「ああ」

と、蟻川は簡単に肯定した。

「新聞でみて知ってるだろうが、僕等と同期の馬場が殺された事件ね、あれに膳所のトランクが関係しているんだ」

「事件は新聞でよんだよ。だがあのトランクに詰められていたとは想像もしなかったな。すると近松が犯人だとでもいうのかね？」

「いや、君は早合点をしているようだ。馬場があのトランクに詰っていたとはいわん、ただ関連性があるといっただけだ。だから近松がやったかどうかも、まだ判っていない。それにしても馬場という男は気の毒な死にざまをしたものだね」

鬼貫が詠嘆（えいたん）すると、蟻川はとんでもないという表情をして、大きくかぶりをふった。

「君は馬場という人間をしらないから、そんなことをいうのだよ。学生時代の馬場をおぼえていないかなあ、年がら年中いろあせた紋付羽織をきて、独善的な議論をはいては肩で風をきって歩いていた」

「知らんね」

「自由を尊ぶわれわれの学園では、まさにサソリのような存在だったがね。トータリズムの盲目的な遵奉者で、リベラリズムを目の敵にしたミリタリストだよ」

と、蟻川は学生の頃のくせがぬけないとみえ、言葉の合間に外国語をはさんで語った。

「ふたこと目には武士道だの葉隠れ論語だのといっていたが、あいつの頭脳じゃどの程度わかっていたか、すこぶる怪しいもんだ。そして議論にまけると忽ち眼をつり上げて、恥を知れだとか非国民だとか売国奴などとどなって、相手をむりやり黙らせてしまう。こんな男が殺されたって、俺はちっとも気の毒だとは思わんね」

蟻川はくわえていたパイプを灰皿にのせた。

「そうかね。僕は馬場を知らないから、何ともいえない。ところで僕の任務というのは、誰がいかなる理由でいかにして馬場を殺したか、それをつきとめるにあるんだ。先刻ご承知のようにね。さしあたって出来るだけくわしくあの衣裳トランクに関する事実を知りたいと思ってきたんだが、根ほり葉ほりきくのが商売だから勘弁してもらうとして、君があれを近松に斡旋した事情をきかせてくれないか」

「ああ、いいとも。しかしそれが事件解決にどれほど役立つかな」

「それは何ともいえないさ。しかし少しでも見込みのありそうなところを掘ってまわれば、その中にどんな鉱脈にぶつかるか判らないからね。それが僕の方針なんだ。いまの僕の質問にしてみても、それによって近松がトランクを必要とした理由がわかれば、何かの足しにはなるだろうと思うだけさ。たしか君は、学生時代ほとんど近松とつきあっていなかったじゃないか」

「ああ、俺はああいったふわついたお調子者は好かんし、今だってべつに交際してるわけじゃないよ」

「それがなぜトランクの斡旋をしたのかね？　前後の事情をきかせてくれよ」

蟻川はパイプをとり上げ、むらさき色の煙りをみやりながら、考えをまとめるように暫くだまっていた。

三

「……俺はね、九州の業者と商売上の会合をやるためにしばしば大分にいくんだ。あそこには九州の代理店があるのさ。で、去年の暮のことだったが、大分の町をあるいているとパッタリ近松にであったのだ。いまもいった通り、俺はこの男が大嫌いなんだぜ。人間である以上どこかに尊敬すべきものを持っているものだ。馬場でさえ一ヵ所や二ヵ所は感心するところがある。それが近松ときたら全然ないんだ、あれほど唾棄すべき男もいまい」

蟻川はまずそうな顔付をしてパイプをくゆらした。

「古い話をむしかえすのも気のきかないことだけど、近松は学生時代に、膳所と相思のある女性の仲を、いつわりの中傷をしてさいてしまったんだ。膳所って男は坊っちゃんそだちで、人の言をうたぐることを知らないものだから、すぐにその女性との交りをたった。相手は上野で声楽を専攻していたきれいなひとだったがね、いまは地方の女子高校で音楽の教師をしている。まだ独身をまもっているのは、膳所に心をささげてるからだろうよ。ところで近松がこの女性に何の興味も感じてなかったことは、その頃由美子さんに近づこうとしてあせっていたのをみれば判る。つまり近松という男は、他人の怒りや絶望や悲歎(ひたん)をみてよろこぶ破壊神(シバ)なんだね。君が満洲にいった後、膳所は平凡な見合結婚をしたが、一生に一人の女しか愛せないたちの男だから、今にいたるまで彼女のことが忘れられない。いきおい結婚生活にはひびが入る。近松の心ないしわざによって、三人の男女の幸福が破壊されてしまったというわけさ」

「ほほう、そんないきさつが有ったのか。僕はまだ独身なのかと思ったよ」

「そうなんだ、別居しているんだよ。丸ぽちゃの陽気なひとで、ああしたことがなければ膳所だって夢中になれる細君だが、今じゃ昔の陽気さがすっかりなくなってね、気の毒なものだよ。膳所のやつがすてばちな気持で結婚したとすると怪(け)しからん話だけれど、ああいった芸術家肌の男の考えはちょっと我々とは別物なんだから、一概に彼を非難するにもあたらないだろう。銀座の首つり横丁にボヘミアンがよくいく〝ウィンターセット〟という喫茶店があるの知らないかね？　逆効果をねらって貧弱なきたない構えの店なんだ。わざと窓ガラスにひびをいらせたりしてね。そのかわり珈琲（コーヒー）はうまい。アメリカ航路のパーサー上りが豆を煎（い）ってるんだ。今年の春、膳所とその女性がそこで語っているのをみたよ。二人の情熱は昔にくらべて少しも変ってやしない。もっとも俺は気をきかして、すぐに出てきたがね」

　蟻川はそこで言葉をきると、パイプの灰をほじって、新たな刻みをつめた。

「いまの話は近松の悪業のほんの一例にすぎないのだから、俺がそうした悪魔みたいな奴をきらっているわけは、君にもよく判るだろう。話が横道にそれたけど、大分で逢ったときの奴は尾羽うち枯らしたかっこうで、ひどくみじめな様子をしていた。その近松に俺が経済的な援助をするようになったのは、奥さんの由美子さんが可哀そうだと思ったからさ。君にとっては古創（ふるきず）にさわられるような話だろうけど、彼女が君を拒んで近松をうけ入れたというのは勿論その選択眼があやまっていたわけだが、すでに由美子さんの誤ちは近松との結婚生活で充分につぐなわれているんだ。だから俺は貧になやむ由美子さんに心から同情したんだよ。俺も彼女を前々からこのましい女性だと思っているからね。さいわい俺の仕事はうまくいってるし、金銭的にも多少のゆとりがあるので、由美子さんには黙っていることをちかわせて、少しばかり援助してやっていたんだ。奴はどう解釈したか知らんが、俺は由美子さんを思ってのみやったことなんだよ。ところがあいつはその金でめかけを囲っていたのだからね。由美子さんの手にはほとんど、いや全然わたされてなかったかもしれぬ」

「ほう、近松がめかけをね……」

「そうなんだ。僕が去年の暮に逢ったときは、当局の監視がきびしくて密売はできない、金がないので愛妾とは手を切ってしまったというわけで、意気大いにあがらなかったところなんだな。僕がわたした金をこれさいわいとめかけにつぎこんで、鼻の下をのばしていたわけだ。それに気づいたのは今年の春だがね」

「怪しからん男だな。そのくせタバコ銭がないといって由美子さんをたたくのだそうだ」

「それは彼女が事実をかくしたのだよ、タバコ銭のことでなぐるのじゃない」

「それじゃ何故なぐるのだ？」

「麻薬のきれた時と、それから——」

「え？　彼は麻薬の常用者かい？」

「そうさ。活字をいじる植字工が鉛毒におかされがちのように、麻薬を密売していりゃいつかは中毒患者になってしまうよ。奴が麻薬を密売してたことは知ってるだろう？」

「うむ、知ってる。それは考えられぬこともないな。話を中断してわるかった、つづけてくれたまえ。それから……何だい？」

「麻薬のきれた時と、それから……、いやいや、何でもない」

蟻川はいいかけた言葉をにごらせてわき道にそれた。

「いまもいった通り、俺があいつの蓄妾に気づいたのは今年の春だ。それで逢ったとき難詰するとね、平身低頭してあやまりやがるのさ。生来の卑屈さが麻薬のために一層ひどくなっている。俺は頭から唾をはきかけてやりたかったよ。もっともそれ以後は縁がきれとる様子だったがね」

蟻川はそこで話をやめると、パイプの色つやをためつすがめつ眺めていて、容易に本題に入ろうとはしない。

「ところで君を前にしてこんなことをいうのも気がひけるけど、俺の考えからいくと密貿易だの麻薬の密売という行為は、無力で善良な大衆の生命を直接うばうような強盗殺人にくらべて、どうも憎めない犯罪なんだ。阿片中毒者にしても、わるいのは阿片ではなくて中毒者なんだ。中毒者の意志のよわさなんだ。いまの生存競争のはげしい世の中では、こんな意志のよわいものは脱落して野垂れ死にしたほうが、社会のためにもなる。俺が厚生大臣なら大いに麻薬を供給して、意志薄弱な奴等を野垂れ死にさせ、社会からゴミを一掃してやるね。いや、判ってるよ、君のいわんとするところは。そんなわけで近松が以前密輸をやっていたと聞いても、俺は非難めいたことをいわなかったし、近松も麻薬売買について俺にすっかり打明けていたのさ。奴が尾羽うち枯らしていたのは警察の監視がきびしくなって動きがとれなかったからなのだが、それがこの秋に逢ったとき、近頃当局の警戒がゆるんできたから、そのうちにまた始めたいといっていた。そして現物を移動させる場合、敵の目をそらせたいが智恵をかしてくれということから、俺とあいつの間に膳所のトランクが話題になったんだ。つまりだね、近松が古着商をよそおうとする。衣類在中という札をつけてあのでかい奴を持歩いていると、当然その筋の目につくね。そうすれば必ず怪しまれて中をあけられるわけだ。その時にベラベラの人絹ものでもつめてあれば、看板にいつわりなしということになって、以後は彼等の盲点になると主張するのが、近松の考えだした新手の戦術なんだね。いかさま彼らしい甘い考えだけれど、自分の名案にすっかり感心しちまってね。で、奴さんそのトランクに大したご執心らしかったが、いまだに膳所がおこっていることを話すとしょげちゃってね、俺に仲介をたのむってわけなんだ。門司や博多じゃああした品はなかなか見つからんし、といってそのために新品を買うわけにもいかんしね。俺も再三ことわったが、とうとうことわりかねて、使者に立った次第なんだよ」

「ふうむ、なる程ね。近松としてはどれだけの成算があったのかしらないが、子供だましみたいな作戦だね。そこでつぎに、そのトランクを膳所からうけとって発送するまでのいきさつをききたいのだが……」

「それは白川という知り合いの運送屋の主人にやらせて、俺はほとんどタッチしとらんがね。直接あれにきいてみたらどうだい？」

「うん、そうしよう。ところでね、この二三日中に福岡からトランクが到着するはずなのだ。それが膳所のトランクであるかないか、君にもみてもらいたいのだが……」

「そりゃ膳所にやらせたほうがいいだろう？」

「膳所にもたのんださ。しかし証人の数は多いほどいいからね」

「じつは俺にはその資格はないんだ。膳所のうちで下見はしたが、ほんの一瞥したきりだからな。むしろ白川の主人にたのんだほうがいいだろうよ。彼が自分でとり扱ったんだからね」

そこで白川運送店の所在をおそわると、鬼貫は腰をあげた。

「や、お邪魔した」

「もう帰るのか。それじゃ今度はゆっくり自宅のほうへ来てくれたまえ。渋谷の穏田にいる。待ってるぜ」

四

白川運送店は、恵比須駅前の大通りを二丁ほど北へ向った左側にある。ひびわれたガラス戸には紙がはってある上に、ペンキでかかれた店の名もはげおちて、満足によめるのは白と送の二字のみの、いかにも貧弱な構えであった。

五十を一つ二つこしている主人は、年中貧に追われている人々の間によく見受けられる、善良そうな男だった。疑ぐるとか疑われるとかいうことからおよそ縁の遠そうな、鬼貫の人生観から考えるともっとも幸福なカテゴリーに属するタイプだった。

「どうもめっきりこう寒くなりましたですなあ」

彼はハナをすすると、節くれだった手をゴシゴシとすり合わせた。鬼貫は当日のことを思い出すままに話してもらいたいといったのみで、あとは主人の語るにまかせておいた。いちいち口出しをすると却って相手を畏縮させ、結局は訊きのこしをするのがおちだからである。

「ええと、先月の、あれは二十四日の夕方でございました。蟻川の旦那から電話がかかりましてな、『あす大久保へいって荷物をとってきてほしいのだが、都合はどうかね？』というお話です。あの旦那には私もむかしからよく仕事をいただいているものですから、二十五日はよそさんを午前いっぱいできりあげて、オート三輪車で蟻川さんのお宅へうかがいました。へえ、お宅は穏田ですから、原宿駅の向うがわになっとります。仕事はごく簡単で、大久保の膳所さんという絵かきさんのところからトランクを一個とってきて、荷造りした上で発送することでございました。大久保についたのが二時すぎでして、前もって蟻川の旦那から話があったとみえ、トランクは玄関わきにおいてありました。で、それを受取りますと環状道路を通って、穏田のお宅にもどったのが三時前でございました。ここで蟻川さんにトランクをお目にかけて、その場で荷造りをしますと、ふたたびオート三輪車にのせまして、坂をくだった向うがわの原宿駅へはこんで、小荷物扱いで発送しましたわけです。駅で受取りをもらいましてもう一度蟻川さんのお宅へもどると、旦那にそれをわたして帰りました」

「そのトランクを見れば、ほかの同じ型のトランクと区別がつきますか」

「そ、そうですな。それは判ると思います。底に目印がありますから、たぶん区別できるのじゃないかと思います」

どういうわけか運送屋の主人はちょっと赤くなって吃った。

「ほう、目印がね。それでは二三日うちに警視庁にきて見ていただくようになるかもしれませんけど、その時はよろしくお願いしますよ」

「へえ、もういつでも参ります」

と、彼は一も二もなく承知した。

五

恵比須駅へもどる途々、自分の仮説の裏づけがこの二三日中になされることを考えて、鬼貫のむねは自ずとふくらんでくるのだった。由美子からトランクがとどいたならば、すぐさま膳所と運送屋の主人をよんで、それがZトランクでないことを立証してもらう。それからあとの話は簡単である。トランクがああした特殊なものである以上、製造者より逆にたどっていって購入者をさがし、購入者からX氏をつきとめるのは大した仕事ではない。彼は旅のつかれをすっかり忘れていた。もうこの事件も峠がみえたではないか。

恵比須から山手線にのって新宿駅でのりかえようとした時に、ふと思いついて角筈口の手小荷物受付所をおとずれることにした。X氏が、佐藤三郎名義でここからトランクを赤松駅へ送りだし、また遠賀川駅から逆送されたからのトランクを受出しているのである。

ところがこの駅は取扱う貨物が多くて、係員がX氏を記憶しているはずもなかった。うがった観察をすれば、彼はその点をねらって新宿駅をえらんだのであろう。それは札島駅の閑散なところを狙ったのと同巧異曲である。だが鬼貫は、近く自分の仮説の確立されることを信じていたから、一向に失望しなかった。

十　膳所のアリバイ

一

翌る二十九日の十時頃のこと、役所の玄関口にトランクがとどいたという知らせにでていくと、そこには由美子も立っていた。

「トランクを手荷物(チッキ)にして、一緒にまいりましたの。今朝ついたとこですわ」

ひさしぶりに東京の地をふんだせいか、ほおが上気したように赤く、目にかがやきがあった。セミラグランの黒いオーバーにネットのついた緑のぼうしをかぶり、未亡人らしいつつましやかな中にも、彼女の性格がじっくりとにじみでているような好みのよい服装だった。

鬼貫は由美子の実家が浦和にあることを思い出した。

「トランク、おわたししますわ。その中(うち)にいろいろお話をうかがわせて下さいましね」

このトランクさえあれば、近松の無辜(むこ)を立証するのは時間の問題である。鬼貫もあかるく笑って自信のほどを見せたのだった。

由美子がかえったあと、鬼貫はただちに膳所と白川運送店に電話をかけてトランクの鑑定をたのみ、部下の丹那刑事に命じてトランクの出所を洗わせにやった。

やっとひまになったところに、給仕が一通の封書をもってきた。梅田警部補からのもので、封を切ってみると、赤松駅に出現する以前の青い紳士の足取りはいくら調べてもつかめない、という悲観的な内容である。だが、事件の解決を目前にひかえた鬼貫には、落胆する理由は少しもなかった。

膳所が黒いソフトに黒のインバネス、桐の糸柾の駒下駄という渋いいでたちでやってきたのは、それから一時間ほどしてからである。

「や、寒いところをすまなかったね。それに昨日はお盆をありがとう。早速こうして使っているよ」

膳所はちらと盆に目をやり、幾分ゆとりをかいたように、それとなくあたりを見廻した。

「どうも旧観念からぬけられないせいか、警察ってとこは不愉快だね。税務署の比じゃないぜ」

彼はそういうと、たもとからタバコをとり出して、せかせかした調子で火をつけた。

「検察ファッショという言葉があったが、第一この建物からして人権蹂躙時代そのままの面白くないかたちだよ。古い写真でみる限り鍛冶橋にあった当時もそうだけど、この表て玄関の威圧的なもののものしさは、よほど美的感覚の欠除した建築技師の設計だとみえるね」

なおもとりとめない雑談をしているところに、白川運送店の主人がやってきた。彼は数珠つなぎにされて検察庁へ護送されてゆく容疑者のむれをみて、恐れとも哀れみともつかぬ複雑な表情をうかべていた。

やがて鬼貫はトランクの前に案内して、店主をかえりみた。

「白川さん、ひとつ見て下さいな。あなたが原宿駅から発送したトランクはこれであるかないか……」

もちろん、相手はノーというはずだ。この運送店の主人にしろ膳所善造にしろ、眼の前のトランクが全然別物であることを一も二もなく認めなくてはならないはずだ。犯人が頭をひねって編みだしたであろうこのからくりも、旅行者相手に売っているみやげものの函のように、底があさい。そう考えてみると、何かものたりない気持さえしてくるのであった。

運送店の主人は小腰をかがめてトランクに手をふれ、注意ぶかくまわりを調べた。それからヒョイと横にたおして底をなめるように見ていたが、やがて大きくうなずいて立上った。

「これです。膳所さんのお宅から持ってきたのは、このトランクに違いありませんです」

「え？　君、それは確かですか」

鬼貫は我になく声を高めて、体を前にのりだした。理論的にいって、このトランクはZトランクであってはならぬ筈ではないか。Xトランクであるべき筈ではないか。

運送屋はまるで叱られでもするように小さくちぢこまって、おどおどと小声で同じことをくり返している。

「そんな筈はないがな」

「へえ、絶対に相違ありませんです。何でしたらこちらの旦那に調べていただいて下さい」

「どれ、俺に見せたまえ」

膳所はインバネスのすそを払って姿勢をひくめ、念をいれて外側をしらべた。それからふたを開いて中をのぞこうとして、怪訝な顔付になった。

「おや、この藁はなんだい？」

「いや、なんでもない」

鬼貫がさり気なく藁くずとゴムシートをとり出すのを待って、膳所はふたたび入念に内側をしらべた。

「なんだか妙な臭気がするね」

顔をしかめながら独りごとのようにつぶやき、どっこいしょと腰をのばして立上った。

「どうだ、近松にゆずったトランクはこれかい？」

鬼貫はまちかねた口調でたずねた。真剣な、くいつきそうな表情である。

「ああ、たしかに俺の持っていたトランクだよ。ここところに特徴のある疵があるだろう、注意して見ないとわからないがね。それから内側には俺でなくちゃ見わけのつかない目印がもっと沢山ある。だがそれよかこれを見たまえ。運送屋さんがくる前に黒いラッカーでぬりつぶした痕だがね。この下にＺＺＺＺという俺のイニシァルが白エナメルでかかれてあったんだ。だから今でもラッカーをはがしてみればすぐ判るだろうよ」

「そうか……」

と、鬼貫は翳った口調にかわり、その表情までが疲れたように老けてしまった。

ややあって自分を元気づけるためか明るい調子をとりもどして、運送屋に礼をのべるとこれを送り出してから、ふたたびトランクの前に立った。

「このトランクが一体どうして問題になるのかね？」

「じつはね、この中に屍体がつめられてあったんだ」

「え、屍体？」

膳所は悲鳴に似た声をあげてとびさがった。

「よせよ、おどかすのは」

「おどかしはしない、本当だよ」

「汚ねえな、手をあらわせてくれよ」

彼はいかにも神経質らしく眉をひそめ、水道の栓をさがすように辺りを見まわした。

「わるかったな、いま案内するよ。昇汞水でもクレゾール水でもおのぞみなものを作らせる。だが、この中に屍体が入っていたことは本当に知らなかったのかい？　僕はまた、新聞にでたことでもあるし、気がついているものとばかり思っていたよ」

「知らないさ、いつ頃のことだい？」

「発覚したのは今月の十日だがね」

「それじゃ知らないはずだ。俺が旅行中の話じゃないか」

鬼貫はさしつかえない範囲で、近松や馬場の話をきかせた。

「へへえ、そいつは驚いたね。近松も元来かわったこと許(ばか)りやる奴だが、こりゃ少々度がすぎたようだね」

と、さすがに呆(あき)れた口吻(くちぶり)である。

「だが馬場がこんな死にざまをするとは思わなかった。俺とあいつとは、学生時代たがいに白い眼をむき合って、軽蔑していたよ。奴にしてみれば、俺みたいにヒョロヒョロした画家なんて存在価値をみとめなかったろうし、俺にしてみれば暴力や戦争を讃美するあんな男は社会の毒虫としか考えなかったからな。あの野郎にゃ似合わぬ死にざまだが、尤も狂犬みたいな男だったから、撲殺されるのも当然かな？」

膳所は馬場に対して全然同情を感じないもようだった。

「犯人は近松だね？　だがトランクづめの屍体を送るとは、正気の沙汰とは思えないね。犯行を隠蔽(いんぺい)するのが当然じゃないか……。で、近松は捕ったの？」

「捕ったも同様さ。屍体となって発見されたからね」

「へえ、自殺だね？」

「表て向きはね」

「すると他殺かい？」

「裏面はね」

「それじゃ奴が犯人じゃないのかい？」

「………」

「いつ死んだの？」

「今月の七日頃だ」

「どこで？」

「兵庫県の別府町だよ。瀬戸内海の港町……」

膳所はしばらく宙を見つめて無言でいたが、急になにかを思いついたような調子でたずねた。

「馬場は三十日頃に福岡でやられたといったね？」

「そういうことになる」

と、鬼貫は無念らしい口調であった。

「で、屍体づめのトランクを発送したのが四日だというのかい？」

「そうだ」

「近松の死因は？」

「青酸中毒だね」

「それで君は別に犯人が存在すると考えているのだね？」

ツンと尖った鼻の先とほそい顎とが、いかにも芸術家らしいデリケートな性格をあらわしているが、今はその鼻と顎とをつき出すようにして、挑戦的といってもよさそうなギスギスした口調である。

「うむ」

と、鬼貫がみじかく答えたのは、相手が知っているくせに質問しているのではないだろうか、という疑念がヒョイと頭の隅をよこぎったからだった。

膳所はふたたび口をつぐんでいたが、やがて気短かに指の関節をポキポキならすと、いきなり鬼貫をかえりみた。

「じゃ俺はこれで失敬する。三時から銀座の孔雀堂でパステル画会があるんだ。このトランクがたしかに俺のゆずったものであることが判れば、別にもう用はないわけだな？　近いうちに皆で集って呑もうじゃないか」

「帰るのかい？　珈琲でもご馳走しようと思っていたんだけど、もう少しゆっくりしていかないか」

しかし膳所はクルリと背をむけるや返事もしないで、スタスタと出ていってしまった。なぜ急に態度がかわったのか、鬼貫にはさっぱりわけが判らない。パタンと閉められた扉を、彼は呆気にとられた表情でながめていた。

二

膳所がかえったあと、鬼貫は机の前にガックリと腰をおろした。あの衣裳トランクがXトランクでなくてZトランクであったという事実は、鬼貫のいだいていた確信が砂上の楼閣にすぎなかったことを証明したのである。馬場の屍体がつめられているのはZトランクだという両人の証言は、札島駅でひそかにトランクごとすり替えたと推理した鬼貫の仮説を、いささかの仮借もなく木端微塵にうちくだいてしまったことになる。両トランクの内容を入替える時間的余裕がみとめられぬ以上、このトランクがZトランクであるという証言は、馬場が東京で殺害されたとみなす鬼貫の仮説の全面的敗退を意味するのであった。そのことは畢竟、札島駅に一時預けされ且つ発送された衣裳トランクが終始してZトランクであり、赤松・遠賀川間をトラックにのせて運んだ衣裳トランクも一貫してXトランクであって、Xトランクの中に馬場の屍体がつめられて東京・福岡間を往復したという鬼貫の仮説は推理をもてあそぶための冬の夜の夢にすぎず、馬場はやはりあの防空壕で殺害されたことになる。

だが、馬場が防空壕の中で殺されたとなると、近松犯人説を否定することができなくなってしまうのだ。鬼貫の頭のなかには、今朝逢ったばかりの由美子の姿がクローズアップされてくる。彼女がいつになく快活そうにみえたのは、近松の潔白が間もなく立証されることを信じていたからに違いない。いま更自分の見込みちがいを告白して、彼女を落胆させることもできなかった。

鬼貫は思考力を失って、化石したようにイスにかけたきり、みじめな敗北感を味っていた。だが暫くそうしている中に、何も一途に悲観する必要のないことに気がついた。X氏という怪人物がいるではないか。X氏の正体をつきとめれば、謎はおのずから解ける。自分のセオリーがこのようにつまずいたのは、どこかに齟齬があるからに相違ないのだ。

思うに近松千鶴夫はX氏のあやつる糸にさんざん踊らされ、あげくの果ては彼の罪まで背負わされて死んでいった、至極おめでたい木偶なのではなかったか。そうすると、X氏がXトランクをかかえて為した奇妙な行動の真意は、一体どこにあるのだろう？　鬼貫は机にひじをついて顎をのせると、ぼうとした瞳を見開いて何等かの結論に到達しようとあせった。タバコをたしなまない鬼貫のこうした姿は、ひどく板につかぬものがあった。

やがて不満ながらも彼の得た結論は至って貧弱なものであったけれども、といってそれ以上に適切な考えもうかんではこなかった。X氏の奇妙な行動の目的とするものは、当局に俊敏な警察官がいて近松の自殺に疑問をいだき、やがて彦根運転手を発見してX氏の暗躍に気づいたとき、二個のトランクの動きによって、馬場の屍体が東京から発送されたのだというふうに、換言すれば犯人は東京にあって馬場を殺したのだというふうに思いこませるためであったろう。仮りに当局が近松の自殺に疑問をもたぬ時は、折角苦心して組立てたトランクをめぐるトリックも役立たないわけだが、それはそれで結構ではないか。当局が近松の自殺に疑問をもたぬ時というのは、近松が馬場殺しの犯人であって、司直の手のとどく前に自ら罪を清算したとみなした場合のことだから、裏面にX氏が存在していようとは夢にも考えないわけである。いってみればX氏は和戦両方の構えをしていたのだろう。鬼貫はさいわいに独断することなく、慎重にトランクを鑑別させてその論理的矛盾に気づいたから、X氏のしかけたペテンにおちいらずに済んだわけであった。こう考えてみると、X氏の正体はつぎの四項目を満足させ得る人間ということに限定されてくる。

(1) X氏は馬場が殺害されたと推測される十一月二十八日乃至十二月一日の間に札島若くはその周辺にいた。
(2) X氏は馬場の屍体詰めのトランクが発送された十二月四日に札島におり、五日に対馬へ渡った。
(3) X氏は近松が蟻川を介して膳所のトランクを入手した間の事情を知っていた。
(4) X氏は馬場及び近松に夫々殺意を抱くべき理由を持っていた。

この四項目を満足させる者は、なんと膳所ではないか。彼のスケッチ旅行の詳細についてはまだはっきり験めていないけれど、高松や宇和島にいたという以上、四国に滞在したことは間違いあるまい。四国と九州とは数本の交通網でむすばれているし、とくに宇和島からは、晴れた日になると大分県佐賀関精錬所の煙突がのぞめるというくらいだから、ここから九州にわたることは漁師の小舟をかりてさえ容易なものに違いない。

つぎに近松を葬った別府町へは、四国から淡路島という飛石づたいにゆけるではないか。さらに自分のトランクが蟻川の手を経て近松の手にわたったことは、たとえ蟻川が口をつぐんでいたところで、調べる気があれば簡単にわかる。こう考えてみると、昨日トランクが近松にわたされたときいて示した驚愕の表情も、今日トランクの中に屍体が詰っていたときかされて示した驚きの表情も、自分の犯行を隠蔽するための誇張にすぎたお芝居と思われてくるのである。

最後に動機の問題だが、彼は馬場を憎悪し軽蔑していたというし、その感情が殺意にまで高められることも考えられる。まだまだ鬼貫の知らない事情も伏在しているのだろう。一方近松に対しては、昨日蟻川からきいたとおり、これを憎むに充分すぎる理由がある。すべては膳所を指向しているではないか。

のこる疑問は、膳所が近松をどういうわけでこうも完全に操れたのか、ということである。彼のように正直で一本気の男が、腹中に匕首をのんでさり気なく近松に接近し、それを気取られずに懐柔することは、その性格からみても考えられない。さらに亦懐柔した手段方法にも想像がおよばないが、といってそれは必ずしも不可能ではなかろう。また自分が四国に滞在していながら、十一月三十日に新宿駅から新巻入りと称するXトランク（もちろん屍体は詰められていない。しかし新巻が本当に入れてあったかどうかは、まだ判らぬ）を発送するためには、共犯者を要したかもしれないし、或いは彼自らが大至急東京にもどったのかもしれないけれど、それ等はいずれ今後の調査をまてばはっきりすることである。鬼貫はやっと結論に到達して、思わず深い吐息をするのであった。

しかしややあって、彼の脳裡にはべつの疑問がうかんできた。もし膳所がX氏であるならば、馬場が東京で殺されたようにみせかけるために、あの衣裳トランクがXトランクであると（正確に表現するならばZトランクではないと）主張すべきではなかったか。そうだ、膳所はそのように主張したかったに相違ないが、あいにく運送屋の主人の証言があったために、心ならずもそれをZトランクであると言明しなくてはならなかったのであろう。鬼貫がその石橋をたたいて渡る信条から、運送店の主人をよぶということさえしなかったならば、膳所のたくらみは成功したはずである。つまるところ、彼がZをXに置換えられなかったのは運がわるかったという他はない。この些細なことが、辛苦して成ったであろう二つの謀殺事件を、はからずも壊滅のふちに追いやったわけである。

人のいい鬼貫はしばらく好敵手の不運に同情していたものの、やがて我にかえると受話器をとり、銀座の絵画材料店孔雀堂をよびだした。

（やあ、いま店を出ようとしていたとこだ）

（そうかい、間に合ってよかった。先刻はわざわざ来てもらって済まなかったね。ところで少々たずねたいことができたんだが……）

（何だい？）

（君は十二月の二十六日からずうっと四国へ旅行していたといってたね？）

（そんなこと話した覚えはないぜ）

（おや、だって君、昨日は宇和島へいったの、高松でスリに逢ったのといったろう？）

（鬼貫君、そりゃ君のききちがいだよ。俺が話したのは宇和島じゃない、輪島だ）

（え、輪島？　あの能登半島の輪島かい？）

（そうさ、輪島といえば石川県の輪島にきまってるよ）

（すると高松駅でスリに逢ったというのは？）

（だからさ、石川県の高松だよ）

（石川県の高松？　……）

（そうさ。七尾線で金沢から輪島へゆく途中にある駅だよ、ハハハ、何を思いちがいしてるんだい？）

(すると昨日頂戴したお盆は、宇和島塗りじゃなかったのかい?)
(輪島塗りだよ。……きこえたかね? 俺はいそぐから失敬するぜ)

啞然としている耳に、たたきつけるように受話器をかける音がひびいてきた。鬼貫は顔をしかめて、白馬非馬の詭弁をきかされた学生のように納得ゆかぬ面持で、まだ受話器をにぎりしめていた。さきほどの膳所の態度が急変したことといい、いまのツンツンした木で鼻をくくったような口調といい、それは膳所をつつんでいる疑惑に、みずから油をそそぐような効果しかあげないのである。

鬼貫は立上って日本地図をとってくると、北陸地方をひろげてみた。能登半島はまだ旅行したことのない土地だが、なる程、膳所のいうとおり高松は七尾線にある。鬼貫は腰をすえて、膳所のアリバイを追求しようとした。

三

丹那刑事がほおと耳を真赤にしてもどってきた時には、冬の日はとうに暮れてしまっていた。手袋をとってしきりに指先をもんでいる相手を、鬼貫はいたわりの瞳で見つめていた。彼はこの小柄で明朗で、しかも涙もろい純情家を、誰よりも好んでいるのであった。膳所が

X氏である見当がついた以上、Zトランクと共にXトランクを所持していたのも膳所であることになるのだから、丹那には無駄足をかけさせたわけである。寒いところを馳けまわらせて、わるいことをしたと思う。

「ご苦労さん、寒いのに大変だったね」

「すっかり遅くなってしまいました。もう少し早くもどれるつもりだったのですけど」

俺はオーバーをきたままで、鬼貫のとなりに腰をおろした。鬼貫は義理にもその報告を熱心にきかねばならぬ羽目になった。

「いそいで報告してしまいましょう。あの衣裳トランクは、昭和二十三年に小岩の盛永製靴という工場でできた品なんです。銀座の大木鞄店の話ですと、おろし値が三万で小売値は三万五千だったそうです。なにぶん終戦後のことですから、船旅をする外人か京都へ行く映画女優が買うぐらいのものだそうでして、数が少いからどうにかさばけたとのことでした。大木では四個仕入れたんだそうです。ところが都合がいいことには、ああした大きな品は買っても手にさげて帰るわけにゆきませんから、店員に配達させるわけで、お客の住所氏名が簡単に判明するんです。そこで四名の買い手の名をノートすると、すぐに小岩へ廻りました。たずねる製靴工場は金づまりで閉鎖しておりますが、工場の敷地内に工場長の家があるので、万事その人からきいてきました」

「なる程、なる程。それで？……」

「その話によりますと、あのトランクは二十三年の七月の初めに出したもので、当時はまだ皮革統制がやかましかったため、茨城県の奥に疎開させておいたストックを持出して、やっと三十三個つくったんだそうです。ご承知のように本式の衣裳トランクって奴は蓋に相当するものがなくて、床に立てておいてあけると右のほうが引出の重ったタンスに、左のほうが衣紋掛をつるす洋服ダンスになってるわけですが、そうした本物をつくっても値がはるだけなので、片方だけの、つまり洋服をつるすほうのトランクだけにして、それに蓋をつけるように工夫したのだそうです。変則的なものだし、重量と持ちの点で満足な出来とまではいかないけど、まああの程度ならいいほうだと自慢していました。重量は十九瓩が標準だそうですが、違っても〇・一瓩か〇・二瓩ぐらいのものだということです」

「なる程」

「ついで、三十三個のおろし先を知りたいのだけれどといいますと、名簿をもってきて読みあげてくれました。その中四個は銀座の大木に卸し、二個は戦災に逢ってスッテンテンになったこの工場長自身が使ってますので、問題はのこりの二十七個になります。そこでふたたび省線にのって秋葉原に出ると、浅草から広小路のデパートをたずねました。いずれも配達名簿を見せてもらうだけですから、そう大して暇はかかりません。ついで御徒町から省線で神田に出て、二越をたずねたんです。ところが二越は一年前にぼやをだして、配達名簿をやいてしまったというのですよ。折角スムーズにはこんできたのに、ここでつまずくのは残念だと思って調べてもらったんですが、あいにく配達した人が臨時雇いだったために現在は店にいません。ようやく神田に住んでいる医学生であることが判りまして、都電で三崎町の下宿屋をたずねてみたんですが、ちょうど試験勉強をやっていてひまがないのですな。そして一秒もむだにしたくないからといって、当時の勤労日誌をわたしてくれました。こんなわけで、今日は購買者の名が十五名しか調査できませんでしたけれど、明日は銀座と新宿のデパートを一挙にしらべてしまいます」

「ああ、どうも有難う」

「この手帳に十二名の住所氏名がひかえてあります。医学生の日記は帰りのバスの中で私がよみまして、栞のかわりにマッチの棒をはさんでおきました」

丹那は自分の手帳とともに、やすっぽい大学ノートをさしだした。

「ああご苦労さん。それじゃ君は早く家へ帰りたまえ。あたたかい夕飯がさめてしまうぜ」

「なあに、構いませんよ。途中まで一緒に帰りましょう。お待ちしてます」

「そうかい、それじゃちょっと見せてもらおうか」

鬼貫は手帳にメモされた住所氏名を見、ついで大学ノートに目をうつした。表紙にペンで〝アルバイト日記〟と書かれてある、マッチの軸をはさんだページをあけた。

七月九日　午前中、麻布狸穴四の八　楠山薫方に大型の衣裳トランクをとどけにゆく。

途中でアイスキャンデー七本くった。後でいささか心配になったが、今のところ異常なし。医者の不養生とは、うまいこと言ったもんだ。こうして人の名前からその体を想像してゆくのは、仲々ロマンチックでたのしい。きっと見合にいく時もこんな気持だろうと思う。だが見合結婚というやつは、おっと筆がそれた。今日も今日とて老いらくのレビューガールを空想してでかけたんだが、不潔な代議士みたいな男が出てきたのにはおッ魂消た。彼から遡って想像すると、親だって絶対に美男子でもなく美女でもなかった筈だ。これはメンデルの法則によって明かだし、ルイセンコだって否定はしまい。自分たちの顔を鏡でみれば、相加平均した伜のつらだって見当がつこうというもんだ。しかも敢えてかかるロマンチックな名をつけるとは、親の慾目は恐しくも亦ありがたきかな。

八月二日　またトランクだ。いやになる。大田区大森森ヵ崎四ノ二〇　蒔田カツ。とろけそうに軟くなった京浜国道を、ヨタヨタと二時間つッ走る。途中でアイスキャンデー十三本、アイスクリーム九杯くった。完全な赤字である。何のためのアルバイトだか判らない。だが品川のクリーム屋の娘はシャンだったな。眼つきがチャーミングだ。あのくらいなやつを女房にしたら、さぞ人生が楽しいだろうな。ああ、俺は人体につめたいメスを当てる医学の徒である。対象を見つめるには、冷厳なまなこを以ってせねばならぬ。クレオパトラの鼻が高かろうが低かろうが、彼女の肉体を構成している分子に変りはない筈だ。医者なら、老若健康不健康を念頭におくべきもの、美醜にとらわるるは何たる矛盾ぞ。と考えてみるが、女房なんてアクセサリーにすぎないのだから、矢張り美人にかぎるさ。さて、森ヵ崎は埋立地らしく、カキの貝がらがごろごろしている。ノリを採るヒビ用の孟宗竹(もうそうちく)がいたる所にころがっているのを見て、このドブ沼で成育するのかと思うと、途端に食慾が引ッ込んでしまう。知らぬとは言え、汚ねえものを喰ってたもんだ。今度の注文者はおめかけさんと踏んだ。どうせ旦那と熱海かどこかへ出掛ける時の、ゾロリとした着物をつめこむのに相違ない。予はめかけという商売も好かぬが、このカツという名も嫌いだ。カ行とタ行のかたい発音が、男まさりの勝気な女を思わせる。果して予感あやまたず、多少ジメジメした場所なるもその構えは妾宅に相違なく、出てきた女もめかけであるに違いない。しかしこの眼がつり上ったキンキン声のヒステリ面(づら)に、旦那氏は如何なるよさを発見しているのだろうか。タデ喰う虫も好き好きとはいえ、ダンナの気持は判らない。否、彼が雇(こ)傭(よう)契約を締結したのは決して享楽のためではなく、精神修養を目的としたものであるかもしれぬ。心頭を滅却すれば、希代の醜女も亦絶世の佳人と化する可能性はある。心頭を滅却する修練をつむには、ヒステリ面をながめて弁天と錯覚するよう努めればよかろう。ともあれ人を知らずして人を批判すべきではない。

八月二十七日　三度目のトランク。又ですかいと言ったら、うちで仕入れたのはこれが最後である由。ちと配達人の身になって仕入れてもらいたいもんだね。でかいから全く面倒だ。渋谷区穏田一ノ一五〇〇　蟻川愛吉。途中でアイスキャンデー二十三本くった。今夏のレコードである。更に薬屋で整腸剤を買って一函のんでおいたせいか、今もって異常なし。今日のお客さんは苦ミ走った好男子だ。断然気に入った。「よう、アルバイトですか、それはどうもご苦労さま。僕等の時代と違って、今の学生諸君は仲々大変だ。まあ冷い水でものんでゆきなさい」と如才ない……。

鬼貫の心臓はギクンととび上って、とんぼ返りをうったような気がした。思わず目をこすって蟻川愛吉の名を見なおし、さらに同名異人ではあるまいかと住所をよく読んだ。蟻川が同じ型のトランクを所持していたとは、思いもかけぬことである。とすると、第二のトランクを抱えて赤松から遠賀川に至り、博多に一泊して黒潮をわたったのは、膳所ではなくて蟻川なのであろうか。

「何か発見がありましたか」

丹那としても自分の調査が役立ってくれれば嬉しくもあるし、その声もおのずとはずむのであった。

「うむ、まだ何ともいえないが、この蟻川愛吉という男ね、これは僕の同期生で学生時代とても仲よくつき合った友人なんだ。今から彼を訪問してみようと思う。折角まってもらったんだが、今夜はお先に帰ってくれたまえ」

丹那が帰ってしまったあと、油にもたれたような割切れぬ気持が胸によどんでくるのを感じた。昨日の午後深川の工場で逢った時、蟻川はなぜ自分の所持するトランクに一言もふれなかったのだろう。鬼貫としても彼にトランクの所有をたずねたわけではなかったから、相手がそれについて沈黙をまもるというのも理窟からいえば何のふしぎもない。だが鬼貫が知っている蟻川は、問われたこと以外は答えないというような機械的な男でもなかったし、また事務的な男でもなかったはずである。それならば自分が膳所のトランクについてたずねたとき、「ああ、俺も同じ型のやつを買ったことがあるよ」となぜひとこと語らなかったのだろうか。

鬼貫は納得ゆかぬままダイアルを廻して、深川工場の蟻川をよびだし、今夜自宅を訪問することを伝えた。

十一　蟻川のアリバイ

一

省線を原宿駅でおりて環状道路をよこぎると、穏田(おんでん)一丁目へ上がる石段がある。この辺りは山手らしい品のある住宅街だったが、空襲でひどくやられ、昨今ようやくポツポツと家がたちかかっているところである。

蟻川の家は、門柱に陶器の表札がでているのですぐに判った。前もって知らせておいたためか、背のひくい白ぬりの門扉(もんぴ)があけられ、玄関のドアのダイアモンドグラスがポーチの灯(あか)りをうけてキラキラとかがやいていた。暗いので家の外観はよくわからないが、洋風の平屋だてらしい。鬼貫は親指に力をいれると、ぐっとベルをおした。

蟻川はグレーのズボンにグリーンのセータをきて、チョッキとタイに渋いこのみをみせ、片手にミアシャムパイプをもって現われた。

「ずいぶん待ったぜ。途に迷ったんじゃないかい？」

「いや、すぐ判った」

短く答えてホールに入ると、蟻川はドアにエール錠をかけ、帽子とオーバーをうけとって壁にかけた。昨冬夫人を失った上に子供もない男やもめなので、家の中はひっそりとしている。ホールの横のリビングルームには石油ストーブが音をたててもえ、それを前にして主客二人のイスがならべてあった。蟻川は盆にウィスキーとクラッカーにチーズをのせてきた。

「冷えるだろう？　さ、一杯やりたまえ」

「いや、余りかまわんでくれ。それに折角だが、酒はのまんのだ」

「ほう、まだ禁酒かい？　タバコはどうだ？」

「タバコもやらん」

「ふむ、相変らず固造だな。それじゃお茶でもいれよう。夜は通いのばあやさんが帰ってしまうので、まともなもてなしもできない。たしかリプトンの青函がのこってると思ったが……」

蟻川はそのようなことをいいながら、ヒーターのプラグをコンセントにさしこんだり、茶碗をならべたりした。

やがて彼が腰をおろすのを待って、鬼貫はゆっくりした口調で質問した。

「今夜お邪魔をしたのはほかでもないが、君は七年前の夏、二越から衣裳トランクを買わなかったかい？　膳所と全くおなじ型のやつだ」

「ああ、買った。亡くなった家内のために買ったんだ」

蟻川は淡々として答え、その声には何の感情の動きもあらわれていない。

「いま持ってるかね？」

「うむ、持ってる」

「じつはそれのことで来たんだ。君は近頃そのトランクを外に持出したことはないかい？　君自身が持って出なくとも、旅行する人に貸したとか……」

「旅行する時はたいてい持っていくよ。いなか者は押出しでおどかすのが一番だというけど、事実そうらしい。宿屋などはいい服をきておうへいな口をきくほど、待遇がよくなるもんだ。だから商談を成立させるにも、洋服に気をつけなくちゃならん。一週間の折衝に七回服をかえて、とうとう相手を陥落させたこともある。しかし今度は宴会を一度やるだけだから、持っていかなかった」

「すまないが、ちょっとそのトランクを見せてくれないか」

「ああ、いいとも」

彼は気軽な返事をして立上ると部屋を出ていったが、ほどなく大きな黒いトランクをさげてもどってきて、鬼貫のわきにどしりとおいた。

「からでも仲々おもたいものだよ」

「や、有難う」

鬼貫はトランクの前にかがんで、ニュールックの靴を買おうとする若い女性のような熱心さで万べんなく調べ、さらに二本のバンドをほどいて錠をはずし、蓋をあけて中を入念にのぞいた。すべてがZトランクとそっくりであることは当然ながら、あれとこれと途中ですり替えられたとしても、おそらく気づく者はあるまい。Xトランクはこれなのだろうか。そう思ってなおもよく調べてみるが、青い絹をはりつめた内部にはちり一つなく、新たな発見はなにもなかった。

「どうかしたのかい？」

クラッカーをかじっていた蟻川は、鬼貫がイスに腰かけるのを待っててきいた。

「いや、何でもない。ただね、君がこのトランクを持っているということは、当局にちょっとした疑いをさしはさませるんだ。だからこれは僕が仕事としてきくのだが、気をわるくしないでくれたまえよ」

「ははあ、さては馬場の一件だね？　いいよ、何でもきいてくれ。遠慮はいらん」

蟻川はすでにウィスキーを幾杯もほして、ほんのりと赤い顔をしていた。

二

「それじゃ訊ねるけどね、先月の二十八日から今月の一日にかけて、君がどこにいたかということをきかせてくれないか。馬場はこの四日間にやられているんだ」

馬場が福岡で殺されたことが明かとなっているいま、もし蟻川が犯人ならば、彼は当時福岡にいなかったというアリバイを持出すであろう。鬼貫はそれを予期し、どんなアリバイが出されてもおどろかぬつもりでいた。

「ふむ、アリバイだね？　アリバイをたずねられるとは、俺の疑惑も相当こいものとみえるね、弱ったな」

と、蟻川は考えるように手をひたいにあてた。

「これが推理小説ならば、かえってアリバイのある奴が怪しいということにもなるけど、現実の世界じゃその逆だからな。ところでアリバイというと、当時俺を目撃した証人をあげることが第一だね？」

「うむ」

「だしぬけにそういわれても、ショウウィンドウの中のマネキンみたいに年中人目にさらされてるわけじゃないし、君が満足するような返答をするのは、ちょっと難しいな。その二十八日から今月の一日にかけてのアリバイというのは、一分一秒もゆるがせにしてはいけないものかね？　そうとすりゃ、最初から俺には立証できないぜ」

「そうじゃないのだ。その四日間に君が北九州にいなかったということが判ればいいのだよ」

「ほほう」

といったきり、蟻川は手にしたグラスをしばらく弄んでいた。

「弱ったな。その頃近々旅行にでる予定だったもんで、通いの老婦人にはまとめて休暇をやってしまったんだ。こうなると知ってりゃ、そんなことするのじゃなかったな。しかし全然立証できないというわけでもないから、まあきいてくれよ。僕はその時分石川達三の選集をよんでいたものだから、〝日蔭の村〟の舞台の小河内村に気をひかれてね。そこで二十八日から婆やさんに休暇をだして、午後からノコノコ奥多摩へでかけていったんだ。日がくれる頃に小河内村の鴫屋支店という旅館について一泊、翌日は朝からカメラをもって初冬の山国風景をうつして歩いた。なにしろ間もなく水底にしずむ村だから、哀愁をそそられて面白い題材がある。どうだね、僕の傑作をちょっと見せようか」

彼は棚の上から一冊のアルバムを手にとった。

「おや、天然色だね？」

「うん。カラーフィルムというやつは、俺が紅緑色盲のせいかもしれないけど、どうもナチユラルカラーとは違ってるような気がするな。尤も膳所にいわせるとそんなことはないそうだ。専門家と一般人とは色感が異るのかね?」

鬼貫は相手の言葉にうなずきながら、アルバムを見ていた。奥多摩渓谷の黒い岩をかむ青い流れと白い泡や、農家の軒先の干柿や、小河内弁天や温泉神社などが慣れた技巧でうつされている。その中の一枚に、鴫屋支店とかかれたガラス戸をバックにして、蟻川と若い女性がならんで立っているのを見た鬼貫は、いぶかしそうな表情になった。

「その人かい? 旅館の娘さんだ。小河内人だけあって、やはり憂愁のおもかげがあるじゃないか。で、俺はその日の正午、つまり二十九日のおひるに宿を発ってもどってきたんだ。途中ではだれにも逢わなかったよ。帰宅したのは四時前後だったろう。べつに時計は見なかった。それから三十日、一日および二日とこの三日間は旅行の支度やなにかで多忙なため出勤はしなかったが、ビューローに用があったのでちょいと丸ビルの出張所に顔をだした。だからこれは君の疑問に対する答になるわけだけれども、二十八日から一日にかけては、とうてい北九州におれるはずがなかろうじゃないか」

「うむ」

もし蟻川の言が事実であるなら、彼が主張するように馬場を殺すために東京・福岡間を往復している時間的余裕は、全くないわけだ。当時はまだ国内航空が復活していなかったから、小河内の旅館と丸ビルの出張所の証言によって、蟻川が犯人でないことは明かとなるはずである。

「旅館は鴫屋といったね？」

「ああ、あそこには本店と支店があるから、間違わんようにしてくれ。俺が泊ったのは支店のほうだ」

鬼貫はそれをノートしたのち、不意に顔をあげた。

「時に、君が旅行したというのは、どの方面？」

「九州だよ。三日の夜発って、八日の朝かえってきた」

「九州だって？」

と、鬼貫は虚をつかれた表情で、す早く頭脳を廻転させていた。膳所が四国方面へスケッチ旅行をしていたと思ったら、なんと蟻川もまた九州へ旅行したのだという。話の内容によっては、蟻川こそX氏である確証をつかむことができるかもしれぬ。なにもX氏と馬場殺害犯人とが同一人物でなくともよいではないか。

三

「ふうむ、九州へね？ 旧友同志だからざっくばらんにいうけど、君が九州旅行したのはまずいね。二十八日から一日にかけて君が東京にいたアリバイがはっきりすれば、馬場殺しの疑惑は晴れるわけだけど、どうも九州へでかけたというのは、ちょっと面白くないやね。ひとつその顚末をうけたまわろうじゃないか」

「君一人がまずいまずいといっても、俺には何がまずいんだかさっぱりわけが判らんが、訊きたいというならきかせよう」

「できるだけ詳細かつ克明にたのむよ。あとでまた訊きにくるのも大変だし、君にしたって迷惑だろうからね」

「いや、俺はかまわんさ。ま、できるだけ精しく話そう。ちょっと待ってくれよ」

蟻川は相当に酔っているらしく大儀そうに立上って、机の上から列車時刻表とポケット日記をもちだし、それを膝の上にひろげた。

「君もノートをとるんだろう？　用意はいいかね？　東京を発ったのは三日の夜で、23時50分発の長崎行準急にのった」

鬼貫は時刻表をひろげてみて、それが二〇二三列車であることを知った。(巻末時刻表(4)参照)

「門司についたのが五日の6時20分。ここで乗換えて大分に行ったんだ」

「ほう、何の用かね？　差支えなかったら……」

「差支えなんてないさ。例の如く九州地方のお顧客さんを招待して、一席とりもったんだ」

「結構なことだ。で、門司で乗換えてどうしたね？」

「うむ、すぐに連絡する日豊線は途中どまりなので見逃して、駅でまずい朝めしをすませてから、改めて9時18分発の宮崎行にのったんだ。大分着が14時18分で、海岸にあるゆきつけの望洋楼という旅館についたのが三時頃だったね。だが君、なにが結構なものかい。俺は君も知ってのとおり学生時代から野暮天だから、今もって芸者あそびなんてできないんだが、商売ともなれば目をつむって綺麗(きれい)どころの酌をうけなきゃならない。尤も綺麗どころといったのは言葉の綾で、どれもこれもおかま蛙みたいなつらをした田舎芸者だがね。しかし俺が酔えなかったのは芸者のせいじゃない。女にとりかこまれて鼻の下を一寸五分ものばしている男どもをみると、どうしてこんな低級な奴ばかりそろっているのかと、情なくなってね。こんな奴等と二日も三日もつき合っちゃおられない。だから俺はいつも盛大にやって、ひと晩できり上げてしまうんだ。そもそもが日本人てのは遊蕩的(ゆうとうてき)にできとるんだね。俺は国民性を知るには民謡をきくに如(し)かずと思っているんだけど、その民謡だって日本のは殆(ほとん)どが酒席向きにできてるじゃないか。ロシヤだってドイツだってイタリヤだって、娘の前で親爺がうたって赤面するようなものはあるまい。日本にそんなのがあったらお目にかかりたいね。第一エッサッサだのキタコラサという合(あい)の手からして、水商売の女の手踊りむきにできてるんだ。少くともまじめで教養ある人には唄えないからね。大衆の間から自然に発生した民謡がこうなのだから、俺の日本人遊蕩児説にゃ反対できまい？」

蟻川は酔いがまわったためか、話が脱線したことにはとんと気づかぬようである。

「今度の宴会でもね、熊本からよんだ客が、郷土芸術だとか称して〃おてもやん〃なる唄をうたいやがってね。君この唄を知ってるかい」

「知らん」

「知らなくて幸いだ。おそらく日本一えげつない唄にちがいない。ところが酒席ではこいつが一番人気をはくしたのだから、呆れてものもいえなかった。情なくて涙がでたよ。あれを誇りとしている限り、熊本人のセンスがどんなものであるか、およそ察することもできるじゃないか。俺はあれをきかされて以来、熊本人というとどうもバカにみえて仕様がないんだ。そうした雰囲気の中で耳に栓もしないで坐っているなんて、俺にとっては拷問をうけるに等しい。尤も俺の苦痛があんなやからに理解できるはずもないけどね」

「しかし近頃有名になった五つ木の子守唄というのは、どこに出しても恥しくない立派なものだぜ。そう一概に熊本人を非難するにも当らないさ」

鬼貫は微笑しながら旧友の毒舌に弁護をこころみた。蟻川はだまってグラスに酒をつぎ、それをのんでしまうと不図思い出したように語調をかえた。

「うむ、熊本人ばかりがえげつないわけじゃないね。例えばだ、丸ビルにある俺の出張所はW・Cの一つおいた隣りなんだ。したがってW・Cにいく奴がよく前を通るんだが、中には廊下のはるか手前からズボンのボタンに手をかけて、まるで犬に追いかけられた鵞鳥みたいな腰つきをしてヨタヨタと歩いてくるのが幾らでもいるんだ。君も折があったら五分間でいい、W・Cの前の廊下に立ってみたまえ。四人や五人は必らずお目にかかれる。そしてそれが芸者あそびの味でもおぼえた中年の爺いに多いことにも気づくだろう。天勝ならズボンの中から鳩なり金魚なりをとりだすことも可能だろうが、月給取りにそんな器用な芸当ができるはずがないじゃないか」

　鬼貫は紳士だから、ユーモアは解するけれど駄洒落(だじゃれ)は理解しない。

「おい、そんな苦笑いしなくてもいいよ。奴等はなぜW・Cに入ってスツールに向ってからボタンをはずさないのだろうか。礼儀を知らないからさ、羞恥心をわすれているからさ、破廉恥(はれんち)だからさ。これが日本のビジネスセンターである丸ノ内で幾らでも見られる風景なんだぜ。丸ビルは或る意味で日本の知識層の切断面であるといえる。するとこうしたシーンが日本男子特有のえげつなさを表わしているといっても、決していいすぎではないじゃないか」

　蟻川はグラスをおくと、今度はミアシャムパイプにせっせと刻みをつめはじめた。

「いや、済まなかったね。話がつい横道にそれてしまった。俺には音楽のことは判らんが、日本の俗謡があまり下卑ているもんだから、腹が立っていたのでね。さて、五日の夜は呑んだり喰ったり馬鹿者どもをよろこばせておいて、あくる夜の21時20分大分港発の粟田(あわた)商船ぬばたま丸に乗って、大阪経由で帰京したんだ。むかし一度とおった夜の瀬戸内海の小波(さざなみ)と、赤や白の灯台の灯りが忘れられなくてね。それに乱痴気騒ぎのあとをこうした静かな船旅でなぐさめたかったんだ。汐風(しおかぜ)にふかれて身を潔(きよ)めたかったんだよ。昔の中国人が流れに枕して耳を洗ったようにね。もっとも二等が満員で、のぞんだとおりにはいかなかったけど」

「瀬戸内海の夜はいいね。とくに満月のながめは忘れられない」

「大阪入港はこの時刻表をみれば書いてあるように18時丁度だ。ここでタクシーをひろって18時30分の大阪始発東京行急行の一二列車に間に合うよう急がせた。乗車する前に、うちの会社の運転手に東京着時刻を打電して迎えにこさせようと思ったけど、その暇がない。それでこの運転手にたのんだのだが、その時不正直なことをやられてはいかんと思ったから、シートの番号を見といた。大阪の泉タクシーの武藤という運転手で、番号は大阪3—9939だ。だから僕の行動に疑惑があると思ったらば、いま述べたことをすっかり調べてくれれば明かとなる」

「そうか」

といったきり、鬼貫は沈黙した。彼の言が事実ならば、蟻川は絶対にX氏であり得なくなるわけだ。X氏が四日の午後六時に赤松駅前にあらわれた頃、蟻川は岡山のあたりを乗車していたのだし、X氏が五日に対馬へわたった時分、彼は大分市の望洋楼についていたはずである。

四

「何も君をうたぐるわけじゃないのだけどね、君がその二〇二三列車にのっていたことを証明できるようなものはないかい？」

「さあ……、ああ好いことがある。柳井(やない)をでた時にふと目がさめたら、網棚の上にのせといた黒革の折鞄(おりかばん)がなくなってるじゃないか。そういえば柳井駅でおりた男がモソモソやってるのを夢うつつで覚えているんだ。なにしろ真夜中の一時半のことだから、誰も彼もねむっていて気づかなかったんだね。腹が立ったが仕方がない。徳山についた時、十二分間の停車時間を利用して鉄道公安官にとどけておいたんだ。だからその公安官が記憶していてくれると思うよ」

「そりゃばかばかしい目にあったもんだね。すると君が公安官をおとずれたのは、五日の午前二時二十四分から三十六分の間ということになるわけだな」

と、鬼貫は時刻表をみながらいった。（巻末時刻表(4)参照）

「うん」

「大分の旅館は望洋楼といったね。ここの番頭は君をおぼえているだろうな」

「そりゃ覚えとるさ。大分にいく度に泊るんだし、ことにあの時はどんちゃん騒ぎをやったんだからね」

「君がぬばたま丸に乗船したことはどうだろう？」

「どうだろうってのは、誰か証人はないかという意味だね？　それなら事務長(パーサー)がおぼえていてくれるかもしれない。乗船したらたちまち南京虫にくわれちゃってね、見たまえ、ここにこんな痕がある。腹が立ったからパーサーのとこにいって、たまにはBHCでもまいたらどうだと文句をつけたんだ。そしたらパーサーの野郎、一週間前に消毒したばかりだから虫がいるはずがない、あなたが持ってきたのじゃないだろうかと逆襲しやがってね、喧嘩にもならなかったよ」

「よし、調べてみよう。それから君の写真を一枚貸してもらえないか」

「ああ、いいともいいとも。丁度十ヵ月前にとった手札の正面半身像がある。少し美男につりすぎていささかおもはゆいが、実物がそうなんだから仕方がないや。ま、それを持っていってくれたまえ」

蟻川はアルバムにはってある写真を小指のつめではがして、鬼貫に手渡した。彼はそれを手帳の間にはさんで胸のポケットにいれながら、思い出したような調子でたずねた。

「ところでもう一度先程の話にもどるけどね、二十八日から婆やさんに暇をだしたとすると、その日には逢っていないわけかね?」

「そうだ。正確にいえばその前の日、つまり二十七日の夕方まではたらいて、それ以後は来ない。前々から墓参のためにまとまった休暇をほしいといっていたのでね」

「なる程。では二十七日の夕刻に婆やさんがかえってから、翌日君がここを出て小河内へ向うまでに、君と逢った人はいないのかい?」

「誰も来なかったね。魚屋や八百屋や肉屋のご用ききがきたけど、俺にゃ何もわからないし食糧のストックもあったから、返事をしなかった」

「ふむ。もう少したずねさせてもらいたいのだが、二十九日に小河内からもどってきて誰に逢った？」

「あの日は誰にも逢わなかった。イスにかけたきりでラジオをきいたり読書したりしていたがね」

「三十日には丸ビルに顔をだしたのだっけね？」

「ああ」

と、蟻川は大きくうなずいた。

鬼貫の経験によれば、犯人は往々にして巧妙にたくらんだ偽アリバイを提出するものである。蟻川の小河内行が事実であればとも角、もし巧みな偽物であるならば、馬場を殺害するために列車で福岡まで往復できたのではなかろうか。婆やさんを帰した十一月二十七日の夕方から、三十日に丸ビルの出張所に顔をだすまでの間には、数十時間の空白があるではないか。

鬼貫はふたたび列車時刻表をひらいた。19時東京発の門司行急行五列車にのれば、二十八日の20時10分に終駅につく。それから札島におもむいて馬場を殺し、翌朝の8時55分門司発の六列車で引返せば、三十日の10時30分に東京に帰着できるのである。(巻末時刻表(1)(4)参照)

「三十日には丸ビルの出張所に顔をだしたという話だったが、それは何時頃かい？」

「あれか？　そうだね、正午にちょっと前だったな。すぐ地階へいって華月（かげつ）でめしをくったからね」

「正午前に君を見かけた者はないかね。たとえば当日の朝だれかに逢った、というようなことはなかったかね？」

「ないね。何度もいうとおり、家でトグロを巻いてたからな」

「そうか」

と、鬼貫はひたいに八の字をよせた。仮りに蟻川が二十七日の夜東京を発って、札島で兇行（きょうこう）したとしてみると、帰京するのにもっとも早い列車は、前に述べたように六列車なのである。だから六列車の着京時刻である午前十時三十分より以前に、蟻川が東京にいる姿を目撃した者があるならば、蟻川が札島にゆかなかったというアリバイができるはずであった。それなのに、彼が姿をあらわしたのが正午頃であったとすると、やはり札島まで往復したのではあるまいかという疑惑がのこるのである。つまるところ二十八日の午後から二十九日の正午にかけて奥多摩の旅館に滞在していたと称するアリバイが本物であるか偽物であるかによって、蟻川に馬場殺しのチャンスの有無（うむ）が判明するわけであった。

「何だね、そんなむつかしい顔をして」

「何でもない。とに角明日は小河内へいってみよう」

「ああ、そうしてくれ。そのほうが俺もさっぱりするからな」

と、蟻川はこともなげにいい、鬼貫は自信のほどを見せられたように感じた。

そのあとで座談上手の蟻川の話がはずんで、鬼貫は十時をすぎた頃にやっと腰をあげた。

五

あくる十二月三十日の午前中に、鬼貫は焼増させた蟻川の写真を、徳山駅の公安室と大分市の望洋楼及び三ノ宮の粟田商船本社気付でぬばたま丸の事務長あてにそれぞれ郵送して、蟻川の言葉の真偽をただした。蟻川が青いサングラスに人相を秘めたX氏であるか否かは、その返信によって判明するわけであった。

一方丹那に命じて、丸ビル地階の食堂と出張所の調査をさせた。その結果により蟻川が馬場を福岡県で殺害できたかどうかが判る。しかし何といっても一番重要なのが、小河内旅行の事実であるか否かの調査だ。そこでこれは自分がやることにして、中央線で立川に出、さらに青梅線で終駅の氷川へ向った。

檜皮葺の屋根も簡素な氷川駅で電車をおり、さらに湯場行のバスにのる。そしてこのバスが終点の小河内に近づくにつれ、車窓にうつる風物には憂愁のいろが濃くなってくるのであった。考えてみればむりもない。父祖の代から住みついたこの山も谷も、東京都の貯水池としてひとたび水底にしずめば、村人たちは二度とふたたびまみゆることはできないのだ。ふるさとの山はありがたきかなと詠んだ啄木の感傷でさえも、小河内の住民からすれば甘きにすぎるのではないか。

　バスはやがて終点についた。ハイキングの季節とちがって乗客も少く、終点でおりたのは鬼貫一人である。蟻川が一泊した鳴屋支店は、いま来た道を少しもどらなくてはならない。どんよりと曇った冬空は、日蔭の村をより一層陰鬱なものにしていた。

　道の両がわには、のしかかるように迫る山を背にした民家や、まっ青な渓流に転落しそうなのを辛うじて数本の丸太にささえられた宿屋などが、ポツリポツリと並んでいた。五十メートルほどいくうち、左手に小河内八景にかぞえられている温泉神社と鶴ノ湯があった。神社は山とバス道路にはさまれて居候のごとく萎縮し、鶴ノ湯は長方形の石だたみのプールに透明な鉱泉をたたえていた。

　鳴屋支店はこのならびの古ぼけた二階家である。ガラス戸をあけると、帳場の大きなボンボン時計の振り子が、水底にしずむまでの残された時間をもの憂げにきざんでいた。人影はない。三度声をかけると裏手にあたって微かに返事をする気配があって、やがて若い娘が前掛で手をふきながら立現われた。二十四五の鄙にはまれな美人だが、しかしどことなく憂いをたたえた顔つきである。蟻川のアルバムに貼ってあったのは、たしかにこの娘にちがいない。

　鬼貫は職掌をあかして宿帳の提示をもとめた。なる程蟻川のいうとおり、十一月二十八日から二十九日にかけて一泊した記載があり、その筆蹟もたしかに蟻川のものであると思われた。そこでポケットから二三枚の写真をとりだし、彼女に選択させてみたが、少しもためらうことなく蟻川を指さすのである。

「このお客様は、わたしがお食事のお給仕をいたしましたので、わりにはっきりと思い出せます。先月の二十八日の夕方ちかくお見えになりまして、この帳場の真上のお部屋にお泊りなさいました。お給仕のときに、『ぼくは石川達三の〝日蔭の村〟をよんでここに来る気になったんだけど、あの中で女中とお手玉をして遊んでいた少女がきみですか』などお訊きになったり、『あの村長さんまだ生きてる？　村長さんが市役所の役人に玄関ばらいをくわせられて、トボトボ帰ってくるところは印象的だね』などとおっしゃいました。翌る朝のお食事がすみますと、『まだ天然色の写真はめずらしいから、きみも一緒にうつらないか』とおっしゃるので並んでとっていただきました。そのあとで小河内八景をうつしていきたいといわれるので、教えてあげるとお出かけになりました。そしておひる前におもどりになると、正午のバスでお発ちになったのです」

彼女はそう語って、蟻川とならんでとった例の写真をみせてくれた。

「日付にまちがいはないですか」

「ええ、ございませんわ。冬はあまりお客様はないので、よく覚えております」

鬼貫はさらに突込んだ質問をこころみたが、写真と筆蹟がのこされている以上は、蟻川のアリバイをみとめないわけにはいかなかった。念のために風呂の火をたきつけている女中をよんで彼女の記憶を参考にしたが、蟻川のアリバイの裏づけを一層確実にしたにすぎなかった。

そこで宿帳に記入されてある蟻川の筆蹟をきりとると、仕方なしにふたたびバスに乗って帰途についた。蟻川が九州旅行をひかえて小河内に一泊したこと、それも石川達三の小説から思いついたということが何かしら不自然に感じられて、さっぱりした気持になれない。写真と筆蹟という明白な証拠がのこされてありながら、なにか吹っきれぬ作為のあとを感覚するのである。といって鬼貫にはそれをどうすることもできない。ただ一縷(いちる)の希望は、丸ビルへおもむいた丹那の調査の結果だった。それによって蟻川が福岡まで往復できたか否かがはっきりする。鬼貫には、バスのあゆみがひどく遅いように思われた。

六

「どうだった?」

と、開口一番、丹那の調査の結果をたずねた。

「はっきりし過ぎてますよ」

丹那は鬼貫のかえりを待ちあぐんだ表情だった。

「蟻川氏のアリバイは完璧なものです。先月の三十日には、あの人のいうとおり正午にやってきて、地階の華月で昼食をとっています。これは食堂の給仕もよく覚えていました。今月の一日と二日の両日も、出張所のほうには午前中に三十分ほど顔をだしていますが、社員のいうことは一応信用できないとして、一階のツーリストビューローへ廻ってみました。蟻川氏はこの三十日、一日、二日の三日間にわたって急行券の予約のことでいろいろ手続をしたので、ビューローでもよく記憶していました」

「なる程ね。しかし今からほぼひと月も前のことを食堂や交通公社が覚えているのは、いささか腑におちないね。あそこは年中いそがしいのだからな」

「ええ、それはそうです。だから私もその点を突込んでみたのですがね、華月はつけで喰べているから間違いありません。出張所へでる日はここで食事をすることにしているそうで、給仕もよく知っているわけです。一方ビューローでも、蟻川氏はよく旅行するので顔見知りなんだそうです。あの時も三十日に二日の列車を予約にきて、一日にそれをとりけして三日の列車を予約したため、余計に印象にのこっていたわけですね。すぐに思い出して帳簿をみてくれましたが、蟻川氏が列車を予約したり取消したりしたことは、ちゃんと載っています。そして二日の午後一時頃に切符をとりにきています」

鬼貫は労をねぎらうと、手帳の上に目をおとした。要約した蟻川の動きが、つぎのように記されてある。

二十七日	夕方家政婦に暇をだす。	
二十八日	夕方小河内鴨屋支店到着。	この四日間に馬場が殺害された。
二十九日	正午小河内発。四時帰宅（証人なし）。	
三十日	正午丸ビルに赴き、華月と交通公社による。	
一日	丸ビルの交通公社に行く。	
二日	丸ビルの交通公社に行く。	

くどいようだが、蟻川が馬場殺しの犯人であるならば、二十七日の夜行列車で東京をたって三十日の午前十時半に帰京する以外に犯行の機会はないわけである。したがって氷川のアリバイは何としても偽物でなくてはならぬことになるのだった。だが、先刻の調査でも明かなように、彼が鴨屋支店に一泊したというアリバイには、毛を吹いたほどの疵（きず）もない。

蟻川は膳所のそれと全くおなじ型の衣裳トランクを持っている。それなのに彼を馬場殺しの犯人とする仮説は、美事に崩壊してしまったのである。鬼貫は切りとってきた宿帳の筆蹟を鑑定してもらうために、鑑識課へまわした。しかしそれが偽筆であることを希(ねが)ったわけではいささかもない。

十二　ジェリコの鉄壁

一

事件のこれという見通しもつかぬうちに千九百四十九年の最後の日をむかえた鬼貫は、さしあたって徳山駅ほか二個所からの返事がくるまでは行動をおこすわけにもゆかないので、その時もうでぐみをしたまま、うつらうつらと居眠りをはじめていた。

「やあ鬼貫さん、すてきな盆ですなあ」

目をあけるまでもなく、それが捜査三課のぬし、野々市老刑事の声であることがわかった。掏摸(モサ)係りの主任で、そのむかし仕立屋銀次も三舎(さんしゃ)をさけたほどの名人である。

「え？　この盆ですか」

鬼貫がつい先日まで使っていた禿げちょろの盆は、いささか有名な存在だった。

「古い盆はいつお払いばこになったのですかな？　どうも停年を来年にひかえているせいか、

そんなこと許り気になりましてねえ」

そして人のよさそうな顔に総入れ歯をむきだしにして、ハハハと笑ってみせた。晩婚だった老刑事のひとり息子が、やっと大学をでたものの途端に胸を病み、ずっと寝たりおきたりしていることは鬼貫もきいていた。

「なにごともね鬼貫さん、戦争のおかげですよ。好戦的な職業軍人がどうなろうと自業自得ですが、一銭五厘で狩りだされて戦死した若者や、戦争中のむりがたたって斃れた人は気の毒ですなあ」

老刑事の話題は近頃つねに暗い。無理もないことだと、鬼貫はそれをきくたびごとに気の毒になってくるのであった。陽やけのした顔には、そりのこしたひげが目立って白くみえる。

「私はな、鬼貫さん。つとめをやめたら菊作りをやりたいと思っとりますよ。むかしの団子坂の菊はいいものでした。日曜日になると着飾った人々で坂がうずまりましてね。菊人形よりもそっちのほうがきれいなくらいで……。漱石の〝三四郎〟にでてくる菊そばが、いまでは一膳めし屋になっとります。菊ばかりじゃありません。入谷の朝顔、堀切の菖蒲、亀戸の藤、大久保のつつじ、四つ目のぼたんと、どれもこれもむかしの東京の面影はなくなってしまいました。不忍の池の蓮でさえ、掘りおこされて畠にされかかったではないですか。私は江戸者ではありませんけど、やはりそういった風物には今の東京人以上のつよい愛着を感じますね」

鬼貫はだまって同感の意をあらわす。

「言問団子は復活したようですが、あやめ団子はとうとう絶滅してしまったとみえますな。しんこ細工に飴細工のような江戸の庶民芸術は、何とかして残しておきたかったですなあ。どうも話が喰いもののほうに落ちておかしいですが、三河島菜だってついに消えてしまったじゃありませんか。いま時分になりますと、神田あたりの大きな商店は、四斗樽にいくつとなくこれを漬け込んだものでしたがね。現在の東京人に三河島菜の味を知っている者がどれだけいるでしょうか。いや、変ったのは喰べ物だけじゃありません。早い話が、言葉だってそうです。東京人にも正確な標準語をしゃべれる人は少いですよ。ラジオのアナウンサーの話をきいてごらんなさい、町長夫人というから何かと思うと、これが蝶々夫人のことです。アクセントの区別さえ、あやしくなってきています。こうした遷り変りを考えていますとフッとさびしくなって、ひとり取残されたような気持がするのですよ」

話題がそのように廻転していったとき、鬼貫は野々市老刑事が石川県の産であることに気づいた。そこで話がひとくぎりついた折をみて、膳所からもらった盆をさしてたずねた。

「野々市さん。どうですか、この塗りものは？　輪島へ旅行した友人のみやげですがね」

老刑事はポケットから老眼鏡をとりだしておもむろにかけると、改めて盆を手にとった。が、すぐにハハハと声をたてて笑うと、鬼貫をかえりみた。

「これは輪島塗りじゃありませんよ」

「ははあ」

「宇和島塗りです。くにの自慢をするわけじゃありませんが、輪島塗りはもっとキメがこまやかで、宇和島塗りはぐんと品がおちます」

「ははあ」

「四国の伊予ですから、愛媛県ですかな。宇和島といっても、輪島と同じように島ではありません。大分県と豊後水道をはさんで向い合った、海の近くの町ですよ」

　鬼貫は老刑事の説明を遠くのほうできいているような気がした。膳所が犯人でないとするならば、彼はなぜ嘘をついたのだろう？　それもおそかれ早かれ化の皮がはげるに違いない拙劣な嘘を。鬼貫は納得ゆかぬままに、膳所から蟻川にうつった疑惑が、いまや再転して膳所にむけられてゆくのを意識した。

二

　その夜鬼貫は、大久保の自宅に膳所を訪問していた。二人のあいだには大型の電気ストーヴがあかくかがやいて、卓上のあたたかい飲ものにはまだ手がふれられてなかった。

「午後から急にひえてきたね。まあ少しは寒いほうが、除夜の鐘をきくにも気分がでていいや。正月の仕度はできたかい？」

「僕には盆も正月もないさ。今年は餅もつかせなかった」

「ハハハ、俺もそうだ」

ピンと張った鋼線のような神経の持主に対して、どういうふうに切出したものかと考えながら、鬼貫は仕方なしに合槌をうっていた。膳所も鬼貫の訪問した目的をうすうすと察したにちがいなく、二人のあいだには気まずい空気がよどみ、彼はたてつづけにタバコをスパスパとふかした。

根が神経質な男だけに、膳所はだれよりも早くそうした空気の重圧にまいってしまう。その時も一本の紙巻をすいおわるや否や、もう我慢がならないというふうに、かん高い金属的な声で悲鳴をあげた。

「いったい君が訪問した目的はなんだね？」

鬼貫は、相手がヒステリカルな女のように眉をあげ、そのくせ叱られた子供のように泣出しそうな表情をしているのを、だまって見つめた。膳所は彼の旧友である。そうとすれば、アンフェアな訊きかたはしたくなかった。

「うむ、失敬したな。じつは例のトランクのことで少々ゴタゴタしてきたんだ。このあいだは黙ってたけど、近松が馬場の屍体入りのトランクを発送した四日の晩に、彼と行動をともにした妙な人物が捜査線にうかんできてね。この男がどの程度の役割りをつとめたかまだ判然としないのだが、僕は謎をとくカギをにぎる人物として、彼に相当の期待をかけているんるうちには、日本中にちらばっている旧友をたずねて歩かなくてはならぬ羽目になりそうなのだよ。そんなわけで僕が訪問するのは、君が二人目というわけさ」

膳所は、鬼貫の訪問をうけたのが自分一人でないというのをきいて、少しは安心したようであった。

「ふむ、するとどんなことを訊きたいのかね？」

「つまりだな、君のスケッチ旅行の動静をはっきり教えてもらいたいのだよ。この間の電話で、君は能登半島にいったように主張してたけど、事実は四国の宇和島にいたのじゃないか。あのお盆は輪島塗りじゃないよ」

彼は嘘をみぬかれた恥辱と憤怒のためにさっと赤くなり、やがてまぶしそうに目をパチパチさせて答えた。

「実はそうなんだ。つい嘘をついてしまったけど、ほんとうは初めにいったとおり、四国に滞在していたんだよ。僕の足取をひろってみると、十一月二十六日に東京をたって真直に室戸岬へいった。目的地に到着したのが二十八日だ。つぎに二十九日から今月の三日までの五日間をここでスケッチして送って、四日に高松に出ると土讃線で宇和島へまわったんだ。ここで五日から十日までスケッチして、東京にもどったのが十二日の朝だったよ。これが俺のいつわりのない行動だね」

「そうするといつか聞いた高松で時計をすられた話は、四日の出来ごとなのかい？」

「うむ、四日の午後だよ」

「何時頃？」

「それがはっきりしないんだ。駅で時計を一時に合せて、そのつぎに四時ごろ時計をみようとしたらないのさ。ちゃんとポケットにいれておいたんだから、落すわけがない。うすみっともない顔つきの男がうろうろしてたので、多分そいつがスリじゃないかと思うんだ。したがってすられたのは一時から四時にかけてのことになる。高松の駅をでて金比羅神社にいく途中でやられたらしい。場所がわからないから時刻もはっきりせん。時刻がはっきりせんから場所もわからん」

そろそろ癇にさわってきたとみえて、ぶっきら棒な口調になった。

「警察にとどけたかい？」

「いや、とどけない。近頃のように血なまぐさい世の中では、スリの被害なんてものの数でもないだろう」

と、いかにも彼らしい引込み思案な態度である。

X氏が赤松駅前にあらわれたのは、この日の午後六時ごろである。膳所がX氏であるかどうかが問題となっているいま、彼が被害届をしてくれたならば、それが好個のアリバイとなって、話はすぐに片づくのだ。膳所が時計の紛失に気づいたのが四時として、四時に高松近辺にいたものが、二時間のちの六時に赤松に出現することは、飛行機を利用することのできない当時の交通事情のもとでは絶対に不可能である。膳所が被害届をだしてくれさえしたら、調査はもっとはかどるに違いなく、鬼貫は彼の消極的なやりかたが残念だった。

「で、ほかに誰でもいいのだけれど、君が四日の午後に高松にいたことを証明してくれる人はないかしら？」

「ないね」

と、彼の答は他人ごとのように素気なかった。

「それじゃ君が先月の二十八日から今月の一日にかけて室戸岬にいたことを立証してくれる人はないかね？　その証人がいると僕もたいへん手数がはぶけるのだが……」

重ねてきくと、膳所はいよいよ癇にさわったらしく、たちまち眼をむいた。

「君ッ、君は俺がやったとでも思ってるのか。はっきりいうが俺はやらん。尤もあんな暴力主義者は殺されたって天誅だと思っとるが、俺は絶対にやらん。やらんといったらやらん。だが俺が四国のどこでどう過したかは俺の勝手だ。君の容喙をうける必要はない」

顔が土気色になって、卓の上においた拳がぶるぶるとふるえている。鬼貫は一瞬呆気にとられて相手をみつめ、やがてことさらに落着いたゆっくりとした口調でたずねた。言葉ばかりでなく、声の調子で膳所の興奮をしずめるようであった。

「そんなに怒っちゃいかんよ。僕はなにも君を怪しんだり、犯人にでっちあげようとしているのではないぜ。もちろん自分に不利なことはいわなくてもいいのさ。だがね、君のトランクに馬場がつめられていた以上、常識からいっても、一応は君も潔白を証拠だてようと務めるべきではないかね？　僕は君をふくめた多くの同期生のなかから、消去法によって順次にチェックしていこうとしているに過ぎないのだぜ」

そういううちに、膳所の怒気はふうせん玉から空気がもれていくようにしぼんでしまい、終りにはおとなげない声をはり上げたことを恥じるような表情になった。

「そ、それは君のいうとおりだ。だが、お、俺は潔白であると主張する以外に、何の方法も手段も持っていないんだ。俺は馬場を殺しはしなかった。俺はあいつをトランクにつめはしなかった。俺はその時分に四国をはなれなかった。何度きかれても、ふ抜けのようにこの三つをくり返すほかはないのだ。そのために俺が犯人だとか共犯者だとか思われることは、俺にとってもこまるし、君にしたって迷路にふみこむだけで、結局よろこぶのは真犯人なんだ」

彼はそういうと、おちつきを欠いたしぐさでライターをとりあげ、新しい紙巻に火をつけた。鬼貫は灰色のけむりにつつまれた膳所の表情に注意をはらいながら、斬りこむようにたずねた。

「いいかい、これは君をうたぐっていうのじゃないぜ。この前トランクを見てもらった時、君の態度が急にこう……、何というか、ギクシャクしてきたように思うけど、あれはどうしたわけかね？　それにさ、宇和島を輪島にいいくるめたりして……」

「うむ、そうきかれるとはっきり説明しなくちゃなるまいが、これとて君が満足するようには答えられそうもないね。あの時すでに俺は事態がこうなることを怖れてたんだよ。謎の人物がいてそれが己れに擬せられるようになるということは当然夢にも思わなかったけど、馬場が福岡県で殺されたとき俺が比較的九州にちかい四国を旅行していたこと、俺が馬場や近松をこころよく思っていないこと、それから問題のトランクが俺のゆずったものである以上なにほどかの関聯性あるをまぬかれないと思ったことなどから、累が今日のごとく俺の身におよぶのを漠然と予感したんだ。ホラ、君等のいう第六感みたいなもんだね。だがそれを単に神経質な俺の取越苦労だとわらって片づけるわけにはゆかないぜ。事実君にしたってつい先刻、『あのトランクに馬場がつまっていた以上、一応は君もうたがわれる』といった意味のことを語ったじゃないかね。ところが俺は事件当時四国のどこにいたのかと訊かれても、なんとも説明することのできない事情にあるのだよ」

ひたいにはちの字をよせていうと、ふたたびイライラしたようにタバコをふかしはじめた。

鬼貫は彼のいわゆる〝なんとも説明のできぬ事情〟についてもう少しはっきりしたことがききたかった。だがこの分では浅間山のごとくまたも鳴動し爆発することはきまっているので、さりげない調子で話をかえた。

「しかし何だな、国鉄に高松というおなじ駅名が二つあるとは思わなかった」

「そりゃ君の認識不足だよ」

膳所は話題がかわったことをよろこぶように、そのくせあっさりといった。

「高松駅は二つだけど、山形県の左沢(あてらざわ)線には羽前(うぜん)高松というのがあるし、島根県の大社線には出雲(いずも)高松、岡山県の吉備(きび)線には備中高松がある。高松だの、何本松だのというのは、それぞれの土地で目印にした特徴ある松が地名に変化したわけだから、同名が三つや四つあってもふしぎはないんだ。なにしろ日本は松の国だからね。更にだ、郡山(こおりやま)という駅名は福島県と奈良県にあるし、亀山は兵庫県の播但(ばんたん)線と三重県の関西本線にもある。また日本海に沿って泊(とまり)という駅は二つあるぜ。山陰本線で鳥取県、北陸本線で富山県という具合だ」

「ふうむ」

「それから白石(しろいし)となると熊本県の肥薩線、宮城県の東北本線、北海道の函館本線で札幌の二つ先というあんばいに、都合三つもあるくらいだから、君がいうほどめずらしいものじゃないんだ、種明しをするとね」

膳所はここでやっとニコリとした。

「僕もどちらかというと旅行好きのほうだけれども、君の知識にはとてもかなわないよ、ハハハ」

と、鬼貫も声をたてて笑った。膳所の機嫌がなおったことは何よりである。こうした雰囲気のなかで二人の会談はおわって、膳所の最近の写真を所望するといとまをつげ、暗い夜みちを通って大久保駅へ向った。しかし彼が膳所を訪問した目的は少しも遂げられなかったのである。感情家の膳所をこれ以上せめたてることが、友人である鬼貫にできないのもむりはなかった。

寒風のふきぬけるフォームには、元日を明日にひかえて桃われに結った若い娘のすがたが目立っていた。鬼貫はベンチに腰をおろして、今夜の収穫を検討してみる。膳所がかんじんの四国旅行のアリバイをあげぬのみか、はては怒りだすというのは、考えてみると狼狽をかくすための仕草であるとも解釈できる。役所で示した態度の急変についても、なる程一応は彼らしい説明をこころみたけれど、それは決して鬼貫を無条件で首肯させるものではなかった。とも角問題のスリがつかまれば、膳所の主張の真偽もはっきりする。大してのぞみがあるわけでもないが、一つの手順として明日にでも高松の警察に照会することにきめ、鬼貫は浅川行に乗車した。

三

千九百四十九年はこうして混沌の中にゆき、鬼貫のところにも人なみに新年がおとずれた。彼は一向にめでたくもない顔つきで、ぞうにの代りにバタトーストをかじった。独り住居の正月は、なれたこととはいえもの憂いかぎりであった。

二日目にぬばたま丸の事務長と望洋楼の番頭から、速達で返信がとどいた。蟻川がX氏となり得るか否かという、鬼貫が期待をかけた返事である。

事務長は、十二月六日夜本船が大分港を出帆してほぼ一時間後に、同封してあった写真の三等船客蟻川愛吉がやってきて、南京虫について論議したのは確かな事実である、しかし本船に南京虫がいるはずはないから、一度貴下もご乗船の上で快適な船旅をたのしんでいただきたい、と述べてあった。

大分市の望洋楼からの返事も、蟻川の言を裏づけしたものにすぎなかった。蟻川愛吉様は十二月五日の午後三時頃ご到着になりご一泊、翌六日にお発ちになりましたとばか丁寧(ていねい)な文句がつづられ、蟻川様の常宿になっているから自分のいうことに誤りはないと力説されてあった。これだけ資料が集れば、蟻川のアリバイはほぼ確実であると思われたのだが、その翌日の便で配達された徳山駅の公安官の返書によって、それは一層完璧なものとなったのである。

前略

要点のみ簡潔に述べます。

お訊ねの蟻川愛吉氏は、十二月五日の午前二時半頃に、東京発長崎行準急二〇二三列車の停車時間を利用して、本官を訪れております。該列車が柳井駅停車の際、二等車内に於て黒革折鞄一個の盗難に逢ったと言う申出であります。

なお御参考迄に同氏の筆になる盗難届を同封致しておきます。同氏が拇印を捺したのは印鑑を折鞄に入れておいた為これも紛失したからでありますが、また何等かのお役に立つ事と愚考致します。御用済みの節は御返却をお願い申上げます。

以上要用のみ。

昭和二十四年十二月三十一日夜

山口県徳山駅鉄道公安官

加　藤　数　馬

鬼　貫　様

盗難届の拇印は、まるであてつけるように鮮明におされている。鬼貫はそれ等を鑑識におくり、正月酒でいささか陽気になっている技師の手をわずらわして見てもらったが、結果は小河内の宿帳の筆蹟と同様に、すべて蟻川自身のものであることが明かとなった。こうして綿密な調査の結果、蟻川はますます白くなっていくのである。

ただちょっと意外だったのは、彼がぬばたま丸の三等に乗ったということである。三等船室は、それが近距離航路であればあるほど、きたないのが常なのだ。旅行なれている人ならば、列車は三等にのっても船だけは二等にするのが普通である。まして栗田商船の瀬戸内海航路船には、もちろん例外はあるが、テキヤが堂々と賭博を開帳して、身ぐるみをはがされる三等客もあり、しかもなかなか取締りの眼がとどかない。だからこうした船の三等に蟻川が乗ったことは、いささか腑におちないのである。が、その疑問も旅行案内をみてすぐに解けた。ぬばたま丸の二等船客収容能力はわずか六名しかなく、一等はない。したがって少し遅く申込むと二等は満員になっているだろうし、三等にのるか陸路をまわるよりほかに法はない。蟻川は瀬戸内海の夜景にあこがれて乗船したものの、船内の喧騒な空気にさぞ悩まされたことであろう。

さて、こうした証言が集ってみると、彼が四日の午後から五日にかけて山陽線経由で大分へ向っていたことは、寸分の疑いもいれられぬ事実と思われるのである。したがって蟻川をX氏にあてはめようとする鬼貫の考えは、袋小路にくびを突込んだようにゆきづまってしまったのであった。このアリバイと小河内におけるそれとを併せながめる時、北九州で馬場を殺したのも蟻川ではないし、青い服に身をくるんで出没したX氏も蟻川ではないということになる。

四

ところで蟻川のアリバイが確立されると、膳所が己れの行動について語るのを拒否したことが、またもや気になってくる。さしあたって採る手段もないので、三ヵ日がすぎるのをまって、丹那刑事に膳所の近くの洗濯屋及び彼の洋服屋を洗わせ、青い服やオーバー、マフラーなどの変装用具の手掛りをつかもうと考えた。ついで錯綜した登場人物の動きを整理するために、つぎのようなリストをつくって、正月二日の午さがりのものうい退屈感をまぎらすこととした。

蟻川がX氏であり得ないことが判ると、アリバイの脆弱な膳所をねらうのが当然である。だが先夜のように興奮されてはどうにもならぬから、じっくりと攻めるほかに方法はない。

	X 氏	近 松	膳 所	蟻 川
四 日	午後六時に赤松駅に現れ、札島、遠賀川、福間を経て九時二十分博多駅前の肥前屋旅館に投宿した。	午後七時五十分に福間駅より門司港行一一二列車に乗車、更に門司発東京行二〇二二列車に乗継いで神戸方面へ向った。	香川県の高松に於て、午後一時から四時までの間に時計をすられたと称する。	前夜より引続いて東京発長崎行二〇二三列車に乗車していた。

五日	対馬へ渡り、午後二時に厳原館に投宿した。	午前一時四十分三田尻駅発車直後、救急薬品を所望した。	愛媛県宇和島に於てスケッチをしたと称する。	柳井駅で盗難に逢った旨、午前二時半に徳山駅公安官に届出た。午後三時に大分市望洋楼に投宿。
六日	早朝厳原館を発ち、以後の足取り不明。	兵庫県別府町に於て、深更より翌七日払暁にかけて服毒投身。	同前	午後九時二十分、大分港出帆のぬばたま丸に乗船した。
七日	不明	十一時ごろ遺留品が発見された。	同前	ぬばたま丸で午後六時大阪港着。

五

鬼貫が屠蘇(とそ)気分のあふれている東京をあとに、一月三日の19時発の夜行で西下したのは、香川県の高松警察署から鬼貫の照会に対する返事がきて、膳所の時計をすったスリを検挙している旨知らせてよこしたからであった。鬼貫はスリが送検される前に逢って、膳所のアリバイの真偽をたしかめておきたかった。

岡山から宇野にでて、連絡船が桟橋をはなれるのが四日の11時45分。近松の屍体が発見された下津井の方向を、鬼貫は感慨をこめてながめた。海上は平常に似ず風波があって、小さな連絡船はほどなく小刻みのピッチングをはじめ、晴着をきた船客の中には、早や青白くおしだまって船酔とたたかっているものも少くなかった。

一時間ちかくたった頃に正面のハッチ越しに栗林公園が見え、それにひきつづいて左手に屋島があらわれた。それをみた船客の間には、安堵のための静かなざわめきが起った。それから小半時もすぎた時分、にわかに甲板から船員の喚声があがり、それにこたえる声が波をわたってきこえた。船はいよいよ高松の桟橋によこづけされようとしている。やがて船体が四国と接触したにぶいひびきがつたわると同時に、錨をほどくウィンチの音がきこえ、低い汽笛がなりわたった。すると今まで船酔に正体をうしなっていたものまでが、たちまちしゃんとして、下船の支度をはじめるのであった。

鬼貫は桟橋をでたところでタクシーをひろい、警察署へ走らせた。すべての連絡が油をぬったようにスムーズにはこんで、やがて彼は取調室で当のスリと対面した。調書には吉田与五郎（四十三歳）とある。

鬼貫はあらためてスリの服装をつくづくとながめた。唐桟のあかまんじの七五三仕立て、冬だというのに肌着もきないで、歩くたびに白い膝がしらがちらりとのぞく。にこく鼻緒の麻裏ぞうりにちょいと指先をつっかけ、おつに気取ってオホンと咳をはらった。どれをみても、ことさらにいなせぶった下町の気負いの若い衆の服装である。それも大正の初期までの話で、今では東京中さがしても、絶対に見ることのできそうにもない代物だ。鬼貫は、北極でペンギン鳥を発見した動物学者のようにおどろき、野々市老刑事にみせてやりたいものだと思った。

角刈りにしているため、細面ての顔がよけいにほそ長くみえる。商売がら陽やけのした首に、げすばった目鼻がついていて、上唇がとがっている。彼はもう一度オホンといった。

「エヘヘ、旦那は江戸でげすか。あッしは芝で生れてね、神田でそだちやした。空襲でやけ出されて都落ち、いまでは高松の名誉市民でげす。エヘヘ、餓鬼の時分は噺家になるつもりでげしたがね。だが旦那、落語は芸術じゃねえ。あッしはアーチストになろうとしたンでげさ。ピヤノ弾きみたいにね。ピヤノ弾きだってスリだって、指先のテクニックに変りはねえンでげす。金をにぎる方法に直接と間接の違いがあるだけでげしょう?」

この男に旦那といわれるたびに、鬼貫はなんとも不快な気持になった。

「おい師匠ッ、こっちは忙しいかたなんじゃあ、喋っとるのはよいが、きかれたことには早う返事をせい」

刑事がよこからアクセントのつよい高松弁でたしなめると、スリは手にした扇子でおでこをポンとたたき、目尻をさげてエへへと笑った。

「師匠ッときたのは嬉しいね。名伯楽のみよく千里を走る名馬を見分けるてなあほんとでげすよ。いまの一声を下宿のうめぼし婆あにきかせてやりたかッた。ようがす、心得やした。十二月四日のカモの話をすりゃあ宜敷いンでげすな？　へえ、お易いご用で。早速一席つとめやしょう。あの日は間代のことで下宿の婆あと喧嘩しやしてね、『てやンでえ、おたんこ茄子の唐変木め、江戸ッ子をなめやがると承知しねえぞ』ッてンで、ガラガラッととびだしちまッたンでげす。そしてフラフラと高松の駅まで来やすとね、この膳所というおたんちんがいやがッたンで。いえ、あッしは何もその時にこいつをカモにしようとは思わなかったンでさ。ところが奴さんポケットから時計をとり出しやがって、『ふン、いなかの駅はだらしがないね、三分進んでるよ』てなことぬかしやがって、てめえの遅れた時計を合せていやがるンでげす。高松のものをけなされちゃ、あッしも我慢がならねエ。なンて負惜しみのつよい、いけ好かねえ野郎だろうと思った途端に、ムラムラと芸術的コーフンを感じたてえわけでげすな。で、あッしは二人のあとをそっとつけていったンでげす」

「二人？」

と、鬼貫がききとがめた。

「へえ、二人でげす。洋装のゾッコンいける女と……」

「婦人と？　……」

膳所が女性とあるいていたというのか。すると彼がアリバイの立証をつよく拒否したのは、この婦人のかかりあいになることを避けるためだったのだろうか。しかしそれについては、彼が自己の不利をいとわずに隠そうとつとめたことなので、鬼貫はふかく訊きほじるのを遠慮した。

吉田与五郎は、鬼貫のおもわくなどにかまってはいない。彼のデリケートな指先が獲物を前にしていかに武者ぶるいをしたかということを語って、芸術家らしいエクスタシーにひたっているのだった。

「今にあッといわせてくれンずてなわけで、指先にしめしをくれて、栗林公園までいったンでげす」

栗林公園は紫雲山（しうんざん）をバックに、二十三万坪のひろさをほこる旧藩主の下屋敷の庭である。京都の桂離宮を模した茶趣味のつくりで、松籟（しょうらい）とこんこんとわく清水の音とが、ここに遊ぶ人の魂までもなごめてくれる。

「ところがでげす、このおたんちんはあッしが自慢にしている松林をみて、『どれもこれもヒネこびれた松だね、こんなのを見てるとこっちの気分まで節くれだってきそうだ』なんてぬかしやがるし、泉水をみると、『ボーフラでも湧きそうなドブだね』てなふうにブジョクしやがるンでげさ。こうなっては、あッしがいかに韓信（かんしん）の生れかわりだって勘弁ならねえ。

目にものを見せてやろうと思ったンでげすが、あそこは早取り写真屋がウロウロしていて人目が多すぎやす。そのうちに二人は公園をでやすと、琴平電鉄にのって神社へ向いやしたので、あッしもつづいて乗りやした」

讃岐の金比羅として知られた琴平神社も、今でこそ復古調の波にのって参拝者の数はふえたが、当時はさびれはてて、大門の手前の参道にずらりと並んだ茶店は、百余年つづいたのれんをたたもうかたたむまいかと思案して、青息吐息の有様だったものである。

「するてえと旦那、ここの境内から讃岐富士がよく見えるンでげすが、おたんちん奴、『なんとか銀座だのなんとか富士というのは、どこにいってもお目にかかるものだね。あれは日本人が模倣性に富んでいて自主性にかけている面の一方的なあらわれにすぎんのですよ』なんて聞いたふうなことをほざきやがるンで、とうとう堪忍ぶくろの緒がきれやした。とたんに目にもとまらぬ早業で時計をやッちまったンでげす。ところがまだいけねエンで。ここの茶店の飴湯はうまくてあッたまって、冷えだの腹いたにはよく効くンでげすが、奴さん連れの女をふりかえると、『こんな場所で不潔な飲物をとるとお腹をいたくするぜ』っていいやがるンで、かさねがさねの侮辱、もう一度こらしめてやろうてンで、今度は紙入れをぬいちまったンでげす。エヘヘ旦那、スリをやったなンて人ぎきのわりいこたあいわねえで貰いてえ。あッしは高松の市民でげさ。高松をわるくいった奴にゃ、あッしが承知できねえ。高松十三万の市民になりかわって、あッしが懲らしめてやったンでげさ」

鬼貫はポケットから膳所と近松と蟻川の写真をとりだし、吉田の前にならべた。

「どうだね、君のいう男がこの中にいるかね？」

「これでげさ」

と、スリは即座に膳所の写真をさした。

「間違いないかね？」

「冗談じゃねえ、人の顔をみるのがあッしの商売でげすよ。あッしは顔をみただけでふところ具合が判るくらいでげさ。かけだしにゃ出来ねえ芸当でげす」

「すったのは何時ごろかい？」

「三時すぎでげしょうな」

「三時すぎか……」

三時に高松にいたものが、三時間後の六時に赤松にあらわれるには、前にものべたように飛行機にでものらぬかぎり、不可能である。

ついで鬼貫は、机の上にならべられた贓品を手にとってみた。古物商に売りわたされていたという古風な型の銀側懐中時計と、吉田の下宿から押収してきた鰐革の名刺いれである。時計には小さなボタンがでていて、それをおすと可憐なすんだ音をたてて時を報じた。武骨な刑事が目をほそめてきき耳をたてている。名刺入れには、Z・Zのイニシャルが書いてあった。

「おいおい、この時計はベラ棒な値でうりつけたそうじゃないか。古道具屋のおやじがぼやいとったぞ。盗銭身につかずちゅうから、どうせ一晩で使ってしまったんじゃろ」

と、刑事がきめつけた。

「そうバカにしたもンじゃねえでげすよ。旦那。もともと江戸ッ子てなあ宵越しの銭を持たねえのが本当だが、あッしはつもり貯金てえのをやってるンでげさ」

「なに、お前が貯金をやっとるのか。そいつは驚いたわい」

「だからさ。あンまりバカにしたもンじゃねえ」

「つもり貯金ちゅうと、酒のんだつもりで貯金しようというあれじゃろ？　どうもわしには克己心がないせいか、成功したためしがないね。もっとも喰べるにかつかつでは、できるはずもないですがね」

と、刑事は鬼貫のほうを向いてわらった。

「あッしのはそんなもンじゃねえ、専売特許でげす。克己心もへッたくれも要りゃしねえ」

「ほう、そいつは豪気や。参考までにその秘訣ちゅうのをきかせて貰お」

刑事がひとひざ乗りだした。

「あッしのつもり貯金てえのは呑んだつもりで貯金するのじゃねえ、貯金したつもりで呑むンでげさ」

「阿呆ッ」

スリがつれだされたあと、一人残った鬼貫はこれで膳所のアリバイが成立したと思った。膳所が馬場を殺したかどうかということは、彼が十一月二十八日から十二月一日にいたる四日間の行動をはっきりさせないために、まだ明かではないのだが、少くとも彼がX氏でないことは確実となったわけである。思うに、十二月四日の行動が彼の主張どおり事実であったごとく、この四日間に室戸岬にいたということもやはり本当なのであろう。おそらくその女性とつれだって、スケッチを楽しんでいたに違いなく、そして何等かの事情で彼女を表面にだすことができなくて、やむを得ずアリバイをあいまいな状態にしておいたものと考えられるのだった。

馬場殺しの件を一応除外して、問題をだれがX氏たり得たかという点にしぼって考えると、それは同じ型のトランクを所持している蟻川に限定されてくるのである。幾度かぐらついていた鬼貫の進路は、ようやく明白な目標を見出したのであった。蟻川がX氏であるからには、五日の午前二時半に徳山駅におりたのも、同日の午後三時に大分市の望洋楼に投宿したのも、すべて彼のからくりということになるのである。それが偽アリバイである以上は、徹底的な調査をすれば必らずこれをうち破ることはできるはずだ。粘りづよい性格の鬼貫に、それはうってつけの仕事ではないか。

六

　ふたたび連絡船にのって宇野にわたり、岡山にでる。鬼貫のつぎの目標は、いうまでもなく徳山駅の公安官であった。岡山駅で十五分間の停車をしている準急にのりかえてみると、何とこれは蟻川が乗車したという二〇二三列車だった。徳山駅はほぼ八時間のちになる。

　とろとろとまどろんでいた鬼貫も、徳山に近くなるとすっかり目をさまし、そっとあくびをしてから棚のスーツケースをおろして、夜風のふきつけるデッキに立った。そして停車とともに身軽くフォームにおりた。深夜の駅はひっそりとして、ほとんど人影もない。遠くのほうでお茶売りの声がきこえるだけである、長い白々としたコンクリートのフォームの上を、音もなく風がふきぬけていった。十二分間停車だから、公安官との話合いが簡単にすめばふたたびこの列車にのるつもりで、鬼貫は大きな歩幅でフォームの端へ向ってあるいた。

　公安官の詰所には、一人の公安官が小さな火鉢に手をかざして、所在なさそうにポツネンとすわっていた。零時に交替したばかりだという公安官は、ちょうど鬼貫がたずねている加藤氏だった。

「や、先日はくわしいご返事をいただいて恐縮でした。じつはあの事件について参ったのですが、ある殺人事件で当人に相当濃い疑惑がもたれております。ところで十二月五日の午前二時半に彼がここにきていたとなると、それが本人のアリバイになるわけなのです。そうした次第で私も慎重にとりあつかいたいと思っているのですがね、どうでしょう、日付と時刻にまちがいはないでしょうか」

若い公安官は、鬼貫の説明を興味をもってきいている様子だった。

「ありませんな。先日ご報告しましたように、十二月五日の早朝、はっきりいえばこの二〇二三列車が停車中の、ちょうどいま時分です」

「黒革の折鞄が盗難にあった、というのでしたね？」

「そうです。岡山からここにくるまでの間のことで、たぶん柳井駅あたりでやられたのではないか、といってました」

「その盗難品はでましたか」

「いや、まだです。おそらく見つかることはないでしょう」

「疑ぐるようで失礼ですが、なにぶんとことんまでつきとめるのが私のつとめですから、感情を害さないで下さい。あなたが郵送して下さった盗難届ですね、あれもうがった考え方をしますと、本人があらかじめ記入し拇印(ぼいん)をおしておいたものを、共犯がここにもってきてすりかえたのではないか、と思われるのですが、どうでしょう？」

「そういうことはないですな。あの写真のとおりの人物が、いまあなたが指をついていらっしゃるその机の上で書いて、私の目の前で拇印をおしたのですから、そのような心配は絶対にありません」

公安官はきっぱりとした口調で断言した。何とか粘ってみたいと思った鬼貫も、筆蹟と拇印が蟻川のものである以上、あきらめるより他はない。小河内の場合とおなじように、徳山駅のアリバイもこしらえものに相違ないのだけれど、宿帳や被害届に筆蹟という絶対の証拠をのこすことによって、蟻川は常に確固不動の位置にあるのである。

鬼貫が詰所からフォームにでた時、発車のベルがなりわたり、眠気をおびたラウドスピーカーの声はたたみこむような早口になって、乗車をせきたてた。

ふたたび車中の人となった鬼貫は、しかし一向に悲観した様子はなかった。蟻川のアリバイは偽ものに違いない。どれほどすぐれた奇術でも、観客の眼に錯覚をおこさせるタネがある。蟻川のアリバイにしても、舞台うらから眺めるときには、なにかしらの誤魔化しがあるに相違ない。今の鬼貫には、どうみても蟻川のアリバイは完璧なものとしか思えないが、しかしそれが完璧であればあるほど、それを打破しようとする彼の意気は高まるのであった。

鬼貫は手帳をとりだして、蟻川とX氏との行動を比べてみた。いままでに幾度となく考えたように、蟻川が岡山駅の附近を走っていた時分にX氏は赤松駅前にあらわれていたわけだし、前者が徳山駅にいた頃に後者は博多の旅館に泊っていたわけであるし、さらに大分市の望洋楼に投宿した時には対馬にいたはずである。さしあたって鬼貫の攻撃目標は、この一人二役の秘密にむけられなくてはならない。

七

門司で日豊線にのりかえ、大分到着は正午をすぎていた。望洋楼は海岸通りにあり、門構えも庭園もなかなか凝った、豪壮な旅館である。帳場に坐っていた番頭は、ヴィタミンC欠乏症のような青ぶくれの中年男で、慇懃(いんぎん)無礼な調子で鬼貫の質問にこたえるのだった。

「へえ、蟻川様は戦前からご贔屓(ひいき)にあずかりまして、よく手前どもも存じ上げておりますので、へえ。ええ、左様でございますとも、先日お手紙を差上げましたように、あのかたのお見えになられましたのが五日の午後三時を少々すぎた時分でございました。へえ、まちがう筈はございませんですよ。何でしたら蟻川様がご自分でお書きになられた宿泊簿をお目にかけましょう」

持ってきた宿帳の十二月五日のページにはたしかに蟻川の手で、住所氏名が記入されている。望洋楼の場合も徳山駅の場合と同じように、小河内村の鴫屋支店のヴァリエイションにすぎないのだ。

「で、その人は何日間泊ったのですかね？」

「へえ、今回はご一泊で。あくる日、夜の船で大阪へおいでになるといわれて、お発ちになりました」

「なにかお客を招待したといっていたが……」

「へえ、同業者とかおとくいさんとかいうお話でした。五日の晩は芸者衆をよんで、それは大賑いでございました、へえ」

宿の女中ばかりでなく、招待客や芸者という数多の証人もあることだから、番頭の言はそのまま信じてもよかろう。

望洋楼をでたときの鬼貫の心境は、たとえてみれば行手にそそり立つ絶壁を見上げて、途方にくれている旅人のそれに似ていたのである。

十三　アリバイ崩る

一

鬼貫のあたまは、歯車の回転がとまった時計のようなものだった。外観には何の異常もないけれど、全く使いものにならなかった。おまけに睡眠不足がたたって、頭痛がした。彼はその足で駅へ向い、そこから12時30分発の列車にのった。これは門司で急行二列車に連絡し、翌六日の21時30分に帰京するのである。

鬼貫は、ねっとりと練りあげたココアと煖(あたたか)い火のそばが恋しかった。ゆっくりとくつろいでストーヴのかたわらで一カップすすれば、自ら新しい考えがうかんでこぬとも限らない。

列車の振動に身をゆだねていた彼は、いつのまにかぐっすりと眠って、目がさめたのは豊前善光寺をでた時であった。二時間半ほどの仮睡で頭痛はやんでいたし、頭もいくらかはっきりしてきたようである。すると、遊び飽いた子供がふたたび玩具(おもちゃ)をいじり始めるように、鬼貫も、考えあぐんだ蟻川のアリバイと取組むのであった。だが、蟻川が隆盛をきわめている事業と働きざかりの人生を賭して、このような犯行をあえてする理由に思いあたることができなかった。とすると蟻川を犯人と仮定する自分が誤っていて、彼の数々のアリバイはやはり正しいのであろうか。

いま省みて蟻川がX氏であるとする仮説を考えてみると、中世紀のドッペルゲンゲルの伝説でも信じないかぎり、大分にいた蟻川が時を同じくして対馬にいたはずがない。望洋楼にいた蟻川が真物の蟻川なら、厳原館にいたX氏は彼の代役である。蟻川が自分の存在を強調するために行く先々で筆蹟をのこしておきながら、X氏がそれとは反対にひたすら指紋と筆蹟をかくしていたことを、鬼貫は思い出してみた。

ところが大分県から福岡県の境にさしかかった頃に、彼はいくたびも繰返してよんでいたメモの中に全く新しいことを発見したのである。いまになって取上げるのが恥しいくらいのミスだが、それというのも鬼貫がX氏の青ずくめの服装にすっかり眩惑されてしまって、つい見逃したにちがいなかった。

彼が気づいたのは、赤松駅前の少年靴みがきがX氏の靴を赤であるといいチョコレートであるといい張って、口論した事実であった。問題は赤とチョコレートのいずれかというのではなく、X氏の靴が黒ではなかった点にある。

鬼貫は、対馬の厳原館の女中の言葉を思い出していた。彼女はX氏の靴をみがこうとして買った靴墨で、鬼貫の靴をみがいたといった。あの時鬼貫がはいていた靴は黒だから、厳原館に泊ったX氏は、当然黒靴をはいていたわけになるのである。しかるに、赤松駅前で磨かせたときの靴は、赤系統だったではないか。それが少年たちの記憶ちがいでないとしたら、どうしたわけであろうか。

鬼貫は車窓からぼんやりとおもてを眺めながら、X氏が対馬へわたるのに、赤系統の靴をなぜ黒靴にはきかえねばならなかったかを考えていた。

すると、行橋駅で十三分間の停車をしている時に、さらに一つのヒントを得た。なにもX氏が靴をはきかえたことに執着しないでもよいではないか。はきかえた理由を想像することができないなら、はきかえなかったとして推理をすすめればよい。そうなると問題をとくカギは、彼の服にある。いな、単に服ばかりではない、青いソフト、青いマフラー、青い手袋、青いオーバー、そして青い眼鏡にあるのではないか。も少し言い方をかえれば、赤松駅で靴をみがかせたX氏と、対馬へわたったX氏とは、服装こそおなじブルー一色を身につけていたけれど、全然べつの人間ではあるまいか、と想像するのである。鬼貫は、その特異な服装に目をうばわれて、X氏とX'氏とが同じ人間であるような先入主をもたされてしまったのではないだろうか。加うるにサングラスとマスクは容貌の特徴となる眼、眉、鼻、口をすっかりかくしてしまう。X氏は赤い靴を黒い靴にはきかえはしなかったのだ。だが彼は赤い靴をぬぐ代りに、青い服をぬいでX'氏に着せたのである。

こう考えてくると、鬼貫の脳裡には、四日のよる札島・福間のあいだをX氏と行動を共にした近松がクローズアップされてくるのであった。この二人がある一点を境として服装をとり替え、いままでの近松が青い紳士となって、代りにX氏が茶色のオーバーをきて近松になりすました、と考えてはどうだろう。そうなると福間駅で一一二列車にのり、さらに門司駅で東京行準急二〇二二列車にのりついで神戸方面へ向ったのは、いままで考えていたような近松ではなくてX氏であり、他方対馬へわたったのが近松であったということになる。果してことが鬼貫の考えるとおりであるとするなら、X'氏の対馬旅行の目的が何であったかという点も、おのずから判ってくるのだ。

この仮説は、ゆきづまった鬼貫の行手に点じられたただ一つの灯火(ともしび)であった。ふり返ってみるといささか独断にすぎるところもあるようだが、とも角この灯火に向って遮二無二(しゃにむに)すすむより他に方法はない。

二

18時5分門司着。ただちに駅の車掌区をたずねて、近松にアスピリンを手渡したという車掌にあってみようとしたら、あいにく乗車勤務をしていて不在である。疲れてもいるし、おちついた場所で考えをまとめたいので、夜風のふく海峡を連絡船でわたって、下関のホテルに一泊することとした。

バスをつかって食事をすませると、カーテンをひらいて海峡をながめる。鼻の先を、赤とみどりの舷側灯をつけたランチが、音もなくすべってゆく。むこうがわの門司の電灯は山の中腹にまでまばたいて、九龍半島からのぞんだ香港の夜景を思わせるのであった。

やがてカーテンをとじて坐りなおした鬼貫は、おもむろに足をくんで頬に手をあてた。彼がいま不審に思っているのは、近松がカゼ気味だといってアスピリンを所望した点である。自殺を覚悟した人間が、カゼをなおしたところで仕方あるまい。赤松署長が引用したように、〝蜑(あま)も簑(みの)きるしぐれ哉〟という句もあるとおり、必ずしも不自然であるとはきめられないけれど、なにか他に妥当な解釈があってよさそうに感じるのである。近松は決してカゼをひいているのではなくて、彼が二〇二二列車にのっていたことをそれとなく示すために、アスピリンを求め名刺をのこしたのではないだろうか。しかしこれが近松その人であるならば、なにも二〇二二列車にのっていることを強調しなければならぬ理由は考えられない。それが近松に化けた蟻川であると仮定して、はじめて存在を強調する理由がでてくるのである。何となれば、二〇二二列車に近松が乗っていたことが事実とみなされているうちは、X氏とX'氏との入替りに気づかれるおそれがないからだ。

ところで、二〇二二列車で関西へ向ったのが蟻川であり、対馬へ向ったのが近松であると仮定してみるが、X'氏がサングラスとマスクで人相をかくし、常に手袋をはめて指紋に注意をはらい、さらに終始筆蹟をのこすまいとつとめたのは、X氏と中途でいれ替ったことをかくすためであったろう。そしてX'氏のこうした奇妙な行動は相手の注意をひかずにはおかないし、ひいては接するすべての人に強く印象にのこらしめ、それによって蟻川のアリバイは間接的にいっそう強固なものとなるわけである。

では、両人が服装をとりかえたのはいつ何処であろうか。札島駅員に顔をみせた時はまだ近松そのものであった。しかし福間駅から一一二列車にのったときは既に蟻川にいれ替っていたわけだから、服を交換したのはこの両駅のあいだのことと見なくてはなるまい。しかしてその間を彼等はほとんどトラックに乗車していたのだから、疾走中にきかえたことは疑いをいれない。遠賀川駅からトランクを発送した直後に、蟻川は彦根運転手に料金をはらいながら話をかわしているので、この時までは元の姿でいたものと考えてよい。すると二人がいれ替ったのは、遠賀川と福間の間であったということに気がついてくる。暗いばかりでなくガタガタとゆれるトラックの上で、オーバーをぬぎ上衣とズボンをとり、ネクタイやマフラー、手袋まではずして服装をかえるというのは決して簡単なものではなく、予想以上に時間のかかることであろう。ダイヤグラムとトラックの速度と距離とから考えてみると、一一二列車をキャッチするために福間駅で下車したのはギリギリであったことが判った。つまり福間でおりたというのは、トラック上にある時間をもっとも多く活用するためであったと想像されるのである。しかしほぼ三時間ののちに一一四列車がでるのに、蟻川がそれほどの苦心をはらってまで一一二列車にのろうとした点になにかの理由がなくてはならないと思われるのだが、それが何であるかは鬼貫にも見当がつかなかった。

この時鬼貫は彦根運転手のことばを思い出した。彼の中立によれば、福間で片方がおりる際に青眼鏡が、『いそがないと乗りおくれるぞ』といい、それに対して近松は、『大丈夫だ、まだ十分ある』と答えている。近松が下車してしまうと青眼鏡は、『さあ、肥前屋へやってくれ』と命じているのである。近松と蟻川の声はおなじバリトンでも質がちがっているはずだから、近松がいくら服をきかえ青眼鏡とマスクで変装してみたところで、両人がそろって古川ロッパ氏のような声帯模写の達人でないかぎり、声の相違から運転手が感づかないはずがない。それについて彦根運転手が少しも疑念をもっていない点をみると、両名がいれ替ったとする自分の推理はやはり誤っているのであろうか。

ややあって、彼はそれに対する解答を得ることができた。そこで正否をたしかめるために、博多の金田トラックに電話をつながせたのである。

彦根運転手は、ほんの三十分ほど前に鳥栖(とす)から帰ってきて、食事をしているところだといった。

〈わるい時に電話しましたな。それじゃ急いでうかがうことにしましょう。この間の赤松・博多間をのせた二人の客の話になるんですが、福間駅の近くで停車した時のことを思い出していただきたいのです。四つ辻のところで青眼鏡が、『急がないとのりおくれるぞ』というと、近松が、『大丈夫さ、まだ十分ある』とまあ、こんなふうに大声でいったのでしたね？）

（そうですタイ）

（それから近松がとびおりると、青眼鏡があなたに向って、『さあ、このまま真直に肥前屋へやってくれ』とどなったのですね？）

（そうです）

（その時に、近松がボストンバッグをさげて福間駅のほうへ歩いていく姿をちらっと見て、スタートしたというお話でしたね？）

（はあ、そうです）

（で、つぎにお訊ねすることをよく考えてご返事していただきたいのですがね。青眼鏡が、『急がないと遅れるぞ』といったり、近松が、『大丈夫だ、まだ十分ある』と答えたりしたところを、実際に見たのですか、それともそういう声をきいたのですか）

（それはですナ、正確にいえば声をきいただけであります。あの二人はトラックの背中にのっているのですから、自分のところから見えないわけです）

（では近松が道路にとびおりたあとでですね、青眼鏡が、『さあ肥前屋へやってくれ』といった時はどうでしょうか。その声をきいただけですか、どなる顔もご覧になったのですか）

（いや、声だけです）

（それでは、いいですか、大事なところですからよく聴いて下さいよ。青眼鏡が、『急がないとのりおくれる』とか『肥前屋へやってくれ』などといったのは、その声の主が赤松駅や遠賀川駅であなたと話をかわした男とおなじであったから、当時もやはり青眼鏡をかけていた男がそう命じたのだとあなたは思っているのではありませんか）

（はあ？　どうも呑込めんですが……）

（ではね、私のいうことをよく考えてみて下さいよ。遠賀川をでてから後、青眼鏡が口をきいている姿を見たことがありますか。黙っている時の姿じゃないんですよ。声だけきいたというのではなくって、喋っている姿をご覧になったことはないか、とおききしているのです）

（そうですなあ、あなたのいわるる通り、一度もなかですなあ）

（するとこういうこともいえるわけでしょう？　『急がないとのりおくれるぞ』といったのは、青眼鏡ではなくて茶色のオーバーをきたほうの男であるかもしれないと。どうですか）

（そうしたことはなかですタイ。あれは確かに青眼鏡の声であります）

（だからです、遠賀川から福間へ走っている間に、二人が服装をとりかえたとしたらばどうです）

（そ、そんな……）

（バカ気たまねを、と思うでしょう？　だがそのバカ気たまねをやったに違いないんです）

（すると……）

(するとですね、『急がないとのりおくれるぞ』といったのは茶色のオーバーに着かえた元の青眼鏡で、『大丈夫さ、まだ十分ある』と答えたのが青眼鏡をかけた近松であったわけになります。ですから、『さあ、真直に肥前屋へやってくれ』といったのは、トラックの背にのっていた青い眼鏡の男ではなくて、道路におりた茶色のオーバーの男であったということになるわけです)

(ほう……)

(肥前屋のまえで青眼鏡をかけた近松をおろすとき、先方がなにかいいましたか)

(いいえ、黙って手をふっただけです。あの時、ご苦労さんとでもいってくれたらこちらの気持もいいのに、と思いました)

(ね、うっかり口をきいたら、いれ替ったことがばれてしまうからですよ)

鬼貫は礼をのべると、満足して電話をきった。いまの彦根運転手が語ったことは、遠賀川・福間のあいだで蟻川と近松が服をとりかえた上で、声の調子と会話の内容によって運転手を錯覚させたとみなす鬼貫の推理を、裏書してくれたのである。舞台芸人がよくやる腹話術にしても、観客は相棒の人形が単に口をパクパクと開閉しているにすぎぬことをよく承知していながら、それでいて人形がしゃべっているような錯覚をおこし、腹をかかえて笑うものである。まして一つの先入主をもっている彦根運転手をだますことは、簡単にすぎたかもしれない。ただ両人が靴をとりかえなかったことが発覚のもととなったのだが、それははき替える余裕がなかったものか、不注意から気づかなかったものか、或は靴の大きさがちがうのではき替えることが不可能であったのか、それはまだ判りかねた。しかし彼の推理がただしい軌道の上をすすんでいることは、これで証明されたのである。

三

さて、福間駅から門司を経て、さらに二〇二二列車で神戸へ向ったのが蟻川であったとしてみると、彼が二〇二三列車にのっていたことを証明する徳山駅公安官の証言および盗難届をどう解釈したらよいか。公安官の言によるかぎり、蟻川が二〇二三列車にのっていたことは疑う余地のない明々白々な事実であると思われるのだが、この矛盾をどう解いたらよいのであろうか。

蟻川をのせた二〇二二列車が真夜中の山陽線を走っているとき、行手に巨大な鏡をたてかけたように、先方から近づいてくる二〇二三列車にも蟻川がのっていたわけである。だが鏡にうつる姿が実体の虚像にしかすぎないように、この一人二役もどちらかがいつわりの姿でなくてはならないはずだ。

こうして蟻川の一人二役を検討しているうちに、あたまからこれを互いに反する矛盾であるときめてかからないで、双方を満足させ得る解釈はないものであろうか、ということに思いついた。つまり蟻川はある時刻まで一つの列車にのっていて、それより後はべつの列車にのっていたと考えてはいけないであろうか。

これを分類してみると、つぎの二項になる。

(イ) 初めに二〇二二列車にのっていて、後に二〇二三列車にのりかえた。
(ロ) 初めに二〇二三列車にのっていて、後に二〇二二列車にのりかえた。
(列車番号の奇数は下り、偶数は上り)

だが、翌日の午後に大分県の望洋楼に到着した点から考えれば、最初に二〇二二列車にのって神戸へ向っていたが、のちに二〇二三列車にのりかえて大分へ向ったと解釈するのが理窟に合っている。いかにも彼が車掌にアスピリンを所望してから以後は、二〇二二列車に乗っていることを証明する材料はないのである。一方彼が東京からひきつづいて二〇二三列車にのっていたことを証明するものも、全然ないではないか。

なるほど蟻川は福間駅から乗車して関西へ向ったであろう。門司から二〇二二列車に乗ってもいただろう。しかしある時刻より以後は二〇二三列車にのりかえて、いま来たコースを逆に門司へもどったのが真相ではあるまいか。徳山駅の公安官をおとずれたアリバイも、情勢の判断がこうなってくると、三文の価値もなくなってくる。

だが列車をのりかえるといっても、深夜の人気(ひとけ)のない待合室に坐っていたのでは駅員の目につくおそれもあるから、この待合せ時間はできるかぎり短いのが理想的である。鬼貫は例によっておら列車時刻表をとりだして、山陽本線の上りおよび下りのページをひらき、二〇二二列車と二〇二三列車の欄にしるされた発車時刻表の数字をゆびさきでたどってみた。(巻末時刻表(3)(4)参照)とに角蟻川が乗かえた駅は、徳山より大阪によったところに相違ないとにらんでいたのだが、彼の指が二つのページの徳山駅の発着時刻を照し合せたとき、その余りにも理想的に組立てられているのに思わず歎声(たんせい)を発したのであった。すなわち二〇二二列車は2時13分に到着して九分間停車の後2時22分に発車するのだけれど、それからわずか二分おくれた2時24分に二〇二三列車が入ってくるのである。なんとお誂(あつら)えむきのダイヤグラムであろう。これならば人目をしのんで待合室の片隅に腰をかけるという冒険の必要もない。二〇二二列車が発車するまぎわにフォームにおり、ゆっくり歩いて公安室の詰所の扉をたたく頃には、二〇二三列車がすべりこんでいるから、公安官に二〇二三列車からおりてきたような錯覚をおこさせることは、いともた易い話である。

ここで鬼貫は、さきほどの疑問がたちどころに氷解するのを覚えた。蟻川がなぜ鹿児島本線の一一四列車にのらずに、無理をしてまで一一二列車をつかもうとしたかという理由は、その目的が一一二列車にあるのではなくして、二〇二二列車にあったのである。一一四列車にのったのでは二〇二二列車に連絡することができないからなのだ。

二〇二三列車に乗りかえて以後、大分に到着するまでのことは、蟻川のことばをそのまま信じてもよいだろう。望洋楼に投宿したアリバイこそどう観察しても事実に相違ないからである。

四

鬼貫はほっとためいきをついて、壁にかけられたシュールリアリズムばりの油絵に視線をあずけた。蟻川のアリバイの一つはやっと打破することを得たものの、彼がいかにして近松を殺害できたかという点にいたると、まだ気をゆるめるには早すぎるのである。兵庫県別府町の別府港の近くで近松が服毒して身を投じたのは、六日の夜から七日の払暁にかけての間に限定されているのだが、蟻川が近松を殺したとすると、いかにして遂行できたのだろうか。その時分彼はぬばたま丸の船上にあったはずである。写真まで同封してやったのだから、同船の事務長が人違いをしたとは思われない。そこで鬼貫は、この問題を方向をかえて別の面から打診してゆくことにした。その足場となったのは、近松が由美子にあててしたためたあのハガキである。

近松が別府町で由美子にだしたハガキは六日の日付であり、さらに七日の消印がおされてあるところからみて、これを投函したのは六日の深夜から七日の早朝にかけての間であることが判っている。しかし実際には彼が対馬へわたって一泊したのが五日、ただちに翌朝出帆の船でおりかえし博多にバックしたとしても、着港するのは午後の一時。下船するのに五分や十分はかかるから、岸壁からタクシーをとばしても13時18分博多発東京行準急には到底まにあわない。するとつぎにでる門司港行は15時20分の普通列車となって門司着が18時29分、これに連絡する21時30分発京都行準急二〇三二列車を利用したとしても、加古川着は七日の11時8分となって、現行のダイヤグラムでは六日夜に別府町に到着することもできなければ、翌七日の早暁までにあのハガキを投函することもできないし、第一投身するのにさえ間にあわぬという矛盾を生じることになるのである。これをどう解釈したらよいのだろうか。(巻末時刻表(2)(3)参照)

しばらくして鬼貫が考えついたことは、近松はたしかに別府港であのハガキを書いたのだろうが、その別府港は兵庫県の別府町にある港ではなく、博多港に午後一時に上陸してその日のうちに到達できる範囲内の別府ではあるまいか、というのであった。由来日本には別府の名は多い。村の名、字の名まで数えると数百にも上ることであろう。別府という名を耳にする時に彼が連想するのは、王朝時代の国府のあった跡が地名となった兵庫県の国府、岐阜県の飛騨国府、それから千葉県の国府台や神奈川県の国府津などである。別府の〝府〟という文字は国府の意味であろうし〝別〟の字は国府の支庁、分所を意味したものであろう。そう考えてみると、別府の名が各地に散見する理由にもうなずけるのであった。ところでいま彼が手にしている列車時刻表の鉄道地図をひろげてみても、九州、中国、近畿の三ヵ所に別府の名を発見できるのである。一つは兵庫県のそれであり一つは大分県の温泉都市であり、他の一つは島根県隠岐島の漁港である。このうち隠岐の別府には、旅行好きの鬼貫のこととて以前に遊んだ覚えがあった。鳥取県の境港から三五〇噸の連絡船にのっていくこと四時間あまりの、島前の西岸にある。後鳥羽帝が流された黒木御所の所在地で、おりから晩秋のせいもあったろうが、北風のうなりと激浪のとどろきが唯さえうっとうしい曇りがちの島の雰囲気をより暗くして、荒き波風に心して吹くことをうったえた流帝の絶望的な心境を思うと、鬼貫のむねも陰鬱にかげってきたものであった。

〝潮のにおう別府〟それは瀬戸内海に面した兵庫県の別府港ともとれるし、灰色の日本海にかこまれた隠岐島の別府港ともとれ、更にまた豊後水道の風波から別府湾の奥ふかくまもられている大分県の別府港ともとれるのである。とも角ハガキの文面からも察しがつくように、土地人のあいだにしか通用しないような別府ではない。ところで列車時刻表をひらいてみると、すでに調べたように兵庫県の別府には六日中に到着できないし、隠岐島の別府港にいくには七日の午前九時にならなくては連絡船が出帆しない。しかるに大分県の別府と博多間は日豊線経由で百八十六粁、正味七時間を要するのみである。自動車をとばせばもっと短時間で到達するだろう。午後一時に博多港に上陸したものがその日のうちにハガキをしたため得た別府港は、兵庫県でも隠岐島でもなく、じつに大分県の別府であることが判るのである。すると近松が大分県の別府に於てあのハガキを書いておきながら、それを兵庫県の別府で投函したのはどうしたわけであろうか。

ここで彼がもう一つ気づいたことは、先刻バスで走った別府市と大分市との距離はちょうど東京駅と高円寺間にひとしい十二粁、ほんの目と鼻の先である点だった。しかも近松が博多から別府に到着したと思われる六日の夜に、まるで符節をあわせたように蟻川は大分港から瀬戸内海経由大阪へ向けて乗船しているではないか。鬼貫はようやく蟻川と近松という二本の糸の結び目を見出したのである。

近松が大分県の別府にやってきたのは彼の意向ではなく、蟻川の指図であろうことは容易に想像できる。近松を対馬へわたらせたのと同様に、唯々諾々と命令にしたがわせしめる大きな力を蟻川は持っているにちがいない。それが何であるかはまだ判らないが、蟻川があらかじめ打合せをしておいた近松と六日の夜ひそかに大分県の別府でおち合って、そこで何とか理由をつけて近松にあのハガキを書かせたことはほぼ間違いあるまい。それを投函させずにとり上げて己れのポケットにおさめ、近松をさそって共に20時30分別府港出帆もしくは21時20分大分出港のぬばたま丸に乗船したに相違なかろう。この船は翌日未明に広島県の沖を通過する。そのころ近松を甲板によびだして、シアン化物を嚥下させた上で海中にたたきこめば、その屍体が広島県境にちかい下津井沖を漂流していたこともうなずけるのである。

蟻川はそのまませ知らぬ顔をして大阪に上陸し、あらためて兵庫県の別府町までバックして、あのハガキを投函すれば、仮りに近松の屍体が向側の四国の海岸に漂着したところで、誰しも彼が別府港で投身したものと思うであろう。近松が四日の夜福間駅から神戸へ向ったとするならば、五日の中には別府町に到着するはずなのに、一日おくれた六日の夜ハガキをしたため身を投げたかたちになったのは、以上の事情によるのであろう。

蟻川が七日の夕方大阪に上陸して別府町まで戻ったのでは、ハガキを投函するのが夜になってしまうが、郵便局が消印に収集時刻をいれることは大都市でこそやっているものの、別府町のような小さな町ではまだ戦前に復していないから、スタンプによって投函時刻の矛盾を知られる不利もない。否、蟻川のことだ、それ等を計算にいれて計画をたて行動にうつしたに違いない。しかし今や彼がたくらんだトリックも鬼貫の前にその片鱗（へんりん）をあらわし、やがてずるずると全身をさらけ出そうとしている。それを思うと、鬼貫はこみあげてくる勝利感に胸をゆすぶられるのであった。

だが待てよ、まだ有頂天になるには早い。近松の遺留品が別府町で発見されたのは、七日の午前十一時ごろである。その時分に蟻川はまだ船の上にいたはずではないか。いや、まだ難点がある。蟻川の小河内に於けるアリバイを打破しないかぎり、やはり事件は未解決として残るのだ。

蟻川は大阪港に上陸したのが七日の18時である。これからただちに別府町へバックしても、列車にのれば二時間前後、タクシーでは一時間余りかかる。ところが彼は下船後すぐに大阪駅にタクシーをとばせて東京行急行に乗車したと称し、その証人として泉タクシーの運転手をあげている。いざとなれば、東京駅に彼を迎えにでた会社の運転手も証人になるだろう。これ等二人が証言すれば、蟻川が別府町へまわって近松のハガキを投函する余裕はなく、ましてボストンバッグやオーバーを遺留することは絶対に不可能であるということになる。

鬼貫は手にした旅行案内の航路のページをひろげてみた。ぬばたま丸は大分出航後、大阪入港までの間に、高松と神戸に寄港するのである。(巻末参考地図参照) この両港のどちらかで下船して別府町へまわり、ボストンバッグを遺留しハガキを投函するという用件をすませて大阪港へかけつけると、出迎人にまじってぬばたま丸の入港を待ったことも考えられる。航行中に投身者がでても気づかぬほどの船もあるくらいなのだ。途中で下船する客があっても注意をひくことはないだろう。汽船側には、大阪までの船賃を払っている客がその手前で船をおりるような不経済なまねをするはずがないと思う先入主があるから、蟻川にすれば隠簑をきてぬけだしたのも同然ではなかったか。

そうとすると問題は、別府町にたち寄って午後六時までに大阪港に到着する時間的のゆとりがあるかどうか、という点にかかってくるのだった。この船の高松入港は10時10分で出港は同40分だから、高松・大阪間は七時間と五十分もある。蟻川が下船したとすればそれは高松にちがいない。加うるにここからは兵庫県別府港ゆきの播磨海運の小さな連絡船がでているので、高松桟橋から別府港へ向い、陸路別府町経由で午後六時までに大阪港にかけつけることは、七時間五十分あれば充分に可能なわけである。そして出迎人にまじって着港をまち、船客がおりはじめると今度はその中にまぎれこんで、いかにもいま上陸したふうをよそおってタクシーをつかまえたのであろう。

小河内のアリバイという難問をのぞくと、蟻川の犯罪計画もおおかた底がわれてしまった。鬼貫は大きなあくびをすると、さすがに身の疲れをおぼえて、ベッドによこたわったのである。

註

鬼貫の別府の解釈はまちがっているので、念のために吉田東伍氏著〝大日本地名辞典〟の抜書を左に誌しておく。

按に別府の称謂は田制の名目に出て、別符を以て正文となす。其説隠岐国別府に同じものなり。按に別府をば国府の支庁又は郡家の一号と言うは後人の臆断にして其実を失う。別府とは蓋別勅符の義にして、古来府符往々相通用せり。即ち田制に出たる名目とす。集古文書、元久年中のものに正しく別符と記すものあり（中略）勅旨田は別勅符を以て定められしを知るべし（下略）

こうして田制が乱れるにつれて荘園私墾と同じ様なものになり、やがて郷村と並び称されてついに地名に転換したのである。

十四　溺るる者

一

　翌朝六列車で下関を発ち、翌々日の10時30分に東京駅についた。その足で登庁すると、丹那刑事がまちかねた面持で入ってきた。

「ご苦労様でした。ずいぶん消耗されたようですよ」

「消耗しただけのことはあるよ」

　と、鬼貫は、推理の過程を詳細にかたってきかせた。

「帰りの列車の中で考えたことだがね、彼が近松を殺した物的証拠が一つもない。だから目標を馬場殺しにきりかえて蟻川を攻略するほうが有利ではないか、と思うのだ」

「ははあ」

「そこで君に一つたのまれてもらいたいことがある」

「何でしょう?」

「いつかも話したことだがね、馬場の屍体がZトランクに詰められて東京に送られてきた以上は、犯人が犯行当時福岡県にいたということになるんだ」

「論理的にそうなりますね」

「だからだね、蟻川が殺ったとしてみると、彼が十一月二十八日に小河内に一泊したことは、やはり欺瞞行為にちがいないんだ」

「なるほど」

「それでもう一度君にいってもらって、僕とちがった人の眼で見なおしてきてほしいのだよ」

「承知しました」

「たのむよ。彼のアリバイはいまも話したように、じつに凝ったものをつくる。だが小河内のアリバイは無技巧で単純そのものなんだ。絶対に見のがしたところがあるはずはない。剣術の構えにもそんなのがあるね。全身すきだらけでいながら、いざ打込もうとすると何もできないというのが……」

「むずかしそうですな。慎重にかかってみましょう」

丹那はしばらく顎をつまんで考えていたが、やがておもおもしく立上った。

ところが夕方かえってきた丹那は、すっかり元気がなかった。さも疲れたように手袋を机の上にのせると、どすんとイスに腰をおろして、それでも顔だけはニコニコしていた。

「てんで歯がたちません。店晒(たなざら)しのコッペパン以上ですよ」

「ご苦労さん、どうだったね？」

「どうもこうもありませんや。あなたが調査されたのと全くおなじことです。鴫屋支店ではおやじまで出てきて証言するんですからね」

「ふうむ。君も僕もどこかに見おとしがあるんだろうよ。まあいいさ、じっくり考えている中には、打開の方法も思いつくだろう」

鬼貫は丹那をなぐさめながら、自分もひどい疲労を感じた。そこでその日は早く退庁して休養をとることにした。

二

「溺(おぼ)れるもの藁(わら)をもつかむ、というじゃないか。われわれも藁にすがりつこうと思うんだがね」

「え？　ワラですか」

九日の朝のことである。丹那が出勤してみると、一足さきに登庁していた鬼貫が、だしぬけに妙なことをいう。

「そうだよ、藁をつかむのさ。アリバイの検討は一時やめておいて、物的証拠に力をいれるのさ」

「ははあ」

と、丹那はまだ呑込めない。

「そこでだね、あの屍体づめのトランクは充分に調査ずみとなっているから、今度は中に入っているゴム引きの布と藁の二つについて調査をしてもらいたいんだよ」

その日はこうして幕がおとされた。丹那は布と藁との双方を鞄にいれ、これを小脇にかいこむと、威勢よく出ていった。


彼がもどってきたのは、三時を少しすぎた頃だった。昨日とまるきり変って、満面に喜色をたたえ、それがあふれてポタリポタリと床の上にしたたりおちそうである。

「どうだった？」

「大成功ですよ、鬼貫さん。まあ聴いて下さい、こんな塩梅なんです。日本農科大学の教授にちょっとした知合があるので、まずそこにゆきまして藁をみてもらったんです。教授の話によるとですね、あれは日本の稲の藁じゃないというのですよ」

「ほほう」

と、鬼貫は、丹那の報告に大きな興味を感じていた。

「それもですな、ただの一種じゃなくて二種類がまじっているというんです」

「ほう」

「ビルマ種の〝ミードン〟と〝ナセン〟といいましてね、日本ではない品種なのです」

「そりゃすてきな発見だ」

「そうなんです。で、教授の話によりますと、全国を通じてこの種類を栽培しているのは、北多摩郡の是政(これまさ)にある中央農事試験所以外にないはずだとのことなのです。そこで私は是政にいってみました。そこの技師さんの話では、ビルマからとりよせて一反ずつ実験管理してみたが、収穫率はとてもわるいし喰べてまずいし、モミが大きいから精米機にあわない上に藁の利用度も少い。おまけに株分けもしないし害虫がつき易いときているので、てんでお話にならない稲だそうです。日本の稲のありがたさをつくづく感じましたね」

「全くね」

「去年の秋に、その技師さんが知人からたのまれて藁をわけてやったのだそうですが、それが〝ミードン〟と〝ナセン〟なんです」

と、丹那の報告はいよいよ核心に入った。

「その人以外にビルマ種の藁をわけたことはない、という話なんです。そこで私は青山にもどって、当人に逢ってみました。ところがこの人が藁をさらに別の人にわけてやったというのですな。それがなんと蟻川氏だときかされた時、私は心中で思わずしめたと手をたたきましたよ」

「そりゃ大手柄だ。苦労した甲斐もあるよ」

「そんなわけでゴムシートのほうはまだ調べておりません」

「いいよ、いいよ。もうゴム布のほうなんてどうだって構いやしない。ところで蟻川はどうして藁なんぞほしがったのだろう？」

「植木にやる藁灰をやくのだといったそうです」

「ほほう、尤もらしいことをいったものだね」

　丹那の報告は、局面を打開するにあずかって力あった。初めて有力な物的証拠が手に入ったのである。長い労苦がようやく報いられて、愉快だった。慾をいえばこのいきおいをかりて、一挙に小河内のアリバイを打破してしまいたいのだけれど、それがそう易々と陥落するはずもない。このことを考えると、鬼貫のはずんだ気持も水泡のようにはかなく消えていくのであった。

　丹那は組んでいた腕をほどくと、バットをぬきだして函の上をトントンとたたいていたが、急に鬼貫をみつめて不審そうにつぶやいた。

「それにしても鬼貫さん、蟻川氏はなぜわざわざ東京から藁をもって、福岡県へでかけたのでしょう？　藁ぐらいなら九州にだってあるではないですか。妙ですねえ」

それをきくと鬼貫も大きくうなずいた。

「そうなんだ。その点が僕にも不自然に思われてならないのだよ。赤松にしろ札島にしろ、百姓家は沢山ある。東京の真中で藁をさがすのと違って、あの辺ならいくらでも手に入るんだ。蟻川だってそれを知らぬはずはあるまい。ああしたことをやる以上は、いちおう下調べのために現地を視察するのが当然だからね。だから彼がめんどうな思いをして藁をもっていった理由が判明すれば、われわれの調査も大きく前進することだろうよ」

鬼貫は眉をひそめてそういった。

三

翌る十日に丹那が登庁してみると、鬼貫は上機嫌で笑いかけた。丹那は事件の謎がとけかかっていることを悟った。さもなければ、鬼貫がこれほど嬉しそうな顔をするわけがない。

「また頼まれてほしいことができてね。今日はどこへも外出する必要はないんだよ。ただね、僕のいうところに電話をかけて、先方の返答をメモにとってもらいたいのさ。たぶん五ヵ所ぐらいですむと思うのだがね」

鬼貫があげた五つの名前の中で、丹那は沼津の桃中軒というのだけ知っていた。戦前沼津の駅売弁当がうまいと評されたのは、この桃中軒が作っていたからである。

「桃中軒って、駅弁屋でしょう？」

「そう、有名だから君も知ってるだろう？」

「浪花節かたりみたいな名前ですな」

「そりゃそうだよ。明治の末期に桃中軒雲右衛門という名人がでてね。この雲右衛門君は若いころに江戸を追われて沼津におちのびると、桃中軒の二階に居候をしていたんだ。だから桃中軒をなのるようになったのだよ」

「それは初耳です。ところで熱海、小田原などもみな駅弁屋なんですか」

「そうだよ」

「承知しました。市外通話ですから少々手間どるかもしれませんが、なに一時間もあれば判るでしょう」

やおら立上って出てゆきかけた丹那の背後に、鬼貫の早口な声がかかった。

「丹那君、まちたまえ、慌てちゃいかんよ。まだ質問の内容を話していないのに、一体なにを電話するつもりなんだね？」

十五　解けざる謎

一

その日の夕方、鬼貫は新橋で由美子とまちあわせた。勤めがえりの若いオフィスガールにまじって歩道をあるいてくる彼女には、やはり小娘にはみられぬ熟した美しさがある。

「お待ちになって？」

「いいえ、僕もいま来たばかりです。天ぷらでもたべませんか」

彼の提案で、二人は近くの店に入った。粋(いき)な造りの四畳半にとおされると、由美子はすんなりした脚をよこ坐りにして、出されたお絞りで手をふいた。

「丹那さんからうかがいましたわ、あれからずうっと落着くひまもないんですってね。わるいことお願いしてしまって、ほんとにご免なさいね」

「いいえ、事件があれば警察が動くのは当り前ですよ。それに、調査もあらかた峠をこしましてね」

タオルを受皿にもどして、さて何う語るべきかと鬼貫はとまどっていた。

「あら、どうなさいましたの？」

「いや、どうもしません。今度の調査の結果を、なにからお話しようかと思って、考えていたのですよ」

「近松はいかがでした？　犯人でしょうか？」

由美子は前にのりだして、さすがに真摯（しんし）な面持である。そこに女中が酒と天ぷらをもってきたので、話がちょっととぎれた。

「……安心して下さい。近松君は犯人じゃありません、被害者です」

「では犯人はだれですの？」

と、彼女はのぞきこむように訊ねた。警察官として、ここで犯人の名を明かすことはもちろん軽卒だが、といってこの事件は、普通一般のものとは性質がことなる。

「犯人は……、そうですな、まだお話するのは早すぎると思います。しかし今度の事件に登場した奇妙な人物について、少しくわしくおきかせしましょう」

鬼貫は天ぷらをつまみながら、順を追って語りはじめた。

二

「あたくし、悪女ですのね」

犯人が蟻川であることを知ったとき、由美子はポツリといった。

「なぜです？」

「だって、夫をころした犯人をにくむことができないなんて、悪女の証拠ですわ」

「一般論としてはね、そうなるでしょう。しかしあなたの場合、犯人をにくむほうが悪女でしょうよ」

と、鬼貫はあたたかい調子でいった。

「ほんとうはあたくし、そういって戴きたかったのですわ。あなたに悪女と思われるほどかなしいことはありませんもの」

彼女は箸をおくと、うるんだ瞳で述懐した。

紫檀のテーブルの上には、いつの間にか皿小鉢や天ぷらの残骸がならび、一本の銚子がちょこんと立っている。鬼貫はもちろんやらないが、由美子が少したしなむのである。といっても女だからいけるほうではなく、盃に二はい呑んだだけで、まぶたがほんのりと紅をさしたようになり、つつましやかなうちに如何にも熟れきった女性らしいあだっぽさが見えるのだった。

鬼貫はもっぱら箸をうごかすほうで、語ってはたべ、たべては語る。

「……トランクにつめてあった藁が〝ナセン〟と〝ミードン〟だということは丹那君のおかげではっきりしましたが、犯人がその藁をもってなぜ九州まででかけたかという点になると、二人の常識では一向に解けなかったのですよ。そこで昨晩寝床に入って考えてみたんですがね、なにかまだ他に妥当な解釈がありそうでいて、そのくせなかなかそれを発見することができないのです。今朝の四時ごろまで眠れませんでした、体は疲れているんですけれどね。その時はッと胸にうかんだことがあるんです。事件の最初から僕の目の前にぶらさがっていながら、あまり近すぎるのでピントを合せることができずに、つい見のがしていたわけです」

「まあ、何でしょう？」

「食事も終ったからお話しますが、馬場蛮太郎の屍体検案書にちゃんと書いてあることでして、胃の中から出てきた未消化物がそれなのですよ。あの報告によると、米の量にくらべて白いんげんが非常に多かったはずです。そこで白いんげんは副食物としてとられたのではなくて、主食としてとられたのではないかと思いました。あなたはご存知ないでしょうが、去年の十一月の終りごろ、こちらではアメリカの白いんげんが放出されましてね。丹那君なんか甘味剤をいれてにるもんだから、おやつ代りにたべてしまって、主食に大穴があいたとこぼしていましたよ。そこで今朝役所に出てから食糧公団に電話をかけて、あれが放出された範囲を問合せてみたんです。すると関東地方に十一月下旬、北海道に十二月上旬に配給されただけで、他の地域には全然だしてないことが判りました。もちろん白いんげんは日本にだってできるから、これがただちにきめ手になるわけじゃありませんけど、馬場が殺される三時間前にそれをとっていたということは、当時彼が東京近辺にいたのではあるまいかと見る僕の仮説に、大きな光明を与えてくれたのです」

「あら、東京近辺に？　……そうしますと、あのかたは福岡県で殺されたのではなかったんですの？」

と、由美子は眉をあげた。

「そうです。犯人が蟻川であり、その蟻川が犯行当時東京をはなれていないことがはっきりしている以上、馬場は東京で殺されたと見るほかはないでしょう」

鬼貫は蟻川が小河内に一泊したアリバイを語ってきかせた。

「そこで僕は考えたんですよ、豆ばかりのご飯をたべさせるのは、普通の家庭の主婦のすることじゃない。何としても一度かぎりの旅行者を相手にする外食券食堂か駅の食堂、さもなければ駅弁屋にちがいない……」

鬼貫はポケットから列車時刻表をとり出して、とあるページをひろげて由美子にわたした。

「それについては、別の面からも考えてみたのです。馬場が福岡県で殺されたのではなくて、東京で殺られたとすると、一体どの列車にのって上京してきたのであろうか。これはいとも簡単にわかることです。自宅をでたのが八時頃といいますから、筑後柳河8時16分発の列車にのったことは見当がつきます。尤もあそこには西日本鉄道も走っていますが、彼が佐賀線にのったことは目撃者もあるのです。また佐賀線も佐賀廻りのコースもありますが、現在のダイヤですと時間的に四十五分ほど不経済になるから、瀬高町廻りの下りにのったとみるのが自然です。ところで下り列車は8時37分に瀬高町につくのですが、鹿児島本線の上りにのるには、10時31分発の門司港行まで待たされます。しかしこれは普通列車ですから、鳥栖で一旦下車して、長崎からくる東京行準急にのりかえるのが最も当り前のやりかたなんです。ご覧なさい、待合せはほぼ一時間ですむでしょう？　あとは東京まで坐って来れます。さて、この二〇二四列車が神奈川県に入って小田原を発車するのが18時6分、平塚をでるのが18時30分ですから、多分このあたりで夕食として弁当を買ったのではないか、ということが考えられるではないですか。しかし駅弁屋などは、かつぎ屋から大量に代用食を買入れることも想像されます。そこで少し範囲をひろげて、夕食時間の午後五時以後に停車する静岡県内の沼津、熱海も調べさせたわけです。静岡県は中部地方ですから、白いんげんの放出はないはずなんですがね」

「で、どの駅で馬場さんはお弁当を買いましたの？」

「神奈川県の沢田屋という店の弁当でしたよ。静岡県内の駅弁は白いんげんは使っていませんし、小田原と国府津もあの日は使ってなかったのです。白いんげんをまぜていたのは、平塚、藤沢、大船（おおふな）、横浜、それに都内の各駅ですが、品川や新橋までくると喰べる暇もないから、神奈川県に限定してみました。ところが、十一月二十九日の夕食に、馬場の胃袋から出たようなコンビネーションの副食物を調理したのは、沢田屋一軒きりでした。これで馬場が福岡県で殺されたのではなく、東京もしくはその近辺で殺害されたことがいよいよはっきりしてきたわけです」

「判りましたわ。そうなりますと、蟻川さんがあげた小河内や丸ビルのアリバイは全然無価値になってくるわけですのね？」

「そこそこ、そこなんですよ、僕がよろこんだわけは」

「それじゃ蟻川さんは決して偽のアリバイを主張していたわけじゃないのですわね？」

「そうなんです。さっきもお話したように、蟻川はじつに難しいアリバイを提出して、自分がX氏として福岡県にいながら、山陽線を門司にむけて乗車していたように見せかけたものです。ですから僕は、小河内のアリバイも彼がつくった偽物にちがいないと、あたまからきめてかかったわけなんです。つまり本物らしい偽アリバイにさんざん嘲弄（ちょうろう）されたあとだから、偽物じみた本当のアリバイまで疑ってかかるようになったのですよ。いわば羹（あつもの）に懲（こ）りて膾（なます）を吹くのたぐいですが、それがまた蟻川のねらったところでもあったのでしょう」

「そうですわね。おまけにトランクの問題から考えますと、馬場さんは福岡で殺されたことになるわけですから、なおさらそう思いますわよ」

　由美子はそう答えたのち、ふと思いついたようにたずねた。

「それにしても、札島駅の前の二つのトランクの動きはむずかしい問題ですわねえ。あなたの考えかたをもう一度きかせていただけませんかしら？」

「いいですとも。僕の説にあやまりがあるかないか、充分に検討してみましょう。少しごたごたするかもしれませんから、注意してきいて下さいね」

　鬼貫はハンカチをとり出して、唇の周囲をかるくふいた。

「まずX氏こと蟻川が赤松駅で受出したXトランク、つまりこれは東京の新宿駅から発送された新巻入りと称されたトランクなんですが、このXトランクに新巻ならぬ馬場の屍体がつめられてあったと仮定します。すると蟻川と近松君のやったトリックは、このXトランクとあらかじめ札島駅に十二月の一日から預けておいたZトランクとを、そっくりそのまますり替えたか、もしくは屍体をXトランクからZトランクに入替えたかのどちらかである、ということになるんです。いいですか」

「いいですわ」

「さて、このトリックに不可欠の要素といいますか構成分子といいますか、要するに奇術の材料となるものはX、Zの両トランクと馬場の屍体の三つであると考えたんですが、これはどうですかね？」

「あたくしも同感ですけど、札島駅に預けておいたトランク、つまりZトランクですわね、このZトランクの中に詰っていた馬場さんの屍体とほぼおなじ重量の或るものも、その要素の一つに数えられないでしょうかしら？」

「そう、もちろんそれも入るには入りますけど、謎をといていくに当って省けるものは省いて考えるほうが便利なわけでしょう？　ところで今いったように、トランクごとすり替えたにしろ内容を入替えたにしろですね、このXおよびZの二つの大型トランクと馬場の屍体という三つの要素が、できる限り接近した時をねらわなくてはならないわけです。これは何うです？」

「異論ありませんわ。もっときびしくいって、三つの要素が一点に集ったときでなくてはならない、と表現してもいいですわね」

「で、馬場が殺されたのは、駅弁をたべた駅の時刻からわり出して、十一月二十九日の午後九時前後ということになりますけど、この時から十二月四日にかけての五日間に、三要素がおなじ地点に集った例は、十二月四日の午後六時半前後の札島駅前のほかにはないのですよ」

「絶対にありませんの？」

「絶対にないです。あの場所あの時刻以外に二つのトランクと馬場の屍体とが一点に集ったことは、僕の調査したかぎりに於ても、また論理上からいっても、有り得ないと断言できるのです。それとも、他の場合を考えられますか」

「そうですわねえ」

由美子はちょっと口をつぐみ、すぐに何かを思いついたような表情になった。

「列車の中ではどうかしら。つまり、あたくしの可能性というのは、こうなんですわ。札島駅から発送されたのは赤松駅から受出したままのXトランクで、それが遠賀川駅から発送されたからっぽのZトランクとおなじ列車で東京へ運ばれたとしましたら、中途で屍体を入替えることもできるのじゃないかしら」

「車内でですか。折角の名案ですが、ローカルラインならとも角、本線では小荷物と小口貨物がおなじ貨車にのせられることはないのです」

「では、もう一つ可能な考え方がありますわよ。問題をXとZの二つのトランクに限定してかかるところにミスがあるのじゃなくて？　馬場の屍体はなにもXトランクにつめられて来たのではなくて、第三のトランク、まあ仮りにYトランクと呼んでみますと、このYトランクに詰められて、半日ばかり早くとどいたというふうに考えるのですわ。Yトランクが到着したのは赤松駅でなくて、藤ノ木や折尾であってもかまいませんの。それを近松がうけとると、あらかじめ札島駅に一時預けをしておいたZトランクをちょっと持出して、Yトランクの屍体をZトランクに入れてしまうわけですわ。そしてZトランクをふたたび札島駅に預けなおしておくという方法なんですの」

「ふうむ」

「ですからZトランクに屍体がつめられていたことは、何のふしぎもないわけですわ。これ見よがしのXトランクの動きに眩惑されてしまったのと、Zトランクが一日から四日まで終始預けられていたものと思いこんで、Yトランク、トランクでなくて柳行李でも函(はこ)でもいいわけですけど、そうしたものの存在を少しも考えてみなかったのが、失敗のもとだったのじゃないでしょうか」

「なかなかうがった考え方ですが、その説は成立しないのです」

「あら、なぜでしょう?」

「それはですね、Zトランクが終始札島駅に預けられたままで、中途で引出されたことは一度もなかったからです」

と、鬼貫はやさしい眸(ひとみ)で由美子をみつめながら答えた。

三

「そうしますと結局、札島駅前でやるほかにチャンスがなくなるわけですわね?」

「そうです」

「でも、蟻川さんが屍体をXトランクから取出してZトランクにつめかえる時間的余裕はないというお話でしたわね?」

「ええ、絶対にないです。近松君と彼の二人がトラックの上から菰づつみのトランクをおろして、札島駅に運んでいってからふたたびもどってくるまでの時間は、彦根運転手も十五分きっちりだといっていますし、駅員の証言から割出しても十四分ということになるのです。このトラックが停車した位置と駅との距離はご承知のとおりほぼ百五十メートルあります。実際あの重量のものを抱えては三分ずつかかって歩いたとするとちゃんと計算に合いますし、実際あの重量のものを抱えては三分かかるのです。もし急いで歩いたとしてもせいぜい二十秒ちぢめるのが関の山でしょうから、やはり十四五分という数字は動きません」

由美子は、瞬間あのさびれた駅を思い出したような表情で宙をみていたが、ゆっくりうなずいて、そうですわね、といった。

「更にです、Xトランクがちゃんと菰につつんであったことは彦根運転手がみとめていますし、Zトランクのほうも細紐でたてよこにくくられてあったのを札島駅員が証言しています。すると入替えるには双方の縄や紐をほどかなくてはならないし、そのあとでふたたび包装しなおす必要があります。こんなことは昼日中だって十分以内じゃできない芸当でしょう? あまつさえ彼等は夜やるのですし、人の足音にも、いや犬の足音にもいちいち耳をそばだてなくてはならんですから、十五分以上はかかりますよ。そうすると、トラックまで往復する余裕がないのです」

「そうですわね。そうしますとトランクごとすり替えたという仮説が一つのこるわけですのね」

「そうなんですよ。ですから、汐留駅であけられた屍体詰めのトランクが、Xトランクであってくれたら文句の余地はないんですけどね、ハハハ」

旅の疲れがぬけないせいか、鬼貫の笑い声には力がない。

「ほんとですわ、あの二つのトランクに甲乙の区別がなけりゃいいんですのにね」

そこで由美子はひょいと思いついたように訊ねた。

「では鬼貫さん、膳所さんと運送屋のおじさんが嘘をついたのじゃないでしょうか。あのトランクをZトランクに違いないと断定したのは、二人が口裏をあわせて嘘をついたのかもしれませんわよ」

「丹那君もそういうのですよ、テンペラ画伯とパステル画伯は信用できないとね、ハハハ。しかし膳所はまさかコルサコフ病じゃないでしょうから、彼の言は信じてもいいです。また運送店の主人も正直一徹のひとでしてね。それにです、膳所があれをZトランクであると主張すると、自分の不利になるのですよ。嘘をついてまで自分を不利にすることも考えられませんしね。その他にあのトランクにはZのイニシャルを消したあともありますし、運送屋も見覚えがあったようです。蟻川のトランクには、そうした特徴は全然ありません」

「そうしますと、やはりあなたの仮説は二つとも否定されることになりますのね」

由美子はほっと吐息すると、考えをまとめるためか、それとも大儀なためか、ハンカチをひたいにあてて軽く目をつぶった。

「そうとしますと、訝(おか)しなところがありますわよ」

しばらくして由美子は唐突に口をひらいた。

「何ですか」

「まだもやもやしていて、はっきり疑問をつかめないのですけど、話してるうちになんとかなりますわ……」

と、彼女はためらったようにいった。

「まあ話してご覧なさい。何ですか、その訝しいという点は？」

「……あの、先程の鬼貫さんの説によりますと、蟻川さんが第二のトランクを持出して奇妙な行動をとった真意は、屍体が東京から送られてきたように見せかける点にある、ということでしたわね。そうしますと、犯行現場が東京であるのに、面倒なまねをしてそれを強調するわけがのみこめませんの。それに、平然として小河内や丸ビルのアリバイをあげている理由も想像できませんわ。馬場さんが東京で殺されたことを宣伝するならば、蟻川さんは東京にいなかったというアリバイを同時に準備しなくてはならないと思いますわ。あのままではプラス・マイナス・ゼロになってしまうじゃありません？」

「いえ、あなたはちょっと考えちがいをしていらっしゃる。あの仮説は、膳所に疑惑がかかっているときに成立したもので、すでに彼の疑いが一掃されてしまった今日では、全然価値はないんですよ。いいですか、この事件のトリックは第二のトランクを人目にさらして、馬場が東京で殺された上で赤松に送られてきたように暗示するものでは決してないのですよ。よく聴いていただきたいんですが、この事件ではZトランク一個のみが登場するように演出されていたわけです。第二のトランクはできるだけ人目をさけて、第一のトランクのみ存在しているような印象を与えるべく仕組まれてあったのですよ。僕が彦根運転手をさがしださない限り、つまり由美子さんが僕の出場をうながさなかったなら、蟻川の企図は成功するはずでした」

鬼貫はことばを切って、相手が自分の話を理解しているかどうかをたしかめるようだった。

「あなたはお気づきかどうか知りませんけど、遠賀川駅からトランクを発送する時ですね、近松君をトラックにのこしておいて蟻川が一人で運んでいった理由は何だと思います?」

「どこかで内容を処分して、かるくなっていたからでしょう?」

「それもありますね。しかし彼が一人でかついでいったのには、もっと積極的なわけがあったのですよ」

「………?」

「もしですね、仮りに二人してトランクを運んでいったとしてご覧なさい、駅員が近松君の人相をおぼえてしまうじゃありませんか。するとです、後日赤松署が各交通機関に近松君の足取りをもとめる手配をしたとき、遠賀川の駅員が近松君と第二のトランクを結びつけて報告することは明かでしょう？」

「そうですわね」

「彼はそれをおそれていたんです。あのことばかりじゃなく、あらゆる点をじつによく考えています。だからご覧なさい、赤松署はまんまと蟻川の思うつぼにはまってしまったでしょう？　さらにですね、たとい第二のトランクが発見されたとしてもですよ、論理的には馬場が福岡県で殺されたことになりますから、やはり蟻川は安全だと信じていたわけですよ。至極無造作にみえる小河内の鳴屋支店のアリバイにしても、彼の安心感の一つの表現なんですね。ただ藁があゝいった珍種であろうとは思いもかけなかったでしょうし、馬場の胃の中の白いんげんがこうした役割をはたそうとは、夢にも考えなかったでしょうがね」

　女中がお茶とお菓子をもってきて、鬼貫の前にマッチと外国タバコをおいていった。

「あの、話がかわりますけど、近松はトランクの内容が馬場さんの屍体であることを知っていたのでしょうか」

「いや、知ってはいますまいね。そうと知ってたら、ああした行動をともにするはずはありませんよ。近松君と馬場とは大学時代から犬猿の仲だった、という話です。しかも近松君にははっきりしたアリバイがない。としますと馬場が札島もしくはその近くで殺されたと見なされる場合、第一に疑われるのは近松君自身ですよ。ですからXトランクの内容を知っていたなら、心理的にみても近松君が自分を不利に陥れるような動きを示すことはないと思いますね」

「では近松は、蟻川さんの意図を全然知らなかったのでしょうか」

「でしょう、おそらくは。Xトランクの中に馬場が詰っているなんて、死ぬまで知らなかったでしょうね」

「近松をずいぶん上手に操ったものですわね？」

「そう、大したものですよ。だがどんな手段で近松君を思うがままにしたかは、まだ判っていないんです」

「麻薬でつったんじゃないか知ら……」

「そうですね、それも考えられますけど、蟻川が麻薬に関係あるとは思わないし……」

「鬼貫さん、イギリスの推理作家のクロフツという人が書いた〝樽〟という小説が、この事件によく似ていますの。お読みになったことなくて？」

「ええ、丹那君もそんなことをいってましたよ。蟻川はクロフツの故智を模倣したのじゃあるまいか、とですね。しかしその〝樽〟から得た知識をもってしても、この事件の謎はとけないのです。やはり僕は、蟻川が独創したオリジナルなものとして、彼の頭脳にシャッポをぬぎますね」

四

翌十一日の夜、あらかじめ電話をしておいた鬼貫は、穏田にふたたび蟻川を訪問した。

「君は甘口だからココアをねっておいたんだ。昔はざらにあった品だけど、今じゃちょっと珍しいやつだよ」

「何だい？」

「カナダのニールスンだ。お口にあうかね？」

「どれ」

と、鬼貫は目をとじてひとくちすすった。

「ぜいたくいえばきりがないけれど、君の練り方もなかなか年期が入っとるな。どうして、とてもうまいよ」

「ハハハ、君にほめられるんじゃ相当なもんだ」

「ほんとだよ、今どき銀座へいったってこれ程のものはのませない。どういうわけだか知らんが、昔からあそこには気取ってるわりにうまいココアはなかったね」

二人はしばらく黙って味っていた。

「おや、この間はここに歌麿がかけてあったんじゃなかったかね？」

「あれか、人にゆずったよ。集めるときにゃずいぶん苦心もしたもんだがね。コレクトマニアの心理って、何にかぎらず面白いもんだな。俺は以前に日本中の蝶を集めたことがあるんだけど、集めはじめた時分は全部そろったらどれ程うれしいだろうと思って、その日のくることばかり夢にえがいている。ところが全部蒐集してみると、全部そろったらどれ程うれしかろうと夢をえがいていた蒐集途中のほうが、はるかに楽しいことに気がついたんだ。すべてがそうだというわけじゃないが、楽しみにひたっている時にゃそれが楽しさと判らないこともあるもんだね」

蟻川はひとくちすすってカップをおいた。

「ところで今夜の用件はなんだね？　電話じゃさしつかえるような内容らしかったが……」

「うむ、僕としてはすこぶる不愉快な用だがね。君にしたって決して愉快な話じゃないはずだ。いつかいったように、僕が疫病神みたいにあしらわれるのも、こうした理由があるからさ」

「なんだい、一体？」

蟻川は、承知しているくせにわざと訊くような調子である。

「その前にこちらからたずねるけどね、膳所と相思の婦人ね、ホラ、音楽学校をでたとかいう人さ、彼女はどこの学校で教えてるの？」

「香川県の高校だよ。あの人がどうかしたというのかい？」

「いや、そうしたわけじゃないのだ」

膳所はその婦人とともに、四国をスケッチして歩いたのであろう。それだからアリバイの証人としてあげることができなかったのだ。あの頃はまだ冬休みにもなっていない。彼女が正当な理由で学校を欠勤したのでないことも察しがつく。漱石の〝坊っちゃん〟をひき合いに出すまでもなく、田舎の学校は派閥争いと人身攻撃にあけくれるところもあるときくから、彼女に迷惑をかけまいとねがう膳所の心境もうなずけるのであった。

「あの婦人はね、前にもいったと思うが、近松のよけいなおせっかいから膳所が別の女性と結婚してしまうと、傷ついた胸をだいてわざわざああした遠いところまで都落ちしてしまったんだよ。膳所の姿を見たり噂をきいたりせずにすむようにね。ちょいとしたラジオドラマの筋書みたいなもんだな。ところでどうだい、犯人の目星はついたかい？」

蟻川はロンソンのライターでタバコに火をつけると、青いけむりを一息にはきだした。

「うむ、つかぬこともない」

「誰だね、それは？」

「いいたくない」

「いいじゃないか、いえよ。俺は女じゃないから、何をきかされたってヒステリーを起しゃしないぜ」

彼はタバコのけむりにむせて、ちょっと咳(せき)きこんだ。鬼貫は相手のおちつくのを待つと、いずまいを正して口をひらいた。

「それはいわれん。その代り、僕が犯人に相違なしとした物的証拠および、彼の創作した偽アリバイについて話をしよう。そのつもりでお邪魔したのだからね」

「よし、謹聴しよう」

「まずアリバイから始める。犯人の名を仮りにQとしようか。僕はこのQ氏に疑惑の眼をそそいだのだ。Q氏は十二月四日の午後六時半頃に、馬場の屍体をつめたトランクを福岡県の札島駅から東京の架空の人物にあてて発送している。ところがQ氏の主張するところによると、その頃岡山県を進行中の長崎行の列車にのっていたというのだ。ただしこの時刻のQ氏を目撃している証人はいない」

「当然だね。たとい一昼夜となりに坐って旅行しても、よほどその人間が突飛なご面相の持主でもないかぎり、記憶なんてしちゃいないよ。Q氏にしてもパンツ一枚になってステテコ踊りでもやらない以上、人目にとまらないことはむしろ当然さ」

「当然さ、Q氏の目撃者のないことはね」

と、鬼貫はべつの意味で同意した。

「彼はその他にも完璧なアリバイを提出した。それについて僕は十分に調査したが、やはり信じるほかはないのだ。このアリバイを認めると、Q氏は絶対に犯人たり得なくなる」

「ふむ」

「これはQ氏が知っているかどうか判らないんだが、この捜査線上にヒョッコリ膳所があらわれてね」

「ほう」

「彼も馬場を嫌っているし、近松からはひどいいたずらをされているので、動機が全くないとは申せない。先生ちょうど事件のあったころ四国に滞在していたものだから、地理的にも九州と接近しているし、大いに疑っちゃってね、わるいことをしたよ。彼神経質だから、ずいぶん気にしたろう。僕もちょいと寝覚めがわるいよ」

「そりゃ初耳だね。膳所が四国にいってたの？　スケッチ旅行だな。そういえば彼からトランクをゆずってもらおうとした時、近々旅にでるから早くとりに来いといわれたよ。先刻君が膳所の想いびとについて何か僕にきいたけど、膳所が彼女の名をだすまいとして窮地に陥ったんじゃないかね？」

「まずそんなところだよ」

「彼は騎士的精神の持主だからな、そうなったら死んでも口を割るまい」

「そうなんだ。それで僕もちょっとばかり迷路にふみこんでしまったがね。しかし運よく彼の疑惑もはれて、ふたたびQ氏が俎上（そじょう）にのせられたのさ。そのとき僕は、Q氏のアリバイがどんなに事実のように見えても、偽物にちがいないとの確信を持ったんだ」

「そりゃ君のお得意じゃないか。君がアリバイ破りの名人だってことは、以前から僕もきいているからね。だがそのＱ氏のアリバイを、どんなふうにして打破っていったのかね？」

「それを話す前に、僕はＱ氏の頭脳に心から拍手と賞讃をおくりたいね。例えばだ、このアリバイの最も弱いところは東京にあったんだ。つまりＱ氏は三日の夜の二〇二三列車で東京を発ったと語っているが、実際は三日の朝の列車で発っているんだ。さもなくちゃ、四日の午後に福岡県へつくことはできないからね。そこでＱ氏はもっぱら四日から五日にかけての絢爛(けんらん)たるアリバイで僕の眼をくらましておいて、三日の朝東京を発った事実からは完全に注意をそらすように仕向けてしまったんだ。あそこが実にうまいと思うね」

「お世辞のへたな君からそれだけ賞(ほ)められれば、本人もうれしいだろう。で、アリバイのほうは？」

　鬼貫は、近松の行動の疑点から出発して彦根運転手を知り、ついで第二のトランクとＸ氏の存在を見出して対馬へわたった話を語ってきかせた。Ｘ氏の靴の色のちがいから二人一役の秘密をやぶるにいたったところでは、蟻川も感心したように手をたたいた。

「なる程、ききしにまさる手腕だな」

「いや、それは買いかぶりだぜ。僕も散々たぶらかされた揚句、やっとそこまで漕ぎつけたんだからね」

　と、鬼貫ははにかんだような微笑を見せた。

五

蟻川は立上ってふたたび熱いココアをサーヴィスしてくれた。

「や、有難う。ところで今の話はQ氏のミステークじゃなくて、手の及ばなかったミスフォーチュンなんだ。僕のほうからいうと実に運がよかったわけになるがね」

つづいて鬼貫がこころみるすべての説明を、蟻川はミアシャムパイプをくわえたまま大きくうなずきながら、感じいったようにきいていた。そしてさもうまそうにスパスパとやると、あらためて鬼貫の顔をみた。

「いや、全く大したものだ。徹底的にうちのめされた形だね。だがそうなると、馬場が福岡県でやられた時のQのアリバイはどうなるのかね？」

「そこに第二のトランクが登場したわけがあるんだ。しかし実をいうと、あれには僕も参ったよ。まだ完全に解けたとはいえないのだ、疑問がのこっていてね。Q氏が小河内村にいた事実はたしかにみとめるよ」

「すると矛盾を生じやしないかな？　Qが東京にいては、福岡県で馬場を殺すことはできまい」

と、蟻川はニヤニヤしていった。

「そんなことはないさ。Q氏が東京にいたって一向に差支えはないんだ」

「なぜ?」

「馬場が福岡県でやられたとする僕の前提が誤っていたのだよ。馬場が柳河をたつとき折尾までの切符を買っているから、てっきり彼が札島近辺で殺されたように思いこんでしまったが、それもQ氏が設けておいた落し穴さ」

「果してそうだろうか。君はとも角Qを犯人にでっち上げようとして、君に都合のいいようにむりに事実を歪曲してゆくのじゃないかね? 馬場が九州でやられたのでは具合がわるいのだろう?」

蟻川は相かわらずニヤニヤしている。

「そうでもないさ。例えばだね、こんなこともある……」

蟻川のそうした疑問に応じて、鬼貫は被害者の胃の消化物から得た推理をきかせた。黙ってパイプをくゆらしていた相手は、楽しそうな表情をうかべて、むしろ愉快でたまらぬといった顔つきである。

「ハハハ、そうか。数えてみるとずいぶんミスをやってるなあ」

「まだあるんだよ、屍体とともにつめてあった藁だがね、これがまたQ氏にとって致命的な失策なんだ」

〝ナセン〟と〝ミードン〟についての説明をきくと、蟻川は眉をひそめてみせた。しかし彼の表情には依然として楽天的なものがみなぎり、眉をひそめたしぐさも、どちらかというとおどけたゼスチュアに思えた。

「ずいぶん念いりに調査したもんだな。普通一般の都会人には麦の藁と稲の藁との区別さえつかないのだから、Qの失敗もむりはないやね」

「そうなんだ。Q氏が農林技師ででもあればこうした失敗はふせげたはずだがね、機械技師だから藁についての認識不足はぜひもないことさ。しかも〝ミードン〟と〝ナセン〟の二品種が組合さっていたことは、Q氏にとってとり返しのつかない打撃だよ」

　相手が深刻な表情でもしていれば、このようなことをいえるはずもないが、蟻川のなにごとも意に介しないという態度が彼の口をかるくするのであった。

「なある……、アリバイ工作に気をとられて、足もとにうっかりしていたというわけだな。星をのぞいて歩きながら井戸におちた古代の天文学者みたいにね。ところで、Qが第二のトランクを持出して当局の眼をくらませたというのは何うなんだい？」

「あれかね？　先にもふれたとおり、あれはまだ僕にもわからない点があるんだ」

　鬼貫はあっさり兜(かぶと)をぬいで、XトランクとZトランクの謎を語った。

「こんな塩梅で、万事はQの指図にしたがって近松がうごいたに違いないと思うんだけど、結果からおしはかって札島駅前の暗がりで馬場の屍体が入替えられたにもかかわらず、その時間的余裕が全くない。これには弱った」

「ハハハハ鬼貫君、ここらでひとつ反撃させてもらおうかね。時間的余裕がなければ結局は入替えなかったことになるんだぜ。入替えないなら馬場は一日の夜から近松のトランクに詰って一時預けされていたわけになるし、したがって屍体が東京から送られてきたとする仮説は成立しないやね。君のいう馬場の未消化物のことにしたって、トランクの中からでた二種類の藁の組合せにしたって絶対とはいわれないから、Qを四の五のいわせずに降参させることはできんよ。ビルマ還りの兵隊があちらの種モミをそっともってきて、栽培してたかもしれん。だから問題は、このトランクの矛盾を解決するかしないかという点にかかってくる。このところを論理的に説明しないかぎり、この勝負は君のまけだぜ」

「ハハハ、かちまけは何うでもいいさ。僕はむかしから勝負ごとはきらいだし、勝敗にゃこだわらないたちだからね。お互にフェアプレイで全力をつくしてやったなら、勝っても敗けても気持はいいじゃないか。もっともこれは事件を単なるゲームと見立てての話だけど。ま、それはとも角、どこかに心理的な錯覚でも利用された見落しがあるんだろうな。そこに気がつけば、情勢は一挙に逆転するのだがね」

「まあのんびりと考えたまえ。しかしその他の疑問はちかいうちに明らかにされるだろうよ」

事件の話が一段落をつげて雑談がはずみ、鬼貫が腰をあげたのはかなり遅くなっていた。玄関のドアをあけると、夜空の星がつねになくまたたいて見える。

「原宿からのるかい？」

「うむ」

「ここから国分寺までは小一時間かかるな」

「ああ、吉祥寺あたりなら十二分間隔でくるが、国分寺となると三十分も間があいてるからね。へたをすると新宿で待たなくちゃならん」

「カゼをひかないように気をつけたまえ」

「じゃお休み」

「ああ失敬」

鬼貫が門をでるまで、蟻川は玄関のドアをしめずに立っていた。門のところでふり返ってみると、逆光線をあびた蟻川の黒い影が、手をふってみせた。鬼貫もかるくうなずいてそれにこたえ、胸中肥前屋の前でトラックをおりた時のX'氏がやはりこうして手をふったであろうことを思いうかべた。

彼が生きている旧友の姿をみたのは、それが最後であった。

十六　遺　書

一

翌朝登庁しようとして服にブラシをあてているとき、一通の速達便が配達された。裏をかえせば蟻川愛吉とある。鬼貫は読まずして内容を理解できたと思った。彼は卵色の洋封筒を片手にもち、机の上のペーパーナイフをとって器用に封をきった。そしてイスに腰をおろすや置時計にちょっと視線をはしらせて、レターペーパーをとりだした。十五枚にわたって細かい文字でぎっしりとしたためられているのを見ると、ゴクリとのどを鳴らし、ついでひきずりこまれるように読みはじめた。

鬼貫君。

今は二十二時を三分過ぎた所だ。君はまだ荻窪のあたりを走っている時分だろう。僕は君が帰ったあと、書斎で君に書送る手紙の首尾を考えて、今こうして机に坐ったのだ。君が明朝この手紙を見る頃に僕は自分の人生を終えている筈だから、これは僕の遺書となるわけだ。その中で僕が何故将来ある人生と事業とをうち捨てて馬場を殺し近松を殺し、更に妙な策略を弄して君に智恵の戦いを挑んだかに就いて告白しておきたいのだ。

それには先ず馬場のことから書いてゆく。僕が馬場のみならず、日本を今日の非運に陥れた凡ての軍国主義者共に対して何ういう考えを持っていたかは、君もわかってくれたものと思う。戦争を怖れ戦争を憎み戦争を嫌う君であってみれば、僕の胸中を理解してもらうのも決して難しいことではない筈だ。こうした僕に、去年の秋大分市で催した宴会の席上で、大牟田から招いた客が柳河の馬場の消息を伝えたのだ。何事ぞ、それいまだに目覚めぬばかりか、純真にして何色にも染り易い近辺の子弟を集めて全体主義的暴力革命を鼓吹しているとは。数ヵ月の調査の結果その誤りならざるを知り、間接に人を介して忠告することも試みたが改める色がついぞ見えなかった。僕が彼と逢い、直接その非を悟らしめんとして得ず、遂に彼を撲殺した事については後で書く。

壮士くずれの様な彼奴のことを考えていると、ついこちらの肩まで張っていかつい文を書いてしまう。とに角僕は平和国家の構成分子の一員たろうとする願望のために、即ち暴力を否定せんが為に暴力を肯定せねばならぬジレンマに陥りつつ桜の杖をふりおろした。

だが近松を殺害するに至った事情は全く異る。之は単なる義憤にしか過ぎない。殺人を犯さんとした僕の、謂わば毒喰わば皿までという気持も手伝っていた。若し馬場が非を悟って僕の勧告に従ったとしたならば、僕とて決して近松を殺しはしなかったろうと思う。

近松は徹頭徹尾卑怯極まるオポチュニストであった。時流に投じ時流に阿んが為には、紺屋の壺に蹴込むように、いとも簡単に青くも黄色くもなる。元来が主義も主張もない男だから保身の為には七面鳥の如く色を変え、敢えて恥じることもない。

こうした近松が君と由美子さんを争った時、どれ程破廉恥な術策を弄したかは想像するに難くあるまい。後年僕は某君からそれに就いて聴く所があったが、怜悧な由美子さんをして君の中傷を信ぜしむるに至ったテクニックは正に神技というべく、決して由美子さんを責めてはならないのだ。

彼女が結婚後次第に近松の正体を察知するにつけ、薄れてゆく夫に対する愛情に反比例して一層君を思慕するに至ったことは正に当然だが、それを知った近松が如何に嫉妬したかはああした陰険な性格を思えば容易に想像もつくことである。更に亦彼が由美子さんを如何様に責めさいなんだかも、その性質を考えれば思い半ばを過ぎるものがあろう。由美子さんがこうした近松と離婚もせずにこれを忍んで今日に至ったのは、唯君に対する謝罪の念から出発していたことを君は気づいているか何うか。彼女は自ら苦難の道を歩むことに依って、君に対する罪滅しにしたいと考えていた。一方近松は君が由美子さんの面影を消しもやらず独身生活を続けていることを耳にするや、由美子さんには君が幸福な結婚生活に入ったように偽りきかせて、結ばれぬ愛情にもだえる二人の男女を眺めてせせら笑っていたのだ。仇(あだ)し男を愛する妻に対しての精神的な復讐であり、彼はそれを見ることによって快感をさえ貪(むさぼ)れたと僕に告白している。麻薬の密売に首を突込んだ彼が、遂に妖(あや)しい魅力に溺れるようになったことは嘗(かつ)て君に話した通りだ。そのために心の荒(すさ)んだ彼は妻の背信に対して最近では肉体的に暴力を加えるまでになってきた。由美子さんの体に散見する痣(あざ)がそれであり、君もその痕には気づいていた筈である。こうした近松から由美子さんを解放するために、僕は近松を殺すことにしたのだ。再言するが彼に個人的な恨みは全くない。

　ところで僕がこの二人を殺害するにあたり、何故かかる廻りくどい手段を弄したかという点について、一言触れておかなくてはならぬ。僕とても理性ある人間であれば、決して必然性を欠いた行動をとる筈はない。而(しか)もああしたひねりにひねった手段をとった理由には、おそらく君にも思いつくまいと考える。だが僕をして言わしむれば十分のわけがあるのだ。

　あの六年間の大学時代を通じて僕は君に随分と世話にもなり、亦それをよいことにして君の好意に甘えられるだけ甘えたものだ。今でも僕はその時のことを考えて暖い気持が胸にあふれてくるのを覚えるし、口にだして謝意を表する程の芝居気はなくとも、忘れる折はない。だが他面然(そ)うした恩恵を蒙(こうむ)ったことが正常な感謝の念の発露として表われずして、四六時中君に頭を押えられているような、近頃流行の便利な言葉を用いれば劣等複合観念として表われてきたことに気づいたのは、確か一昨年の話なのだ。学業の成績にしても常に君に一等をゆるさなければならなかった劣等観が次第に鬱積し、それやこれやが集合して遂に君に対する智能の挑戦という形をとって表われてきたのだ。君が捜査官としての立場にあるのなら僕は犯罪者としての立場にあって君に戦いを挑み、君を混沌の渦に捲き込んで、これを見ることにより秘かに十年来の劣等観を一挙に吹飛ばしてみようと考えるに至ったのだ。順序の上では馬場の殺害を決意した後に君への挑戦を思い立ったのだが、かかる機会の到来するのを意識の下で狙っていたのは、随分と以前からのことであったかも知れぬ。しかし僕が余程の異常性格者でもない限り、人生を投出してまで乾坤一擲の勝負を挑む筈は勿論ない。その理由については後段に述べるが、それは亦僕が犯した罪から永久に逃れるべくああした詭計を弄したのではなく、何よりもその目標は君をして疲労困憊に陥らしめ、且僕に対して帽子を脱がせる点にのみあったことを証明して呉れるであろう。馬場や近松がやられれば君とて拱手傍観しているわけにもゆかぬだろうし、由美子さんが逆境におかれれば君が乗出すことは最初から僕の計算の中に入れてあったのだ。

二

さて、僕があの犯罪を如何にして遂行したかに就いては先刻君が語った推理が委曲を尽している。その足らざる個所をのみここに若干補ってみることとする。

この犯罪の詭計は、山陽本線の二〇二二列車及び二〇二三列車が殆ど同時に徳山駅に発着することと、僕の所持している衣裳トランクが膳所のそれと同一の型である点から出発した。しかしその二つの何れが先であるかといえば同じ型のトランクの存在することから思いついたのであり、両人が同じ型のトランクを所持していたのは、膳所のそれを見て自分も購入したからである。勿論当時は亡妻の旅行用として求めたのであって何等他意はなかった。

話が前後するけれど、僕は後述する理由に依り麻薬に親しんでいた。君は些も気づかぬようであったが、モーフィン、パントポン、コカイン、ヘロイン等は凡て卒業しているのだ。麻薬の知識にかけては麻薬取締官よりも遥かに僕の方がその豊富なる蘊蓄を誇ることが出来るし、亦経験も持っている。僕がしばしば大分に行くのは彼処に麻薬密売の大きなアジトがあるからなのだ。単に社用のみならば、わざわざ僕が出掛けずとも社員で事足る場合が多い。

僕が近松と交るようになったのも、麻薬が取り持つ縁かいな、と言える。彼が赤松の警察から睨まれて手も足も出なくなり、すくんだ状態にあるをつけ込んで、彼をして僕が麻薬の大きなブローカーであるが如く信じさせて手先とした。薬品が切れる頃を見計って秘かにこれを送り以て渇を癒やしてやるので、近松は僕の命ずる処に唯々諾々と従うようになった。僕はまるで拾い上げた野良犬に芸を仕込むような気持で彼を取扱ったのだ。猿芝居の犬や猿は満腹であると言うことをきかぬと聞く。僕が彼に麻薬を与えるにもそのコツに従った心算なのだが、時には汐時を測定しそこねて薬を切らせ、為に近松が兇暴な発作を起して由美子さんを打擲（ちょうちゃく）する場合を生ぜしめたのは遺憾である。とまれ斯（か）くして僕は彼を十二分に手なずけることを得た。

近松に膳所のトランクを譲る経緯については過日君に話した通りだ。しかし彼をして膳所のトランクに食指を動かすようにそそのかしたのは言う迄もなく僕だし、金を出したのも僕だ。トランクを近松に発送するに当り僕の名を用いずして膳所の名を以てしたのは、君が僕を嗅（か）ぎ出す迄出来得る限り事件の底に潜んでいたかったからだ。近松に対しては近々三千万のアヘンが朝鮮から入るという風に信じさせておいた。彼にも片棒を担がせることにしたのであの様に張切ったわけだ。

ほぼ下準備が完了した頃をみて、柳河の馬場に宛てて彼を歓（よろこ）ばせるようなお題目を並べた短い手紙を出し、その反響を窺（うかが）った。言う迄もなく邦文タイプで打ったものである。猫にまたたびを与えた如く、あの手紙が彼に及ぼす効果に就いては、一二五〇キロ離れた此の東京にいてもちゃんと予測することが出来た。僕は彼と数回の通信をやりとりし、馬場生来のその単純な頭脳から僕を地下に潜む暴力主義者なりと確信せしめるに成功した。これ等の通信は占領軍及び特審局の監視を逃れる為と称してその始末を厳重に命じておいたが、低能であればある程こうした点は守るものである。

馬場に上京方を慫慂（しょうよう）する通信を出したのは、近松にトランクを発送したのと同じ日の夜だった。当時既に僕の詭計が微に入り細を穿（うが）って立てられていたことは言を俟（ま）つ迄もない。

馬場に対しては文中好戦的な思想家や元将校の名を適度に盛って、超国家主義者の地下組織を結成するから是非上京するようにと述べた。その好餌に奴が喰いつかぬ筈はないのだ。次いで細々とした注意を書いて、家族には黙って家を出る事だとか、指定した列車に乗車して上京すれば東京駅まで出迎えに行く事だとか、往復には乗車券を提供し滞京中は宿舎をあてがう事等を言ってやった。更に本人であることを証明する為に本便を携帯提示すべしと言う一項を忘れなかったから、手紙を家に残して当局に尻尾を握られる怖れもなかった。もう一つ君に知らせなくてはならぬことは、君等をして誤った捜査方針を立てさせるべく馬場に折尾駅迄の三等片道乗車券を求めさせた点だ。それに就いて馬場には、当方が誤って東京・折尾間の乗車券を買って了ったので不取敢それを同封するから、柳河・折尾間は本人が購入してくれる様に書いてやった。東京駅で下車する際は折尾・東京間の切符を改札口に渡せばよいのであって、柳河・折尾間の乗車券は渡さずに済む。これは後日旅費払戻しの請求の証拠となるから紛失せぬようにとも書添えてやった。こうしておけばその乗車券を後生大事に持って、途中紛くすことはあるまいと考えたわけである。万一馬場が病気その他の事情で上京不能の場合は、また計画を立てなおして次ぎの日を待てばよいのだ。君は彼の秘密保持という点に疑念を抱くかも知れないが、ああした頭の構造の単純な連中は人目を忍んで行動することに非常な誇りとスリルを感じるものなのだし、仮名手本忠臣蔵をバイブルとする様な馬場であってみれば同志の秘密は決して洩らすことはしないものだ。まして彼の如き封建的な観念から脱却し得ぬ手合いは、絵本太閤記の光秀のように女子供を殊更に軽蔑して女房の人格を認めない輩が多いのだから、この点でも僕は手放しで安心していた。亦事実僕の見方は誤っていなかったのである。

さて、二十九日の午後小河内村から戻った僕は、その夜獲物を捕えるべく東京駅へ赴いた。馬場は東京着一九時四五分の二〇二四列車から、周囲を睥睨しつつ降りて来た。学窓をでて十年ぶりだが、また口髭と顎髯とを生やしてはいたけれど、相不変肩で風を切る恰好ですぐに彼奴と判った。自宅へ連れて戻ると、先刻迄君がいたあの居間に案内した。そして僕の信念たる平和国家の在り方や暴力主義者の罪状について論じ彼の反省を求めた。果して馬場は些かの悔悛の情も披瀝せぬのみか、いきり立って眼尻を裂くと僕を怒号し罵倒した。鉄縁の近眼鏡の中から四方白の憑かれたように鋭い眸で僕をギロギロ見据え、口角泡を飛ばしていたが、やがて桜の杖を手にするや真向から僕に打ってかかった。僕が辛うじて身をかわしたので卓上の茶器が音を立ててわれた。馬場は益々興奮し一層狂暴になった。僕は部屋の一隅に追いつめられて身の危険を感じたから、その打ちおろされた杖を奪いとって反対に真向から叩きのめしてやったのである。

僕は別に正当防衛を主張しようと試みるものではない。馬場の頑迷済度すべからずと悟った時は、これを殺害すること最初からの計画であったからだ。仮りに若し彼が暴力主義の誤りを認め平和日本の前途を祝福してくれたら、斯程嬉しいことはない。その場合は近松も殺さず、何とか話をつけて由美子さんを離婚させる心算であった。

馬場を殺した僕は何の感慨もなく、用意した油布に屍体をくるむと藁と共にトランクに詰め、翌朝新宿駅から佐藤三郎の名で新巻と偽って発送したのだ。初めて犯した殺人罪に少しも良心の苛責(かしゃく)を感ずることの無かったのは、これが個人的怨恨に基くものでないからであろう。

三

近松に対しては兼ねてより、札島局留置で再々連絡をとっておいたが、馬場の屍体を発送した後で彼の体重を打電した。これによって近松は己れのトランクの重量を加減して札島駅に一時預けをすることになっていたのである。トランクの包装、荷造りに就いてはこれまた予じめ指令を与えておいた。近松は三千万のアヘンを動かすと称する僕の言を一も二もなく信じていたから、凡ては当局の監視を眩(くら)ます為の手段と思い込んで了ったのである。

彼の対馬渡航に関しては、後で述べるように札島で逢った際に直接指示した。僕の青い服を着て佐藤三郎の偽名で船に乗ったり、また即座に引返して大分県へ戻ったりしたのも、僕の周囲に執拗(しつよう)に光る麻薬取締官の眼を対馬に転じさせ、そのまま朝鮮へ向けて脱出したように見せかけて彼等に追究を諦めさせるのだと称する僕の言を、頭からそっくり信じてやったことであった。常識ある者なら必らず疑うに相違ない筋書を、まるで純真な幼児のように信じた点は頗るお人好であり、悪く申せば低能であった。

話が先走ったが、既に君も知る通り僕は二十八日から小河内へ旅行し、それも故意に君の疑惑を招くよう努めてみせた一方、丸ビルにちょくちょく顔を出して、小河内のアリバイが真実である限り福岡県へ赴いて馬場を殺害する時間的余裕のないように思わせた。馬場が東京で殺されたことがはっきりして了った今では、小河内へ出掛けた意味もなくなったが、一時は君の難渋する恰好を見て北叟笑んだものだよ。

だが僕の欺瞞はその後にあった。君の言う通り三日に東京を発ったのは決して夜行の二〇二三列車ではなく、当日の朝七時三五分発の鹿児島行急行一列車であった。これに乗れば札島着は四日の正午過ぎになる。この点に気づかれぬよう君の眼を小河内と徳山、大分に注がせるべく努めたのだ。当夜の多弁もその苦肉の策の一つだったが、お褒めに預かったのは恐縮の至りであった。

四日の午後札島に着くと、しめし合せておいた近松と逢い、彼の防空壕内で仔細な打合せを終えた。この際に予じめポケットに入れて来た馬場の万年筆のキャップと、彼を撲殺した時にわれた眼鏡のレンズの破片の一つをそっと落しておいた。その目的については言う迄もない。福間でトラックを降りる際のセリフを教え、更に対馬へ渡る時の注意や博多から大分の別府市へ急行してそこのダンスホールで僕を待合せること等を指令したのも、この壕内である。由美子さんには内密の会見なので、彼女が承知してないことは当然なのだ。

夕刻になると僕一人が防空壕を出て、変装用具を秘めた赤革の小型トランクを片手に、札島駅から列車に乗って赤松へ向った。終駅である赤松へ着く直前にW・Cに入って青い服に着更え、凡ての乗客が下車した後を見極めて降りた。かくして青い男は忽然として出現したわけだ。駅前で靴を磨かせたのは少年靴屋を憐れに思ったからであったが、靴から足がついたのは下手な駄洒落にもならぬ。

此処で博多よりも遠方へ行くトラックを捉えねばならない。最初に原田へ帰るトラックを交渉したが、この車は民間のものでなかったため断わられた。そして二台目に通りかかった金田運送店のトラックを捕えたわけである。札島へ向う途中このトラックの上で包装の縄をゆるめておいたのは、君が想像した通りだ。その他遠賀川より福間に至る間の車上で服装を取替えたのも君の推定した通りだ。唯靴に就いてのみが僕の計画から齟齬を来たしていたのだ。以前に近松が赤の短靴をはいているのを見た覚えがある。それで防空壕の中で彼にその靴をはいて来るよう注意をしておいた。然るに後刻再び札島で逢った時に彼から意外なことをきかされて驚いた。赤靴は由美子さんが靴屋へ持って行って了ったので黒靴をはいて来たというではないか。僕に睨まれた近松は小さく縮こまると許しを乞うように、その代り女房をせい一杯に叱りつけて来た、と言うのだ。この際僕が辛うじて奴を怒鳴りつけなかったのは、間もなく此奴が犠牲者となるべく僕のスケジュールに加えてあったからである。

福間でトラックを降りると、僕は近松になりすまして福間駅から一一二列車に乗った。兵庫県の別府町で投身した如く見せるには、兵庫県内への乗車券を求めるのが最も賢明である。大阪は麻薬密売の多い都市だから、当局が近松と麻薬密売とを結びつけて解釈する点をも狙って隣接する神戸までの切符を買ったのだった。

さて門司から乗継いだ二〇二二列車の中で車掌にアスピリンを貰ったのは勿論近松が乗車しているように思いこませるためだが、救急薬品を所望すると名刺を求められることは以前から知っていたのだ。僕は近松から手に入れておいた名刺を、如何にも自分の名刺であるような顔をして渡しておいた。その後列車が徳山駅に到着する前にW・Cに入り、中で近松の服を脱ぐとこれをボストンバッグにしまい、替って自分の服を身につけた。言う迄もなく赤松駅に着く直前にW・Cの中で脱いだあの服装に戻ったわけだ。そして徳山駅のフォームに降りると公安官を訪れた。その頃には二〇二二列車は発車して了い、二〇二三列車が到着しているから、公安官を誤魔化すのはわけない。この公安官詰所に就いては前回の出張の際に充分な偵察をしておいたのだ。

四

六日の夜、僕は打合せておいた通り近松と大分県別府市のダンスホール〝ニグレット〟で落合った。彼はまるでスパイ小説の主人公にでもなったかの如くに得意満面、意気揚々として対馬行の報告をしてきかせた。僕は胸中次ぎに打つ手を考え乍ら、表面は如何にも彼の報告に興あり気にふむふむと頷いていなければならなかった。兎に角乗船する迄の時間が非常に制限されているから、万事要領よく予じめ組んでおいたスケジュールに従って運ばなくてはいけない。

　そのホールで休み乍ら、おい、君はもっと由美子さんを大切にしなけりゃ不可んよ、此処で便りを書いて彼女を安心させ給えと言った。すると彼はおうとかうんとか気のすまない返事をして、僕の差出したハガキを卓上におくとペンのキャップをはずした。何て書いたものかなという風に考えているので、滅多なことを書いて後で災いされちゃ不可ん、俺の言うような意味を書き給え、その方が無難でよい、要するに由美子さんを安心させればいいのだからと言ってああしたはがきを書かせたのだ。そしてホールを出た時、君に委せといたんじゃ何時になって投函するか知れたものではない、俺が出すから寄越せと言って取上げたのだが、それを僕が何処で投函したかは君も知っている通りだ。この場合の詭計は別府市と別府町とが同じ地名である所から思いついたのだった。五日の夜投身出来る筈の彼が六日の夜はがきをしたためて投身したというのは些か不自然のそしりを免れないが、奴のことだから途中で道草を喰っていたとも見なされるであろうと思った。

　僕は彼を誘って大分へ戻り、そこからぬばたま丸に乗船した。君が兵庫県の別府から大分県の別府を連想せぬよう、なるべく別府の名を持出すまいとして大分港から乗船したわけである。その日の昼の中に僕は大阪迄、近松の分は別名で高松まで申込んでおいた。三等をえらんだのは船内に於ける僕の行動が目立たぬ為だった。しかし僕が理由もなく三等に乗船したのでは敏感な君に訝しまれると考えた。ぬばたま丸には一等船室はなく二等は僅か半ダースの客しか収容出来ぬことも前々から知っていたのである。出帆当日に二等を申込んでも満員で断わられることも熟知していたのだ。更に亦あの船の三等船室に賭博常習者が乗って開帳することもよく知っていた。あのように喧騒と興奮の渦捲いた後では船客の誰もが虚脱して、河岸に上った鮪のように居汚く眠ることも計算に入れてあったし、然うした船室から一人や二人が減っても全く気づかれないものであることも考えに入れておいた。

船内では殊更他人らしく振舞うよう近松に命じて乗船した。そして七日の払暁人々のまだ寝込んでいる時、今後の行動を指示すると称して彼を甲板に連れ出した。僕は強いて声をはずませると、今迄の工作が成功して近々三千万のキャッシュが入ることをほのめかし、祝盃を挙げようと言ってウィスキーのポケット瓶をとり出した。これは昨夜出帆直後に、船内の売店で近松に買わせたものだ。その後秘かに工場から持出した青酸加里を投入したのだったが、口紙を注意して貼りつけておいた為に暗い甲板で近松が内容の異変に気づく筈もなかった。瓶を差出して先に呑めと言うと、近松は安心しきって栓をぬき、金が入ったら五百万でいいから分けて呉れ、縁を切った妾をもう一度囲いたいと悦に入っていた。僕はアメリカ兵が駅の木柵にちょこんと腰掛けるように甲板の手すりにかけていたので、近松もそれにならっていた。彼が酒を口にするや、凡ては僕の思ったよりも遥かに簡単に済んだ。一口含んだと思うやものを言ういとまもなく、重心を失ったようにもんどり打って暗い海中に転落していった。全く呆気ない話だ。別府のホールで機密費をやると称して彼の財布の中に紙幣を入れてやる際、僕が使用した福間・神戸間の三等乗車券を押込んでおいたから、それに加えて別府町海岸に遺留品を残しておけば近松がその地点で投身した如く思われるのは決りきったことだ。僕の計算では二日目位に屍体が発見されるだろうと考えていた。実際はそれよりも延びたのであるが、そうとしても僕の計画には些かも支障はない。

船室に戻って彼の外套や帽子をボストンバッグに詰めて隠し持つと、翌日高松で下船した。そして君が言ったように別府町へ渡り、近松が遺した品物をそっと海辺に置いたのだった。しかしあの遺留品を泥棒に持去られては何もならぬ。かといって、誰かが発見して呉れるまで監視している暇はない。愚図々々していれば船の大阪入港に間に合わなくなる。投身者の遺品があると言って交番に届出たのは、実に僕だったのだ。

この町で例のハガキを投じたこと、次いで陸路大阪へ向ったこと等御承知の通り。そろそろラジオが朝の放送を始める時刻だ、僕も急がなくてはならん。

五

ここで書残した若干に就いて述べよう。先ず膳所が仮りにもせよ疑われるとは夢にも思わなかったことを言い度い。膳所にトランクの譲渡方を申入れた時、近日旅行するから早く取りに来いと言われたのだが、それが四国旅行であったとは後になって気づいたことだ。更に君に対して彼とあの婦人と近松に絡む話をしたのは全く偶然なのだが、これもまずかった。膳所に一時たりとも君の疑惑の眼を転じさせようと計ってやったことでは断じてない。

君は僕が青い服を何処の服屋に縫わせたか疑問に思っているようだが、あれは凡て古物の服を自分で染めたのだから其の方面から足がつく心配はなかった。僕と近松が服をとり替えるに就いては、二人が共に中肉中背であるから都合がよかったのである。この使用済みの青い服は帰京後焼却して了った。

近松が英文毎日を持っていたことは僕も承知だった。それを処分しなかったのは、なるべくありの儘に放置しておくべきだと考えていたからである。併しあれが疑念を生じようとは思いもかけぬことだった。それからもう一つ、近距離用列車時刻表を求めて、一一二列車及び二〇二二列車の項に赤線を引いたのも僕だ。それを外套のポケットに残しておいたのは、それに依って近松が関西方面へ乗車したように思わせる為である。

いよいよ最後の段階に到達した。僕が前途ある身を棒に振って何故かかる犯罪をなしたか、君は疑問に思っているに違いない。率直に答えよう、僕には前途がないのだ。僕の生命は今春までがやっとだろう。診断を受けに行った病院の医師が消毒薬で手を洗い乍ら、不治の病いを宣告した後のお座なりな慰めの言葉を述べている時、正しく僕は鉄棒で力まかせに脳天を撲りつけられた思いがした。僕にはこうした経験が唯一度あったことを想起した。可哀想な山崎部隊長とその部下の人達がアッツで全滅した報道をラジオで聴いた時がそれだ。前途に救いなき黯黮(あんたん)たる黒雲を望んだ気持であった。僕は音楽のことはよく判らぬが、その直後に追悼演奏された東京交響楽団の〝エロイカ〟の葬送行進曲を、あれ程の感慨をこめて聴いた験(ため)しはなかった。僕は医師の前に立ったままこの時のことを連想し、そして第二楽章のモチーフを心に泛べ、作曲者ベートーヴェンに思い到った瞬間、あの肉体的にハンデのある楽聖の驚嘆すべき意志の力を想起した。その時に僕は残された期限つきの命を男らしく堂々と有意義に生きるべく決心したのだ。後々まで、早まって死を選ばなかったことを何れ程多としたであろうか。不治の病者は僕のみではない。胸を病んだ若い乙女が如何に雄々しく最後迄死と闘ったか、業病を患った青年が何のようにしていのちの初夜を迎えたか、僕は身の廻りにその実例を見、聞き、且読むことが出来た。然うした頃に馬場の行為を耳にし、彼をしてその誤りを悟らせようと努力したがその不可能なことを知ったので、この獅子身中(しししんちゅう)の虫けらを打殺して平和日本から一匹のバチルスを駆除する為に全力を注ごうと誓ったのだ。

僕が先述した如く麻薬に親しむようになったのは、この病いの苦痛を軽減する目的からであったが、同時に死を前にして救いを宗教に求めた。大乗教と小乗教、カソリシズムとプロテスタンチズムを遍歴して遂に行きついたのが何者よりも平和を愛し誰よりも暴力を否定するクェイカー教であった。戦争末期沖縄に上陸したクェイカー教徒の兵隊が日本本土の爆撃反対を具申した報道を読んで、所信を堂々と述べることの出来る民主的な軍隊組織を羨しく思うと共に、クェイカー教徒のヒューマニズムに心を打たれた記憶がある。僕は己れの魂の憩いの地を求めてやっと目指すものを見出すことを得たのだが、馬場の殺害を決意すると共にわれわれから頬をそむけなくてはならなかった。

僕はこれから近松がぬばたま丸船上で味ったと同じ毒物を嚥もうとしている。そうすることに依って宗教から顔をそむけた僕の魂は、永遠に憩う暇なく彷徨い続けなくてはならなくなる。だがよし地獄に堕ちて鬼共の責苦にさいなまれようとも、今の僕は些かの躊躇も感じない。

昨夜君は僕が秘蔵の歌麿を手放したことを驚き怪しんだようだったね。歌麿のコレクション許りではない。僕の生甲斐である工場も何もかも凡て人手に渡し金に換えて了った。僕は最後にもう一度君の友情に甘えさせて貰って、遺産の管理を頼み度いと思うのだ。承知して呉れるだろうね。委細に就いては別に指定しておいたけれど、馬場の遺族にも残し度いと考えている。あんな男と結婚して肉体的精神的に休まる暇もなかったろう。あの狂人が死んでさばさばしたに違いなくても、今後浮世の荒波に耐えてゆくのは容易なことではない。その他に結核対策、救癩事業等々に頒けると僕の遺産は皆無となる。馬場の遺族とは違い、由美子さんには一文も贈与せぬこととした。彼女には今迄の苦難の結婚生活を取返すべく、暖い愛情と激励を与えて呉れる人のあることを信じているからだ。鬼貫君、君が今迄何の為に独身を守ってきたかをもう一度考えて呉れ給え。由美子さんは君に対する非を悔いつつ十年間の忍従の生活を甘んじて送ったのだ。しかし今や凡てが元に還ったのではないか。君は素直な男だったし、世間態を気にして右顧左眄する意気地なしでもなかった筈だ。天の邪鬼なことは言わずに、その胸に暖く由美子さんを迎え給え。さもないと化けて出るぞ、呵々。

さて、今僕は最後の一服を吸おうとして紙巻に火をつけた所だ。シガレットケースのオルゴールがしきりにオールドラングサインを繰返している。思えば膳所の野郎が俺の結婚の贈物を買う時に、隣りに並んであったブライダルコーラスと間違えてこの曲の函を包ませたという。そそっかしくも愛すべき善良な男だ。この旋律の鳴り止まぬ中に、膳所の友情の暖かさに浸りつつ君への手紙を書き終えて、憂き世にいとまを告げよう。親しき友よ、健在なれ。

一月十二日早朝

蟻川愛吉

鬼貫君足下

そうだったのか、と鬼貫は声にださずに呟いた。一つのことを除けば、すべてがピントを合せた画像のように、はっきりとなった。原爆が投下された時に広島にいたというから、不治の病いというのはそれに関したことかもしれないが、その悲痛な運命を鬼貫はあらためて複雑な気持で思いやった。

卓上電話をひきよせて蟻川家を呼出してみたが、むなしくベルの鳴るのがきこえるのみである。昨夜の訪問の結果がこうしたことに終るのを予期していたとはいえ、それと鬼貫の悲しみとは別である。彼はオーバーにうでを通すと黙々として駅へ急いだ。

六

鬼貫が葬儀委員長となって、蟻川の葬儀は万端とどこおりなく行われた。顔がひろかったので業者ばかりでなくあらゆる方面から多数の参列者があった。

式が終ってがらんとした斎場に立っていると、膳所が近よってきて肩を叩いた。

「疲れたろう」

「いや」

「おい、元気を出せよ」

「元気なく見えるかい？」

「悄然としてるじゃないか。蟻川に対する君の気持も君の立場もよく判るよ。君が友情と正義の板ばさみになった苦衷（くちゅう）やそれをのりこえた勇気については、蟻川も遺書の中で賞讃しているんだ。正義の確立、それが君の忘れてはならない使命じゃないか」

「うむ」

と、鬼貫の返事は、やはりうつうつとして晴れなかった。

「おい、しっかりしろよ。控室にいってみろ、由美子さんが独りでぐしょぐしょに泣いてるぜ」

膳所がささやくように告げた。近松が死んでも泣かなかったという由美子が、と鬼貫は彼女の心境をふしぎに思い、しかしすぐに理解できた。


由美子が東京を発ったのは、蟻川が多磨（たま）墓地に眠る夫人のとなりに埋められた翌日のことであった。待合室の空気がおちつかないままに二人は乗車口へ出た。空襲でやられた東京駅は、まだ修理の最中だった。修理予算を大幅にけずられて、それでも昼夜兼行で仕事がすすめられていた。天井に足場を組んでシックイがぬられ、そのシックイが雪のように舞いおちて鬼貫のオーバーにふりかかった。

「あら、あたくしとって上げますわ。じっとしていらしてね」

由美子はやさしく、きわめて自然にふるまって、彼の肩をはたいた。鬼貫は不器用に、のどにつまったような声で有難うといった。

改札がはじまったので、二人はフォームに上った。真冬の夜風はつめたく、そのつめたい風の中に若い一組の新婚夫婦が、仲人らしい人々に送られて、華やかな挨拶をかわしていた。

「あら、花嫁さんよ。幸福そうですわね」

「そりゃそうでしょうよ。花嫁はむりにも幸福を信じるほかはないのですからね。あの花聟さんだって、やがてどんな暴君にならぬとも限らんです」

「まあ、皮肉なかた」

「尤も、僕がペシミストだから、そう思うのかもしれませんがね」

彼がそう答えたとき列車のアナウンスがはじまり、由美子は目をふせて靴の先をみつめていた。

「そうですね。あなたが仰言る通りよ。あたくしだって、近松と結婚した当時は、一生幸福がつづくように信じてましたわ。信じてたというより、錯覚していたといったほうが正しいのですけど」

由美子は凍ったような無表情の顔でつぶやいた。フォームの上には刻々と旅行者の数がふえてきた。

「住めば都かもしれませんが、あんな淋しい不便な片田舎にあなたを一人で帰すのは、可哀想な気がしますよ。可哀想というより、残酷といったほうが適切かな」

「あたくしもいつ迄もいたくはありませんわ。気が滅入って、生きているのか死んでいるのか判らなくなりますもの。近松を鳥取のお墓に埋めたら、身のふりかたを考えますわ。でも、愛情もなにもない名前ばかりの妻にいけてもらうなんて、思えば気の毒な人ですわね」

彼女はしみじみとした口調でいってから、その暗い気持をふるいおとすように、鬼貫の顔をまともに見た。

「お話がまた事件になりますけど、蟻川さんが犯人ですと、あのトランクの論理はどうなるのでしょう？」

鬼貫が口をひらこうとした時に列車が入ってきたので、二人は乗りこむと適当な座席をえらび、スーツケースを網棚にのせてから腰をおろした。

「あたくしもずいぶん考えてみたのですけど……」

「そうですな、あれが残された問題なんですよ。蟻川も遺書の中では一言もそれにはふれてないのです。僕に解いてみろ、といってるんですね。蟻川が馬場の屍体をトランクに詰めて新宿から発送したのは、もう既定の事実です。するとそれがいつどこで膳所のトランクに入れられたか。僕も四六時中この謎ばかり考えているのですよ、いつか、いつか、いつか……とね」

発車直前のあわただしい空気の中で、鬼貫は手にした万年筆で窓をこつこつとたたきながら、なおも謎を解こうとあせっていた。

「そうかといって、僕の前提が誤っているとも思われんのです」

「前提といいますと？　……」

「このからくりの必須条件として、屍体と二つのトランクが一ヵ所に集らなくてはならぬ、というあれですよ」

「それは疑うまでもないことですわ。水が酸素一と水素二の分子から成り立っているのと同じじゃありませんの」

「ですがね、そうすると何うしても矛盾撞著（どうちゃく）に陥るんです」

「でも、可能性のあるのは札島駅前でトランクをすり替えたか、屍体をつめ替えたか、その二つきりしかありませんわ」

由美子がそういったとき、発車のベルが高らかになりひびいた。鬼貫は立上りながら、どちらも不可能なんです、と怒ったようにいった。

由美子は窓からくびをだして、フォームの鬼貫と向きあった。

「変ですわねえ」

「変です。しかしこの変だというのは、要するに僕のセオリーがまちがっていることなんです。屍体はXトランクに詰められて東京から赤松駅に送られてきた、これが第一の事実です。そして馬場は膳所が蟻川を介して近松君にゆずったあのZトランクに詰められて汐留駅に到着した、これが第二の事実です」

「そうですわ」

「しかし札島の十五分間において、馬場の屍体をZトランクに移し替えることは何としても不可能です。ですから僕はどこかで迷路にふみこんでいるに相違ないんです。僕の眼の前に真の解決にいたるデータがぶらさがっていながら、どうしてもそれに気づけない。全く気持がいらいらしてきますよ。頭のしんがずきずきと痛くなります」

「そうですわねえ、屍体とトランクが一ヵ所に集ったという場合は、札島以外にはありませんものね」

と、彼女もほそい眉をよせた。

「Xトランクの中の屍体が、いつどこでZトランクに詰替えられたか、それさえ判ってくれたら万事解決しますのにねえ」

はたとベルがなりやんだ。はるか先頭のほうで電気機関車のホイッスルが鳴ったと思うと、列車はゆるやかに動きだした。由美子のうでがさっと伸びると、鬼貫の肩をかるくにぎった。

「ご迷惑を掛け通しで、相済みませんでしたわ。お大事に……」

いくぶん切口上にきこえたが、その眼は無量のおもいをこめているように見えた。

「ご機嫌よう」

と、鬼貫はみじかくいった。

十七　風見鶏の北を向く時

一

それは蟻川の三七日にあたる二月二日のことである。昼食をすませた丹那が鬼貫の机のそばを通りかかったとき、彼が妙な放心状態におちいって、ぼんやりと窓外をながめているのに気づいた。眼を大きくあけて、常になく唇から白い歯をのぞかせているところは、単なる放心状態以上のものがある。丹那は声をかけるのもはばかられて、相手の視線をたどって鬼貫が何を見、何を考えているのか知ろうとした。しかし毎日のように見慣れた霞ケ関の早春風景には、なにも変ったことはない。

そのうちに鬼貫は小鼻をひくひくと動かすと、ポッとほおを紅潮させ、にわかに席を立って出ていった。

やがてもどってきた彼は平生の鬼貫にかえっていたが、しかし歓喜のいろはかくせない。

「鬼貫さん、どうなさったんです？」

「うむ、謎がやっと解決できたんだ。あのZトランクに馬場の屍体が詰っていた謎がさ」

「ほほう、解けましたか、そいつは愉快です。一体ここから何を見ていらしたんですか」

「え？　僕が何を見ていたかというのかい？」

わけがわからなそうに丹那の顔を見つめていたが、にっと笑うと机の上のメモにさらさらと漢字を書いて、呆気にとられている彼に突拍子もないことをきいた。

「ときに失礼だが、これを何と読むね？」

くるりと廻してさしだした文字は、つぎのような七字である。

月落烏啼霜満天

「いやだなア、鬼貫さん。私にもこのくらいの漢学の素養はありますよ。寒山寺の七言絶句の一句じゃありませんか」

「だから失礼だがとことわったじゃないか。とに角読んでみたまえ」

いわれて丹那はてれた表情で読みあげた。

「月落チ烏啼キテ霜天ニ満ツ、でしょう？」

「違うね」

と、鬼貫はわざとすげなく答えた。

「おかしいな、違うはずはないんだが。中学校の漢文の先生はそう教えてくれましたよ」

「だからさ、漢文の先生も間違っていたのさ」

「それでは、月烏ヲ落トシテ啼ケバ霜天ニ満チタリ、とでもやるのですか」

「何だい？　それは？」

「私にもわかりませんや」

「ハハハ、それじゃひとつ講義をするかね。僕は満州にいた時分に、蘇州に遊んだことがある」

「美人の産地でしょう？」

「そういう話だね。中国の芸者に郷里をたずねると、みながみな蘇州の生れだと答えるそうだ。しかしね。僕は寒山寺を見にいったんだよ。蘇州の駅から馬車にのって、城外へ三十分も走らせたかな。水の美しい町はずれにあるのさ。ところで寒山寺の前に立ってみるとね、はるか彼方に一連の山が見えるんだ。その正面の山をウテイ山というのさ」

「ウテイ？　……」

「烏啼と書く。それを知ってもう一度この詩を読んでみたまえ」

「ははあ、すると月烏啼ニ落チテ霜天ニ満ツ、とやるんですか」

「そうなんだよ。そこで僕は中国人にたずねてみたんだがね、僕の解釈は正しかったんだ。烏啼山という以上はカラスが多い場所かもしれないし、夕方になれば鳴声だってきこえるだろうさ。だがその詩が表わす情景には、一羽のカラスも飛んではいないのだよ。烏啼山のかわりに他の山をもってきてみたまえ。カラスの声はもちろん、影ひとつ見えなくなるじゃないか」

丹那はひどく感心したように、二三度口の中でぶつぶついっていたが、やがて天井を向いて笑いだした。

「こいつは滑稽ですなあ。日本の漢学者は数百年間カアカアいってたわけですね。天神髯そって坊主にでも転向しなくちゃ、顔むけもできんですよ」

「そこなんだよ、長いあいだ信じられていたものが、ちょっとした解釈の相違でガラリとひっくり返ってしまう。Xトランクにつめてあった屍体がどうしてZトランクに入替えられたかという謎も、それが不可能であったのは解釈の方法があやまっていたからなのだ。判ってしまえば、あまり簡単で馬鹿々々しいことなので、君は笑いだすに違いないよ。君にしろ僕にしろ、一つの現象に対して一つの解釈しかないものと思いこんで、それに固執していたのがそもそも間違いなんだ。もう一つ例をあげてみればだね、先刻の君の質問に対する答になるんだが、僕がながめていたのは、あの小学校の屋根についている風見鶏だよ。ウェザークックというやつさ」

「あの風信器ですか」

「そう」

「あの風信器が一体……」

「いまあの鶏は北々西を向いてくびをふっているだろう？」

「ええ」

「ところが先刻は北を向いていたのさ」

「ははあ」

「君はどう判断する？」

「真北ですか」

「そう、真の北だ」

「それじゃ北風だったのでしょう？」

「ところがそうじゃないのだ」

「鶏が北をさしているなら北風にきまってますよ。それとも、北を向いているくせに東風なんて話がありますか」

「それはないさ。だが鶏が北を向いているからといって、必ずしも北風とはかぎらないのだぜ」

「そりゃおかしいですよ。それじゃ風信器の意味をなさないでしょう？」

「気がつかないかね？」

「さあ」

問いつめられた丹那は、うでを組んで考えるゼスチュアをした。しかし考えるまでもなく鶏が南を向いていれば南風がふいているのだし、西を向けば西風にきまっている。

「判りませんな」

「君は北という方角に執着するからいけないのだよ。今の詩でいえばカラスに固執したから解釈がちがってしまったんだ」

「ははあ」

「東を向いていたってかまわない」

「はあ」

「南をさしていてもいいのだよ」

「どうも判りませんな」

「つまりね、僕のいうのは無風状態のときさ」

「ははあ、なる程。これは一本やられましたね。だがそれが何うしたというんですか」

と丹那は逆襲に転じた。

「北風だと答えたのは君の表面的な観察であり常識的な解釈であったわけだね。だから無風状態の場合を思いつかないのだ。皮相にとらわれることなく内面を見つめ、常識をこえて非常識の域にくびをつっ込むことも時には必要である、というわけさ。僕はあの風信器からすぐにトランクの謎を連想した。連想したというよりも、四六時中そのことが頭をはなれないのだね。するとハッと思いあたったことがあるんだ」

「…………」

「僕は馬場の屍体をZトランクにつめるには札島駅前でなくてはならぬ、と思っていた。君も知ってのとおりね」

「…………」

「札島でやる以外にチャンスはないものと考えていたんだ」

「…………」

「判らないかい?」

「はあ」

「君は北風にばかり眼をひかれているんだ。無風状態のことを忘れているんだよ」

「…………」

「まだ判らないかい? それじゃもう少しするとお客さんが見えるから、それまで待ちたまえ」

二

お客さんというのは白川運送店の主人だった。例の通り陽やけした顔をくしゃくしゃさせ、節くれだった大きな手をもみ合せている。鬼貫はあいそのいい笑顔をみせ、三階の喫茶室へ案内した。

丹那を紹介し、注文した菓子が出されるとそれを口にはこびながら、鬼貫は運送屋のほうを向いた。

「先ほど電話でちょっとふれたようにですね、去年の十一月二十五日に蟻川君の依頼で膳所家へトランクを受取りにいった時のこと、それについてもう一度おききしたいのですよ。前後の事情から考えて私の推測がまちがっているとは思わないのですが、あなたにそれを裏書していただけると大変結構なのです。いや、別にむずかしいことをいうのではありませんよ、ただあの日のことを思い出して下さればいいのです」

相手がもじもじするのを見て、鬼貫のほうからきき始めた。

「それでは僕のほうから質問させてもらいましょう。その前の日の二十四日に蟻川君から電話がかかって、それで膳所家へいくことになったのでしたね？」

「へえ、左様です」

「それで翌日の午後、膳所家にオート三輪車を乗りつけてトランクを受取ると、蟻川家にもって帰って、そこで荷造りをしたのでしたね？」

「へえ、左様です」

「その場合ですね、本来ならばあなたのところは運送専門なのですから、お店で荷造りしたほうがなにかと便利でしょうし、あたりをとり散らかすこともなくて工合がいいと思うのですが、一体どうしたわけで蟻川家でやったのですか」

「それはですな……」

店主は目をつむって思い出そうとつとめていた。

「……それはですな、その日大久保の膳所さんのお宅へうかがう前に蟻川の旦那のところにお寄りして、行先の住所氏名や道順などをおききしたのです。そのとき旦那が、『俺のところで荷造りして原宿駅から出すといい』と仰言ったのです。どうせ一応は旦那も品物に目を通されるんですから」

「なる程。それで膳所家からトランクをはこんでくると、蟻川君のところでどうしました？」

「トランクの荷造りをいたしました」

「その時の様子を思いだすままにきかせてくれませんか。荷造りをした場所はどこでした？」

「へえ、荷造りをしましたのは蟻川さんのお宅の門を入って、ちょっと左に寄った、お勝手のみえるところです。まず旦那と二人で車からトランクをおろしまして、それを今申した場所におきました。すると旦那は私一人をのこして、裏の物置からむしろと縄をもっておいでになりました。そこで二人してトランクをむしろでくるむと、縄をかけたわけです。尤もむしろにくるむと申しましても、それが私の仕事ですから、あのかたはちょいちょいと手をお貸しになっただけで。それも手前が一人でやるほうがずっと早いのですが、せっかく親切にてつだって下さるものですから、すげなく断ることもできませんでした。それでも三十分ばかりかかったでしょうか、とに角でき上ったのでお茶をいただいて、それから原宿駅へはこびました」

「いや、よく判りました。しかし何かいい残した点はありませんか」

運送屋はくびを二三度左右にかたむけた。

「……さあ、別に……」

鬼貫は相手にひとりで思い出してもらいたいらしく、テーブルの端をとんとんとたたいて待っていたが、とうとう店主は口をひらかなかった。

「……ではね、私がヒントを上げましょうか。ホラ、先ほど電話でいった荷札の件はどうしました？」

「ああ、荷札のことがございましたな。あれは蟻川の旦那がご自分で書かれました」

「もう少しくわしく……」

「はあ……ええと、あれはですな、硯箱を旦那がもちだしましてね」

「いつですか」

「つまりです。いま申上げましたように、トランクをオート三輪車からおろして庭におきますと、旦那が物置へいって縄をとってきましたですね。それを私がほぐしているうちに、今度は硯箱をもっていらしたのです」

「何処からですか」

「へえ、あの、勝手口から持ってこられたようでした」

「それで?」

「へえ、墨をおすりになりました」

「そして? ……」

「そうして筆をとりだして穂先を口でかみくだいておいでの時、荷札を忘れたことにお気づきになって、手前がとりに参りました」

「何処へですか」

「へえ、物置です」

「物置に荷札があることは、前から知っていたのですか」

「私ですか。いいえ、蟻川の旦那が教えてくだすったのです、へえ」

「そこのところを、もう少しくわしく思い出していただけませんか」

「そうですな」

と、運送屋は目をとじた。

「……あの時に蟻川の旦那が、『ああ君、僕は荷札をわすれてきたよ。物置を入ると右手の壁にさげてあるから、すまないが二枚もってきてくれたまえ。電球が切れているので初めは暗いけれども、目がなれるとすぐ判るよ』と仰言ったのです」

「それで？」

「へえ、蟻川の旦那がいわれるとおり中は暗くて、ちょっとの間はなにも見えませんでしたが、まもなく目がなれてきましたので、二枚とってもどったのです」

鬼貫は満足そうに、やわらかくほほえんで頷いた。

「それは時間にしてどのくらいですか」

「さあ、そうでございますな、目がなれるまでですから、二分ぐらいのものでしょうな」

「それで？」

「へえ、もどって参りますと、旦那は墨をすっていた手をやめて、『判ったかい、いや有難う』といわれました」

「それから？……」

「へえ、手前が荷札をだしますと、旦那がそれに宛名をお書きになって、あとで荷造りができた時にくくりつけたわけです」

「なる程……」

鬼貫はふたたび満足そうにうなずいて、やおら体をねじると丹那をかえりみた。

「ねえ丹那君、これは凡てのものを疑ってかかる職掌柄（しょくしょうがら）、そのように思うのかもしれないんだがね……」

鬼貫はそこで言葉をきると、考えるように首をまげた。それは語ろうか語るまいか躊躇しているようにもみえるし、また如何に表現したらよいものかと思惟しているようにもみえるのだった。が、ややあってふたたび運送屋のほうを向いた。

「つかぬことを訊くようですが、蟻川君が荷札にあて名を書いている時に、あなたは何をしてましたか」

「へえ、むしろをひろげたり、縄をほどいたりしておりました」

「荷札を書きおわると、蟻川君も荷造りをてつだったのでしたね？」

「へえ」

鬼貫は一つうなずいて、丹那に話しかけた。

「それじゃ僕が不自然に思う点をいってみよう。荷造りをする場合には、荷物をつつんでしまったのちに荷札をつけるのが、誰でもする手順だね。それなのに、まだ何もつつまない中からわざわざ人に荷札をとりにやらせたり、それに書込んだりしたのは、一体どうしたわけだろうか。いいかね、丹那君。蟻川という男は学生時代からそうだったけれど、機械屋にふさわしく自分のやることは必ず前もって考えておくたちなのだ。卑近な例えだが、どんなに酒がのみたいときでも、グラスを手にとってからウィスキー瓶の栓をぬくようなことはしない。まず栓をぬいてからグラスを手にとるんだ。そうした蟻川の性格を知っていて、いや知っていなくともだね、いちばん最後にする荷札書きという仕事を、人に荷札をとりにやらせてまで最初にやったことは、疑ってかかると少々おかしいじゃないか」

「訝しいですな」

と、丹那はくびをかしげた。尤も蟻川のそうした行動よりも、些細な点に固執する鬼貫のほうが、ずっと訝しく思われたのである。

「ねえ白川さん」

と、鬼貫は三たび運送屋にたずねた。

「あなたが蟻川君を独りにしておいたのは、その時きりですか。他にはありませんか」

「いいえ、電話でも申し上げましたとおり、あの時だけです」

丹那が質問の意味を考えようとしているうちに、鬼貫はさらに話をすすめた。

「では白川さん、あなたが膳所家からそのトランクを受取って原宿駅から送りだすまでの間に、何か腑におちない感じ、訝しいとか奇妙だとかいう感じにうたれたことはありませんか。どんなつまらない話でもいいのですよ」

するとふしぎなことには、この実直そうな運送屋はたちまち顔を赤くして、うつむいてしまったのである。そのままの恰好で数秒すぎてから、クリスチャンが懺悔でもするときのように、真剣な表情になった。

「じ、実は私、いままで唯の一度も人様に対してやましいということをした覚えがありませんのです。それが手前の唯一の誇りでございました。人様も私を正直者として扱って下さいましたし、私も隠しごとはしませんのです。ところがあの日膳所さんのお宅でトランクを受取って、これをオート三輪車にのせようとしたときに、ちょっと手がすべってトランクの底に疵をつけてしまいました。もともと丈夫な品ですから、むりにつけようとしてもつかないくらいですのに、運がわるい時は仕方ありません。それを早く蟻川の旦那にお話してお許しをねがえばよかったのですが、どうしたわけかいいそびれてしまいました。私をねぎらってお茶をだしていただいたり何かなさるので、益〻きっかけをなくしてしまったようなわけです。ところで手前が訝しいなと思ったのは、トランクをむしろでくるもうとした時でございます。気になるものですから、その疵あとをもう一度見ようとして、トランクの底をちょっと上げてそれとなくのぞいてみましたら、妙なことに消えたようにありませんのです。先ほどはあまり狼狽したために場所をかんちがいして覚えているのかと思いまして、なにげないふりをして他の部分を見ましたが、そこにもございません。それで手前は奇蹟でもおきたような、狐につままれたような気分になりました。いま思うとやはりその時見おとしたに違いありませんのですけれど、蟻川の旦那は思いがけなく亡くなってしまいましたし、とうとう手前も嘘つきな男になりました」

丹那はこの小心者の陽やけした顔を、ばかばかしい思いで見つめていた。今の世の中でこんなつまらないことをくよくよしていてはとても生きてゆけない。その馬鹿げた告白を、大まじめな表情できいている鬼貫も、ちと何うかしている。

三

客をおくり出した鬼貫は、ふたたび丹那と向き合ってすわると、あらためて菓子を注文した。

「どうだね、丹那君。あの話をきいたらば、馬場の屍体がどこでZトランクにつめられたかよく判ったろう？　いつということも、如何にしてという問題も、同時に解決がつくじゃないか」

「え？」

と、丹那は意外だった。

「まだ判らないかね？　いまの人がいったじゃないか、膳所のところからもってきたトランクと、原宿駅へもっていったトランクとは別物だったと」

「別物？　……」

「そうだよ。底のかき疵がいつの間にかなくなった、といってたろう？」

「………」

「疵あとのないトランクは、膳所のところから運んできたトランクじゃないんだよ」

「ははあ」

「すると両トランクがすり替えられたのはいつだろう」

「…………」

「まだ判らない？　いいかね、蟻川は故意にたくらんで運送屋を物置へ荷札をとらせにやると、その間に膳所から持ってこさせたトランクを家の中にかくしてしまい、その代りに自分のトランクを持出して知らぬ顔をしていたのさ。運送屋にしてみりゃ蟻川がおなじ型のトランクを所持していようとは夢にも思わないから、気づくはずもない。疵あとが消えたことをふしぎがっているものの、トランクのすり替えにまでは想像もおよばなかったんだ。この蟻川が所持したトランクは、すぐ手がとどくように予じめ勝手口においてあったのだろう。そうだとすれば家政婦に見られちゃ具合がわるい。そこで先刻彼女にも電話をかけてきいてみるとね、はたしてあの日は買物に出されたというのさ。だから僕は自分の推理にいっそうの確信をもって、運送屋の主人にきてもらったんだよ」

「すると……」

「だからさ、運送屋の手によって原宿駅から札島駅へ発送されたのは蟻川のトランク、つまり呼ぶところのXトランクということになる。いいかね、ここが根本のからくりなんだぜ。だから近松が札島駅で受取ったのも、あらためて十二月一日から三日間にわたって一時預けにしておいたのも、一様にXトランクであったわけなんだ」

「ま、待って下さいよ。……ははん、なる程。そうしたペテンがあったのですか、見事に一杯くわされましたなあ」

丹那は天井をむいてカラカラと声をたてて笑ってから、急にまじめな表情にもどると急こむようにたずねた。

「ところで、札島駅に一時預けされたそのXトランクに詰めてあったのは、何ですか。まさか古美術品じゃないでしょう」

「ありゃ嘘さ。要するにこの内容物だね、馬場の屍体とおんなじ重量さえあれば何でもよかったんだよ」

「一体なにだったんでしょう？」

「砂だよ。蟻川が屍体入りトランクの重量を近松に打電する、その数字に応じて簡単に重量の加減を調節するのに、砂はもってこいのものじゃないか。僕が札島の彼の家をたずねたとき、すぐそばに砂山があったから、それを使ったのだろうよ。さて、近松はこのトランク——いいかね、これはXトランクであって決してZトランクじゃないのだぜ——を十二月一日に一時預けしたのだが、それを四日の夜に受出すと、今度は中身をすててからのトランクだけを遠賀川駅から新宿駅へむけて発送する計画だったんだ。だがその内容が古美術品ででもあってみたまえ、途中で処分したら翌朝は人眼について怪しまれてしまう。そうかといって走っているトラック上で始末するには、道路にばらまく以外に方法はない。だから路上にすてて人目につかぬものといえば、砂がもっとも適しているじゃないか。こうして砂をすててしまうとふたたびトランクに菰をかけて縄でくくり、ただちに発送できるようにしたんだ。なにしろ真暗なガタガタゆれるトラックの上でやったものだから、すこぶる不手際にできたのだね。だから遠賀川の駅でことわられてしまったんだ」

「ちょっと疑問があります。めんどうな思いをしてトラックの上でトランクの中身を処分するよりもですね、そのまま小口貨物として遠賀川から発送したほうがよかったのじゃないでしょうか。どんなはずみで砂をすてているところがばれないとも限らんではないですか」

「それそれ、そこなんだよ。蟻川はね、おなじ型のトランクが二個存在したことは、できるだけ人に知られたくなかった。このことは先日話したとおりさ。だから、重量までそっくり同じものを同じ晩に同じ東京へ向けて発送すれば、たちまち人眼をひく。それを怖れたのだよ」

「そうですかなあ」

と、丹那は、すぐに納得しそうもない。

「もしその心配がなければ、君がいうとおり中身を処分する必要もないし、何も遠賀川までいかなくたって、隣りの折尾駅から発送したのでよかったんだ。だが発送した時刻と行先が同じであるあの場合では、別々の駅から出したとしても同じ貨物列車ではこばれることは間違いない。札島駅で出したやつは折尾で東京行につみかえられるのだからね。いや、同じ列車にのせられるばかりじゃなくて、おなじ車輛につみこまれる公算だって大きいのだよ。そうなったら君、たとい片方のトランクが菰やむしろでくるんであったとしても、小口扱貨物通知書に記入された等しい重量から、当局側および鉄道側の注意をひくおそれがあるじゃないかね。彼が砂をぶちまいた理由は、そうしたわけなんだよ」

「なる程、……なる程ね」

と、丹那はようやく得心したように、大きくうなずいてみせた。

「そうしたわけだから、遠賀川駅で菰をはがなくてはならぬ羽目になった時、蟻川はしまったと思ったろうよ。さいわい係りの駅員が市井の殺人事件に興味を持たなくて、このトランクと屍体づめのトランクを結びつけて考えなかったためか、蟻川の心配も杞憂におわったわけだがね」

丹那は黙ってうなずくと、更にべつの質問を発した。

「それでは鬼貫さん、それほど急いで菰につつまなくても、もう少し念をいれて包装して、もっと先の駅から送り出したらよかりそうなものじゃないですか。或いは遠賀川から発送するにしても、トラックを停めてゆっくり包んだらいいと思いますがねえ」

「そりゃ駄目だ、そりゃ駄目だよ丹那君。トラックを停めたりしては運転手に感づかれてしまう。更に君のいうように遠賀川の二つ三つ先の駅、たとえば赤間駅まで延長して丁寧にトランクを包装したとする。そうなると、今度はトランクを送り出してから福間までの時間がみじかくなってしまうじゃないか。この場合に福間駅というのは絶対なんだぜ。それより先の駅まで乗っていたのでは、一一二列車をキャッチすることができなくなってしまうのだ。これはトラックと乗車駅の間の距離、トラックの速度、一一二列車の発車時刻の三つの要素から割出されるわけだがね。だから蟻川はどうしても福間でトラックをおりなくてはならない。しかも蟻川と近松とはからのXトランクをチッキしたのち、この福間に至るあいだに、暗いガタガタとバウンドするトラックの上で服装をとり替えなくてはならない。それも運転手が背後の窓からのぞかないように、一人が着かえるあいだ他の一人は窓にピタリと体をよせて遮蔽する必要がある。君だって朝寝をしてネクタイをむすぶ時のことを思ってみたまえ、それがどれほど時間のかかるものかよく判るだろう？

だから蟻川はこのあいだの時間、つまりXトランクをチッキする駅と福間駅との間を、できるかぎり引伸ばしたかったのだ。札島・福間駅間の距離は一定なのだから、換言すると札島とXトランクをチッキする駅との間はなるべく短くしたい。そうしたわけで遠賀川駅が選定されたのだし、したがって包装もぞんざいになってしまったのさ」

「なる程、よく判りました」

「少々ゴタゴタしているから、一語々々に注意してきいてくれたまえよ。さて、一方馬場は二十九日の夜蟻川の家で殺されると、その場であらかじめ準備しておいたトランクに詰められたのだが、これが膳所からゆずり受けたZトランクなんだ。このトランクの中に眼鏡や乗車券をいれて、いかにも犯行現場が近松の防空壕である如く思わせた。そして翌朝内容を新巻だといつわって発送したのさ」

四

「さて問題の四日の夕方赤松駅にあらわれた蟻川は、この屍体入りのZトランクを受取るや、すでに知られているように彦根運転手のトラックにのせて札島へ運び、これを駅まで近松と抱えてゆくと、予じめ近松が一時預けをしておいたXトランクとすり替えて、汐留駅へ送り出したという次第なんだ。だからZトランクに屍体が入っていたことは、きわめて当然な割切れる話なんだよ。Xトランクには、最初から馬場の髪の毛一本入れられたことはなかったのさ」

丹那は黙ったまま、子供のようにこっくりをして、タバコに火をつけた。

「そうするとですね、新宿から赤松駅に到着した屍体入りのZトランクも、菰でつつんだ下は縦横に細紐がかけてあったんですか」

「そう。近松が荷造りしたやつ、つまり古美術品在中と称したXトランクには、たてに二本よこに四本のほそいマニラ麻の紐がかけてあったのだが、蟻川が荷造りしたZトランクも、おなじようにマニラ麻の紐で寸分たがわぬ形にゆわえた上、荷札もおなじ型の木をつけておいたのさ。紐だって荷札だってそれに書いてある文字だって、すべて予じめ準備されてあったものに違いない。札島駅員に見破られぬためには、そっくり似せておく必要がある。この点については蟻川が近松にくれぐれも念をいれて、図解の手紙でもやったことだろう。尤も彼の遺書の中ではきわめて簡単にふれているきりだから、ほとんど僕の想像だがね。しかし事実とかけはなれているとは思わないよ」

「ずいぶん考えたものですなあ」

「機械屋だからね、彼は。あの夜札島の四つ辻でトラックを停めたときに、駅までの往復にわずか十五分しかかからなかったことを運転手に記憶させたのも、後日僕がこの運転手をさがしだすことを予想して、自分に有利な証言をさせようという深謀からなんだよ。実によく考えている」

鬼貫はそこで言葉をきって、のどをしめすために冷えた緑茶をぐっとのみ、丹那もそれにさそわれたように、しきりにタバコをふかした。

「しかるに何ぞや、僕は蟻川が赤松駅から受出した新巻入りというトランクを、最初からXトランクだとばかり思いこんで一度も疑わずに、もっぱら虚構の論理をもてあそんでこととしていたのだから、いやはや我ながら呆れてものもいえない。われわれはXトランクの屍体がいつZトランクに入替えられたかという点で頭をいためていたんだけど、事実はトランクごとすり替えるだけだったから、彦根運転手や駅員がいった十四五分間で充分にことたりたわけさ。僕はこのトリックを構成する三つの要素として、二つのトランクと馬場の屍体をかぞえたっけね？　そこまでは正しいのだ。このトリックを構成するのにあの三つは不可欠なんだけれども、この三つが同時に顔をそろえなくてはならないと断定したのがミスだった。ある時相においては二つのトランクのみでトリックの基礎が成立することには思い至らなかったのさ。だからといって二個のトランクだけでトリックができるわけではない。一座のたて役者である屍体が加わってこそはじめて我々をこれ程なやましたトリックとなったのだから、この三つをかぞえあげた僕の考えも、決して誤っていたわけではないんだ。だが蟻川が仕組んだ陥しあなにまんまとはまってしまったのは、何としても僕の負けだよ」

そのくせ一向に残念らしい表情でもなく、短く笑った。

「ははあ、そうした塩梅だったんですか。トランクが蟻川宅で入替っていたとは気づきませんでしたなあ」

「しかしね、蟻川が膳所とおなじ型のトランクを所持していたことと、運送屋の主人がトランクを持って蟻川の家に立寄ったことが判った以上、データはすべて与えられたとみなくてはならない。したがって僕が眼光紙背に徹する名探偵ならば、ここでギロリと眼玉を光らせてあっさり解決できたわけなんだ。逆にたどってゆけば、論理上そのとき以外に可能性はないんだからね」

「そういえば、結局、そうですなあ……」

丹那はうでをくむと憮然とした調子で嘆じた。

「そうなのさ、初めから解決のいとぐちは眼の前にあったのだよ。何度くりごとをいっても仕様がないが、僕は屍体にばかり気をひかれて、屍体がつめられる以前のトランクには全然気づかなかったんだ。両トランクが札島駅前で接触した際にすり替えられたのではないかというところ迄は考えてみたくせに、もう一歩踏みだして、両トランクが蟻川の家で接触していた事実には考えおよばなかったんだね。それというのも、屍体に注目しすぎて思考に真空状態が生じたのと、赤松駅に送られてきたのはXトランクである、いいかえれば札島駅に到着して近松が受取ったのがZトランクであったという先入主が邪魔をして、動きがとれなくなってしまったからなんだ。今になってみればほんとに馬鹿げたことかも知れないが、やはりコロンブスの卵だね」

「いいえ、決して馬鹿げてなんぞいませんよ。これは鬼貫さんと蟻川氏の頭脳のたたかいでしたね。そしてとうとうあなたが勝たれたわけですよ」

鬼貫は興のうせた顔つきになって、ぼんやり天井の灯りをみつめたまま、のろのろした調子でつぶやいた。

「だから蟻川の勝ちさ。馬場が柳河で机をたたいてる頃にスイッチがおされて、事件の歯車が廻転しはじめていようとは夢にも思わなかったんだ。今日のいままで一つの解釈にのみかじりついていたのさ。ちょうど風見鶏が北をさしていりゃ北風が吹いているものとばかり思うようにね」

五

銀座のやなぎの芽もうす緑にふっくりとふくらんで、ゆきかう人々の軽やかな足どりにも、春の気配が濃厚に感じられる宵であった。鬼貫は丹那とつれだって足の向くままにぶらりぶらりと歩いていた。

「銀座もだいぶ復興しましたね、早いものですな」

「根づよいものがあるね、雑草みたいじゃないか」

丹那はなにか話があるらしく、それをどう持出すべきか迷っているようだったが、ほの暗い裏通りに曲ったときに、ようやく本題に入った。

「鬼貫さん」

「何？」

「あなたはあの未亡人をどう思いますか？」

「未亡人？　由美子さんのことかい？」

「ええ」

「今更あらためて何うもないね」

「私はいい婦人だと思いますがね。何でしたら私に仲人口をきかせて下さいよ」

「ほう、君がね？」

と、鬼貫は意外そうに相手の顔をかえりみた。

「きっといいご夫婦になると思いますよ」

丹那の声には真剣な調子がある。

鬼貫はすぐには返事をしないで、ペーヴメントを一歩々々かみしめるようにあるいていたが、やがてポツリポツリと語りだした。

「そりゃ君の気持はありがたいさ。しかしね、僕はこの十年間の独身生活がすっかり身にしみついてしまって、女房をもったらさぞわずらわしくてかなうまいと思うようになったね。やれ服をつくりたいの芝居へ連れていってくれの、子供が生れるの乳がたりないのと、とてもそんな面倒なことにかまってはいられないよ。君にしろほかの人にしろ、妻子をかかえてやっていく神経の太さに、僕は時々驚嘆することがあるんだぜ。まあ皆わかい時に結婚したのだから、適齢期の女性の写真を示されてついふらふらと見合いをしてしまったり、垣間見てあばたをえくぼと錯覚するほどにのぼせたりして、いわゆる偕老同穴（かいろうどうけつ）のちぎりをむすんでしまうのだろうが、僕ぐらいの年になると滅多にのぼせることもない。折角のおすすめだが、お断りするよ」

「あなたの考えかたは盾の一面を見ただけの結論ですよ。家庭を持ってご覧なさい。女房は可愛いもんですよ。子供をひざにのせれば、一日の苦労もなにもふッとんでしまいますしね」

と、丹那は、口説くようにいった。

「君はそうかもしれない。しかしね、僕はこの十年間に女性を冷静に観察したことによって、彼女等の一般表象をつかむことを得たのさ。それだけ自分が成長したわけだね」

「女の一般表象？」

「うむ、これは僕ひとりが胸の中で考えていればいいことなんだが、いってみれば嫉妬、驕慢、虚栄、残忍等々、女性に共通する概念さ。女と生れた以上はどれほど努力したところで、これ等の悪徳から脱却することは、まず出来ないね。君の奥さんはきわめて珍らしい例外だけれど」

「ははあ、そうですかな」

「ドンファンは理想の女性を求めるために女漁りをしたというね？　それが彼の遁辞でないとしたら、無駄な努力だったと思うな。彼の理想がどんなものか知らないが、理想の女性がそうざらに転っているわけもなかろう。一見理想の女性と思えても、それは彼女がかぶっている従順だの貞節だのというマスクに誤魔化されたにすぎんのだ。話が本論に入るけど、由美子さんにしてもその通りであると思う。はっきり断定せずに、思うと表現したのは、彼女に対するエチケットからさ。あのひとを妻として身近にながめるとき、そのメッキがはげマスクがとれて、本性があらわれてくるおぞましさを考えてもみたまえ」

鬼貫はそこでちょっと言葉を切った。自分の説明がみちたりなくて、相手を首肯させ得ないのがもどかしい。だが独身主義者の心理を、妻帯者である丹那に理解させることがそもそも無理なのだろう。

「ねえ丹那君」

と、鬼貫は声をかけた。

「ふるさとは遠きにありて想うもの、というじゃないか。僕が由美子さんを思う気持もそれなんだ。判るかい？」

「判りませんな」

相手の返事には硬いひびきがこもっている。

鬼貫は哀しかった。しかし丹那もまた、別の意味でかなしかったに違いない……。

参考地図及び時刻表

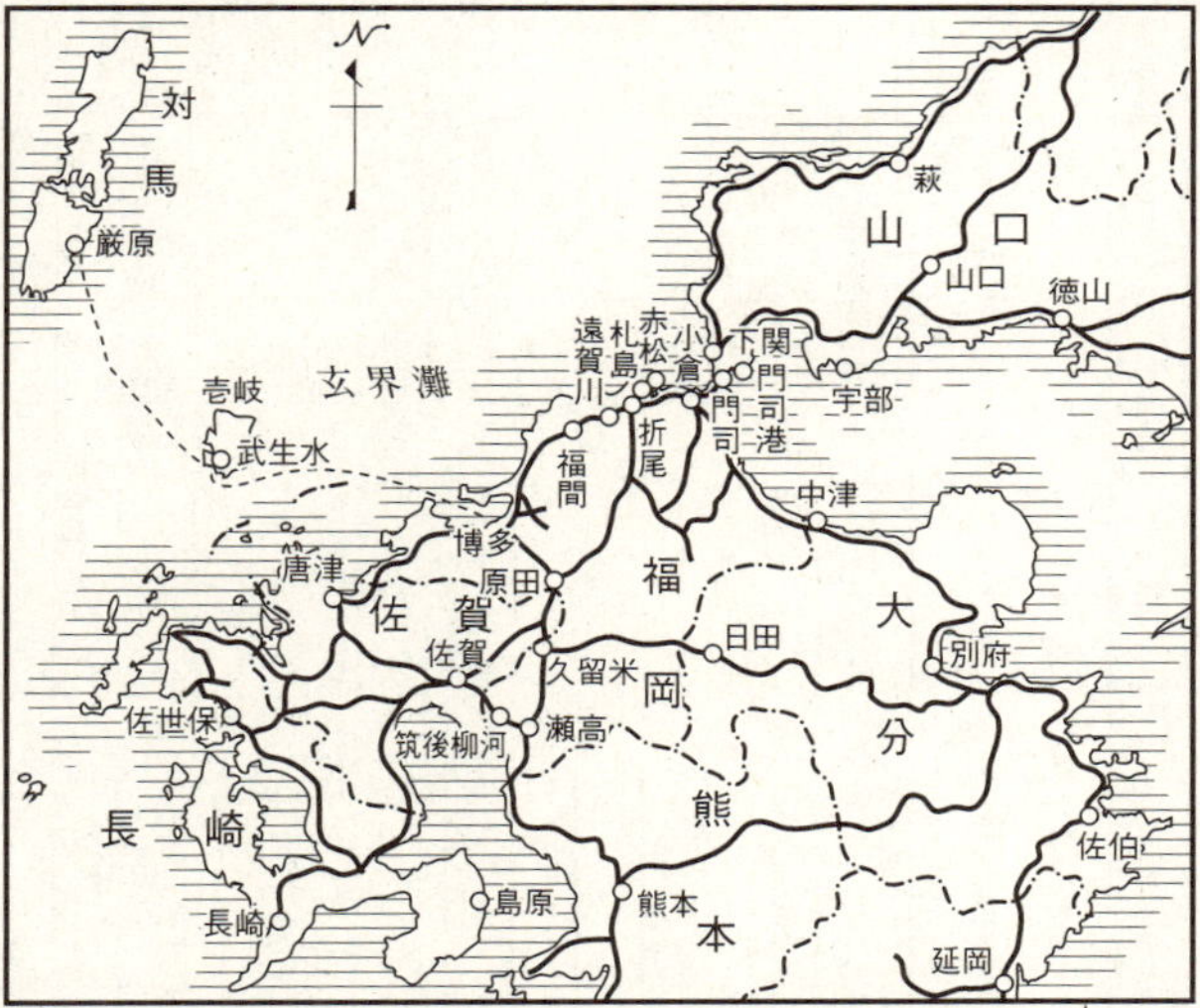

①

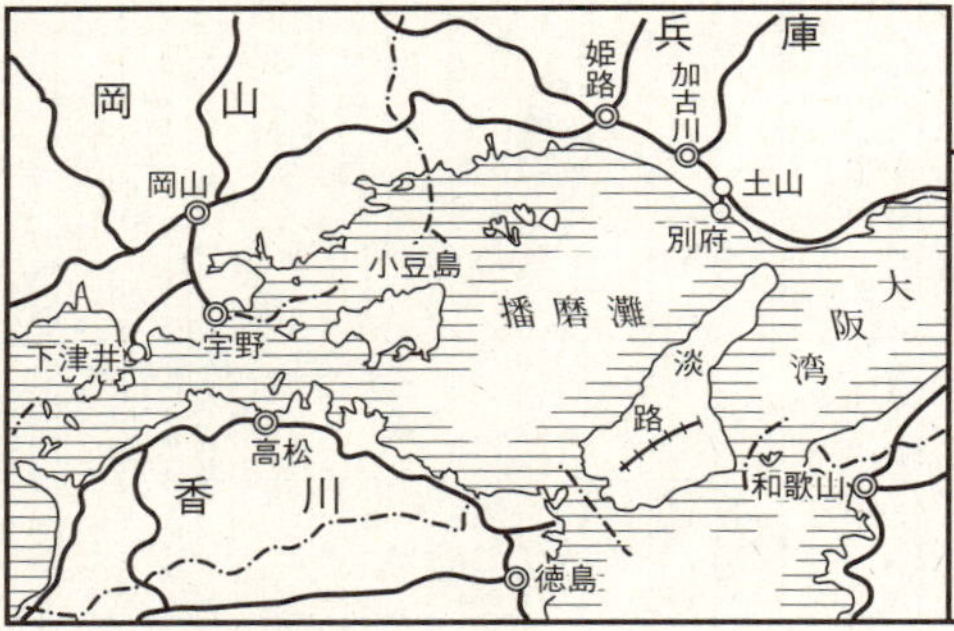

②

ぬばたま丸出帆時刻表

	時　分
別府発	20.″30
大分〃	21.″20″
高松〃	10.″40″
神戸〃	15.″50″
大阪着	18.″00″

24.12.1 現行

九州・大阪・東京連絡（上り）

2列車2018列車以外の急行及準急行列車は 2.3等車

粁程	驛名	着發	出水 106	大分 522	大分 524	門司 206	長崎 304	大阪 2018	鹿児島 504	都城 104	鹿児島 526	武雄 422	臼杵 514	佐伯 516	都城 502 準急	宮崎 520
0.0	鹿児島	發	…	…	…	…	…	…	16 42	…	8 10	…	…	…	準急	…
72.7	都城	〃	…	…	…	…	…	…	19 40	…	11 04	…	臼杵發 5 12	佐伯發 6 05	7 11	…
122.7	宮崎	〃	…	…	…	…	…	…	21 10	…	12 34	…			8 24	4 54
206.4	延岡	〃	…	…	…	…	…	…	23 40	…	15 11	…			10 15	7 37
329.7	大分	〃	…	14 54	17 32	…	…	…	3 34	…	19 28	…	6 49	8 53	13 34	12 30
341.8	別府	〃	…	15 12	17 59	…	…	…	4 00	…	19 54	…	7 15	9 26	13 55	12 59
468.2	門司	著	…	19 38	22 32	…	…	…	7 57	…	0 53	…	11 35	13 58	17 18	18 05
473.7	門司港	著	…	19 54	22 46	…	…	…	8 09	…	0 03	…	11 50	14 17	17 39	18 20
			…	…	112				102		114				2	108
0.0	鹿児島	發	…	…	7 47	…	…	…	19 28	…	10 41	…	…	…	7 35	4 50
20.5	伊集院	〃	…	…	8 44	…	…	…	20 12	都城發 20 20	11 30	…	…	…	8 16	5 36
49.3	川内	〃	…	…	9 43	…	…	…	21 25		12 32	…	…	…	8 57	6 35
100.6	出水	〃	4 50	…	11 16	…	…	…	23 08		14 08	…	…	…	10 05	8 10
166.2	八代	〃	7 12	…	13 21	…	…	…	0 55	2 15	16 21	…	…	…	11 34	10 17
201.9	熊本	著	8 13	…	14 20	…	…	…	1 44	3 01	17 21	…	…	…	12 13	11 10
	熊本	發	8 25	…	14 33	…	…	…	1 55	3 25	17 37	…	…	…	12 30	11 25
251.0	大牟田	〃	10 01	…	16 21	…	…	…	3 13	5 10	19 03	…	…	…	13 36	12 50
284.6	久留米	〃	11 10	…	17 33	…	…	…	4 12	6 20	20 06	…	…	…	14 27	13 58
291.7	鳥栖	著	11 24	…	17 47	…	…	…	4 22	6 34	20 19	…	…	準急	14 37	14 08
			|	328	330			…	|	|	434		424	2024	|	|
0.0	長崎	發	|	10 10	12 15	…	21 50	…	|	|	15 20	早岐發 5 02	4 09	8 00	|	|
31.6	諫早	〃	|	11 32	13 33	…	22 57	…	|	|	16 31		5 16	8 54	|	|
…	佐世保	〃	|	11 38	13 40	…	|	…	|	|	17 20		5 30	|	急行	|
92.4	肥前山口	〃	|	13 50	15 55	…	2 20	…	|	|	19 16	6 41	7 33	11 29	1・2・3	|
107.1	佐賀	〃	|	14 26	16 38	…	2 53	…	|	|	19 46	7 15	8 28	11 52	|	|
132.1	鳥栖	著	|	15 17	17*36	…	3 39	…	|	|	20*28	8 00	9 33	12 20	|	|
291.7	鳥栖	發	11 38	15 31	17 57	…	4 05	…	4 37	6 49	20 49	8 08	10 15	12 30	14 51	14 18
321.0	博多	著	12 40	16 30	18 59	…	4 59	…	5 39	7 51	21 42	9 02	11 18	13 10	15 27	15 12
	博多	發	12 55	16 35	19 10	…	5 11	…	5 47	7 59	22 00	9 14	11 26	13 18	15 55	15 20
368.9	折尾	〃	14 45	18 08	20 40	…	6 46	…	7 31	9 37	23 32	11 00	13 00	14 23	17 02	17 40
388.3	小倉	〃	15 30	18 50	21 28	…	7 32	…	8 22	10 25	0 19	11 39	13 41	15 04	17 34	18 20
394.5	門司	著	15 41	18 59	21 37	…	7 41	…	8 33	10 36	0 37	11 50	13 51	15 15	17 45	18 29
	門司港	著	16 00	19 15	21 55	…	8 38	…	9 37	10 55	0 47	12 10	14 09	|	|	18 47
			8204	2032	2022		12		6	8022	106	328	342			10
0.0	門司	發	15 55	21 30	22 45	23 05	…	┐	8 55	…	…		…	15 25	18 24	…
6.3	下關	〃	16 17	21 55	23 10	23 29	…	急行	9 20	…	…	5 16	…	15 50	18 55	┐
40.1	厚狹	〃	17 19	22 48	0 06	0 31	…	…	10 06	…	…	6 12	…	16 44	19 47	（東京博多間一等寝臺）
75.2	小郡	〃	18 29	23 50	1 13	1 39	…	…	11 00	…	…	7 16	…	17 46	20 46	
119.5	徳山	〃	19 49	0 56	2 22	2 45	…	…	12 05	…	…	8 52	…	18 52	21 51	
155.2	柳井	〃	20 54	1 47	3 25	3 41	…	…	12 56	…	…	10 00	…	19 49	22 45	
166.6	岩國	〃	21 57	2 33	4 19	4 33	…	…	13 43	…	…	11 21	…	20 40	23 35	
208.0	廣島	〃	23 43	3 42	5 35	5 53	…	…	14 43	…	…	12 55	宇野發 0 27	21 52	0 40	
282.4	糸崎	〃	3 25	5 52	8 03	8 24	…	…	16 45	…	…	15 25		0 06	2 39	
291.5	尾道	〃	3 40	6 05	8 17	8 38	…	（一等寝臺）	16 59	…	…	15 39		0 20	2 53	…
369.9	岡山	〃	6 05	8 04	10 20	11 01	…		18 47	…	…	18 05	1 35	2 12	4 40	…
458.5	姫路	〃	9 05	10 43	12 40	13 45	…		20 42	…	…	20 55	3 58	4 28	6 50	…
513.3	神戸	〃	10 42	12 10	14 11	15 39	…		21 48	…	…	22 33	5 22	5 48	8 18	…
515.8	三ノ宮	〃	10 49	12 18	14 18	15 46	…	急行	21 55	…	…	22 40	5 29	5 55	8 25	…
546.4	大阪	著	11 27	12 56	14 57	16 24	急行	1・2・3	22 28	…	…	23 19	6 03	6 34	8 58	…
	大阪	發	12*35	13 17	15 15	16 44	18 30	19 20	22 40	…	23 00	…	6 20	6 50	9 10	6 00
589.2	京都	〃	13 34	14 09	16 16	17 32	19 26	20 12	23 30	19 38	0 01		7 14	7 51	10 12	7 05
599.2	大津	〃	14 01	準急	16 44	┐	19 52	20 35	23 56	20 02	0 30	…		8 19	10 38	7 33
656.9	米原	著	15 50	…	18 05	準急	20 50	21 32	0 55	21 50	2 20	310	312	9 36	11 40	9 29
	米原	發	16 10	┐	18 15	…	21 00	21 40	1 02	22 00	2 30	5 15	7 18	9 42	11 48	9 48
692.8	大垣	〃	17 10	8104	19 03	…	21 48	22 35	1 50	23 11	3 22	6 18	8 18	10 30	12 36	11 07
706.5	岐阜	〃	17 31	…	19 22	2036	22 06	22 56	2 08	23 32	3 58	6 38	8 39	10 48	12 54	11 30
736.8	名古屋	著	18 20	…	19 59	準急	22 42	23 34	2 44	0 22	4 40	7 27	9 27	11 25	13 30	12 19
	名古屋	發	18 33	…	20 09	21 40	22 52	23 44	2 51	0 35	4 50	7 38	9 37	11 32	13 37	12 29
809.2	豐橋	〃	20 33	…	21 48	23 17	0 18	1 09	4 12	2 14	7 12	9 42	11 47	13 24	15 02	14 47
845.7	濱松	〃	21 42	…	22 40	0 06	1 07	1 59	5 01	3 36	8 24	10 50	12 59	14 19	15 54	16 13
922.6	靜岡	〃	23 50	…	0 26	1 53	2 48	3 32	6 34	6 10	10 30	13 02	15 15	16 08	17 31	18 25
978.6	沼津	〃	1 10	…	1 42	3 00	3 55	4 38	7 47	7 36	12 04	14 35	17 06	17 17	18 44	19 55
998.2	熱海	〃	1 42	…	2 13	3 25	4 20	5 04	8 18	8 30	12 37	15 07	17 52	17 42	19 17	20 27
1018.9	小田原	〃	2 13	…	2 43	3 50	4 45	5 29	8 40	9 05	13 08	15 38	18 23	18 06	19 46	20 58
1056.3	大船	〃	3 11	…	3 35	4 36	5 21	6 06	9 35	10 06	14 06	16 36	19 21	18 52	20 34	21 56
1074.0	横濱	著	3 29	…	3 53	4 54	5 39	6 24	9 54	10 24	14 24	16 54	19 39	19 10	20 53	22 14
1096.0	品川	〃	3 58	…	4 16	5 16	6 02	6 47	10 17	10 47	14 47	17 17	20 02	19 32	21 17	22 37
1100.1	東京	著	4 15	…	4 30	5 30	6 15	7 00	10 30	11 03	15 00	17 30	20 15	19 45	21 30	22 50

└上野著 11 18

24. 12. 1 現行

八代・門司港間(上り)(鹿児島本線)

粁程	驛名		124	126	106	2024	426	108	2	428	110	112	130	114	3116
	行先		鳥栖	高瀬	門司港	東京(準急)	博多	門司港	東京(急行)	門司港	門司港	門司港	鳥栖	門司港	熊本
…	始發驛		…	…	出水 4 50	…	…	鹿兒島 4 50	鹿兒島 7 35	…	…	鹿兒島 7 47	…	鹿兒島 10 41	…
166.2	八代	發	…	6 40	7 12	…	…	10 17	11 34	…	…	13 21	…	16 21	17 22
170.9	千丁	〃	…	6 47	7 20	…	…	10 24	↓	…	…	13 29	…	16 28	17 29
175.0	有佐	〃	…	6 54	7 28	…	…	10 31	↓	…	…	13 36	…	16 39	17 38
180.0	小川	〃	…	7 02	7 37	…	…	10 39	急行	…	…	13 45	…	16 46	17 45
186.2	松橋	〃	…	7 11	7 47	…	…	10 47	1・2・3	…	…	13 55	…	16 56	17 54
191.0	宇土	〃	…	7 19	7 56	…	…	10 55	↓	…	…	14 03	…	17 05	18 02
196.6	川尻	〃	…	7 27	8 05	…	…	11 03	↓	…	…	14 12	…	17 14	18 13
	熊本	著	…	7 34	8 13	…	…	11 10	12 13	…	…	14 20	…	17 21	18 20
201.9	熊本	發	6 17	7 45	8 25	…	…	11 25	12 30	…	…	14 33	16 15	17 37	…
205.2	上熊本	〃	6 25	7 53	8 35	…	…	11 33	↓	…	…	14 43	16 24	17 45	…
…	西里	〃	↓	↓	↓	…	…	↓	↓	…	…	↓	16 31	↓	…
213.9	植木	〃	6 39	8 07	8 50	…	…	11 47	(東京	…	…	14 58	16 41	18 00	…
…	田原坂	〃	↓	↓	↓	…	…	↓	博多間	…	…	↓	16 49	↓	…
221.8	木葉	〃	6 53	8 19	9 04	…	…	11 59	一等寝臺)	…	…	15 12	16 56	18 12	…
225.7	肥後伊倉	〃	7 00	8 25	9 11	…	…	12 06		…	…	15 25	17 06	18 19	…
229.9	高瀬	〃	7 09	8 31	9 20	…	…	12 14		…	…	15 33	17 14	18 27	…
234.4	大野下	〃	7 17		9 28	…	…	12 21		…	…	15 42	17 21	18 34	…
239.1	長洲	〃	7 26	…	9 36	…	…	12 28		…	…	15 51	17 28	18 42	…
246.9	荒尾	〃	7 36	…	9 49	…	…	12 39	↓	…	15 15	16 03	17 39	18 52	…
	大牟田	著	7 42	…	9 55	…	…	12 45	13 33	…	15 21	16 09	17 45	18 58	…
251.0	大牟田	發	7 48	…	10 01	…	…	12 50	13 36	…	15 23	16 21	17 50	19 03	…
254.2	銀水	〃	7 54	…	10 07	…	…	12 56	↓	…	15 29	16 28	17 56	19 09	…
259.4	渡瀬	〃	8 02	…	10 16	長崎發 8 00	…	13 04	↓	…	15 37	16 37	18 04	19 17	…
263.3	南瀬高	〃	8 09	門司港行	10 23		…	13 10	↓	…	15 44	16 44	18 11	19 23	…
266.3	瀬高町	〃	8 16		10 31		…	13 17	↓	…	15 50	16 51	18 18	19 30	…
269.4	船小屋	〃	8 22		10 37	(大村線經由)	…	13 23	↓	…	15 56	16 57	18 24	19 36	…
272.4	羽犬塚	〃	8 29		10 45		…	13 32	↓	…	16 08	17 05	18 32	19 43	…
275.9	西牟田	〃	8 36	424	10 53		…	13 42	↓	…	16 17	17 13	18 40	19 50	…
279.7	荒木	〃	8 44	佐世保發 5 30	10 59		佐世保發 8 27	13 48	14 19	佐世保發 11 38	16 28	17 19	18 46	19 56	…
	久留米	著	8 50		11 06			13 54	14 26		16 34	17 26	18 53	20 02	…
284.6	久留米	發	8 54		11 10			13 58	14 27		16 37	17 33	18 56	20 06	…
288.1	肥前旭	〃	9 00		11 16			↓	↓		16 43	17 39	19 02	20 12	…
	鳥栖	著	9 07	9 38	11 24	12 20	12 09	14 08	14 37	15 17	16 50	17 47	19 10	20 19	…
291.7	鳥栖	發	…	10 15	11 38	12 30	12 35	14 18	14 51	15 31	17 08	17 57	…	20 49	…
292.9	田代	〃	…	10 22	11 43	↓	12 39	14 22	↓	15 35	17 12	18 02	…	↓	…
297.1	基山	〃	…	10 32	11 52	↓	12 47	14 30	↓	15 44	17 20	18 11	…	20 58	…
300.6	原田	〃	…	10 45	12 04	12 48	12 56	14 39	↓	15 55	17 29	18 23	…	21 09	…
306.1	二日市	〃	…	10 53	12 12	↓	13 03	14 46	↓	16 02	17 36	18 31	…	21 16	…
309.7	水城	〃	…	10 59	12 19	準急	13 10	14 53	↓	16 09	17 43	18 38	…	21 23	…
313.6	雑餉隈	〃	…	11 06	12 26	2・3	13 17	15 00	↓	16 16	17 50	18 46	…	21 30	…
317.6	竹下	〃	…	11 13	12 33	↓	13 23	15 06	↓	16 23	17 56	18 53	…	21 36	…
	博多	著	…	11 18	12 40	13 10	13 29	15 12	15 27	16 30	18 02	18 59	…	21 42	…
321.0	博多	發	…	11 26	12 55	13 18	…	15 20	15 55	16 35	18 08	19 10	…	22 00	…
322.6	吉塚	〃	…	11 31	13 00	↓	…	15 24	↓	16 40	18 12	19 14	…	22 04	…
323.6	箱崎	〃	…	11 34	13 04	↓	…	15 28	↓	16 43	18 16	19 18	…	↓	…
329.2	香椎	〃	…	11 43	13 14	↓	…	15 38	16 09	16 52	18 25	19 27	…	22 16	…
333.9	筑前新宮	〃	…	11 51	13 22	↓	…	15 46	↓	17 00	18 33	19 35	…	22 24	…
338.4	古賀	〃	門司行	11 58	13 30	↓	…	15 53	↓	17 08	18 40	19 42	…	22 31	…
342.4	福間	〃		12 07	13 50	↓	…	16 01	↓	17 17	18 49	19 50	…	22 40	…
348.3	東郷	〃		12 17	14 02	↓	…	16 57	↓	17 28	18 59	20 00	…	22 51	…
352.5	赤間	〃	708	12 24	14 09	↓	門司行	17 04	↓	17 35	19 06	20 07	…	22 58	…
359.6	海老津	〃	上山田發 5 27	12 38	14 25	↓		17 18	↓	17 49	19 19	20 20	…	23 14	…
364.7	遠賀川	〃		12 47	14 33	14 13		17 26	16 51	17 57	19 27	20 28	…	23 21	…
	折尾	著		12 54	14 40	14 20	142	17 34	16 59	18 04	19 34	20 35	…	23 29	…
368.9	折尾	發		13 00	14 45	14 23	16 16	17 40	17 02	18 08	19 39	20 40	…	23 32	…
374.1	黒崎	〃	7 25	13 09	14 55	↓	16 24	17 48	↓	18 17	19 47	20 49	…	23 41	…
377.9	八幡	〃	7 36	13 17	15 04	14 48	16 36	17 56	↓	18 26	19 55	20 57	…	23 49	…
380.0	枝光	〃	7 41	13 22	15 09	↓	16 40	18 01	↓	18 31	20 00	21 02	…	23 54	…
382.8	戸畑	〃	7 46	13 28	15 16	14 48	16 44	18 07	↓	18 38	20 06	21 08	…	0 01	…
	小倉	著	7 53	13 35	15 24	14 57	16 51	18 15	17 31	18 46	20 13	21 15	…	0 09	…
388.3	小倉	發	7 54	13 41	15 30	15 04	16 55	18 20	17 34	18 50	20 18	21 28	…	0 19	…
	門司	著	8 05	13 51	15 41	15 15	17 04	18 29	17 45	18 59	20 27	21 37	…	0 30	…
394.5	門司	發	8 06	14 01	15 50	15 25	…	18 37	18 24	19 06	20 34	21 45	…	0 37	…
400.0	門司港	著	8 15	14 09	16 00	‖	…	18 47	‖	19 15	20 42	21 55	…	0 47	…
…	終著驛		…	…	…	19 45	…	…	21 30	…	…	…	…	…	…

24.12.1 現行

門司・糸崎間（上り）（山陽本線）

粁程 門司より	驛名		糸崎	東京（不定期 急行）	西條	岩國	東京（準急）	大阪	徳山	下關	東京（急行）	小郡	京都（準急）	東京（不定期 準急）	京都
	列車番號		416	2004	214	216	2024	8204	224	218	2	220	2032	2022	206
	始發驛		…	…	…	…	長崎 8 00	…	…	…	鹿兒島 7 35	…	…	…	…
0.0	門司	發	…	…	12 12	14 10	15 25	15 55	17 10	18 40	18 24	19 10	21 30	22 45	23 05
6.3	下關	〃	…	…	12 34	14 33	15 50	16 17	17 29	18 52	18 55	19 33	21 55	23 10	23 29
9.8	幡生	〃	…	…	12 43	14 41	レ	16 25	17 37		レ	19 41	レ	レ	23 38
13.5	長門一ノ宮	〃	…	…	12 51	14 48	レ	16 32	17 44	…	レ	19 48	レ	レ	23 45
19.4	長府	〃	…	…	13 02	14 57	レ	16 43	17 54	…	レ	19 59	レ	レ	23 56
25.6	小月	〃	…	…	13 12	15 07	16 19	16 53	18 04	…	レ	20 09	22 24	23 41	0 05
31.8	埴生	〃	…	…	13 22	15 16	レ	17 03	18 13	…	レ	20 19	レ	レ	0 15
40.1	厚狭	〃	…	…	13 38	15 31	16 44	17 19	18 29	…	19 47	20 35	22 48	0 06	0 31
46.4	小野田	〃	…	…	13 49	15 41	16 56	17 30	18 39	…	レ	20 46	23 00	0 18	0 42
49.9	西宇部	〃	…	…	13 58	15 48	17 05	17 39	19 00	…	レ	20 55	23 09	0 28	0 50
56.4	厚東	〃	…	…	14 08	15 57	レ	17 48	19 10	…	レ	21 04	レ	レ	1 00
66.7	阿知須	〃	…	…	14 23	16 12	レ	18 04	19 25	…	レ	21 20	レ	レ	1 15
71.2	嘉川	〃	…	…	14 32	16 19	レ	18 12	19 33	…	レ	21 28	レ	レ	1 24
75.2	小郡	著	…	…	14 39	16 26	17 38	18 19	19 40	…	20 38	21 35	23 42	1 03	1 31
		發	…	…	15 02	16 46	17 46	18 29	19 51	…	20 46	…	23 50	1 13	1 39
80.4	四辻	〃	…	…	15 11	16 55	レ	18 38	19 59	…	レ	…	レ	レ	レ
85.2	大道	〃	…	…	15 20	17 04	レ	18 47	20 06	…	レ	…	レ	レ	レ
93.0	三田尻	〃	…	…	15 32	17 17	18 11	18 59	20 17	…	21 10	…	0 15	1 40	2 04
100.2	富海	〃	…	…	15 42	17 27	レ	19 09	20 26	…	急行	…	レ	（不定期）	レ
108.7	戸田	〃	…	…	15 54	17 39	レ	19 21	20 37	…	1・2・3	…	レ		レ
112.5	福川	〃	…	…	16 01	17 46	レ	19 28	20 43	…	レ	…	レ		レ
115.4	周防富田	〃	…	…	16 07	17 52	レ	19 34	20 48	…	レ	…	レ		レ
119.5	徳山	著	…	…	16 14	17 59	18 44	19 41	20 55	…	21 43	…	0 48	2 13	2 37
		發	14 30	…	16 23	18 13	18 52	19 49	…	…	21 51	…	0 56	2 22	2 45
122.9	櫛ヶ濱	〃	14 37	…	16 30	18 21	レ	19 56	…	…	レ	…	レ	レ	レ
127.5	下松	〃	14 45	…	16 35	18 30	19 05	20 04	…	…	レ	…	レ	2 35	2 58
133.7	光	〃	14 51	…	16 45	18 42	19 15	20 15	…	…	レ	…	レ	2 46	レ
138.5	島田	〃	14 59	…	16 53	18 51	レ	20 23	…	…	レ	…	レ	レ	レ
143.5	岩田	〃	15 09	…	17 03	19 02	レ	20 28	…	…	レ	…	レ	レ	レ
149.0	田布施	〃	15 18	…	17 12	19 11	レ	20 37	…	…	レ	…	レ	レ	レ
155.2	柳井	著	15 27	…	17 21	19 20	19 46	20 46	…	…	22 40	…	1 42	3 20	3 36
		發	15 35	…	17 29	19 37	19 49	20 54	…	…	22 45	…	1 47	3 25	3 41
158.0	柳井港	〃	15 42	…	17 36	19 44	レ	21 01	…	…	レ	…	レ	レ	レ
162.5	大畠	〃	15 50	…	17 45	19 52	レ	21 09	…	…	レ	…	レ	レ	3 54
167.6	神代	〃	16 00	…	17 55	20 02	準急	21 19	…	…	レ	…	準急	準急	レ
172.8	由宇	〃	16 08	…	18 03	20 21	2・3	21 27	…	…	レ	…	2・3	2・3	レ
175.8	通津	〃	16 15	…	18 10	20 28	レ	21 34	…	…	レ	…	レ	レ	レ
181.0	藤生	〃	16 23	…	18 18	20 37	レ	21 42	…	…	レ	…	レ	レ	レ
166.6	岩國	著	16 33	…	18 28	20 47	20 35	21 52	…	…	23 30	…	2 28	4 13	4 28
		發	16 38	…	18 40	…	20 40	21 57	…	…	23 35	…	2 33	4 19	4 33
171.9	大竹	〃	16 47	…	18 49	…	20 49	22 07	…	…	（東京博多間一等寝台）	…	レ	4 29	4 41
176.3	玖波	〃	16 55	…	18 56	…	レ	22 14	…	…		…	レ	レ	4 49
181.3	大野浦	〃	17 03	…	19 05	…	レ	22 36	…	…		…	レ	レ	4 57
186.2	宮島口	〃	17 11	…	19 15	…	21 08	22 46	…	…		…	レ	4 50	5 05
192.5	廿日市	〃	17 20	…	19 24	…	レ	22 55	…	…		…	レ	レ	5 14
195.9	五日市	〃	17 27	（不定期）	19 31	…	レ	23 02	…	…		…	レ	レ	5 21
202.5	己斐	〃	17 37		19 42	…	21 30	23 13	…	…		…	3 17	5 14	5 31
205.0	横川	〃	17 43		19 48	…	レ	23 20	…	…	レ	…	3 24	レ	5 37
208.0	廣島	著	17 49		19 54	…	21 40	23 26	…	…	0 28	…	3 30	5 25	5 43
		發	18 15	20 05	21 00	…	21 52	23 43	…	…	0 40	…	3 42	5 35	5 53
212.1	向洋	〃	18 24	レ	21 07	…	レ	23 53	…	…	レ	…	レ	レ	6 00
214.4	海田市	〃	18 35	レ	21 13	…	22 03	0 01	…	…	レ	…	レ	5 50	6 06
218.3	安藝中野	〃	18 43	（呉線經由）	21 19	…	レ	（呉線經由）	…	…	レ	…	レ	レ	6 12
223.2	瀬野	〃	18 59		21 37	…	22 25		…	…	1 03	…	4 12	6 14	6 27
233.8	八本松	〃	19 26		22 07	…	レ		…	…	レ	…	レ	レ	6 52
239.8	西條	〃	19 35		22 15	…	23 01		…	…	レ	…	4 48	6 47	7 00
244.4	西高屋	〃	19 43			…	レ		…	…	レ	…	レ	レ	7 07
248.8	白市	〃	19 50		…	…	レ		…	…	レ	…	レ	レ	7 14
257.6	河内	〃	20 04		…	…	23 25		…	…	レ	…	5 13	7 15	7 28
269.9	本郷	〃	20 20	急行	…	…	レ		…	…	レ	…	レ	レ	7 43
280.0	三原	〃	20 33	2・3	…	…	23 52	3 05	…	…	レ	…	5 39	7 41	7 57
282.4	糸崎	著	20 38	22 24	…	…	23 58	3 10	…	…	2 30	…	5 44	7 46	8 02
	終著驛		…	東京 16 00	…	…	東京 19 45	大阪 11 27	…	…	東京 21 30	…	京都 14 09	東京 4 30	京都 17 32

24.12.1 現行

糸崎・門司間（下り）（山陽本線）

粁程 東京より	驛名		下關 431	鹿兒島 急行 1	門司 213	廣島 605	門司 201	門司 急行 5	岩國 321	柳井 323	廣島 421	廣島 325	長崎 準急 2023	門司 205	門司 準急 2031
	始發驛		…	…	…	岡山 6 31	上郡 6 10	東京 19 00	大阪 7 21	大阪 9 10	…	大阪 11 00	東京 23 50	京都 12 45	京都 15 28
817.7	〒糸崎	發	…	1 30	…	9 05	10 28	12 22	15 03	17 19	17 25	18 58	20 45	22 02	23 48
820.1	三原	〃	…	レ	…	9 12	10 35	レ	15 23	17 26	17 31	19 04	20 53	22 09	23 55
830.2	本郷	〃	…	レ	…	｜	10 48	レ	｜	｜	17 45	｜	レ	22 23	レ
842.5	河内	〃	…	2 17	…	（呉線經由）	11 18	13 05	（呉線經由）	（呉線經由）	18 10	（呉線經由）	21 37	22 52	0 37
851.3	〒白市	〃	…	レ	…		11 43	レ			18 31		レ	23 16	レ
855.7	西高屋	〃	…	レ	…		11 53	レ			18 41		レ	23 26	レ
860.3	西條	〃	…	レ	…		12 04	急行			18 52		22 21	23 37	1 20
866.3	八本松	〃	…	急行	…		12 15	2.3			19 02		レ	23 48	レ
876.9	瀬野	〃	…	1.2.3	…	｜	12 29	レ	｜	｜	19 16	｜	準急	0 02	準急
881.8	安藝中野	〃	…	レ	…	｜	12 37	レ	｜	｜	19 23	｜	2.3	0 03	2.3
885.7	海田市	〃	…	レ	…	12 38	12 45	レ	18 33	20 35	19 32	22 13	22 57	0 18	レ
888.0	向洋	〃	…	レ	…	12 44	12 51	レ	18 38	20 41	19 39	22 18	レ	0 24	レ
892.1	〒廣島	著	…	3 43	…	12 52	12 59	14 20	18 48	20 49	19 47	22 26	23 09	0 32	2 01
		發	…	3 55	…	…	13 12	14 30	19 03	21 00	…	…	23 25	0 45	2 11
895.1	〒横川	〃	…	（東京博多間一等寝臺）	…	…	13 20	レ	19 10	21 07	…	…	23 34	0 53	レ
897.6	〒己斐	〃	…		…	…	13 28	レ	19 16	21 13	…	…	23 42	1 00	2 23
904.2	五日市	〃	…		…	…	13 38	レ	19 26	21 21	…	…	レ	1 10	レ
907.6	廿日市	〃	…		…	…	13 46	レ	19 33	21 27	…	…	レ	1 17	レ
913.9	宮島口	〃	…		…	…	13 59	レ	19 45	21 36	…	…	0 03	1 29	レ
918.8	大野浦	〃	…		…	…	14 08	レ	19 53	21 43	…	…	レ	1 37	レ
923.8	玖波	〃	…		…	…	14 17	レ	20 01	21 50	…	…	レ	1 45	レ
928.2	〒大竹	〃	…	レ	…	…	14 27	レ	20 09	21 57	…	…	0 22	1 54	レ
933.5	〒岩國	著	…	4 49	…	…	14 35	15 21	20 17	22 05	…	…	0 31	2 02	3 09
		發	…	4 54	5 10	…	14 42	15 26	…	22 10	…	…	0 37	2 08	3 14
940.8	藤生	〃	…	レ	5 21	…	14 53	レ	…	22 20	…	…	レ	レ	レ
946.0	通津	〃	…	レ	5 29	…	15 02	レ	…	22 27	…	…	レ	レ	レ
949.0	由宇	〃	…	レ	5 35	…	15 08	レ	…	22 32	…	…	レ	レ	レ
954.2	神代	〃	…	レ	5 44	下關行	15 17	レ	…	22 40	…	…	レ	レ	レ
959.3	〒大畠	〃	…	レ	5 55		15 27	レ	…	22 47	…	…	レ	2 46	レ
963.8	柳井港	〃	…	レ	6 03		15 35	レ	…	22 54	…	…	レ	レ	レ
966.6	〒柳井	著	…	5 40	6 08	433	15 40	16 09	…	23 00	…	…	1 23	2 57	3 58
		發	…	5 45	6 24	14 20	15 50	16 14	…	…	…	…	1 30	3 02	4 03
972.8	田布施	〃	…	レ	6 34	14 30	16 01	レ	…	…	…	…	レ	レ	レ
978.3	岩田	〃	…	レ	6 44	14 40	16 11	レ	…	…	…	…	レ	レ	レ
983.3	島田	〃	…	レ	6 52	14 50	16 21	急行	…	…	…	…	レ	レ	レ
988.1	〒光	〃	…	レ	7 00	14 59	16 48	2.3	…	…	…	…	2 02	3 33	4 36
994.3	下松	〃	…	レ	7 10	15 08	16 58	レ	…	…	…	…	2 12	3 43	4 47
977.2	櫛ケ濱	〃	…	レ	7 18	15 16	17 06	レ	…	…	…	…	レ	レ	レ
980.6	〒德山	著	…	6 36	7 24	15 22	17 13	17 00	…	…	…	…	2 24	3 55	4 59
		發	4 50	6 40	7 32	15 30	17 18	17 08	…	…	…	…	2 36	4 03	5 09
984.7	〒周防富田	〃	4 57	レ	7 39	15 38	17 24	レ	…	…	…	…	レ	レ	レ
987.6	福川	〃	5 02	レ	7 45	15 44	17 30	レ	…	…	…	…	レ	レ	レ
991.4	〒戸田	〃	5 09	レ	7 52	15 51	17 36	レ	…	…	…	…	準急	レ	準急
999.9	富海	〃	5 20	レ	8 05	16 04	17 48	レ	…	…	…	…	2.3	レ	2.3
1,007.1	〒三田尻	〃	5 31	7 22	8 33	16 16	17 58	17 41	…	…	…	…	3 13	4 37	5 45
1,014.9	〒大道	〃	5 40	レ	8 44	16 28	18 08	レ	…	…	…	…	レ	4 47	レ
1,019.7	四辻	〃	5 49	レ	8 54	16 38	18 17	レ	…	…	…	…	レ	4 57	レ
1,024.9	〒小郡	著	5 56	7 46	9 02	16 45	18 25	18 03	…	…	…	…	3 38	5 04	6 10
		發	6 03	7 54	9 16	16 55	18 30	18 09	…	…	…	…	3 48	5 28	6 20
1,028.9	嘉川	〃	6 10	レ	9 24	17 03	18 37	レ	…	…	…	…	レ	5 36	レ
1,033.4	阿知須	〃	6 18	レ	9 32	17 11	18 45	レ	…	…	…	…	レ	5 44	レ
1,043.7	厚東	〃	6 32	レ	9 48	17 27	18 59	レ	…	…	…	…	レ	5 59	レ
1,050.2	西宇部	〃	6 42	レ	9 59	17 38	19 08	18 44	…	…	…	…	4 26	6 10	6 58
1,053.7	小野田	〃	6 50	レ	10 08	17 47	19 16	レ	…	…	…	…	4 35	6 18	7 07
1,060.0	〒厚狭	〃	7 02	8 48	10 21	18 00	19 28	19 01	…	…	…	…	4 49	6 33	7 21
1,068.3	埴生	〃	7 17	レ	10 36	18 15	19 41	レ	…	…	…	…	レ	6 48	レ
1,074.5	小月	〃	7 27	レ	10 46	18 26	19 49	レ	…	…	…	門司行	5 15	6 58	7 48
1,080.7	長府	〃	7 36	レ	10 56	18 36	19 58	レ	…	…	…		レ	7 08	レ
1,086.0	長門一ノ宮	〃	7 46	レ	10 06	18 47	20 07	レ	…	…	…		レ	7 19	レ
1,090.3	幡生	〃	7 53	レ	11 15	18 57	20 15	レ	…	…	…	219	レ	7 27	レ
1,093.8	〒下關	〃	8 00	10 01	11 35	19 04	20 35	20 00	…	…	…	7 20	6 10	7 43	8 25
1,100.1	〒門司	著		10 11	11 45		20 45	20 10	…	…	…	7 30	6 20	7 53	8 35
	終著驛		…	鹿兒島 20 38	…	…	…	…	…	…	…	…	長崎 14 09	…	…

付録1●黒いトランク（鮎川哲也）

つぎの『黒いトランク』はその内容からおしはかって、クロフツの『樽』にヒントを得たものとみられ勝ちだが、私が本編を書こうと思い立ったのは、横溝正史氏の『蝶々殺人事件』を読んだからであった。というよりも、氏の創作余話ともいうべき随筆を一読したことが、発想の動機になった。なにぶんにも古いことなのではっきりとした記憶はないのだけれど、頭の中でコントラバスのケースを東京から大阪へ、大阪から東京へと移動させているうちに基本トリックが生まれた、といった内容だったと思う。ともかくそれを読んだ私はひどく興味をそそられて、マッチ箱をA、B二点の間に往来させているうちに、忽然として一つのトリックがうかんだ。それは全くきわめて短時間のうちにヒョッコリと思いついたのである。この『黒いトランク』に限って、作者は頭をひねるとか苦吟するとかいうことは少しもしなかった。机がわりの大きな俎板をやぐら炬燵に立てかけて、坐って書きつづけるだけだった。私が直接に取材したのは、疎開していた山国の小さな駅に行って、小口貨物発送の手続きを訊ねたぐらいのもので、アヘンの値段だのビルマ米の話だの、一切の雑学は購読していた新聞記事から得た。のめり込んで仕事をしていると、いろいろな材料が向うのほうから飛び込んできてくれる、そんな感じであった。

その頃すでに『ペトロフ事件』は活字になっており、私は第二作をより充実したものに仕上げたいと思っていた。以前に病んだ肋膜（ろくまく）が充分に恢復（かいふく）しないうちに、今度は胸をやられ、午後になると体がなんとも形容のできぬ不快感におそわれてくる。そうした私にとって書くことだけが生き甲斐だった。いまの推理作家に比べると、当時の私は余りすぎるほどの時間を持ち、じっくりと書き込むことができた。そうした点では恵まれていたと思う。

正月も書きつづけて、脱稿するまでにほぼ一年かかった。やがて私は、八〇〇枚の原稿をスーツケースに詰めて上京すると、機をみて黒部龍二、中島河太郎、渡辺剣次、そして狩久といった推理小説通に持ち込み、一読を願った。発表する当てもなしに書いたこの長編は、当時の情況のもとでは活字になるチャンスがなく、せめて右の諸氏の読後感を聞くことによって、充たされぬ思いを癒やそうと考えたからである。八〇〇枚の手書きの原稿を読むということは、読まされる方にしてみると大変な重荷になるのであるが、私はそうしたことには気づかなかった。

原稿は書き上げたものの、私には一つの不安があった。編中のメイントリックを、すでに先人が使っているのではないか、ということがそれである。私もかなりの本格物は読んでいるつもりでいたけれど、海外の作品ともなると目の届かぬものが多い。もし外国作家が同じ着想の作品を書いていたとしたら、この長編を破棄しなくてはならない。同じトリックを使うことは推理小説の世界ではタブウとなっており、これを犯せば、推理作家としての良心を問われることになるのである。だから、三氏から前例はないという返事に接したときはほっとしたものであった。

いまとは違って無名の新人が長編を発表することは不可能に近かった。本編も例外ではなく私はこの原稿を、新聞紙にくるんで棚の隅にのせておいた。だがこうなればなったで、私と同じトリックを、誰かが短編に用いて発表するのではないか、ということが心配になってくる。人間の考えることは似たようなものであるから、私の頭にうかんだアイディアが他の作家の心にうかばないとは言い切れないのだ。べつにこのことを四六時中心にかけていたわけではないけれど、なにかの折りに、そうした気持がふっと湧いてきて、焦りを感じたのは事実であった。こういうことを書くと、私だけがとびきり潔癖であり神経質であると思われるかも知れないが、推理小説とは本質的にそうしたものなのである。

黒部龍二氏の本名は荻原光雄であり、渡辺剣次氏の本名は健治であるといったふうに、中島河太郎氏にも本名があるわけだが、私はそれを知らなかった。その頃の中島氏は髪を坊主刈りにして、一見したところ叡山の荒法師といった様子をしており、しかし本名はいうに優しき馨さんというのであった。それを知ったときの私は、内心、しまったと思った。作中、医学生日記に坊主頭の大入道が登場し、その名が薫であるということになっていたからである。これは全くの偶然で、偶然であることは氏もよくご存知のことと思うのだけれど、中島氏が生原稿を読まれたときにどんな顔をされたかと考えると、妙な気持になったものだ。

生まれつきズボラなたちだから、『黒いトランク』が何年頃に脱稿していつ活字になったかというようなメモもとっていない。が、ざっと考えて四年間か五年間は棚に寝かせておいたように思う。その頃の私は依然として名もなき万年新人で、自分の将来に対してもはなはだ悲観的な見方をしないわけにはゆかぬ状態にあった。そうした不満や焦燥のはけ口になっていたのが、当時の有望な新人連中との交友であった。私は彼等によって推理小説界の情報を聞いたり、作品の月旦（げったん）をしたりしていた。

そうした頃のある日、その友人の一人狩久氏から「講談社で書きおろし長編の募集をやってるヨ」という話を聞いた。「AさんもBさんも書いてるヨ」と彼はいった。A氏もB氏もすでに一本立ちになっている推理作家である。「あんたも書いていいんだヨ」と彼はつけ加えた。私は、この『あんたも』という一言に不快を感じた。天下の講談社が募集するのだから誰が応じてもかまわぬ筈であるのに、しかもなお、この友人がついうっかりと『あんたも』といった言い方をしてしまうところに、当時の推理小説界の一部にある私に対する反発というか、なにかもやもやしたものを敏感に感じとったのである。胸中で私は、そこまで干渉されてたまるか、と思ったものだ。つまり私は、助詞の一つに腹を立てるほど、被害妄想が極点に達していたのであろう。

それはともかく、私はこの友人の知らせで初めてそうした企画のあることを知り、長年寝かせておいた長編で勝負をしようと思った。募集規定はたしか五五〇枚ぐらいではなかったろうか。その企画に合わせるために、八〇〇枚の初稿を縮小し、さらに女性を登場させることにした。初稿を書いたときの私は、純粋の論理小説はむしろ数学的であるべきだという考えから、余計な夾雑物を排除しようとして、女性は一人も登場させていなかったのである。

強力なライバルが何人もいたようだ。また委員会でも木々高太郎氏のように『樽』の模倣であるということを根拠に否定的な意見をのべる人もいたそうだが、結局は本編が入選した。後で聞いたのだが、渡辺剣次氏がバックアップしてくれたというし、江戸川乱歩氏の甥にあたる松村喜雄氏が「叔父さん、これ、いいじゃないですか」と側面から援助してくれたそうである。

私が入選することはかなり前から内定していたらしいのだが、何度もいうようにアウトサイダーである私は蚊帳の外にいるも同然で、そうした情報は全く入ってこなかった。もしこれに落選したら首でもくくる他はないと思い、明け暮れ庭先の松の木を眺めていた。

売れない作家は貧乏なものと相場が決っているけれど、私だけが例外であり得るわけがなかった。講談社から「入選ニツキ来社乞ウ」という嬉しい電報が届いたものの、生憎その日が雨であったため、傘のない私には上京することができず、腹が痛いとかいった嘘の電報を打って勘弁してもらった。当時は茅ヶ崎に住んでいたのである。

出京したのはその翌日のことになる。講談社は新人である私を一人前の作家として扱ってくれ、こうした世界の事情にうとい私を何くれと指導してくれた。今迄ひやめしを喰いつづけてきた私にしてみると、何もかもとまどうことばかりだったのである。いまもって私は、担当の諸氏から示された好意を忘れることができない。

こうして、習作ではない本物の長編が陽の目をみることとなった。

この機会に、私の筆名について誌しておく。落語家は前座から二つ目、真打へと昇進する度に名が変わることは、ご承知のとおりであるけれども、それに似て、低迷時代の私も筆名が転々とした。中川透、中川淳一、那珂川透、中河通などというのから、薔薇小路棘麿(ばらのこうじとげまろ)といった堂上華族の出来損いみたいなものもあるし、青井久利、Q・カムバア・グリーンという国籍不詳のものまであった。あるアルバイトの勤め先で仲間を野菜に見立てたら、胸をやられていた私は蒼白く胡瓜のように痩せてるというので、青いキュウリだといわれた。キューカンバー・グリーンというのも、これをもじったのである。頻繁の改名は一向に芽がでないものだから縁起をかついだように思われがちだが、そうしたわけではさらさらない。無名の新人だからペンネームなんぞどうだっていい、といった考え方をしていた。

鮎川に定着したのは『黒いトランク』を書いたときであった。講談社の担当の人から早く筆名を決めるようにといわれてあわてて頭をひねってみたが手頃のものが思いうかばない。

そこで『黒いトランク』の作中人物の名前を借用して急場を切り抜け、改めて彼には蟻川という姓を与えておいた。したがって私の場合は、筆名のいわれといったものはないのである。

（一九七五・七　立風書房『鮎川哲也長編推理小説全集　第一巻』）

付録2●代作懺悔（鮎川哲也）

去年の秋から多忙がつづいた。正月も元日を休んだきりで机に向ったのだが、これは『黒いトランク』という私の長編を書いたとき以来だ。つまり二十数年ぶりのことなのである。江戸川賞の受賞者の話を聞くと、わずかひと月ほどで書き上げた作品によって賞を獲得した例がいくつかあるようだが、その速筆にはとてもかなわない。私の『黒いトランク』の場合は元日も休まずに書いて、しかもなお一年を要した。それと思い比べて嘆息するばかりだ。

で、やっとの思いで脱稿したものの心配なことが一つあった。クロフツの『樽』と同じトリックを用いたのではないか、ということである。もしそうであったならば、一年間の苦労が無に帰する。だから、疎開先から帰京して第一にしたのは、狩久、黒部龍二、中島河太郎、渡辺剣次の四氏に一読を依頼して疑念をすっきりとさせることだった。初稿は八百枚以上の長さでしかも書き損じた原稿用紙の裏につづったものだったから、非常に読みづらかったことと思う。更にまた私は、純粋本格物はもっぱら論理的興味に徹するべきだという意見を持っていたので、女などという矛盾だらけの俗物は一切登場させず、全編これ男性ばかりという無味乾燥な作品だったから、一段と面白くなかっただろう（ついでに記しておくと、ポーの作品のなかでいちばん好きなのは『マリ・ロージェの秘密』だが、その理由はお解りいただけるものと思う。もう一つついでに書いておくならば、本格物の題名は象徴的なものであってはならぬというのが私の持論でもあった）。そうした生原稿を、四氏がイヤな顔一つせずに丹念に読んでくれたことに対して、私はいまでも多としているのである。

このなかで新橋署としてあるのは愛宕署のミスだと訂正してくれたのは渡辺氏だが、歌舞伎門と書いたのを冠木門になおしてくれたのは黒部氏だったろうか。余談になるが、私が数年前に『死が二人をわかつまで』という短編を書いたときのことである。これは私と女流推理作家が遠い縁つづきになったかも知れぬという挿話をふまえた話なのだが、このなかの一章を、例によって締切日に間に合わせるため当時の家人に代作させた。代作といってもプロットを話して聞かせた上で書かせたのである。この小説は雑誌に掲載されたときも年鑑に収録されたときも目をとおしたことがなく、そして昨年に至ってはじめて卒読したところ、代作させた部分にこの「歌舞伎門」が堂々と顔を出しているのを知って思わず赤面したのだった。以上、機会があったので代作懺悔をした次第だけれど、代作をさせたのは後にも先にもこの一章だけである。

いまは長編を書くとすぐに本になる時代だから、新人諸君をじつに羨ましく思うのだが、私の頃はさまざまな事情があって『黒いトランク』が活字になるまでは五年ちかくたっている。で、『樽』の件が解決してほっとしたのも束の間のことで、つぎに心配になってきたのは、誰かが私と同じトリックを思いつき、それを先に発表するのではないかということであった。本格物を書く人の発想は似たりよったりだから、私が考えたことを他の人が考えつくという偶発性のパーセンテージは大きいのである。これはまあ取り越苦労かもしれぬが、これが刊行される運びとなったときはその意味でもほっとしたのだった。

森村誠一氏の最近の二長編がそれぞれ私の小説に似たトリックを用いた指摘があり、作者が気にしているという話を聞いた。が、これは止むを得ないことだと思う。第一、私自身がちっとも気づかずに感心して読んだくらいなのだ、森村氏が気に病む必要はないのである。私にしてもこうしたことのないように、つとめて各本格作家の作品には目をとおしているが、それでも三分の一は読み落としてしまう。読んだとしても、なかには忘れているものも当然あるわけだ。したがって、いつどこで私が槍玉にあげられるか知れたものではない。むかし『白い密室』を書いたときはどうもチェスタートンの短編に似た趣向のものがありそうな気がして、早川書房に面識のない都筑編集長を訪ねたことがある。また最近では拙作『矛盾する足跡』が中町信氏のある中編に似ているように思われ、用心のために未知の同氏宅に電話をして確かめたこともあった。これだけ気をつけているのだけれど、しかもなお失敗するおそれはある。私など、自作はほとんど忘れているから、下手をすると自分で自分を盗作しないとも限らない（クリスティやカーにもそうした例はあるようだが、同じ畑の人間として、私はそれを非難するよりも同情したくなる。また、クイーンの近作は駄作ばかりだという批判を耳にするけれど、これにも同情せざるを得ない。あれだけ書けば疲れてくるのは当然なことなのだ。きわだったトリックの考案はないにしても、事件の設定や解決にいたるプロットの巧みさなど、読んで失望させられた験しはないのである)。仮りに私のトリックに前例があったとしても、読者は寛大だから偶然の一致ということで諒解してくれるであろう。しかし不快なのは作者自身のほうなのだ。いままで、われながら良くできたトリックだわいなどと心秘かに自己満足にひたっていただけに、似た例があると知らされた途端に、その作品が急速に色あせたものに見えてくる。そうした気持がなんともやり切れない。

私自身にもすっきりしない思い出が一つある。二年ばかり前に「推理小説研究」という日本推理作家協会の機関誌に「アリバイトリックの考え方」というテーマで書かされたとき、私がつねづね用いている思考手段をのべたのだが、後になって「この方法論はかつて山沢晴雄氏が発表したものと原則的には同一で」あることを明記すべきではなかったのか、と気づいた。が、時すでに遅かったのである。ついでに書いておくと、この山沢氏はいまでこそ沈黙しているが非常に難解な本格物を得意とする人で、本格派の最右翼に位置づけられるのではないかと思う。出発は早いのだが多忙なため執筆の暇がなく、作品の数の多くないのが残念である。初期に発表した『むかで横丁』は作者自身が「あれが解る人がどれだけいるか」と豪語した噂が関西から東京に伝わり、工学博士でその当時おなじくアリバイ小説を書いた、つまり論理的なものの考え方をする藤雪夫氏が「解らないものを書いても意味ないと思うがなあ」と嘆息したことを覚えている。それほど理解しにくく、私なども二回目か三回目にようやく納得できたくらいである。「宝石」新人十人集に載った『離れた家』にしても同様なことが言える。その頃一読して遂に解らず、そのままになっているが、昨今ようやく私にも暇ができたので再度挑戦してみようと思う。また氏が江戸川賞に投じて入選しなかった原稿を「よませて貰えませんか」と出版社にかけ合っている人もいた。とにかくその難解さが魅力で、かくれたファンもいるのである。山沢氏も藤氏も、身辺多事のため引退した形になっているけれど意欲充分なのだから、そのうち再起するに違いない。私はそれを待っている次第だ。

ところで話は再び『黒いトランク』のことになるが、これが発売されるのと前後して一つの殺人事件が起った。福岡県吉塚駅の日通倉庫に保管してある木箱が悪臭をはなつので開けてみると、男の屍体がでてきたというもので、発端からして『黒いトランク』に似ている。この荷物は東京から電気機具の名目で名古屋駅止めで発送され、名古屋駅にあらわれた受取人と思われる人物の手でふたたび福岡県博多駅止めで送り出されたのだが、このときの名目はレントゲン器械となっている。うんぬん、というわけで福岡県警の捜査一課長が上京する、警視庁の捜査本部は埼玉、千葉、神奈川、山梨の四県警捜査課長を招いて川崎署で捜査会議をひらくという大仕掛のものとなった。話がいよいよ『黒いトランク』に似てくるのだ。当時現役の本庁詰めの敏腕記者であった山村正夫氏から間接に聞いた話では、刑事が机の下でこっそりと『黒いトランク』を読んでいたという。

だが、私を悩ましたのはべつのことであった。活字になった本では、私の犯人は荷札に「骨董品」としるしているが、八百枚の生原稿のほうでは「レントゲン器械」としてあったのである。現実世界においてこんな偶然の一致が生じるということは考えられないから犯人は私の長編をテキストにしたに違いない。とするとそれは私の生原稿を読んだ四人のなかにいる！　まったくの話私の頭のなかでかつ消えかつ現われるのは、狩氏や黒部氏の顔であり中島氏の顔であり、そして渡辺剣次氏のそれであった。いくら私の長編に触発されたとはいえ、困ったことをしてくれたものだ。それにしても犯人は誰かいな。単独犯行か二人が組んだのか、それとも全員の共同謀議か。J・J・コニントンの『九つの鍵』という長編では、空家で発見された男女二人の屍体をめぐって、殺人と自殺の順列組合せが九組あることから謎が深まっていくのだが、この事件も数えてみると九つ以上の鍵があるのである。事件は一カ月後に解決をみた。そして社会の人々は一様にほっとした思いで胸をなでおろした。だが私は、それとはまったく別の思いで安堵の溜息をもらしたのであった。本当にあの節はびっくりしたもんです。

（一九七一・七　推理文学）

わたしとある女流推理作家が遠い縁つづきになったかもしれないということは、現実にあったことのように記憶している。が、それが誰かということも、どうしてそうならなかったかということも、すっかり忘却している。当の女流も、そうしたいきさつは全く知っていない。

（以上3行は、一九八六・九　晶文社『本格ミステリーを楽しむ法』収録の際、追加）

『黒いトランク』には、左記のとおりさまざまなテキストがある（本書の芦辺拓氏による「鑑賞」をご参照ください）。

講談社〈書下し長篇探偵小説〉版（一九五六・七）、講談社〈ロマン・ブックス〉版（五九・八）、東都書房〈日本推理小説大系〉『鮎川哲也 日影丈吉 土屋隆夫集』版（六〇・一〇）、「宝石」臨時増刊号版（六二・九）、集英社〈新日本文学全集〉『鮎川哲也 仁木悦子集』（六五・二）、講談社〈現代推理小説大系〉『鮎川哲也 土屋隆夫 戸板康二』版、角川文庫版（七四・九）、立風書房〈鮎川哲也長編推理小説全集〉版、「別冊幻影城」版（七六・一二）、「幻影城」版（七七・一二）。近く刊行予定の創元推理文庫は、全テキストを俯観したうえで著者が改稿したもの。

芦辺稿に詳しいが、時代がたつにつれ、著者が大幅な加筆訂正、削除を行なっている。本書は初刊時のテキストにならい、一部、今日的視点から見て不適当なところと明らかな誤植を訂正した。また、付録としてエッセイを二本収録した。

エッセイ●奇人・変人・大人

原田 裕（編集者）

今から四七年前の一九五五年、講談社は『書下し長篇探偵小説全集』を刊行するにあたり、その第十三巻を十三番目の椅子と銘打って一般から公募した。選考委員はこの全集の執筆者でもある江戸川乱歩・大下宇陀児・木々高太郎・角田喜久雄・横溝正史の五氏で、当時の推理小説界を牛耳る大物揃い踏みであった。これに応募した鮎川哲也の『黒いトランク』は、藤雪夫『獅子座』・鷲尾三郎『酒蔵に棲む狐』と共に最終選考に残り、さらに藤と二人に絞られ、最終的には乱歩の一声で鮎川の当選が決定した。

その当時、私は講談社の学芸部長というポストにあり、この全集を企画推進した張本人であった。したがって、後年の大作家鮎川哲也誕生の舞台裏は当然知っているに違いない、という光文社文庫編集部の思い込みから、私にこの執筆依頼が来たものと思われる。しかし、出版社側の内情はともかく、肝心の鮎川哲也氏本人の当時の状況については、私にも実はさっぱり解らなかったのである。なにしろご自分のこと……に限らず、ほとんど何もしゃべってくれない。

生年月日不詳。経歴出身校不詳。家族関係不詳……。

はっきりしているのは現住所だけ。それはそうでしょう、印税を受け取る必要上、これは隠すわけにいかない。けれども電話はないから、連絡するには直接訪ねるしかない。だが家には入れてもらえない。しばらく外で待たされてから近所の喫茶店で打ち合わせをする。もっとも、お茶代は鮎川さんが払ってくれるのだそうである。『そうである』と言うのは私は一度も行かなかったからだ。行ったところで収穫はあるまいと決めつけてしまったからであるが、今にして思えば、実に千載一遇のチャンスを逃がしたわけで、編集者としてはまことにお恥ずかしい話である。

鮎川さんは中川透の本名で一九五〇年にはペトロフ事件を、その他にも那珂川透・薔薇小路棘麿・宇多川蘭子その他のペンネームで雑誌に短編を発表したこともあったらしいが、まだ一般には知られていなかった。私にしても、中島河太郎という当時としては希有の通からそんな話を仄聞した程度であった。それが一流大家と肩を並べて有名出版社の全集に入るのだから、入選者は定めし大喜びのはずと想像していた。

ところが当選の報を受けて会社にやって来た本人は、たいして嬉しそうな顔でもない。それどころか「オレが受かるのは当然だ」と言いたげにすら見えたのである。もちろん、私が勝手にそう見ただけで、実際はその逆だったのかもしれない。江戸川乱歩はじめ一流大家に囲まれて、鮎川さんは「なにくそ」と内心力んでいたに違いない。固くなって当然である。理屈は解っているつもりなのに、私の第一印象は一向に消えなかった。

「この人は常人とは大分かけ離れている。つまり奇人……そう奇人なのだ」

この私の思い込みはそれから何年か続くことになる。

もっともそれには別の理由もあった。新人を送り出すのであるから、宣伝の都合上できるだけ読者受けしそうな著者紹介を書きたい。それには生い立ちや学歴、趣味、家庭環境、執筆の動機など、多少プライバシーにわたることをも参考に聞いておきたいのであるが、さっぱり話に乗ってくれない。

「さあ、それは……」「いや、どうも……」「たいしてなにも……」といった否定形・曖昧形の連続で、質問する側の私はすっかり疲れてしまった。

「この人は自分を売り出したくはないのだろうか？　謙遜してるようにも見えないし、かと言って威張っているわけでもなし、なんでこう隠さなければならないのだろう？」

おかしなもので、作家と編集者の間に序列があろうはずはないのに、どちらが先にプロになったかで、なんとなく席順が決まるような〝感じ〟がある。先輩・後輩の順がはっきりした方が社会は安定しやすいから自然そうなるのだろうか。そのでんで行けば一九四六年に編集者になった私は鮎川さんよりも若干先輩に当たる。そんな意識が私の心の隅にあったことは否定できない。加えて十三番目の椅子を用意したのは自分だ、という傲慢さも潜んでいたであろう。だから、この人は私にもっと心を開いて、いろいろ話してくれてもよさそうなものだ、という思いが知らず知らず私の口調を高圧的にしていたかもしれない。若く未熟だった私には、そうした自分自身の不遜さや仕事へのあせりが、別の意味で出版業界に不慣れなこの作家の口を噤ませていることに気がつかなかったのでる。

そんなわけで『黒いトランク』の初版本、すなわちこの全集の第13巻には、十三番目の椅子の選考経過が二ページにわたって掲載されているが、肝心の鮎川さんについての紹介文はどこにもない。わずかに巻頭の口絵写真の裏面に、他の著者と同じく『私の近況』としてたった百五十字ほどの言葉が載っているだけである。熱心な読者にはきっと物足りなかったであろう。書くことがなかったからではすまない話で、本当にスミマセンでした。

ところでその時の口絵写真がこれで、講談社別館で撮ったものである。写真の階段横手の部屋に探偵作家クラブの事務所が間借りしていた。それを知る会員も今は少ない。鮎川さんは当時、本当は三七歳の独身、ご覧のような美青年で鮎川哲也という俳優のようなペンネームにピッタリのハンサムである。どうしてご自分で書いた『私の近況』に一九一六年東京生まれなどと三歳も年長にサバを読んだのであろう。やっぱり奇人だ。

鮎川さんご一家は終戦により満洲から熊本へ引き揚げたそうであるが、間もなくご本人は一人で上京して新宿二丁目の二階家に下宿する。新宿二丁目と聞いてピンと来ればご年輩の証拠である。赤線ですよ、と言えば解る方も多いかな?

鮎川さんはどうしてそんなところにわざわざ居を定めたのであろうか。いかに真面目とは言え、終戦直後はすでに二六、七歳、赤線を知らぬはずはなかろうから、あるいは文学修業といったことでも考えられたのかどうか。『黒いトランク』がここで書かれたとは思えないが、構想ぐらいはあったのかどうか。この稿を書くに当たってご本人に確かめたが、記憶は定かでないとおっしゃる。鎌倉の極楽寺だったかもしれない、ともおっしゃるが、最近はいざ知らず当時の極楽寺切り通しに喫茶店などあるはずはなく、担当者の話と矛盾する。さらに新宿二丁目に近い花園街には、サド・マゾの極致を追求した異色の作家・朝山蜻一氏が居られて、探偵作家クラブ会員の中にもお世話になった方が多いと聞く。そのあたりはどうかと質問をかさねると、朝山さんのことはよく承知しているが、新宿時代には全然知らなかったそうで、これは無条件でご信用申し上げるしかない。

鮎川さんは新宿から駒込を経て、一時ご両親と共に茅ヶ崎に寓居され、やがて鎌倉極楽寺に落着かれたそうだから、『黒いトランク』は多分茅ヶ崎で完成したのであろう。

読者の理解を助けるため、当時の情勢を多少解説させてほしい。

一九四五年の終戦から数年の間は、国土は爆撃の焼け跡だらけ、衣食住にもこと欠く状態であったが、それでも、今まで抑圧されていた文化的なものへの民衆の熱気は激しく、すべての価値観が見直された時代であった。それまでは、芸術である純文学の下に大衆小説があり、そのまた下にエロ・グロで有害な探偵小説があるという、信じられないような社会通念が定着していた。その探偵小説が実は作者と読者の知的ゲームでもあり、本当はインテリ向きの小説であることが判ると、突然のようにブームが起こっ

『黒いトランク』の口絵より

た。

横溝正史・角田喜久雄・木々高太郎・大下宇陀児・水谷準・城昌幸・渡辺啓介らの戦前派大家に、山田風太郎・高木彬光・島田一男・香山滋らの戦後派流行作家が加わり、新旧多数の作家が登場した。江戸川乱歩を会長として探偵作家クラブが華々しく旗揚げしたのもこの頃である。探偵小説専門雑誌「宝石」「ロック」「探偵実話」が創刊され、「オール読物」「小説新潮」「講談倶楽部」「小説公園」その他の小説専門誌や、「週刊朝日」「サンデー毎日」などの週刊誌にも探偵小説が掲載された。文芸評論家の平野謙・十返肇らが書評に取り上げ、坂口安吾・福永武彦のような純文学作家も本格もので評判をとるなど、探偵小説はまさに百花撩乱の有様であった。のみならず小説全般が需要に追いつかず、純文学作家も盛んに娯楽小説を執筆し、それらはやがて中間小説と呼ばれるようになる。ベストセラー小説の多くはこのジャンルから生産されたが、大衆作家や探偵作家が書く類似の作品は中間小説とは呼ばれなかった。興味ある問題ながら、ここでは関係ない。

いずれにしてもこの時代、いかなるジャンルであれ小説家は雑誌・新聞から引く手数多であった。したがって原稿料もうなぎ登りで、『黒いトランク』が出版された五〇年代後半には、新人でも五~七百円、中堅Cで千円前後、中堅B千二百円前後、中堅A千五百円前後、大家で二千円前後というのが四百字詰め原稿用紙一枚の相場であった。因みに大卒銀行員の初任給は五千六百円、煙草ハイライト七十円、都バス十五円という記録がある。

一方、印刷方式も現在のように、コンピューターからいきなりオフセット製版をつくるように簡単にはいかず、文選工と呼ばれる熟練工が原稿を見ながら一本々々活字を並べ、それを木枠にセットして紙型をとり、そこからさらに鉛板を造って印刷するという活版方式であったから、経費も高く出版社もおいそれとは単行本は出せなかった。

しかし本格謎解きを目指す探偵小説を、雑誌連載の形式で細切れに発表し、しかも毎回ヤマ場を作って読者を引っ張るにはかなりの無理もやむを得ない。当然、書く側からも、経済的な不利は承知で、書き下ろしをしたいという願望が生まれる。K社がわざわざ『書下し長篇』と謳った裏には、読者へのアピール以外にも、乱歩以下の大家・流行作家全員を漏れなくとり込む狙いがあった。日頃「書き下ろしなら面白いものが書けるのに」と、願望とも言い訳ともつかず豪語？　している手前、承知してくれる確率は高いと踏んだ作戦である。図星どおり依頼した十二人全員からＯＫがとれたから野間省一社長も上機嫌で、著者全員を柳橋・亀清楼に招待し前祝いを盛大に行った。執筆にも伊東温泉の野間別亭を開放して、希望する著者には自由に使っていただいた。ただし、あの広い屋敷にたった一人で籠るのは怖いと、二、三日で逃げ出す人も多く、全員に好評というわけではなかった。

なによりも心配なのは『十三番目の椅子』であった。募集だけはしても、素人にいきなり四百枚以上もの長編が書けるはずはあるまい、というのが社内外大方の意見であった。実を言うと私には初めから隠し球があった。探偵作家クラブには有能な若手が結構いる。現在は雑誌短編の舞台しかないが、チャンスさえあれば必ず新鮮な長編が書けるはずである。まだ日の目は見ていないが、時々読んでくれないかと見せられる若手の原稿には、それぞれ才能の片鱗がうかがえる。素人の原稿なんか当てにしないでも、クラブの会員だけで十分だと密(ひそ)かに考えていた。私はクラブの会合に出向いて応募を呼び掛けるとともに、これはと思う何人かにはこっそり書き始めてもらってもいた。

だが結果は、その隠し球は全員落選。私の知らない鮎川さんの当選となった。

言うまでもないが、鋼鉄(こうてつ)のように芯が通った純本格の強さは圧倒的で、これまでの探偵小説には見られないユニークなものであった。不遜かもしれないが、一口に言って「日本の探偵小説もここまで来たか」というのが私の感想であった。

けれども、奇人・鮎川哲也氏に親しいお交際(つきあい)が願えるのはそれから三、四年後、私が東都ミステリーで、短編『人それを情死と呼ぶ』を長編化していただいた頃からである。

当時、鎌倉街道は車など稀(まれ)で、極楽寺のお宅までは東京から格好のドライブコースであった。マイカーを購入したばかりの私は、執筆打ち合わせを名目にしばしば鮎川家へ車を走らせた。趣味と実益を兼ねた一石二鳥である。だがなにしろ、編集者を家に上げないことで有名なお方なのだから、嫌な顔をされるのではないかと内心ビクビクだったが、「よくいらっしゃいました」と童顔を綻ばしてニコニコされるのを見ると、本当に心から歓迎してくださっているとしか思えない。回を重ねるうち次第に尻が長くなり、やがてお母上がとってくださるお寿司をご馳走になって帰るのが通例となった。時には家内や子供たちまで乗せてお邪魔することもあったから、ずいぶんご迷惑であったろう。四十余年ぶりながらこの場を借りてお詫び申し上げます。

そう言えば鮎川さんも二度拙宅へ来てくださった。一度目は一人で、二度目は現夫人の芦川(あしかわ)澄子(すみこ)さん（当時、「週刊朝日」の懸賞小説一席入選）と一緒だった。けれども二回とも玄関のドアから一歩たりとも内へは入ろうとしない。「お茶くらい飲んでってくださいよ」と懇願(こんがん)したが、断固として拒否されるのには閉口した。

家内も鮎川さんが見えるというので甘いものを買って待っていたから、早速とび出して来て二人がかりで引っ張り込もうとしたが駄目であった。芦川さんとご一緒の時など、彼女を遥か彼方の電話ボックスの辺りに待たせて、やはりこの有様であったから、なにをか言わんやである。人を自宅に入れないというのは解る気もするが、人の家にも絶対に入らないというのは何故か、そのあたりは理解に苦しむところである。

奇人というのは文字どおり奇妙な人、珍しい人ということで、鮎川さんに初めて会った日の印象はまさにそれであった。ここへ来て家にも上げてもらうし、探偵小説（ぼつぼつ推理小説という呼称が一般的になりつつあった）についての意見も一致するしで、やっと相互理解が成立したと思っていた矢先、わざわざ玄関まで来てさようならとは、こりゃあやっぱり変わっている、奇人ではないが変人じゃわい、と思ったことであった。

それからさらに数年が経過する。本格推理小説作家・鮎川哲也の業績は順調に評価され、押しも押されもせぬ作家的地位が確立していた。私は編集者とはいえサラリーマンに変わりはないから、直接鮎川さんと仕事ができる部署に止どまってはいられない。それでも個人的な交誼(こうぎ)は続いていたし、探偵作家クラブ改め推理作家協会でも、私を江戸川乱歩賞の予選委員の一人に加えてくれていたから、かすかながら推理小説と繫がってはいた。

たまに電話（いかなる名簿にも鮎川哲也の番号が載ることはない）で話す機会があったりすると、必ず「○○にいいお店を見つけましたから一度ご一緒しませんか」といったお誘いがある。「いいですね。是非ご案内くださいよ」と、その時は私もその気になって調子よく応えるのだが、いざとなると目先の仕事に追われてそれなりになってしまうのが常であった。ところが、六〇年代の中頃であったろうか、思いがけず両者のスケジュールが一致して、二人で京都へ出かけることになった。それぞれ別の目的があったはずだが、なんであったのか二人ともまったく記憶にない。ただ、旅館の選定は私に任されたので、柊家（ひいらぎや）という名の売れた旧い宿をとったことは確かだ。いかにも京都風の気配りの行き届いた宿で、それにしては値段も安かった。二人ともそれだけは覚えているのだから、改めて旅館というものの奥の深さを知った思いがする。あれほど人との接触に神経質だった鮎川さんが、意外にも私と同室に枕を並べて寝たことも思いがけなかった。これは旅館のせいと言うより、私への心遣いからであったろう。

そこで独断ながら、多分この時点あたりから鮎川さんは、奇人から変人へそして今日の大人（たいじん）へと変身を遂げつつあったと評したい。なぜなら、その頃を境に今日まで、すでに四十年ちかい年月、私は福徳円満な鮎川さんしか見ていないのだから。

解説●鮎川哲也と『黒いトランク』

山前譲（推理小説研究家）

歴史に「もしも」は許されないが、もし『黒いトランク』が講談社版「書下し長篇探偵小説全集」の第十三巻募集に入選しなかったならば、当然ながら鮎川哲也という名前の推理作家は誕生しなかった。もうひとつ「もしも」を重ねれば、のちに本名の中川透で他の懸賞に入選し、華々しく活躍したかもしれない。だが、当時の状況を考えると、創作活動を今日までつづけられたかどうかは疑わしい。中川透個人にとっても、そして日本の推理小説界にとっても、『黒いトランク』の入選は大きなターニングポイントであった。

鮎川哲也名義の第一作となった『黒いトランク』は、昭和三十一年七月に刊行され、のちに何度も文庫や全集などで刊行されている。思い入れのある作品のせいか、物語の筋を変えるようなものではないけれど、刊行されるごとに細かな改稿がなされてきた。なかでも改稿の著しいのは、昭和四十年二月、集英社版「新日本文学全集」の第二巻に収録されたときのものだが、初稿は原稿用紙にして八百枚あったというから、もっとも大幅な改稿は、活字になる前に行なわれたことになる。現在ではまったく幻となってしまった『黒いトランク』初稿は、まだ戦争の記憶も新しい頃に、九州の山奥で書かれた。

昭和二十年、鮎川哲也は家族とともに熊本県の多良木町(たらぎまち)に疎開した。長編『死者を笞打て』(むち)(昭40)で、作中人物の鮎川哲也が未知のこの町を訪れている。

> 東京発十一時の急行〝霧島〟が熊本県の八代駅に入るのは、翌日の十一時半にちかい。正味二十四時間の旅だから、これだけで結構こたえるのだ。
>
> この八代から肥薩線のディーゼルカーに乗りかえ、球磨川にそって五十キロほどさかのぼると人吉という駅に着く。ここでさらに湯前線に乗り、人吉盆地のまっただなかを走って多良木という駅に下車したのが午後の一時半であった。

昭和十八年(あるいは十九年か)、父親が南満洲鉄道を退社し、一家は中国大陸の大連から東京へと移転した。太平洋戦争の戦況は日増しに悪化し、日本本土への空襲が始まる。疎開によって戦火を逃れる人は多かったが、なんの縁のない土地への疎開はやはり難しい。多良木もまた中川家に縁のある土地だった。そこでの暮らしぶりはエッセイ「球磨川奥の山村物語」(昭34)に語られている。九州とはいうものの、かなり寒いところだった。

昭和二十年八月十五日の終戦からまもなくして、中川透は上京する。「ロック」や「宝石」といった推理小説専門誌が創刊された昭和二十一年春には、すでに東京で下宿生活をおくっていたようだ。戦後の混乱のなか、仕事を求め、一方で「ロック」や「マスコット」に原稿を書いたりしたが、結核を患（わずら）って心ならずも多良木に戻る。その時期は定かではないが、昭和二十四年の夏まで「マスコット」に原稿を書いているから、その年の秋か冬、遅くとも翌二十五年初めのことだろう。

ちょうどその頃、「宝石」が創刊三周年を記念して懸賞小説募集を行なった。いわゆる百万円懸賞コンクールである。A級（長編）、B級（中編）、C級（短編）の三部門に分けて募集し、その賞金総額が百万円というものだった。当時、「宝石」が百円前後だから、かなりの高額である。この懸賞小説のA級に本名で『ペトロフ事件』を、C級に中川淳一名義で「地虫」を投稿している。ともに最終候補に残り、「地虫」は昭和二十四年十二月の「別冊宝石」に、『ペトロフ事件』は昭和二十五年四月の「別冊宝石」に掲載された。その『ペトロフ事件』が活字になるかならないかという頃、『黒いトランク』の初稿が書きはじめられている。

横溝正史（よこみぞせいし）が『蝶々殺人事件』について語った随筆に刺激され（昭和二十三年一月刊の単行本の「あとがき」か）、『黒いトランク』のトリックの着想を得たのは昭和二十五年三月だった。結核のため仕事につくことができず、多良木ではただ静養しているしかなかった。当時、結核は簡単に治る病気ではない。こつこつと長編を書きすすめていくことだけが楽しみとなる。完成したのは翌二十六年一月だった。この初稿版八百枚は残念ながら入選したあとに焼いてしまったという。奇跡的に数枚残されていた書き損じをみるかぎり、刊行されたヴァージョンとはかなり内容が異なっていたようだ。写真によるアリバイの証明もあったらしい。

その『黒いトランク』の原稿は、すぐ「宝石」や「別冊宝石」を発行していた岩谷書店へと送られている。当時、推理小説の出版はほとんど可能性がなく、「宝石」もしくは「別冊宝石」に掲載してもらうしか、活字化の道が考えられなかったからである。戦後まもなくの推理小説ブームは跡形もなくなっていた。推理小説専門誌はほとんど廃刊になり、単行本の出版もよほどの有名作家でなければ考えられなかった時代である。しかし、前年末には、『ペトロフ事件』の一等入選が発表されていた。自社の懸賞で登場した新人である。出版は無理でも、雑誌になら掲載してくれるかもしれない。そう考えるのは自然だった。

だが、岩谷書店もまた経営が悪化していたのである。新雑誌「天狗」の失敗などもあって、百万円懸賞の賞金が全額払えないような状態になっていた。Ｃ級入選者にはまだ支払えたが、Ａ級の一等賞金は三十万円と高額である。とても払えなかった。当時、二万円弱あれば東京で四人家族がひと月暮らせたという。賞金が入れば、中川家が再び東京に住むことも可能だった。けれど、賞金はなかなか送られてこない。執拗に催促して、なんとか五月に五万円だけ支払われたが、それっきりであった。『黒いトランク』脱稿後に書いた「楡(にれ)の木荘の殺人」「悪魔が笑う」「雪姫」といった短編は、昭和二十六年の「宝石」に掲載されたものの、この賞金を巡るトラブルで岩谷書店との関係は悪化してしまう。結局、『黒いトランク』は活字にはならず、九州に戻ってきた。

昭和二十八年一月、ようやく病癒(やまいい)えて上京する。必ずしも作家を志してのものではなかったようだが、なかなかいい就職先はなく、しだいに作家しか生きる道はないと考えるようになった。推理小説ファンの集まりである「ＳＲの会」に参加し、会誌の「密室」に「呪縛再現」

を発表したりしたが、その東京支部の例会で「探偵実話」の山田晋輔編集長を紹介され、昭和二十九年から同誌に小説を発表しはじめる。「影法師」「赤い密室」「山荘の一夜」のほか、求められればコントや二行知識のような穴埋め記事も書いた。なにかしら原稿を書いて収入を得るしか、生活の手段がなかったからである。本名以外にペンネームもいくつか用いた。

大きな望みはすでに書き上げてある『黒いトランク』だった。これが活字になれば作家としての道は大きく拓ける。昭和二十九年三月、つてあって江戸川乱歩のもとに原稿を預けた。二か月後、その出来を評価して「宝石」に紹介してくれたが、賞金にかんするトラブルのしこりはまだ残っていた。六月、今度は「探偵実話」に原稿を持ち込んでみる。山田編集長は中島河太郎に一読を請う。好意的ながらも、もっとロマンチックな味をという評価だった。ただ、「探偵実話」にしても、新人の八百枚もある長編を掲載するのは冒険だった。このほか、渡辺健治（剣次）や黒部竜二にも読んでもらったようだが、『黒いトランク』が刊行される見通しはまったくたたなかった。そんなとき耳にしたのが、講談社の書下し募集である。

「書下し長篇探偵小説全集」は昭和三十年十一月にスタートしているが、その企画が明らかになったのはその一年ほど前、昭和二十九年十月頃のようだ。昭和二十九年十一月、「日本探偵作家クラブ会報」の消息欄にこんな記事が掲載されている。

講談社出版局より来年四月頃、次の各氏の一人約四〇〇枚位の書下し探偵小説全集、全十三巻が出る予定。執筆者は江戸川、大下、木々、水谷、角田、横溝、城、渡辺、島田、香山、高木、山田（順不同）の十二名。それに加えて探偵作家クラブに人選を一任した、「十三番目の椅子」に一人、合計十三人の予定。

「十三番目の椅子」については同会報の昭和三十年一月により詳しい要項が発表され、枚数は四百枚から四百五十枚程度、締切りは三月一杯となっていた。この募集を知り、『黒いトランク』を縮めて応募しようと決意する。まさに乾坤一擲の挑戦である。なお、「呪縛再現」を長編化したものの応募も考えたようだが、こちらは時間的に書き直す余裕がなかった。三月一日に東京都文京区駒込から神奈川県の茅ケ崎に引っ越しし、身辺は慌ただしかったけれど、『黒いトランク』の改稿作業は順調にすすみ、締切り日に原稿が講談社に届けられた。ただ、昭和三十年三月の「日本探偵作家クラブ会報」には、締切りが五月末まで延びたと報じられていたのだが。

改稿版は五百三十五枚となった。応募要項の規定枚数はあまり気にしなかったようだ。よく知られているように、初稿版には女性がまったく登場していなかったというのだから、鬼貫の捜査のきっかけとなる由美子に関するエピソードは、改稿時に付け加えられたことになる。削除された枚数は三百枚近くあったのではないだろうか。そこに何が書かれていたか非常に興味深いが、いまではもう知る術はない。また、応募にあたって「汐留事件」という副題をつけていた可能性がある。

『黒いトランク』にはかなりの自信をもっていた。「十三番目の椅子」は新人賞ではない。ほかの十二巻に入っていない作家ならば、誰でも投稿する資格があった。「ＳＲの会」で親しくなった狩久から、あの作家この作家が書いていると聞かされる。すでに諸雑誌で活躍中の作家たちも挑戦するようだ。実際、宮野叢子らが投じた。しかし、どんなライバルがいようとも、本格推理としてならば絶対に負けないという自信があった。

ところが、なかなか結果が発表されない。自信も揺らいでくる。昭和三十年十一月初め、第一回配本の江戸川乱歩「十字路」と香山滋「魔婦の足跡」の広告が新聞に掲載された。そこに「十三番目の椅子」の原稿募集は昭和三十一年一月十五日締切りとあった。いい作品が集まらなかったということなのだろうか。「赤い密室」が日本探偵作家クラブ賞の最終候補に挙げられながら、受賞に至らなかったことも気になる。その後に発表した「緋紋谷事件」（のちに「碑文谷事件」と改題）の評判もあまり芳しくなかった。日本探偵作家クラブには昭和二十九年から入会していたものの、ほとんど作家付き合いはしていない。「ＳＲの会」の関係で、狩久や藤雪夫と会うくらいである。ほとんど情報はなく、不安な日々がつづく。

昭和三十一年一月、渡辺健治から、話があるので日本探偵作家クラブの新年会に出席しないかと連絡があった。渡辺健治は書下し募集の予選委員をやっているらしい。嬉しい知らせかと思ったが、それは夏の例会のために犯人当てを書いてほしいというものだった。河出書房でも「探偵小説全集」の最終巻のために新作を募集するという。もし落ちたらそちらに応募してみようかと考える。主な執筆先であった「探偵実話」の経営は芳しくなく、原稿料の支払いも滞りがちだった。「太陽少年」に少年物を連載したが、倒産でほとんど原稿料はもらえなかった。これから先、作家としてやっていけるのだろうか。そんな不安で胸一杯になった頃、入選の通知が飛び込んでくる。

五月十五日の早朝に届けられた速達葉書が幸運の女神だった。いや、運ではなく、絶対に入選すると信じていたのだが。華やかな祝いをするお金はない。本当にプロの作家としてやっていけるのかと、あらためて不安が募る。だが、とにかく大きく一歩前に進んだことは間違いなかった。

十八日、講談社へ出向く（この日になったのは編集者の都合で、傘がなくて上京できなかったというのは別の日である）。新人として売り出したいので、筆名を考えてほしいと言われる。まったく異存はなかった。新しいスタートは新しい名前にしたかった。鮎川卓也、鮎川哲也、楢原拓也と考えたが、講談社の編集者は鮎川哲也を選んだ。二十五日、原稿のミスを訂正に講談社を訪れ、著者近影を撮っている。やはり『死者を笞打て』のなかで当時の様子について触れられていた。「わたし」というのはあくまでも作中の鮎川哲也である。

> 講談社のうしろの崖の上に、二つの別館がたっている。さる財閥一族の邸宅であったという立派な西洋風の建物である。
>
> むかし、講談社の書きおろし推理長篇募集に《黒いトランク》を投じ、それが当選したとき、わたしは初めて講談社をたずねた。そしてこの別館の一室に案内されてゲラに朱を入れたり、階段の中途にたたされて口絵用の写真をとられたりした。だから別館は、わた

しにとってひとしお思い出のふかい場所なのである。

六月三十日、江戸川乱歩邸を訪ねてお礼を述べ、日本探偵作家クラブの月例会である「土曜会」で受賞の挨拶をした。七月十日、待望の『黒いトランク』の見本が届く。初版は一万部だった。数日後、実際に店頭に並んでいるのを見る。感慨一入だった。二十八日の「土曜会」では犯人当て小説「達也が笑う」が朗読された。かなりの難問に完全な正解者はいなかった。江戸川乱歩や中島河太郎らが二次会で入選を祝ってくれた。「講談倶楽部」や「少年画報」から原稿依頼がある。ようやく推理作家としての道がはっきり見えてきた鮎川哲也だった。

最初こそ順調に刊行された「書下し長篇探偵小説全集」も、しだいに滞っていく。とくに横溝正史と角田喜久雄の書き下ろしがなかなか進まなかったが、それで「十三番目の椅子」の選考が遅くなったのかもしれない（その二作はついに刊行されなかった）。原稿を講談社に届けてから一年以上、なんの音沙汰もなかったのだから、悪い結果を想像するのも無理はない。入選したのか、それとも——。結果を待つ時間は長かった。それだけに、喜びも大きかった。

初刊本に寄せた「私の近況」は、〝わが身にきびしく鞭あてながら、無限大の彼方のゴール目指して、ひたはしりに走りつづけてゆく覚悟でいる〟と結ばれていた。このことばに偽りのなかったことは、歴史が確かに証明している。

鑑賞●『黒いトランク』――その物語とトリックの全て

芦辺　拓（作家）

鮎川哲也氏名義の記念すべき第一作であり、日本の推理小説史上においても重要な位置を占める『黒いトランク』待望の復刊です。この作品が、これまでどのような形で出版され、世の本格ミステリ愛好家を魅了してきたかは後の方で列挙するとして、最も後の時期まで、そして最も世に流布したと思われる角川文庫版が書店で見かけなくなってすでに十数年、いやもしかしたらそれ以上の年月が過ぎようとしています。

その間、この作品を読みたいというファンの要望はふくらむ一方で、とりわけ新本格以降の新しい読者のみなさんにとっては、古書価の急騰も相まって半ば伝説的な作品となりつつありました。私も、ことあるごとに本作品を必読書としてすすめながら、入手難なのを嘆じてきただけに、今回の光文社文庫入りはうれしくてならないところです。

だからといって、なぜ「鑑賞」なのか。ただ純粋に読んで楽しめばよい推理小説に何でそんなものが必要なのかと不審がられる向きも多いと思います。ことごとしくそんな一文を付すことは、日ごろ私自身が苦言を呈している本格ミステリにことさら哲学・思想的な意味づけを加え、読者と遊離した存在にしてしまおうとする傾向にくみするものではないかとお叱りのご意見もあるかもしれません。しかし、決してそうではないのです。

　ここ十数年もの〝空白〟――すなわち『黒いトランク』の流通が途絶えていた間に、ミステリをとりまく状況は大きく様変わりしました。社会派の余燼がいまだ消えやらず、リアリズム一辺倒のかつての時代では出版はもちろん、書くことさえタブー視された（今となっては、その時代の雰囲気は理解できないと思います）謎と論理の物語が隆盛をきわめ、名探偵だろうが〈館〉だろうが自由に描くことができるようになった一方で、いわゆるキャラ萌え問題、さらには現実性どころか物語としてのリアリティさえ無視した作品の横行など、新たな事態も生じています。それはあたかも、かつて本格というジャンルを崩壊させ、社会派の台頭を招いた前夜を思わせるといっても過言ではありません。

　そうした中へ、いきなり『黒いトランク』という作品を投げ込んで、いったいどのような結果がもたらされるのか。果たしてその真価が素直に理解されるのか、いささか不安でなくもありません。すでに本文庫『人それを情死と呼ぶ』の巻末エッセイ「街角のイリュージョン」にも書かせていただいたように、今の読者のみなさんは極端な話、〝アリバイ崩し〟というだけでアレルギーを起こし、ときには現実的な舞台や題材が選ばれているだけでその作品を忌避する傾向さえあります。

　なるほど奇々怪々な不可能状況がいきなり提示され、超人的な名探偵が答え一発、トリックを看破して真相を提示する種類のミステリも楽しいものですが、その一方でじっくりと謎と取り組み、論理を組み立ててゆく醍醐味(だいごみ)も知っていただきたいものです。だが、なかなかそうはいかないようで、ネット上で散見される書評も不安をつのらせるには十分ですし、実際私自身もこれを立風書房の全集で読んだ十七歳のときには、同じ鬼貫ものでも併録の『ペトロフ事件』の方がエキゾチシズムもあって興味深く、その後読んだ『黒い白鳥』と『憎悪(ぞうお)の化石』の大仕掛け、あるいは『死のある風景』『人それを情死と呼ぶ』の繊細さ・巧緻(こうち)さの方が印象深かったものです。

『黒いトランク』には、この世のものならぬ場所やエキセントリックな人物は登場しませんし、漫然と読めばただ灰色の背景の中をこつこつとデータを集めて回る鬼貫警部の姿が見えるだけかもしれません。ですが、ひとたびその表層の下を覗いてみれば、読者(みなさん)はそこに驚くべき論理のアクロバットと、めまぐるしいばかりな状況の変転を見出(みいだ)すことができるでしょう。

新たな事実が掘り起こされ、データが一つ加わるたびに事件の様相はがらりと変わります。その刹那(せつな)、死体が、トランクが、犯人らしき人物の影が、何百キロの距離をひとっ飛びし、それまで築き上げた推理の城を跡形もなく突き崩してしまう。かわって、それまで全く無意味とされてきた事実がムクムクと頭をもたげだすのです。

さよう、これこそは知性の活劇(アクション)、論理の一大スペクタクル！　何気ない日常の風景の背後で、驚くべき奸計(かんけい)がめぐらされ、ふとした盲点の向こうには信じられないような欺瞞(ぎまん)がひそんでいる。無味乾燥な数字は真相をほのめかして甘やかにささやきかけ、非情な時間の流れは締め木となってギシギシと推理者を責めたてる。やがて、さしも難解な謎もしだいに解きほぐされてゆくものの、そこには最後までささやかな、しかし推理全体を瓦解させかねないような矛盾点が意地悪く残り続ける――。

さあ、私のゴタクなどはこれぐらいにして、ただちに本文にとりかかってください。そして確かめていただきたいのです。一部でささやかれていたような「『黒いトランク』が再刊されないのは、実はそれだけの価値がなかったからなのだ」という意見が、いかに本格ミステリに縁なき衆生の無責任な謬見に過ぎないかを！

さて、以下に記すのは『黒いトランク』において、右に述べたような謎と論理の構成が具体的にはどのようになされているかですが、いわゆるネタバレなどはないように気をつけていますが、文章の性質上、ストーリーの進行をトレースせざるを得ませんので、できれば本編読了後にお読みいただくか、とりあげている各章を読み終わるごとに目を通していただければと思います。

「一、幕あき」～「四、或る終結」

言うまでもなく事件の発端篇です。死体の発見、それにともなう警察の捜査開始。やがて容疑者が浮かび上がるとともに、死体の身元が判明し、やがて彼らが住まう九州の地元警察の手でかなり克明な捜査が行なわれ、やがて容疑者の死体発見とともに事件の一応の輪郭が描かれます。

「五、古き愛の唄」〜「六、新しき展開」

ここで旧知の人物からの依頼を受け、鬼貫警部が登場します。彼が容疑者の足取りのうち、ある部分に疑問を抱いたことから、にわかに未知の人物（X氏＝青服の男）の存在がクローズアップされ、不審な菰包み（こもづつみ）の存在、彼らの奇妙な動きから、ある地点からある地点への移動中に行なわれたかもしれない何かについて疑惑がつのってゆきます。

「七、トランクの論理」〜「八、対馬」

菰包みを追って、それが持ち込まれたらしい駅を訪ねた鬼貫は、第二のトランクが存在し、それが東京に向け発送されていたことからトランクのすりかえという可能性に思い当たります。加えて、死体詰めトランクが発送された駅には、その数日前に東京からトランクが送りつけられていたこと、さらにその送り主の名を知って鬼貫は驚愕します。

このあと鬼貫は二つあったと思われるトランクの動きを表にして検討しますが、みなさんはこれをさらに上段をXトランク、下段をZトランクという風に分けて整理してみるのも一興でしょう。ともあれ、ここでの克明な検討によって犯行現場は九州から一転東京ではないかという見方が出てきました。鬼貫は続けて、青服の男を追って対馬に渡りますが、その足取りは忽然と途絶えてしまいます。実はこのとき、鬼貫は彼の正体について重大な手がかりをつかんでいたのですが……。

「九、旧友二人」～「十二、ジェリコの鉄壁」

帰京した鬼貫は、トランクを九州に発送した旧友を訪ね、さらにそこからもう一人の友人の名が浮かび上がってきたことから、そこでも久方ぶりの再会を果たします。トランクのすりかえを前提とした「犯行現場＝東京」説を立証しようと鬼貫は躍起になりますが、たった一つの証言がそれをあっけなく否定してしまう。やむなく、「犯行現場＝九州」説に立ち戻り、もう一人の友人のアリバイを検討してゆきます。やがて一方の嫌疑が晴れたことから、鬼貫の追及対象は一人に絞り込まれるのですが、彼のアリバイはますます堅牢に、しかも複雑な様相を見せて、容易には突き崩せない壁となってそびえ立ち始める——。

以下、「十三、アリバイ崩る」～「十七、風見鶏の北を向く時」まで、これまでの状況とデータを踏まえて進められる鬼貫の推理はあくまで重厚にして、しかも変幻自在という類例のないものとなっています。これこそはもう拙い解説の必要もなく、ひたすら本文を読み進んでゆくに越したことはありません。

なお、読者のご参考と、よりよくこの大傑作を理解していただくために、『黒いトランク』における事件の真相を、東京と九州を往来するトランクの動きと、それに輪をかけ、四国・近畿までを駆けめぐる犯人や被害者たちの動きとを併せて表にしてみました。これだけは、必ず本編読了後に見ていただきますよう、くれぐれもお願い申し上げます。

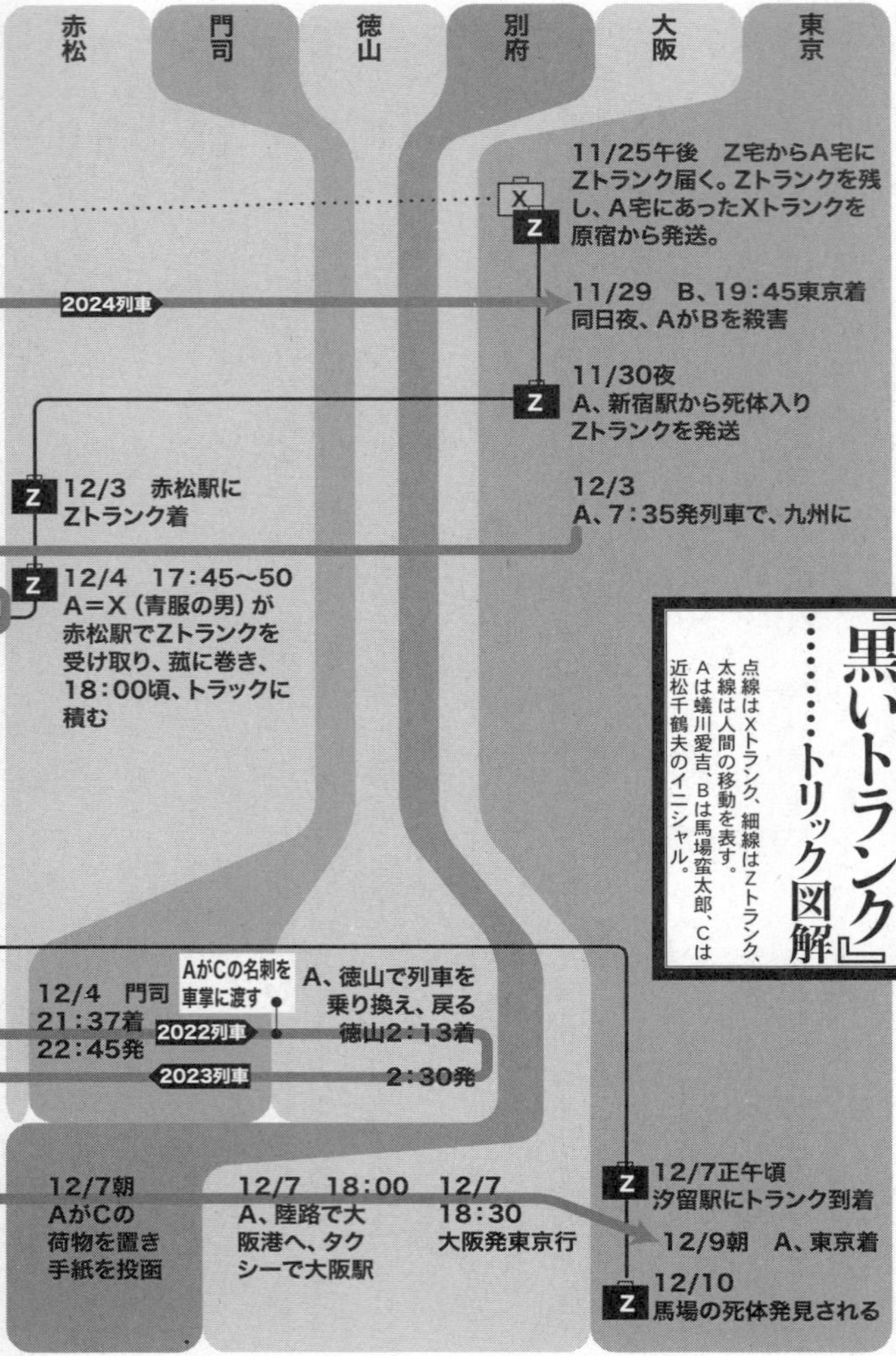

赤松
門司
徳山
別府
大阪
東京
11/25午後　Z宅からA宅にZトランク届く。Zトランクを残し、A宅にあったXトランクを原宿から発送。
X
Z
2024列車
11/29　B、19:45東京着
同日夜、AがBを殺害
11/30夜
A、新宿駅から死体入りZトランクを発送
12/3　赤松駅にZトランク着
12/3
A、7:35発列車で、九州に
12/4　17:45〜50
A=X（青服の男）が赤松駅でZトランクを受け取り、菰に巻き、18:00頃、トラックに積む
『黒いトランク』……トリック図解
点線はXトランク、細線はZトランク、太線は人間の移動を表す。
Aは蟻川愛吉、Bは馬場蛮太郎、Cは近松千鶴夫のイニシャル。
12/4　門司
21:37着
22:45発
AがCの名刺を車掌に渡す
A、徳山で列車を乗り換え、戻る
徳山2:13着
2:30発
2022列車
2023列車
12/7朝
AがCの荷物を置き手紙を投函
12/7　18:00
A、陸路で大阪港へ、タクシーで大阪駅
12/7
18:30
大阪発東京行
12/7正午頃
汐留駅にトランク到着
12/9朝　A、東京着
12/10
馬場の死体発見される

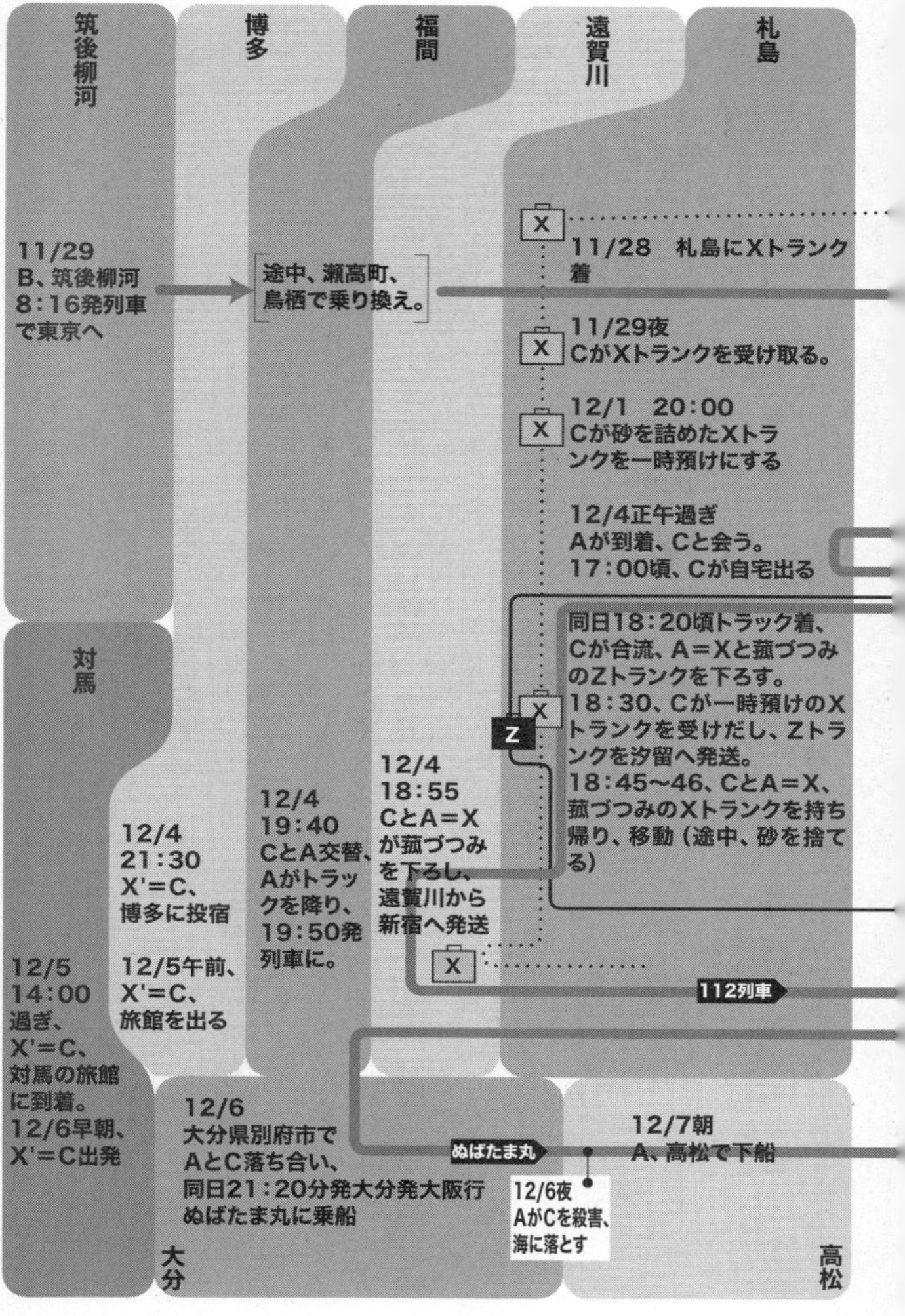

筑後柳河
博多
福間
遠賀川
札島
11/29
B、筑後柳河
8:16発列車
で東京へ
途中、瀬高町、
鳥栖で乗り換え。
11/28　札島にXトランク着
11/29夜
CがXトランクを受け取る。
12/1　20:00
Cが砂を詰めたXトランクを一時預けにする
12/4正午過ぎ
Aが到着、Cと会う。
17:00頃、Cが自宅出る
同日18:20頃トラック着、
Cが合流、A=Xと菰づつみのZトランクを下ろす。
18:30、Cが一時預けのXトランクを受けだし、Zトランクを汐留へ発送。
18:45〜46、CとA=X、菰づつみのXトランクを持ち帰り、移動（途中、砂を捨てる）
対馬
12/4
18:55
CとA=X
が菰づつみ
を下ろし、
遠賀川から
新宿へ発送
12/4
19:40
CとA交替、
Aがトラックを降り、
19:50発
列車に。
12/4
21:30
X'=C、
博多に投宿
12/5午前、
X'=C、
旅館を出る
12/5
14:00
過ぎ、
X'=C、
対馬の旅館
に到着。
12/6早朝、
X'=C出発
112列車
12/6
大分県別府市で
AとC落ち合い、
同日21:20分発大分発大阪行
ぬばたま丸に乗船
ぬばたま丸
12/6夜
AがCを殺害、
海に落とす
12/7朝
A、高松で下船
大分
高松

さらにこの作品の優れた点を付け加えるなら、事件の構図をどう見るか、たとえば犯行現場がどこかということが（決してあてずっぽうではなく、与えられたデータをもとに検討した結果として）変わるにつれて、これまで無関係と思われた部分にスポットが当たり、まるで別の結論が見えてくるということです。よくアリバイ物で皮肉まじりに言われる容疑者限定の手続きも、何ら間然するところはありません。

その一方、中盤で得られる結論には常に些細ながら重大な矛盾点がつきまとい、読者を決して安心させません。何とそれは鬼貫が最終的な推理に至り、犯人と直接対決し、駄目押しのように彼から告白を引き出したあとも続き、終章に至って全てのパズルピースが収まるべき場所に収まるといった徹底ぶりなのです。

さらに注目していただきたい点は、本作品における〝改め〟の厳しさです。もともとは奇術用語で、ミステリではフェアプレイのために作者が曖昧さを排し、あらかじめいくつかの可能性を抹消しておくことを意味しますが、ここではトランク（もしくはその中身）のすりかえの可能性についての限定がそれです。

作者は二つのトランクが互いに最接近した瞬間を明示し、しかもそのときにはすりかえやそれに類した工作が行なわれ得なかったことを、これでもかとばかりに強調しています。もし、用意された真相がいい加減なものであれば、そんなことはできませんし、そうでなくてもあまり厳格に〝改め〟を行なうことは、読者をして先んじて解決にたどり着かれてしまう危険もあります。もって、作者鮎川氏の自信とどこまでもフェアな精神をうかがうことができると思います。

さて……ここまでは、もっぱら『黒いトランク』の本格ミステリとしての傑出した点について語ってきましたが、この作品にはそれだけにとどまらず、一個の《物語》としての興趣にも満ちています。それは主として時代背景から来るのですが、このあたり角川文庫版の天城一（あまぎはじめ）氏の名解説から引用させていただきましょう。もともとこの解説をまるごと再録してもらいたかったほどで、長文にわたるのをお許しください。

「敗戦後四年（一九四九年・昭和二十四年）、インフレは昂進中でした。食糧は配給下にありました。隅田川の水が澄んで、白魚が泳いでいました。街には自動車の影はほとんどなく、広い埃っぽい道が、ずーっと向うまで見通せるほどでした。この終末論的風景の背後には、征夷大将軍マッカーサーの率いる日比谷幕府の絶対権力が、四つの島の上に拡がっていました。しかし、鬼貫の眼を通すと、米軍の姿はなく、インフレによる人心の荒廃も影が薄く、爆撃による焼け跡の復興が遅々として進まぬ程度にしか、写りません。むしろ、代って、読者の眼の前に現われてくる世界は、ベルツの眼に映った、日本の庶民の、屈託のない、明るい健康な姿です。作者の言葉を借りれば、読者はコロンブスとなり、日本を新しく発見することになるでしょう。

そのとき、鮎川哲也の世界が開けます。日本の警察は、岡ッ引き根性と無縁の、スコットランド・ヤードに変り、警部はエスタブリッシュメントに属するインスペクターになります。庶民たちまでが、英国人風に喋りだします。それも、明るいユーモアを以てです。戦前の日本と、第一次大戦後の英国が一つになって、第二次大戦後の廃墟を舞台にして、繰り広げられます。このファンタジーを可能にする場が、鬼貫警部のパーソナリティです。一つの世界が、あるリアリティを備えて、読者の前に広がるとき、犯人の精巧なアリバイが、現実感を帯びるのです」

こうした世界の創造を可能にしたのは、むろん鮎川哲也氏のイマジネーションにほかなりませんが、その土台となる現実もまた存在したのです。

警視庁は、もはや大日本帝国を支配する中央集権的警察のトップではなく、東京都の都市部を管轄する自治体警察となっていました。かつて内務省の三役の一つと呼ばれた警視総監という役職名さえ、一時は廃止されて「警視庁長」になっていたほどです。

まもなく形骸化させられてゆくものの、市町村は完全に独立した警察を持ち、〝陛下の警察官〟としてではなく自分たちの街と市民を守るために、それまでだったら考えられないような人材が警察入りしました。こうした人々の情熱と挫折を活写したのが山村直樹氏の短編「灰色の楽章」（講談社文庫『戦慄の十三楽章』鮎川氏・編に収録）ですが、物語の前半で活躍する赤松警察署（若松市警？）の梅田警部補もたぶんそんな一人ではなかったでしょうか。

こうした時代背景のもと、警察組織の中に鬼貫のような自由人の警部が闊歩しているのは何の不思議もありません。かつて国際色豊かな植民地都市・大連に勤務していたときと同様、いやそれ以上に彼は生き生きとして見えます。後の作品でしだいにその影を淡く、自ら目立たぬようにと身を隠しているようなのとは対照的に――。

いえ、鬼貫警部だけではありません。この時代の東京には、同じ警視庁に加賀美敬介・捜査一課長がおり、大森の割烹旅館の離れには金田一耕助が居候していましたし、東大法医学教室を訪ねれば神津恭介の若々しい風貌に接することができたでしょう。それは、そうした夢想を可能にする時代と場所であったのと同時に、作家たちの紡いだ《物語》によって逆に現実の都市が輝いても見えるという幸福な時期でもあったのです。

最近、〝ベルエポック東京〟という言葉をよく聞きます。高度経済成長、とりわけ東京オリンピックのための都市再開発という名の暴虐によって破壊される以前の、よき時代の東京をさした言葉ですが、『黒いトランク』に描かれるのは、言わばその前夜の姿といっていいでしょう。新宿、原宿、恵比寿――そうした今や全国的となった地名を、ただの記号として読み過ごすのではなく、ふと立ち止まって現在とはまるで違っていたろう街並みを想像してください。くすんだように地味で、しかしはるかに生き生きと人間らしい風景を。

読者がもしその時代の風景をビジュアル的に知りたいならば、試みにレンタルビデオ屋さんで黒沢明監督の「野良犬」「醜聞」、木下恵介監督の「お嬢さん乾杯」「破れ太鼓」といったあたりを借りてみてください。そうすれば、それらのフィルムに写し取られた同時代の都市風景だけでなく、人々の地熱のようなエネルギー、あるいははずむような新時代への希望は、間違いなくこの当時の探偵小説と通底していることにお気づきになるでしょう。終戦直後の日本とは、決して「食うためだけで精一杯」という紋切り型で言いつくせるものではありませんでしたし、ましてオカルティックな時代などではなかったのです。

角川文庫版の鮎川作品において天城一氏のそれと並ぶ名文に、映画評論家の荻昌弘氏が『黒い白鳥』に寄せた解説がありますが、氏は探偵小説の〝閑文学〟としての側面を述べ、当時ヒットしたクリスティ女史原作の映画「オリエント急行殺人事件」の「アーカイックな様式感」を高く評価し、鮎川作品と通じる〝ゆとり〟を指摘したあとでこう書いておられます。

「くしくもこの小説（芦辺註、『黒い白鳥』）が出た頃から日本をおおいつくした高度経済成長が、けっきょく私たちから奪っていったものは、決して大気や緑や小動物だけでは、なかったのである」

と。やがてこの国を吹き荒れる組織最優先、経済効率至上主義は、『黒いトランク』の時代が垣間見せてくれた〝もう一つの日本〟とは正反対な不毛の荒野へこの国を運んでゆきます。それは推理小説の世界も例外ではなく、社会派推理の軍靴の響きが横行する中で、作家・鮎川哲也氏とその探偵役たる主任警部・鬼貫は本格ミステリという豊穣な《物語》の孤塁を守り続けてくれたのです。


最後に、書誌的なことについて触れておきます。私の知る限り、この作品はこれまで次のような形態をとって出版されています。特記なき場合は、書名は『黒いトランク』です。

①講談社〈書下し長篇探偵小説全集・13〉（1956年7月）
②講談社〈ロマン・ブックス〉（59年8月）

③東都書房〈日本推理小説大系・13〉『鮎川哲也　日影丈吉　土屋隆夫集』（60年10月）
④「宝石・臨時増刊号　純本格推理小説傑作集」（62年9月）
⑤集英社〈新日本文学全集・2〉『鮎川哲也　仁木悦子集』（65年2月）「裸で転がる」を併録
⑥講談社〈現代推理小説大系・10〉『鮎川哲也　土屋隆夫　戸板康二』（72年7月）
⑦角川書店〈角川文庫〉（74年9月）
⑧立風書房〈鮎川哲也長編推理小説全集・1〉（75年7月）『ペトロフ事件』「赤い密室」を併録
⑨「別冊・幻影城第9号　鮎川哲也」（76年12月）『準急ながら』を併録
⑩幻影城〈別冊・幻影城／保存版第9号〉『鮎川哲也』（77年12月）⑨と同内容

今回光文社文庫入りしたのは、①を底本とし②をもとに誤植などを訂正したものです。したがって、何十年ぶりかで初刊当時——第ゼロ回乱歩賞とも言われる〝十三番目の椅子〟懸賞募集で江戸川乱歩氏から高い評価を得て栄冠に輝いたときの姿に復したわけです。

というのも、この作品は作者の手で丹念な加筆改稿を経てきたからで、もっともそれは『りら荘事件』に見るような事件のトリックをまるごと一つ付け加えて、より完璧なものにするようなものではなく（このあたりの書誌的追跡については、講談社文庫版『りら荘事件』での新保博久氏の解説を参照してください）、主に文章表現にかかわるものです。たとえば初刊本の①と最も普及したと思われる⑦を比較すると、

一、地名・人名、その他名詞の変化。「札島(ふだじま)→二島(ふたじま)」「赤松→若松」「鳰生田(におた)→鴨生田(かもた)」など架空の地名にしていたものを実在のそれに変えたもの。「馬場蛮太郎→馬場番太郎」、「銀原警部→兼原警部」など人名がより目立たないものになっている。ほかに「青化物→シアン化物」といった表記変更。

二、情景・人物描写などの縮減。第三章四節「筑後柳河！　それは若い梅田にとっては、かねてよりあこがれの町だった」に始まるくだり。特に北原白秋(きたはらはくしゅう)についての言及は、同節末尾の「白秋をつうじてあこがれつづけていた柳河の印象」うんぬん以外削除。そのほか第六章冒頭の人物描写を簡略化、特に「美男子の梅田警部補」を単に「担当の警部補」とし、協力を要請する鬼貫とのやりとりを削除。こうした例は第七章二節の駅員から君づけを剝奪(はくだつ)したり、三節の靴磨きの少年から「目のくりっとした利発そうな」といった描写を削除したりと他にも散見される。

三、文章表現の抑制。第三章一節の「アンドロメダ星雲のかなたに→思いきりよく」、第七章三節末尾の「メッカ詣でをすませた巡礼者(ピルグリム)」削除など。重大なものとしては終章の末尾二センテンスの削除（改稿版は「相手の返事には硬いひびきがこもっていた」で終わり）。

四、その他セリフの分割、第十五章四節のココアの銘柄変更、特に目立つものとして第十二章五節に登場し、江戸弁でしゃべりまくるスリを吃音者にかえてセリフのほとんどを剝奪（『東京のロビンソン・クルーソー』所収の小林信彦氏の指摘に従ったものと思われる）。

五、巻末に一括されていた時刻表・地図類を、適宜本文中に挿入。ただし時刻表は最初の一葉「九州・大阪・東京連絡（上り）」が省略されている。

――といったような旧稿・新稿の相違点が見出せます。従来、これらは⑥として出版される際に大幅に書き換えられたものだと言われてきましたが、今回私が見たところでは⑤ですでにこれらの訂正が生じており、大きなところでは地名・人名の変更、さらに文章表現の縮減や抑制も、このときから始まっています。

ただ「四」で挙げたスリは外からの指摘で言葉を奪われるとも知らず、相変わらず上機嫌でしゃべりまくっています。また、ラストの「鬼貫は哀しかった。しかし丹那もまた、別の意味でかなしかったに違いない……」という文章も初刊本のままで、この集英社の新日本文学全集（推理小説を多数収録しているのが、現在から見ても画期的です）版が、新旧両稿の橋渡し的存在であるのは間違いなさそうです。もっとも⑤には許しがたい欠陥がありまして、巻末掲載の地図は本文中に移されたものの、何と時刻表が全て省略されてしまったのです。これは当然⑥で復活しますが、その際先に記した一葉が外されたわけです。

細かく見てゆくと、①で「……タイ」「……バイ」と表記されていた方言の語尾が③でひらがな表記になったのが、④では元に戻っていたりと、必ずしも最新のテキストで本づくりがされなかったことをうかがわせます。そして⑤と⑥での加筆改稿が、⑦⑧⑨と持ち越されてゆくわけですが、ここで注意すべきなのに章題の問題があります。具体的には、

	①②③④	⑤	⑥⑧⑨⑩	⑦
一	幕あき	幕あき	幕あき	幕あき
二	逃亡	逃亡	逃亡	逃亡
三	目覚めざる人	目覚めぬ人	目覚めぬ人	目覚めぬ人
四	或る終結	或る終結	或る終結	或る終結
五	古き愛の唄	疑惑	疑惑	古い愛の唄
六	新しき展開	新しい展開	新しい展開	新しい展開
七	トランクの論理	トランクの論理	トランクの論理	トランクの論理
八	対馬	対馬	対馬	対馬
九	旧友二人	旧友二人	旧友二人	旧友二人
十	膳所のアリバイ	膳所のアリバイ	膳所のアリバイ	膳所のアリバイ
十一	蟻川のアリバイ	蟻川のアリバイ	蟻川のアリバイ	蟻川のアリバイ
十二	ジェリコの鉄壁	鉄壁	鉄の壁	鉄の壁
十三	アリバイ崩る	アリバイ崩れる	アリバイ崩れる	アリバイ崩れる
十四	溺るる者	溺れる者	溺れる者	溺れる者
十五	解けざる謎	解けない謎	解けない謎	解けない謎
十六	遺書	遺書	遺書	遺書
十七	風見鶏の北を向く時	風見鶏が北を向くとき	風見鶏が北を向くとき	風見鶏が北を向くとき

太字にしたのが変更のあった個所で、文語表現を口語化しているのが主ですが、第五章「古き愛の唄」のロマンチシズムが⑤で抹消されているのが注目されます。ここに不審なのが⑦で、第五章の旧題を口語化しているなど、⑥から始まって⑧の立風書房版で一応最終バージョンとなる流れ（幻影城版はどのようなテキストを用いたか、また加筆の有無など不明なので除外します）とは別個のものが存在していると思われます。

また、立風書房で長編全集を担当された稲見茂久（いなみしげひさ）氏（現・うなぎ書房代表）の証言から⑥と⑧をつなぐ、②とは別バージョンの新書版が存在したのではないかという疑問が浮かび上がり、日下三蔵（くさかさんぞう）氏、さらに浜田知明（はまだともあき）氏にうかがったのですが今のところは確認がとれず、『黒いトランク』の改稿をめぐる問題はいよいよもって謎に包まれているといえるでしょう。

こうした変化は、むろん著者である鮎川氏の美意識の結果であり、機会あるごとに自作を磨き上げようという作家魂の産物にほかなりませんが、これらの中にも推理小説界の推移を感じさせるものはあります。たとえば、前述の梅田警部補は「ある歌舞伎の若手俳優に似た美男子」だったのが、⑤で「わかいくせに額が禿げ上っている」とされ、さらに⑥では「おりから上官が病気欠勤をしているので、この事件は彼の主任で調査することになっていたが、それは警部補にとって初陣でもあった」という説明が消え、〝詩人警官〟らしい感懐も抹殺されてしまいます。

ふと思い出されるのは、高木彬光（たかぎあきみつ）氏『刺青殺人事件』における奇妙な改訂です。この『黒いトランク』と並ぶ戦後推理小説の傑作は一九四八年に発表された五年後に全く別の作品といっていいほど改稿されたのですが、それとは全く無関係な、一見無意味といってもいい書き換えが一九五九年版になって施されています。クライマックスで名探偵・神津恭介が犯人の手にした拳銃を撃ち落としたことになっていたのを、別の警察官がしたことに変えられているのです。

頭脳明晰の美男探偵が拳銃の名手でもあるのは行き過ぎだ、というリアリティの問題もあったことでしょう。だが、そこには名探偵や謎解きの楽しさを否定し、圧殺しようとした社会派推理、およびその背後にあった高度経済成長期の風潮がうかがえます。あらゆる個性を憎み嫌い、突出したものを一切合財排除しようとする時代にあっては、名探偵などは最大の異物であり、新たに生み出すことが許されないのはもちろん、脇役やすでに登場して久しいキャラクターでさえ能力や特色をはぎ取られなくてはならなかったのです。

本書『黒いトランク』はいくたびかの改稿を経つつも、鬼貫さながらの不屈の精神でもって書き貫いてこられた著者とともに、そうした不毛の時代を生き抜いてきました。今なお本格推理に貢献されている鮎川哲也氏にとっても、この作品は最も重要な里程標（マイルストーン）であり、そこには推理小説ばかりか日本社会も豊かな可能性に満ちていた時代の息吹がとどめられています。その点、今あえて初刊当時のテキストをお目にかけるのは十分に意義あることと考える次第です。

以上、「鑑賞」の名のもとに異例な長さにわたって『黒いトランク』についてのあれこれを書かせていただきました。この作品をよりよくわかっていただきたいがための贅言（ぜいげん）の数々、あるいはご不快に感じられた向きもあるかと思います。であれば、そのことをおわびし、何より現代のミステリ状況下、今回の復刊に際して私が感じた危惧が杞憂であることを願いつつ、引っ込むことといたします。

それでは、みなさんが列島を駆けめぐるトランクの壮大な旅と、それをひたすら追う鬼貫警部の推理を存分にお楽しみくださることを期待します。そして、この芳醇な物語世界に想像の翼をはばたかせ、追体験されんことを。そうすれば、この名作長編は、きっと読者（あなた）に得がたい読書体験をもたらしてくれることでしょう。――どうかよい旅を！

光文社文庫

鮎川哲也コレクション／長編本格推理
黒いトランク　鬼貫警部事件簿
著　者　鮎　川　哲　也

2002年1月20日　初版1刷発行
2016年7月30日　7刷発行

発行者　鈴　木　広　和
印　刷　萩　原　印　刷
製　本　ナショナル製本

発行所　株式会社　光　文　社
〒112-8011　東京都文京区音羽1-16-6
電話 (03)5395-8149　編　集　部
8116　書籍販売部
8125　業　務　部

ISBN978-4-334-73263-9　Printed in Japan

お願い　光文社文庫をお読みになって、いかがでございましたか。「読後の感想」を編集部あてに、ぜひお送りください。

このほか光文社文庫では、どんな本をお読みになりましたか。これから、どういう本をご希望ですか。どの本も、誤植がないようつとめていますが、もしお気づきの点がございましたら、お教えください。ご職業、ご年齢などもお書きそえいただければ幸いです。当社の規定により本来の目的以外に使用せず、大切に扱わせていただきます。

光文社文庫編集部